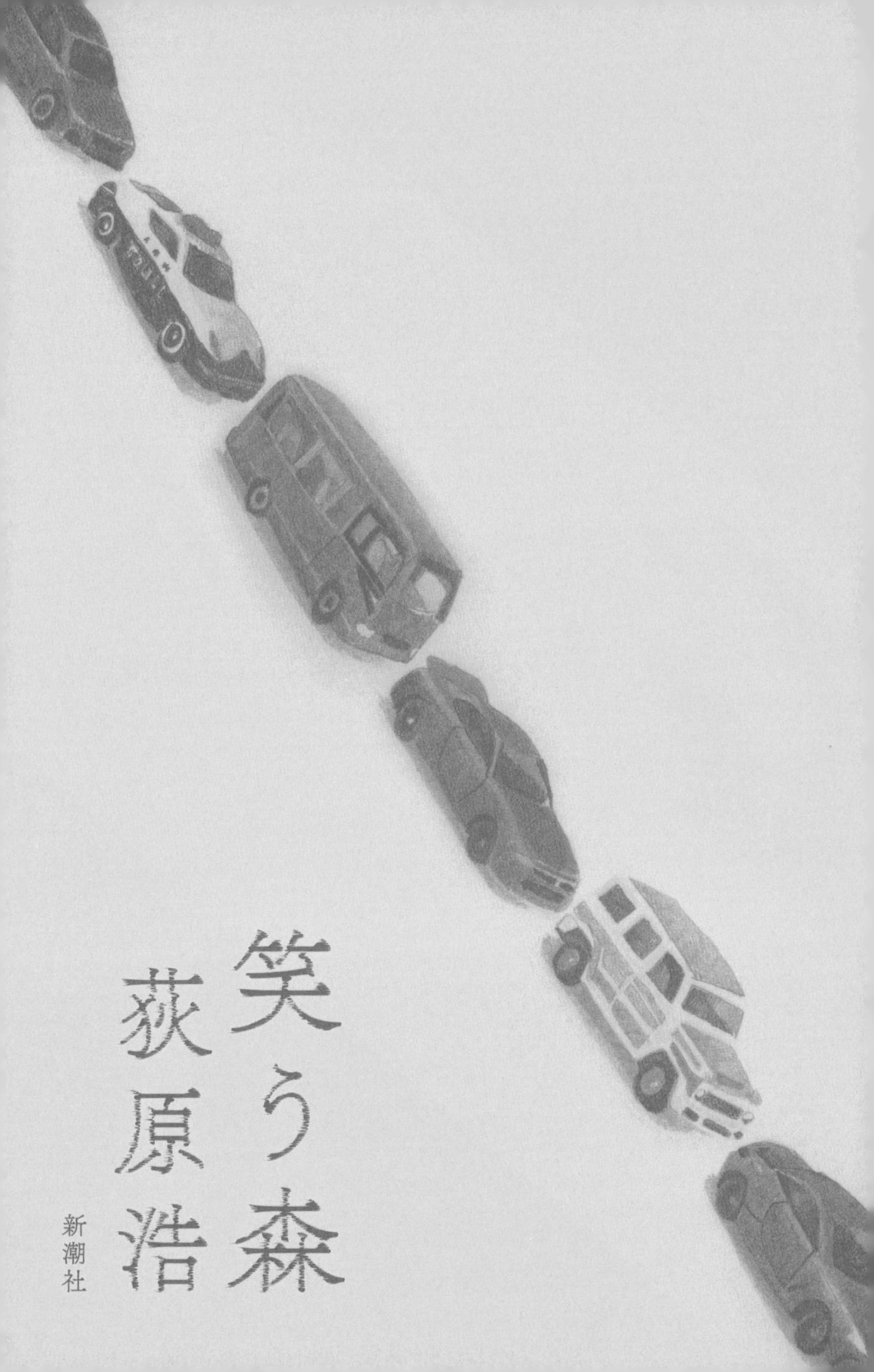

笑う森

荻原浩

新潮社

笑う森

1

神森《かみもり》の紅葉《こうよう》は平地より早く、樹々のすき間の道とはいえない道には落ち葉が敷きつめられ、木立の底を黄金《こがね》色に輝かせている。消防靴で踏みしめるたびにざくざくと葉が鳴る音がした。

頭上の梢の落葉樹の葉もとりどりに色づいているのだが、見とれている暇はなかった。目に入るのはもっぱら草紅葉だ。下森《しももり》消防団団員の田村武志《たむらたけし》は朝から森を彷徨《さまよ》い、自分の背丈より長い警杖《けいじょう》で藪や灌木の中をつついている。

夏に比べれば木々の繁りや下草も減って、見つけやすいはずなのだが、行方不明になった男の子の消息はいまだにわからない。二日目からは警察犬やドローンも投入し、四日目には神森の最深部、鵺《ぬえ》の木の周辺まで探したが、足どりすら摑めなかった。

まさかとは思いつつ、数日前の雨がつくった水たまりも警杖で探る。

嫌だな。田村はため息をつく。見つけたくはなかった。今日の神森はいちだんと寒い。ため息は白い息になった。

13日午後4時ごろ、神森
のトレッキングコースに来
ていた男児（5）の行方が
分からないと母親から11

0番通報があった。警察と消防合わせて約40人が捜索をしているが見つかっていない。男児は身長105センチくらいで黄色いダウンジャケットを身につけていた。神森付近の昨日の最低気温は摂氏2度で、男児の安否が気づかわれている。

捜索開始から七十二時間を過ぎた木曜日からは、あきらかに方針が変わった。県警の動員が大幅に減り、消防団の参加者も田村を含めて十人ほどになった。雨が降ると匂いが追えなくなる警察犬も、繁り葉に阻まれて成果があがらないドローンも姿を消した。警察からのお達しは、これまでの捜索場所をもう一度丹念に捜すこと、というものだった。

藪や草むらの下まで確認せよ、水のあるところは底を浚《さら》え——ようするに死体を捜せということだ。

捜索に参加した以上、自分の手で救い出してやりたい。そう思って土曜日の今日も店を妻に任せて捜索隊に加わっている。田村にも七歳になる娘がいる。陽菜《ひな》が一人で森に取り残され、寒さに震え、食べるものもなく何日も夜を過ごしている——考えただけで身震いがした。だが、いまは足どりが重い。

今日は十一月十九日。行方不明から一週間が過ぎている。冬近い森で生存している可能性は限りなくゼロに近いだろう。

死体は見たくない。まして子どもの死体なんて。出てくるなよ、どうか俺に見つけさせないでくれ。頭ではそう考えつつ、足は前へ進み、警杖を手にした両腕は機械的に動き続ける。

数年前から下森消防団は年に一度、神森の中を一斉捜索するようになった。自殺者の遺体を見つけ、埋葬するためだ。

なぜかここ数年、神森は自殺の名所になりつつある。ネットでは「小樹海《しょうじゅかい》」と呼ばれているそうだ。面積でいえば富士の樹海より神森のほうが広いのだが。

毎回二、三体は遺体を発見する。悲惨なものだ。たいていは白骨化し、手足がばらばらになっている。動物に死体を喰われるのだ。ツキノワグマが出没することはめったにないが、森には肉食の小動物が跋扈《ばっこ》している。キツネやイタチ、ネズミ。獣だけじゃない。鳥や虫も人を喰う。骨になる前の死体の眼窩から蛆《うじ》が這い出しているところなどを見てしまったら、しばらく干物は食えなくなる。人間は死ねばただのモノだとつくづく思う。

カエデの群生地では目の前も頭上も足もともぐるりと赤く染まる。風が吹くと赤く小さなてのひらが舞う。赤一色の中を通り抜け、平坦だった勾配も少しきつくなった時だ。

行く手の緩斜面を覆っている笹藪が、ざわりと揺れた。鹿か？　いやもっと小さい。サル？　まさか――

真人《まひと》くん？

男の子の名前を呼んだ。

「マヒトくーん」

今回の捜索では団員も警察官もあまり子どもの名前を呼ばない。マスコミでは報じられていないが、男の子に発達障害があると聞かされたからだ。

「自閉症ってやつみたいだ。五歳って年齢以上に幼くて、名前を呼んでも答えないらしい。逆効果になるかもしれんのだと」

班長の松田《まつだ》さんはそう言っていた。でも、呼ばずにはいられない。

「おーい、マ、ヒ、ト、くーん」

笹が騒いでいたあたりに急ぐ。

何もいない。

おかしいな。

腰の高さまである笹の繁みを掻きわけて斜面を登り切ると、再び地面は平らになった。右手には二本の巨樹が聳《そび》え立っている。

夫婦《めおと》の木だ。

ケヤキとブナが寄り添って立つように見えるからそう呼ばれているのだが、実はそんなロマンチックなものじゃない。土壌の乏しい神森には珍しくない「合体樹《がったいじゅ》」のひとつだ。先に存在していたのはケヤキで、その根もとを覆った苔にブナの種がこぼれ、栄養をかすめ取って育ち、日光や水や養分を奪い合いながら一本の木のような姿に成長する。絡み合う枝や根は、仲睦まじいわけではなく、苛烈な生存競争の結果なのだ。

夫婦の木の地表近くには、土を争奪する根と根が交錯してできた空洞がある。

通りすぎようとした時、その洞《ほら》から一対の瞳がこちらを見上げていることに気づいた。

いた。

眉の下までの前髪。大きな丸い目。手配写真の子どもだ。

「真人くんだね」

手を差しのべたら、尻もちの姿勢のまま木の中に体を埋めこむように後ずさりした。まるで小動物だ。

「怖がらなくていいよ。助けにきたんだ」

なおさら後ずさりされてしまった。

「お腹すいてるだろ。喉は渇いてない？」

リュックをひっかき回して、弁当と一緒に持ってきたバナナを取り出す。右手にバナナ、左手に水筒を握って男の子の前に突き出した。

手を出してくれない。野生動物の餌付けをするように、空洞のふちにバナナを置くと、驚くほどの素早さでつかみ取って、皮ごとかぶりついた。

見たところ怪我はなく、やつれているようにも見えない。消防団の名前入りの防寒ジャンパーを脱いで男の子の体をくるんだ。ジャンパーを振りほどこうとしたのは一瞬で、寒かったんだろう、すぐに毛皮の襟に顔を埋めた。男の子の体からは牛乳を拭いた雑巾のような臭いがした。生きている証《あかし》の匂いだ。

「おーい、いたぞー」

子どもを抱きあげた拍子に涙があふれてきた。生まれたばかりの陽菜を初めて抱いた時のように。

「生きてるっ。まだ生きてるぞー」

神森の遊歩道で13日から行方不明になっていた5歳の男児が1週間ぶりに無事保護された。男児は衰弱しているものの命に別状はない。この1週間のあいだに水や食べ物も口にしていたと思われるが、森の中のどこにいてどのように食べ物を得ていたのかは不明。男児は「クマさんが助けてくれた」と話しているという。

2

冥《くら》い水底から浮き上がるように浅い眠りから醒めた。最初にしたことは、左手を伸ばして、隣に寝ている真人がちゃんとそこにいるかどうか確かめることだった。

指先が髪に触れた。岬《みさき》はその細い髪を指にからめとって、優しく掻きあげる。生えぎわが汗で濡れていた。ああ、ちゃんとここにいる。当たり前のそのことがこれほど大切だったなんて少し前までは思いもしなかった。

上下する胸に手のひらをあてがうと、大人より高めの体温と速い鼓動が伝わってくる。たまらなくなって抱きしめた。

「ああむ」

真人がひよこみたいに唇を尖らせて寝息を漏らす。眠ったまま乳房の間に入り込もうとするように頭を押しつけてくる。それだけで岬の胸は温かい空気で満たされた。

真人が行方不明になっていた一週間は、地獄だった。肺や胃に絶えず鉛玉を流し込まれているようだった。心も体もちぎれかけた。

真人がいなくなった日のことは思い出したくないのに、思い出さずにはいられない。あの時ああしていれば、という数々の悔恨とともに。

発端は前日の土曜の夜。テレビを見ていた真人が突然、岬の手を取った。そして画面に触れさせたのだ。

「どうしたの」

アニメが終わったあとも見続けていた『もうひとつの樹海』というタイトルのドキュメンタリー番組だった。

「き」

大きな木が映っていた。不思議な木だ。ひとつの根もとから何本もの別の樹木が生えている。

合体樹。ナレーターはそう説明していた。撮影場所は神森という原生林で、そこにはこうした合体樹がいくつも存在している――

真人は定型発達の子どもと違って、ひとつのことだけに熱中しがちだ。「樹木」もそのひとつ。

木が好きなのだ。絵本にはあまり興味を示さないが、大木《たいぼく》が出てくる本だけは別。視線は画面に釘付けだった。

「この木を見に行きたいの？」

真人から返事がないのはいつものこと。でも目を見れば答えはわかる。

神森について調べてみた。岬たちが住む街からは車で三時間ぐらい。朝早く出れば、日帰りできる。翌日の日曜日に出かけた。

渋滞に巻きこまれて、着いたのは昼過ぎになってしまった。神森は八岐山《やまたやま》という山の麓に広がった原生林のことで、あまり観光地化されていない場所だった。ようやく探し当てた遊歩道の入口に駐車場はあったが、車も人の姿もなかった。

合体樹の場所もわからないまま遊歩道を歩く。真人は迷子になりやすいから、片時も目を離せない。トイレも一緒に入る。以前は子ども用迷子紐《ハーネス》を使っていたのだが、事情を知らない人には変な目で見られてしまう。「虐待だ」とののしられたことも一回や二回じゃない。だから最近は、見守りGPSを持たせている。

それなのに。あんなに注意をしていたのに。

一時間ほど歩いて合体樹らしき大木を見つけた。テレビで紹介されていたものより小さな別の木だったが、真人はぽかんと口を開けてずっと見上げていた。写真に残したら喜ぶだろう、そう思って、スマホを手にした。

撮ったのは一枚だけだ。言いわけになるが、時間にしてほんの五、六秒。

「あったね、真人、ガッタイの木」

振り返ったら、もう真人の姿はなかった。

森の中だったせいか、ＧＰＳはまるで反応しなかった。必死で探したが、どこにも姿がなかった。名前を呼んでも答える子じゃない。誰かにというより、森そのものに連れ去られたように消えてしまったのだ。

十一月の夕暮れは早い。すぐに空が薄墨の色になった。恐ろしくなって、警察に電話をした。それからはずっと震えていた。見せてはいけないと思って涙をこらえ続けた。一緒に捜したかったが、母親は待機してくれと言われて駐車場で待ち続けた。寒くても上着は着なかった。何も口にせず、水も飲まなかった。真人も寒くて空腹なはずで、同じようにしなくちゃいけないと思った。

真人が見つからないまま、夜になった。午後十時近く、ＧＰＳが反応して捜索隊が色めき立ったが、見つかったのは、遊歩道の近くで真人が落としてしまったキーホルダー型の子ども用ＧＰＳだけだった。

午前零時少し前に、警察の人に呼ばれた。

「本日の捜索はここまでです」

え？

思わず叫んでしまった。

「嘘でしょ」

母親の自分の責任であることはわかっている。自分の子どものために警察や地元の大勢の人たちに来てもらって本当に申しわけなく思っていた。だけど、でも。

五歳の子どもが真夜中に森の中に取り残されているのだ。朝まで徹夜で探してくれると思いこんでいた。

だから、誰もいなくなった後は、消防団の人に借りたヘッドランプと月の明るさを頼りに、一人で夜の森に入った。満月の夜だった。朝まで歩き続けて道に迷って、翌日、捜索隊に発見してもらった。「二次遭難になったらどうするんですか。二度と行かないでください」

二日目からは冬也《とうや》くんが来てくれた。少し食事を摂ったほうがいいと言われたが、全部吐いてしまった。疲れているのに眠ることもできなかった。

五日目。捜索が日没で打ち切られるようになった時には、真人が生きていなければ、自分も死のうと思った。どんな些細なことでもいいから情報が欲しくて見ていたネットで、岬や真人に関する噂を目にするまでは。

『無責任な親のために、税金をムダ遣いするな‼』

『シングルマザーなんだろ。生活が苦しくて子どもを捨てたんじゃね』

『ニュース見た。母親のくせに涙がないのはおかしくない？』

『犯人は間違いなく山崎岬』

『母親、生意気。消防と警察に朝まで仕事をさせる気だった。そうじゃないとわかったら怒り狂った』

あれのおかげで生きようと思った。生きて、一人一人の居場所を突き止めて、パソコンやスマホを打つ背中に言ってやりたかった。

「楽しい？」

「あむむ」

真人の寝言はなんだか苦しそうだ。体のほうはもうなんともないが、前にも増して感情を表さなくなった。森に心を吸い取られたみたいに。

運ばれた病院のお医者さんは、飢餓による衰弱はない。食べ物は摂っていたはずだと言う。だから何度も真人に聞いた。何を食べていたの？

「ごはん、しらないおかし」

誰にもらったの、と聞くと、

「くまさん」

発見された時の真人は、見たことのないマフラーをしていた。警察は拾ったのだろうと言うが、誘拐されていたのでは、と疑ったりもした。

「マフラーはどうしたの」

「もらった」

「誰に？」

「……くま……」

誰かが真人にマフラーを渡したのだ。食事を与えたり、暖を取らせたりもしてくれていた気がする。でも、なぜ、名乗り出ないの？

いったい誰が真人を助けてくれたんだろう。

3

車のトランクから台車を出し、後部座席から引っ張り出した「荷物」を載せる。それだけでとんでもなく時間がかかった。なにしろ真夜中だし、荷物は酷く重い。

車はガードレールが途切れた寂しい場所を選んで、道からちょっと木立に入ったところに停めた。通りすぎた案内標識によると、ここはすでに「神森」だった。

街灯はないが、満月のせいか、木のシルエットが見えるぐらいには明るい。それが美那《みな》のなけなしの勇気を奮いたたせた。

よし、やるぞ。

台車を押して何歩もいかないうちに、シャベルを忘れたことに気づいた。ああ、いけない。取りに戻る。道を行く車のライトに照らされただけで身が縮んだ。もう少し森の中に停めたほうがよかったか。

数メートルも行かないうちに、ホームセンターで買った折りたたみ式の台車が、森の中へ荷物を運ぶのにはまるで向かないことに美那は気づいた。まして荷物が大人の男となるとなおさらだ。

台車に積んでいるのは、人間だ。

いいえ、ほんの一日前まで人間だったもの。一也《かずや》の死体だ。

森の地面は岩やら木の根やらどこもかしこもデコボコで、しかも落ち葉だらけだから、まともに進めない。ボコの地面からようやく台車を引き上げたと思ったら、今度は湿った葉っぱに車輪がからめとられる。根っこのデコにひっかかって強引に乗り越えようとすると、布団じゃないものが入った布団袋がずるりと落ちそうになる。

ベビーカーみたく押さないで、引いた方がいいのか。海外旅行の時のキャリーケースの要領で自分が先に立って引っぱってみた。

うん、断然軽い、と思ったら、布団袋が落ちていることに気づかなかっただけだった。ああ、もう。

一也を詰めた布団袋を台車の上に載せ直しているあいだに、また道をヘッドライトが通過していった。思わず首をちぢめる。早く森の奥へ運んで人目につかないところで、こいつを埋めてしまわなければ、人生が詰む。急げ。

よ、い、しょ。

うん、こら、せ。

それ、に、して、も。なんで、こいつ、こん、なに、重いん、だ。ひょろひょろの、痩せっぽちのくせに。

隠していたが、たぶん美那のほうが体重があるはずだ。美那の公称サイズは百六十七センチ、五十六キロだが、ほんとうは六十を超えている。そのぶん体力には自信があった。こんなひょろきちを運ぶなんて楽勝、と思っていた。甘かった。やっぱり勇気を出して解体したほうが良かったか。

荒い息を吐き出すと、夜闇がかすかに白くなった。標高が高いのか、十一月とは思えない寒さだ。ときおり風が薄手のノーカラーコートの裾をはためかせる。それなのに、ひたいには汗がにじんでいる。

木の幹をいくつも縫って進み、ようやく道路からは見えないだろう木立の中へ分け入った。そのかわり木々の梢が頭上の満月も星も消してしまって、周囲は真っ暗闇になった。

森の闇は圧倒的だ。光のない空気には重さがあるに違いない。体が闇に押し潰されてしまいそうだった。美那は背負ってきたリュックを下ろし、懐中電灯を手探りする。

今日の昼、ホームセンターで布団袋とシャベルとこの台車を大型カートに積みこんだ。その時はまだ自首するべきかどうか迷っていた。一睡もしていない頭はパニクったままで、布団袋の柄を花柄にするか水玉のほうがいいかなんてどうでもいいことに迷ったりした。

カートを押しながら、自首。埋める。自首。埋める。と頭の中に振り子を抱えてフロアを夢遊病みたいにふらふら彷徨い、ペット売り場でしばらく時間をつぶし、豆柴の天使のような瞳を眺めているうちに、また警察へ出頭することを考えはじめ、いちばん近い警察署がどこにあるのかスマホで検索した。遠かったらやめるつもりが、案外近かった。

やっぱり警察に行こう。私にうまくやれるはずがない。殺すつもりなんかなかった、事故だった、と言えば、刑が軽くなるかもしれない。とりあえずカートの商品を元に戻さなくては、と布団袋の売り場へ戻る途中で、懐中電灯が目に留まったのだった。

そうだよ、何か足りないと思っていた。山の中に死体を埋めに行くとしたら、夜、暗くなって人目につかなくなってからだ。懐中電灯は必《ひっ》。欠けていたピースがぴったり嵌まった気がした。懐中電灯を握った瞬間、夜の森が頭に浮かび、他人事のように思えていた死体を埋めて隠すという行為が、リアルに感じられるようになった。実現可能なリアルに。うん、やれるかもしれない。

気づいたら懐中電灯をカートに入れ、必要な乾電池の種類と個数を冷静に確かめて手にとっていた。レジへ直行する。迷っていた心が吹っ切れた。

私にはまだ長い人生があるのだ。なかったことにしよう。この秘密を墓場まで持っていこう。一也の車にすべてを積みこんでマンションに戻り、暗くなるのを待って、出発した。

遺棄場所をここにしたのは、昨日たまたまつけたテレビで、「神森」というこの場所が紹介されていたからだ。迷い込んだら抜け出せなくなると噂される森。薄気味悪いＢＧＭとともに、そんなナレーションが入っていた。ロケーションもよかった。美那のマンションからは車で三、四時間で、苦手な高速に乗らなくても行けそうだった。

懐中電灯の光が闇を丸く切り取る。森の暴力的な暗さに比べると、頼りない明るさだった。

さらに奥へと進む。片手に懐中電灯を握りつつ、台車を押すのはかなり難易度が高い。懐中電灯を口にくわえた。その直径で一也のことを思い出してしまった。

むりやり口にくわえさせる男だった。ちゃんと洗ってないから臭いのに、私が喜んでいると錯覚する——そういう男だった。もはや過去形だ。自分が大好きで自分のことばかり考えている。それでも我慢していたのは、いままでスカばかり引いてきた男遍歴に今度こそ終止符を打ちたかったからだ。暴力を振るわないだけまし、働かずにお金をせびってこないだけありがたい、哀しくもそう考えて。多少の性格の悪さは私が直してみせる、なんて思って。

一也のとりえは条件面だった。一緒に歩くとほかの女がちら見してくる顔だちで、身長も、背の高い美那が7センチヒールを履いても全然オッケー。実家は美那も知っている有名な和菓子屋チェーンだ。いまの冴えないサラリーマンは仮の姿。いつかは店を継ぐ。「だから営業成績もあがんねーのよ」と何が自慢だか、本人もそう言っていた。

人に羨ましがられる結婚がしたかった。中学時代に美那をイジメていた女たちを見返してやりたかった。盛大になるはずの二次会に呼んでみたかった。

ああっと、よけいなことを考えていたから、また脱輪。いけないいけない。全集中。木の根のあいだのボコから車輪を引き上げようとしたら、台車が横倒しになって、布団袋がころげ落ちた。

洗濯用ロープやビニール紐でぐるぐる巻きにした布団袋を抱きかかえて、持ち上げることはできないから、押し入れにむりやり突っ込むみたいに押して、押して、肩や背中も使って何度も押して、台車に戻す。布ごしでも体のどこなのかがわかった。さっきバスケットボールみたいに両手でかかえたのは、頭だ。冷たかった。野菜室に放り込みっぱなしのカボチャみたいだった。

死んだ時の一也は胎児の形にまるまっていたのだが、時間が経つにつれて硬くなっていった。片足の膝から下はいくら折り曲げようとしても、曲がんなくて、いまはコサックダンサーみたいに中から布団袋を蹴り上げている。コサックダンスを踊る片足を台車の前方に突き出して、さらに森の奥をめざす。

殺すつもりはなかったのだ。心の中で呟いた。念仏みたいに何度も。殺すつもりはなかった。ほんとうに。一也があんなことを言い出すからだ。

昨日の、いやもう午前零時を回ってしまったから、一昨日《おととい》――土曜の夜のことだ。場所は美那の住む１ＤＫ。美那はキッチンにいて、インスタしか見ない女だと思われたくなくてＮＨＫの神森のドキュメンタリーをつけ流していた。一也はそれに退屈して、男一人に女たちが群がる恋愛リアリティにチャンネルを変えた。

「もう終わりにしねえ？」

いきなり背中に声が飛んできた。美那は振り返って聞き直した。

「何を？」聞き間違えだと思って。

ああ、そういうことか。料理なんてろくにしたことがないのに、そろそろプロポーズアピールをしなければ、と慣れたふりをして作りはじめた夕食が、いっこうにできあがらないのに苛立ったのか。「料理？　食事は後でいいってこと？」

もう。ほんとにがっつくんだから。

「じゃあ、お風呂にする？　それともぉ――」腰に手をあててＫ‐ＰＯＰのコみたいにお尻を振ってみせた。

「あ、た、し」

「だから、そういうのだよ」

はい？

「どゆこと」

「おまえとはおしまいにしようと思う」

は？

何を言っているんだろう、こいつは。おしまいに、しようと、思う。はてな。それはあんたが思うことなのか。あんたが思えばそれで済む問題か？　違うだろ。

「なにバカなこと言ってんの。私の地元の教会で結婚式を挙げるんじゃなかったの」

「そんなこと一度も言ったことねえし」

言った。地元の教会は確かに私一人が考えたことだけど。私にそう思わせる言動をくり返してきたじゃないか。

一也が立ち上がり、美那の前に立つ。「結婚？」唇の片側を歪めて、そのすき間から言葉を押し出した。「おまえと？」

顎を上げて、美那を見下《みお》ろした目を半開きにして。人を怒らせることにかけては天才的な男だ。

「おまえ、そういうキャラじゃないだろ」

「なにそれ？」

キャラ、関係ない。ふざけんじゃないよ。お前だってそういう男じゃないよ。でも、欠点には目をつぶって、いいところだけ数えようと思ってやり過ごしてきたのだ。こっちのほうが少し年上だし。三十過ぎてまで男で失敗はしたくなかった。この男で最後にしたかった。

そのとき初めて包丁を握ったままだったことに気づいた。料理はまあまあ得意だなんて嘘をついちゃったけど、キッチンにはフルーツナイフしかなくて、一也を家に呼ぶ前に、料理上手っぽい魚用の包丁を買ったばかりだった。ヤナギバっていう俳優みたいな名前のその包丁で、生まれて初めてつくる肉じゃがのじゃがいもの皮を剝いていたのだった。

勢いでヤナギバの切っ先を向けた。一也は薄笑いを浮かべただけだった。

「やめろし。危ねえじゃん」

唇は笑ったかたちになっていたが、目は笑っていない。すいっと細めた目にはワニみたいに膜が張って見えた。女を殴ろうとしている目だと思った。前の前の男もそうだったから。十八でできた最初の男も。

こいつも殴ってくる。そう思ったとたん、体が動いてしまった。腕を前に突き出してしまったのだ。殺す気なんかなかった。防御のつもりだったのだ。腹が立っていたのは確かだけど、それより男に暴力をふるわれるのが怖かっただけなのだ。ほんとうです、裁判長。

ガリガリなのに腹筋のないぶよぶよの脇腹にヤナギバがめりこんだ。キャベツを二つに切った時のような音がした。一也も初めは意識があって「てめえ、ぶっころす」とかわめいていた。最初は手当てをしようと思って、包帯を探したんです。でもなくて。119に電話しようと思って、1、1までは押したんです。でも手が震えすぎて、どうしても押せなくて――9だけが。

そのうちフローリングにどんどん血が広がって、一也が喋らなくなったと思ったら、ごふっと血を吐いて、動かなくなって。美那もへなへなと尻座りをしたまま動けなくなってしまった。頭の中は真っ白だった。吹雪みたいに。美那の故郷は南の島だから見たことはないのだけれど。最初に考えたのは、パトカーに乗せられる時に着る、きちんと顔が隠れるフード付きのよそゆきがあったっけ、ということだった。

お尻を床に滑らせて、手だけで白目を剝いた一也の顔が見えない場所へ逃げ、メルカリを検索した。こんなことをしている場合じゃないと気づいて、殺人罪で何年刑務所に入るのかを検索した。「二人殺したら死刑」だそうだ。一人だと、半分？　死刑の半分って、何？　スマホを放り出して、ひたすら泣いた。涙が涸れてから、床の血を拭いた。いままでのどんな掃除の時よりていねいに。

台車をまともに進ませる方法がようやくわかった。コツは死体の載せ方だ。重心が傾かないようにバランスよく載せる。布団袋の中のコサックダンスの足を、前方じゃなくてハンドルにもたせかけ、空に向かって高く上げるポーズにするのがいちばんすわりがいい。おかげで、勾配が下りになったせいもあって、なんとか道行く車のライトが見えなくなる場所まで分け入った。

ふう。少し休憩。懐中電灯をくわえていた顎が限界。差し歯が抜へそふ。懐中電灯を吐き出し、大きく深呼吸をして、台車のハンドルに体を預ける。

目が慣れたのか、雲に隠れていた満月が頭上の梢の向こうに戻ったからか、懐中電灯がなくても闇と木立のシルエットの区別がつくようになってきた。闇の中に白くぼんやり浮かんだ布団袋を眺めているうちにふいに、真っ暗すぎてどこかへ消し飛んでいた恐怖心が蘇ってきた。自分の犯した罪への怯えというより、誰もいない真夜中の森の中で死体と二人っきりであることへの恐怖だ。

この袋、いま動かなかった？　いまにも袋がやぶけて中からにょこっと手が突き出してくる——手ならまだいい、血まみれの顔が現れて美那を見据えてにたりと笑う——そんな光景を想像してしまって、もたれかかっていた台車から飛びのいた。全部放り出してここから逃げ出したくなった。だめだだめだ。いつもそうだ、私。逃げてばかり。逃げちゃだめだ。ここで逃げたら、私の物語にエンドロールが出てしまう。

恐怖を振り払うために、美那は歌をうたった。森の中だから、この歌だ。

「あるう日ぃ　森の中ぁ　くまさんに出あぁった」

寒さのためだけでなく声が震えているのがわかる。もうこれ以上、森の奥に進む勇気も気力もなくなって、シャベルを手に取った。ここでいい。ここに埋めてしまおう。

「花咲く森の道ぃ　くまさんに出あぁった」

シャベルを地面に突き立てる。

コーン。

鈍い音がして、柄を握った手がしびれた。恐ろしく硬い。掘ろうとした地面の落ち葉を掻き分けて、懐中電灯で照らしてみる。

なにこれ？

土はほんの表面にしかない。すぐ下は岩だった。

懐中電灯をくわえて地面に這いつくばり、両手で落ち葉を払う。払っても払っても、どこもかしこも岩だらけ。穴、掘れない。どうしよう。

自殺に見せかける？　この神森は自殺の新しい名所になりつつある、とテレビで言っていた。洗濯用ロープを首に巻いて、どこかの木から吊るすとか。いや、無理。お腹の刺し傷が動かぬ証拠。刑事ドラマでも、自殺に見せかけた殺人は、ことごとく見破られる。

柔らかい土を捜さないと。シャベルで手当たりしだいの地面をつつき回す。なにこれ。どこもカチカチ。

鳥の鳴き声が聞こえた。笛の音のようなか細い不気味な声だ。夜中に鳥が鳴く声なんて初めて聞いた。

恐怖を閉じ込めておいた頭の中の収納ボックスがまたもや開いてしまった。一也が布団袋の中から這い出て、木立の中に立ってこっちを見ている。恨みがましい目で。そんな想像をしてしまう。

ありえない。ありえない。ありえない。布団袋を振り返った。ほら、ちゃんと、あそこに――

布団袋の載った台車の向こう側、草藪がざわりと揺れた。風はそよとも吹いていないのに。

汗が一瞬で凍りついた。

誰かいる――

4

真人《まひと》が積み木で遊んでいる。遊び方はいつもと同じ。まず積み木をぜんぶカーペットに放り出して、それからひとつひとつを、並べる。積んで何かをつくるのではなく、ただ並べていく。岬《みさき》は洗濯ものをたたみながらそれを見ていた。

真人は並べることが好きなのだ。いろんなものを並べる。遊びというより、そうすることが自分の使命だと思っているみたいだった。積み木もミニカーも殻付きピーナッツもファミレスのフォークとナイフとスプーンも。

積み木は木製で、色も薄茶、茶色、焦げ茶まで、素材をそのまま生かした茶系統で揃えてある。レゴやプラスチック製の積み木には興味を示さなかったのに、去年買ったこれは真人のお気に入りだ。

最初に部屋の隅のほうに円錐の積み木を置く。そこから真人のてのひらぶんの距離を空けて角柱を置き、てのひら二つぶんの斜め先に、円柱。使うのは縦長のパーツばかりだから、置くというより立てているというほうが近い。実際、真人はひとつの積み木を置くまでに、建造物を立てるみたいに、頬を床につけて測量したり、真上からじっと眺めたりしている。ほっぺたを丸くふくらませてなにかぶつぶつ呟きながら、積み木の位置を微妙に変えたり、向きを直したり。

でたらめに並べているわけじゃなく、独自の法則にのっとっているのだと思う。どういうルールが存在するのかは、本人にしかわからない。真人の心の中は母親の岬にも覗くことができない。

真人が自閉症スペクトラム障害《ASD》と診断されたのは、三歳の時だ。

言葉が遅いことは気になっていた。二歳をすぎてようやく喋るようになったと思ったら、岬の言葉のおうむ返しか、アニメのセリフのものまねばかり。保育園でも他の子みんながてきることができない。団体行動もまったくだめ。でも、「男の子はそんなもん。精神的な発達が遅いんだよ」という先輩ママの言葉にすがりついていた。

「そんなもん」ではすまないかもしれないと思いはじめたのは、最初は遊び方がわからないだけだと見過ごしていた、この「並べる」という行為だ。

真人のおもちゃ箱には、ミニカーがたくさんある。真人が生まれた時から毎月一回、おこづかいを渡す給料日の翌日に、春太《はるた》郎《ろう》が真人に買ってきたからだ。真人のためにというより自分が車好きだからだと思うけれど。亡くなるまで続いていたから、ミニカーは全部で十六台ある。

真人が自分でミニカーを手に取るようになったのは、春太郎が亡くなって半年以上経ってからだ。春太郎はもういないのに、「パパ」という言葉が喋れるようになった時。そのうち毎日そればかりで遊ぶようになった。春太郎が生きていたら喜んだだろう。でも、走らせて遊ぶわけじゃなく、いつもただ並べるだけ。

縦一列に並べる。部屋の一方の端から、もう一方へ。ゆっくり時間をかけて十六台を並べ終えると、今度はひっくり返して、逆さにした車を並べていく。そして車輪を回す。一台ずつ順番に。いつまでも。

最初は「渋滞」を再現しているのかと思った。春太郎が生きていた時には、親子三人で遊園地や動物園に車で出かけて、いつも渋滞に巻きこまれていたから。車輪を回すのは、自動車整備工場で働いていた春太郎が真人を何度も職場へ連れて行ったからに違いない――

うちの子の記憶力、すごい。着眼点も並みじゃない。天才かも、なんて最初はのん気に考えていた。

でも、「自動車、走らせてみて」「これ、トーマスみたいに走るんだよ」岬がどう声をかけても、並べるだけ。毎日毎日くり返し、並べるだけ。それどころか、他の玩具も並べるようになった。おやつのお菓子も。

ある時、保育園の先生から聞かされた。「マヒトくん、毎日、トイレのスリッパを並べてるんです。片方ずつ縦一列に」

気になっていたけれど目を背《そむ》けていた事ごとをネットで調べてみた。検索欄に『発達障害』『自閉症』と打ちこむたびに指が震えた。何もかもが真人にぴったり当てはまってしまった。

小児神経科に行き、テストを受けた。何度も通ってテストをくり返して、結局、ＡＳＤと診断された。軽度だが知的障害もともなっていると。

こんな時に一緒にいて欲しい春太郎はもういない。独りで悩み続けた。妊娠に気づかずに四か月になるまでジョギングをしたのがいけなかったのか。春太郎がいなくなったショックで育児を怠っていたのか――あくまでも本人自身の脳機能の問題であり、両親の性格や育て方とは何の関係もない、お医者さんにそう聞かされても、くよくよと考え続けた。なぜ自分の子だけ？　どうして私だけ？

「ＡＳＤ児だから無口とはかぎらない。中にはおしゃべりな子もいます。真人くんも誰かと話したいことが頭にいっぱいになれば、コップからあふれるように喋り出すかもしれません」かかりつけの小児神経科の先生はそう言ってくれたけれど、真人は言葉をほとんど喋らないまま四歳になった。

岬は誕生日におもちゃのピアノをプレゼントした。幼児向けとはいえ三十二の鍵盤があり、正確な音を奏でるピアノだ。

真人はテレビで聴いたアニメソングや歌番組で流れる曲の歌マネをすることがよくあった。ある時は、ピアノの演奏の映像を眺めて、そっくり同じに指を動かしていた。

楽器を弾くことは療育になるし、ひとつの興味に集中するＡＳＤの子どもは、しばしば定型発達の子どもより特定の才能に恵まれる、そう聞かされていた。真人には音楽的な才能があるかもしれない——たぶん、そんな期待をしたのだと思う。少しでも夢が欲しかったのだ。真人に、自分に。

「ほら、真人、ピアノだよ。弾いてみて」

だけど、見向きもしなかった。真人の場合、無理強いは最もやってはいけないことだし、したところで何の効果もない。岬がしばらく鍵盤を叩いて気を引いてみたのだが、耳を塞いで「あーっ」と抗議の声をあげるだけ。ＡＳＤ児はよくも悪くも音に過敏なのだ。

自分だって「猫ふんじゃった」しか弾けないのに、真人に何をさせたいんだ、私。これ、真人のためじゃなくて、自分のためじゃないか。小さなおもちゃのピアノが自分の浅はかさの象徴に思えて、押し入れにしまいこもうとした時、ぽろんと音が鳴った。すると、突然、真人が歌いだしたのだ。

「生まれて、生きてて、ラッキー、ラッキー」

驚いて振り向いた。真人はいつものように目を合わせてくれなかったが、顔をくしゃくしゃにしたこれ以上はないってぐらいの笑顔だった。笑いながら歌っていた。

「生まれて、生きてて、ラッキー、ラッキー、ウッキッキー」

きれいな声だった。音程もびっくりするほど正確。すぐに真人が好きなアニメ番組のエンディング曲だと気づいた。でも、岬には、天の上の誰かが、真人の口を借りて、岬にメッセージを送ってきたように思えた。

ミサキ、何をそんなに悩んでんだよ、真人が生まれてきてくれて、生きているだけで、ラッキーじゃん。

そうだよ、生きてるだけで、生きていてくれるだけで、それだけでいいのだ。やっぱり、うちの子は天才だ。笑顔の天才。このまま他の子は持っていない長所を伸ばしていけばいいのだ。世間と折り合いがつかない特性は、誰に何を言われるからではなく、真人が生きていきやすいように、幸せになれるように、少しずつ改善していけばいい。

その時以来、真人の口から少しずつ言葉がこぼれ出てくるようになった。

真人の積み木の列が、岬のたたんでいる洗濯ものに突き当たる。タオルの上に積み木を置こうとしたが、三角柱だからうまく立たない。でも、諦めないで挑戦し続けている。タオルをよけたり、どけたりはしない。少し前の真人なら癇癪《かんしゃく》をおこして泣きわめいているところなのに。短期間で成長したのかもしれないけれど、岬は素直に喜べない。森から還ってきた真人が、以前の真人とは別の子に思えてきて。

積み木が立った。真人は丸い目をさらに丸くする。菱形になった唇から満足そうな息が漏れた。

「やったね、マヒト」

拍手をしても岬を見ないが、真人なりに喜んで、そして照れていることは、膨らんだ鼻と両頬にうっすら赤い丸ができたことでわかる。

真人が立ち上がっておもちゃ箱に歩く。床にはまだぶちまけた積み木が残っているが、違うものが必要らしい。大きなおもちゃ箱に上半身をつっこんで、両足をばたばたさせて中をひっかき回してから、長く使ったことがなかったプラスチックの積み木を取り出した。

緑色の三角の積み木だ。それでタオルの上の積み木の続きをはじめる。ん？ パターンがかわったぞ。

「マヒト、それは何？」

真人の真正面に回って、目線を低くして訊ねた。見つめ返してくれなくても、目を見つめて。

「つみき」

だよね。真人には抽象的な言葉は通用しない。見えないものに想像力を働かせるのが難しいのだ。わかっているのについつい聞いてしまう。

岬も床に放り出された積み木を手にとった。真四角の積み木の上に正三角形を置く。積み木の家だ。

真人は岬のつくったちいさな積み木の家には目もくれなかったが、岬が「あれ、これは誰のおうちだ？」と声をあげたら、ちらりと横目を走らせてきた。

隠し持っていた小さなアンパンマンを積み木の屋根の上から飛び出させる。昔、春太郎がクレーンゲームで獲ってきたアンパンマンのミニライトだ。ボタンを押すとキラキラ光る。

「マヒトくん、こんにちは、ぼくアンパンマン」

アンパンマンの声色で——全然似てないけど——話しかけ、ライト人形をキラキラ光らせると、またこっちを見た。真人はカラスみたいに光り物に目がないのだ。

「ぼく、あんぱんまん」

岬の言葉をおうむ返しにする。そして、突然歌いだした。

「そうだ〜うれしいんだ〜」

アンパンマンの歌だ。よし、乗ってきたぞ。

「やあ、マヒトくん。これは、おうち。アンパンマンのおうちだよ。マヒトは、つみきで、なにを、つくっているの」

いま真人が並べている積み木にも何か意味がある。何かを表現しようとしている。岬にはそう思えた。たぶんいま真人の頭の中には、真人にだけ見えている風景があるはずだ。それは真人があの一週間で体験した何かを表しているのではないか、そんな気がするのだ。

ASDの子どもたちは、見えにくい表情の裏で、傷つきやすい心を抱えている。感情や行動をうまくコントロールできないことに常にストレスを感じている。けっして「自ら閉じて」いるわけじゃない。助けて。教えて。愛して。けんめいにいろんな信号を発しているのだ。

真人がいきなり立ち上がり、体を左右にゆらしはじめた。

ぶーらぶーらぶーら。

まずいな。これは混乱した時の行動。たぶんどう答えていいかわからないのだ。

森から還ってきてからの真人は、ASDの子にありがちな、理由のわからない癇癪を起こすことがなくなった。昼間、突然奇声をあげることもあの時以来ない。それはいいことなのだけれど、岬は心配だった。突然すぎる。真人が森の中に何かを落としてきた気がしてしまう。そのかわりのように年齢とともに治まってきていた睡眠障害が再発した。

夜遅くまで寝なかったり、夜中に突然目を覚ましてしまったりするのは、定型発達の子にも珍しくはないのだろうが、ＡＳＤの子どもの場合、顕著だ。昨日の晩も、寝ていた真人がいきなり声をあげた。夜驚症《やきょうしょう》だ。

「きあーっ」

悲鳴に近かった。

「あーあーっ」

「どうしたの？」

「がう……ないっ」

岬は真人を抱きしめた。

発見されたときの真人は、怪我もほとんどしていなかった。両の手のひらにすり傷があったぐらいだ。でも、心配なのは、体の傷より心の傷だった。一週間も森の中を彷徨《さまよ》っていたのだ。何も問題ないわけがない。

小児神経科の先生はこう言っている。

「マヒト君の場合、わかりにくいけれど、今回のことでのＰＴＳＤは、当然あると考えた方がいい。ＡＳＤ児はＰＴＳＤになりやすいんです。何があったのかがわかれば、対処できるのですが」

先生も真人にあれこれ質問をしたが、何もわからなかったそうだ。お医者さんにもレントゲンにもＭＲＩでも、真人の心の中は覗けない。

「五歳になりましたから、薬物治療という選択肢もありますが、できれば避けたいですね。もう少し様子を見ましょう。マヒトくんが安心できるように、とにかくそばにいてあげてください」

結局、それしかないのだ。岬が二度と離すまいと真人を体の中に取り込む勢いで抱きしめると、岬の腕に爪を食い込ませてきた。翌朝見たら、指の数だけ傷ができていた。

怖かった。せっかく森から還ってきたのに、真人がまたどこかへ姿を消してしまうのではないか、ありえないはずのその妄想がぬぐいきれなくて。

一週間の空白のあいだに真人に何があったのかを知りたかった。単にＰＴＳＤを癒すためというだけでなく、このままにしていては前に進めない気がするのだ。真人も自分も。

ＡＳＤの子は一般的に定型発達の子より記憶力がいい。ただしその記憶が点でしかなく、時系列的な線としてつながりにくいのだそうだ。しかも抽象的にではなく、事実をもとにした聞き方をしなくちゃならない。こっちは事実を知らないのに。


本棚から写真集を取り出して、森林が写ったページを探して広げた。

「このあいだ、マヒトは、木のいっぱいあるところに、いたね」

真人がぽかりと口を開けて森の写真を眺めている。

「人と一緒だったよね」

真人が写真を指でなぞった。岬のセリフをおうむ返しにする。

「いっしょだったよね」

おうむ返し《エコラリア》は真人の場合、おおむねイエスやオーケーと同じだ。

「一緒にいた人を覚えている？」

「ママ」

「そうだね、ママと一緒だったね。ほかの人は覚えている？」

返事はない。ほかの人、という抽象的な聞き方が悪いんだろう。誰かが一緒にいたという前提で、ストレートに質問する。

「マヒトが、森で会った人は、男の人？　それとも女の人？」

真人がまた体をゆらす。ぶーらぶーらぶーら。答えをあきらめた時、いきなり歌いだした。

「あるうひ〜　もりのなか　くまさんに　であた〜」

5

「月が大きいな」

夜空を見上げて独りごちる。別に月が大きくても小さくても、どうでもいいのだが、ひとしきり見上げる。無造作風にきっちりカットした顎鬚《あごひげ》を見せつけるように。

「というわけで樹海潜入。月明かりの下で火を焚こう」

用意していた薪《たきぎ》を顔の前にかざした。そして、また一人で呟く。

「独りの夜だ。これだけあればじゅうぶん」

拓馬《たくま》はニット帽をかぶり直し、すん、と鼻をすすってみせた。人に聞かせるためのひとり言だ。

木々の梢の木の葉模様に縁取られた穴ぼこみたいな夜空の真ん中に、ぽかりと浮かんだ月は、丸いけど、まん丸じゃない。満月から一日経った月だ。十六夜《いざよい》っていうんだっけ。違うか。スマホで調べる。お、合ってるわ。さっそく言葉にする。

「今夜は十六夜の月ですね」

俺がこんな言葉を知ってるなんて意外だ。誰かに教わったんだろう。ミニ三脚に固定していたビデオカメラを三脚ごとつかんで月へ向けた。あとでBGMをつけよう。何がいいかな。著作権フリーのにはろくなのがないから、流行《はや》りの曲を口笛で吹こうか。ユーチューブの場合、口笛なら著作権侵害にはならないのだ。

「冬の森は気持ちいいな。空気が突き刺さってくる感じ?」

ビデオカメラで月を写したまま、もう一回鼻をすすってみせる。いや、あんまりすんすんすると、引かれてしまいそうだ。カメラを元の位置に戻してから、写っていないところでこっそり洟《はな》をかむ。

実際、寒気が体を刺してくる。衣装を薄手のダウンにしたのは失敗だったか。街ではまだ季節は秋の終わりだが、ここはもう真冬だった。

「さて、では、焚き火。火おこしといえば、『タクマのあくまで』ではもうおなじみ、じゃーん、これです」

二本の丸棒とあちこちに焦げ目のついた平たい板を取り出した。戸村《とむら》拓馬のユーチューブチャンネル『タクマのあくまで原始キャンプ』はソロキャンプを配信している。道具や食材は最低限のものしか用意せず、極力、山の中のものを利用するのが売りだ。火は、縄文式。木をこすり合わせて摩擦熱でおこす。

二本の棒を十字の形にし、ヨットの帆の形に紐をかけ、縦棒《キネ》に巻きつける。横棒《ゆみ》を動かすと、先端を尖らせた縦棒が回転するしくみだ。縦棒は下に置いた火きり板の穴とこすれ合って火の粉をつくる。

しゃこしゃこしゃこ。

横棒をひたすら上下させた。

火の粉が火きり板の穴の下へ置いた枯れ草に燃え移るまで、これを続ける。

しゃこしゃこしゃこしゃこ。

「枯れ草は細くてモジャモジャしててよく乾燥した、切り干し大根みたいなのが火がつきやすいよ」

って、ぜんぜんつかないぞ。いつものことだが、このやり方だと、いつまでたっても火がつかないのだ。縄文人はつらいよ。寒いのに。早く飯をつくりたいのに。

「よしっ、煙が出てきたぞ」

と口でいいつつ。カメラを止める。編集しよ。早送り映像にして、『結局、このあと奮闘――五分』とかキャプションを入れて。道具を使わないキャンプがそんなにうまくいくわけがない。失敗や苦労を見せたほうが、再生回数も登録者数もあがることを拓馬はこの三年間のユーチューバー生活で学んだ。

学んだことはそれだけじゃない。ライブ配信じゃないから、ここはもうひとつヘンシューしよ。ライターを取り出して、枯れ草に火をつけた。文明、偉大。あっという間に燃え上がる。勢いが良すぎる炎が鎮まってから、火種を石と土でつくったカマドに移す。

「えー、着火剤なんてシャレたものは原始キャンプの辞書にはないので、杉の葉をくべます。杉の葉は脂が多いからよく燃えるんだ。縄文人、嘘つかない。覚えておいて損はないよ」

よく言うよ、と自分でも思う。さも体験から習得したみたいな上から目線の物言いだが、ネットで検索して覚えたネタだ。

もくもくと煙があがった。

けむい。臭い。目にしみる。

ちょっとぉ、聞いてないよ。ネットは臭わないし、目にもしみない。

酷い煙にむせて、げほげほと咳き込み続ける。カメラをまた止めようかと思ったが、こういうハプニングは「おいしい」かもしれない。撮っておこう。空咳をくり返して呟いた。

「煙《けむ》いのがたまにきず。言い忘れてたよ、杉はよく乾いたものを使わないとだめだよ」

ようやく焚き火が燃え上がった。闇に支配された森に、異物のように暖色の光が差し込まれる。助かった。本気で寒いのだ。喋りながら歯がかちかち鳴っていた。早くも帰りたくなってきた。到着してまだ一時間も経っていないのに。『タクマのあくまで原始キャンプ〜樹海潜入篇』はまだ始まったばかりだ。

撮影を中断して、しばし火にかざした両手をこすり合わせる。樹海篇、やめときゃよかったかな——って、じつは「樹海潜入」なんて嘘だった。前回の配信の時、バズりたくて、つい「次は樹海に潜入しまーす」と口走ってしまった。日にちまで予告して。たまたま前の日に樹海を舞台にしたホラー映画が地上波で放送されていて「樹海」というワードがトレンド入りしていたからだ。

ここは樹海じゃない。神森《かみもり》っていう名前の場所だ。

拓馬の街から富士山麓の樹海までは遠いし、首吊り死体かなんかに出くわしてしまうのが怖かった。「夜の樹海には亡霊が彷徨《さまよ》っている」なんて噂をユーチューブで聞いたことがあるし。樹海の奥で迷った経験のあるそのユーチューバーは、「樹海の奥で迷ったら二度と戻ることはできない」と語っていた。

一昨日《おととい》、テレビでこの神森が取り上げられていた。番組のタイトルは『もうひとつの樹海』。なんと県内。しかもＮＨＫ。ここだ！　急遽ロケ地を変更した。県民でも知らなかったが、ここは「小樹海」と呼ばれているらしいから、まったくの嘘ってわけでもない。寒さは誤算だったな。こっちのほうが樹海より北だからかな。さっさと撮って、とっとと帰ろう。『原始キャンプ』のラストシーンは夜明けの空と決めているのだが、いまの時期は夜が長い。このあいだみたいに朝までファミレスで時間を潰そうか。

火が大きくなってきたところで、リュックから飯盒《メスティン》を取り出す。

「今夜はカレーです。いくら原始キャンプでも、カレーは譲れない。それと、これ、メスティン。ご飯だけじゃなく、カレーもこれで作っちゃいます。普通のメスティンだと焦げついてしまうけど、テフロン加工のこれなら、フライパンや鍋のかわりにも使える。おすすめデス」

飯盒をカメラに近づけてドアップにする。人気ユーチューバーになれば、むこうからやってくるという噂の企業案件《タイアップ》を夢見て。

まな板ではなく、大きな葉っぱの上で野菜を切るのが、原始キャンプのこだわり。とはいえ食材はどれも途中のスーパーで買ったものだ。最初の頃は、必死こいてウケを狙いにいって、釣った魚や山で採った山菜や果物らしきものやキノコを使って料理をつくっていたのだが、三回目にシメジだと思って食べたキノコで酷い下痢をしてからは、そこらへんのポリシーは曲げている。

まずニンニクを細かく刻んでメスティンに入れる。次にタマネギ。それからニンジン。ほんとはまとめてぶちこんだほうがラクなのだが、視聴者が飽きないように、野菜は一種類ずつ刻んで投入する。じゃがいもは柔らかくするために焚き火に放りこんでおく。

「はっきり言って面倒臭いよね。不便だよね。山の中で電気もガスもろくな道具もなく、料理をつくるのは。でも、その不便さが魅力」

なあんてね。道具がないのは道具が買い揃えられないからなのだが。でも、ほんとうにそう思っていた。最初のほんの一、二回目までは。いまはただ面倒臭いだけ。ああ、ＣｏＣｏ壱、行きてー。

パリパリチキンカレー、いきてー。

拓馬は三脚カメラの前で食いたくもないサバカレーを食い、人気のアニメキャラのものまねをして「うまい！」を連発する。

カメラを止めると、食べかけのカレーを放り出して、ため息をついた。

三か月前から夜間のビル清掃のバイトを始めた。ユーチューブだけではとても食っていけないからだ。

いいのか俺、このままで。もう三十六歳だぞ。ユーチューバーは、四つ目の転職先だ。カーディーラーの営業マンを辞め、再就職ができないまま、やぶれかぶれで始めた。

最初の頃は趣味でやっていた番組の延長で、ＵＦＯやＵＭＡをテーマにした、まとめサイトみたいな内容だった。『タクマのあくまで未確認飛行情報』。そこそこ受けてはいたが、しょせんごく一部のマニア向け。金にはならない。

で、本格的に稼ぐために、ソロキャンプ動画の投稿と配信を始めた。ＵＦＯ目撃のメッカと呼ばれる山頂でロケをするために買ったタープや夜間撮影機能付きのビデオカメラがあったから、低予算で始められるし、流行にも乗っかれると思って。

おかげで、ようやく稼げるようになった。稼げるといっても、金が入るようになったというだけで、月収はいいときでサラリーマン時代の三分の一程度だが。わかっちゃいたけれど、しょせんヒロシの二番煎じ。そのくせ競合ユーチューバーがやたら多くて、再生数は頭打ちだ。そろそろ一発当てねば、と思いつつ今日も気合がいまいち入っていない。

正直言って、そもそもキャンプは好きじゃないのだ。夏は苦手な虫がうじゃうじゃいるし、冬はひたすら寒い。春や秋でも雨が降ったら最悪だ。

カメラを止めた拓馬は、じっと焚き火の炎を見つめていた。焚き火が明るいぶん、森は暗い。黒い巨大な生き物みたいにうずくまっている。

撮影中のさっきまでは、ウイスキーをコッヘルに注いでストレートで飲んでいたのだが、カメラが動いていないいまは、カルピスウォーターをすすっている。

「縄文人は誰もが酒飲み」なんて言いつつ、毎回ひとり酒シーンを入れているのだが、ほんとうは酒にはあまり強くないし、好きでもない。

事務機器のルートセールスの営業マン時代には、仕事が終わると酒好きの上司にむりやりつき合わされて、ただでさえ少ないプライベートタイムと睡眠時間を削られた。しかもワリカン。誘いを断ったとたん、担当地区を「地雷原」と呼ばれるクレーマーの巣窟に替えられた。

俺の居場所はここじゃない。本当の俺はこんなもんじゃない。そう考えて、がんばってきた。だけど何をやってもうまくいかない。自分のどこが悪いのか、あれこれ考え続けてきたけれど、反省しすぎて、いくら考えても、反省の余地なんかもうどこにもなかった。

考えられることは、ひとつ。がんばり方が足りないのではなく、世の中が、いくらがんばっても上にはいけないシステムになっているのだ。世間は、ほんのひと握りの、たまたま運良く成功した人間と、その子孫たちのためにある。ニューカマーが近づいても蹴落とされるだけ。

拓馬の二番目の就職先の食品販売会社でのこと。新しく配属された若手社員に、営業成績がまるで上がらないのに偉そうなことばかり言うヤツがいた。うるさ型の上司もなぜかそいつには文句を言わず、それどころかむりやり誉めどころを探して称賛する。ありえない。年上だった拓馬はある時、思いっきりそいつに説教をしてやった。するとその翌月、「人外魔境」と恐れられる支店に飛ばされた。あとで知った。そいつは親会社の会長の孫だったのだ。

どうせこの世界は、ごく一部のエスタブリッシュメントが支配しているのだ。新聞社もテレビ局もグルだから何も報じないが、ネットには詳しく載っている。世界のセレブには小児性愛者が多く、国際的な児童人身売買シンジケートを利用している。その存在を隠し、存続させるために秘密結社を組織し、世界中の政治や経済や文化を我が物にしている——

まあ、全面的に信じているわけじゃないが、あながちフェイクニュースとも言い切れない。何年か前、スマホのニュースを見て驚いた。あの会長の孫が、逮捕されたのだ。容疑は男児に対する常習的なわいせつ行為。

そうそう、UFO関連の動画を配信していた時、『人類の中には宇宙人が潜んでいて、各国の要人に化けている』という陰謀論を信じるやつが多くて驚いたものだ。

これには笑うしかない。ありえないだろ。宇宙人が人間に化けられるはずがないじゃないか。なぜなら現在、地球にやってくる宇宙人はほぼすべてが、頭と目玉が異常に大きく、身長は一メートル二十センチ程度の、リトルグレイ・タイプだからだ。人間に化けるなんて、サイズ的に無理だ。

あれ、なんで俺、こんなどうでもいいことをウダウダ考え続けているんだろう。森に来るといつもそうだ。

なぜかは自分でもわかっている。夜の森が怖いからだ。それがソロキャンプが嫌いないちばんの理由だ。

キャンプに来るといつも焚き火ばかり見つめている。周囲の木立に目を凝らしてしまうと、奥のほうで何かが蠢《うごめ》いている気がしてくるのだ。動物ならまだいい、動物じゃない何かが。

ソロキャンプの時は、夜通し眠ることができない。誰もいない深夜の森で目を閉じると、とたんに闇の底から何者かが這い出し、体に覆いかぶさるほど近づいてくる気配を感じるからだ。目を開けた瞬間に、その何かは消えてしまうのだけれど。

笑いたければ、笑うがいい。嘘だと思うなら、あたり一帯に誰もいない、灯ひとつ見えない、真夜中の森で眠ってみるといい。

前回みたいにファミレスで時間を潰せればいいのだが、ここへ来る途中の山道では、食べ物屋もコンビニも見かけなかったし、あったとしても、今回はダメだ。数少ないとはいえ、拓馬の動画の登録者に出くわさないともかぎらない。そうしたらロケ地が樹海でないことがバレてしまう。前回、「次回は樹海潜入！」と日づけ付きで予告したら、いままでになく登録者数が増えたのだ。

「時計は持たない」のが原始キャンプの掟だが、スマホは当然持っている。スマホで時刻を確かめると、ちょうど午前零時だった。

こんな山の中なのに、遠くでサイレンの音がした。そういえば、ここに来る途中、何台も警察車両に出くわした。事件なんか起きそうもない場所なのに、この辺で何かあったのだろうか。

拓馬は毛布にくるまったまま焚き火を眺め続ける。火が消えないように慎重に薪を継ぎ足しながら。

夜の森はけっして静かじゃない。小人が踊る足音のようなかすかな騒ぎは、枯れ葉が地面に落ちる音だ。

頭上や周囲から聞こえる潮騒みたいなざわめきは、葉擦れの音。あれは本当に風が鳴らしている音だろうか。拓馬には木々が囁き交わす声に聞こえることがある。

人間ガ侵入シタ。気ヲツケロ、火ヲ焚クゾ。警戒セヨ、警戒セヨ。

田舎で大根をつくっている祖父《じい》ちゃんが教えてくれた。

「植物ってのは、ちゃんと脳味噌があって、モノを考えてるに違いないのさ」

大根の種は一カ所に何粒も播く。間引きをして良い苗だけ残すためだが、祖父ちゃんによると、一粒だけ種を播いても苗は大きくならないのだそうだ。ある時期まではたくさん播いたほうが、むしろ大きく育つ。

「競争するんだな。自分が先に茎を伸ばして葉を広げれば、ほかの苗を日陰にして、自分だけ大きくなれるってことがわかってるんだ」

こんなことも言っていた。

「虫がついた大根はとたんに辛《から》くなる。虫が喰えなくなるように体を変えるんだよ」

火を眺めるのに飽きて、月を見上げる。十六夜の月という言葉を誰に教わったか思い出した。祖父ちゃんだ。元気か、祖父ちゃん、天国で。

せっかく朝まで起きているんだから、もう少し撮影しておこうか。三脚を据え直し、空《から》のコッヘルを手に取った。キュー。

「眠れない。なんだか騒がしい。騒がしいのは、風だろうか。いや、樹海の霊たちかもしれない」

言い終えたとたん、まるでそのナレーションの効果音のように背後で木の葉が揺れる音がした。

え？

後ろに誰かがいる。

誰だ？

動物？

いままで拓馬がキャンプで出会った動物といえば、リスとムササビぐらいだが、背後の物音がその程度の小さな動物のものじゃないことぐらいはわかる。もっと大きな生き物だ。

鹿？

野生の鹿は想像以上に危険な動物なのだ——とキャンプ関係のサイトにはよく書かれている。鹿ならまだいい。熊なんてことはないよな。

ここも山には違いないが、ツキノワグマの棲息地は、さらに標高の高いところだ。神森で熊に遭遇することはまずない——とネットには載っていた。

振り返るのが怖かったが、振り返らずにはいられない。錆びたカランみたいにぎくしゃくと背後に首を動かす。

木々の下枝の葉が、焚き火の炎に照らされて、黒一色の上に緑色を重ね塗りしたように浮かびあがっている。その闇と光がせめぎ合っているあたりに目を凝らす。そして溜め込んでいた息を吐き出した。

何もいない。

なんだ。脅かすなよ。風か——吐いた息が一瞬ののちに喉へ逆流してきた。

いや違う。

風じゃない。背後の枝葉は確かにゆらゆらしているが、揺れているのは拓馬の真後ろ、地上から一メートルあたりの葉と枝だけだ。そもそも吹くたびに剝き出しの頰を刺し、身を縮めさせていた風を、さっきからまるで感じない。

「騒がしいのは樹海の霊たちか」

フォロワーへの受け狙いで口走ったその言葉に、自分が怖くなってきた。気温のせいだけでなく、背筋が震えた。

いやいやいやいや、ありえない。山の中では風が変な方向から吹くことがあるし、鳥が飛び立ったのかもしれない。かりにも俺は、ネットで「超常現象評論家」を名乗っていた男だ。何を恐れる必要がある。超常現象というのは、未確認飛行物体や未確認生物など、自然科学では説明できない現象のことを言うのだ。存在しないことが科学的に証明されている幽霊は厳密に言えば超常現象には含まれない——と、理屈っぽいことをウダウダ考えているのは、怖いからだ。昼間の街中ではなんでもないあれやこれやが、独りぼっちの真っ暗な森の中では、とたんに恐ろしくなる。拓馬はいつものように焚き火の炎だけを一心に見つめて、頭の中を理屈でふくらまして、恐怖を頭の外に追い出そうとした。ひとよひとよにひとみごろ。なくようぐいすへいあんきょう。すいへいりーべ……

あ、待てよ。

ビデオカメラ、オンにしてあったんだっけ。

焚き火の手前に据えた三脚からカメラをはずした。そうだよ、こいつがすべてを見ている。映像をチェックすれば、ただの気のせいだってわかるはずだ。カメラを停め、撮影を再開したところから再生してみた。

ファインダーに、枯れ枝で炎をつついて、カメラ目線で一人語りをしちゃっている自分が映し出された。撮影中だから頭からかぶっていた毛布は放り出して、薄手のダウンだけであぐらをかいている。そのほぼ真後ろ、画面右手だ。

やっぱり葉が揺れているように見える。

音を聞いて一瞬ためらったのは事実だが、自分では決然と勇敢に振り返ったつもりだったのに、映像の中の拓馬は想像以上に長い時間びくびくしていたうえに、おどおどという言葉の見本みたいな情けない動作で振り向いている。ここ、編集でカットだな。

再生映像の一点に目が留まった。肉眼では気づかなかった。ゆらゆらと手招きするように揺れる葉のさらに下――

最初は細い幹が二本生えているのだと思った。

違うとわかったのは、映像の中の拓馬が焚き火に目を戻したとたん、二本並んで闇に浮かび上がっていたその幹が動いたからだ。まるで歩くように。

足だ。やっぱり動物だったのか。

が、どう見ても二足歩行だった。

闇と恐怖が夜色のゼリーとなって拓馬の全身を包み込む。そのゼリーが体内に侵入して心臓を締めつけた。ふじさんろくにおうむなく。さいんこさいんたんじぇんと。なくようぐいすへいあんきょう。

すがりつくようにビデオカメラを握りしめ、再生を停止し、見間違いであることを願って静止画像を拡大する。

やはり二本の足だ。サルだと思いたかったが、まるで違う。毛がない細くて白い足。むりやり動物にたとえようとしても、カンガルーぐらいしか思い浮かばない。

画像の上方、葉が揺れた部分を拡大してみた。白いものが浮かび上がっていた。

顔だ。

闇と葉に隠れてしまって、表情ははっきりとわからない。が、どう見てもこちらを向いている小さな顔だった。推定身長一メートルちょっと。

それが何であるのかを、拓馬は即座に理解した。もちろん幽霊などという非科学的なものではなく、カンガルーであるはずもない。拓馬がよく知る、もっとリアルな存在――

リトルグレイ。

小人型宇宙人。
ついに遭遇してしまった。
いままでより具体的な恐怖と驚愕に、拓馬の頭はホワイトアウトしてしまい、ビデオカメラを取り落としかけた。危うくカメラを両手で掻き抱いた時、
今度は右手の茂みが、重い闇を震わすようにがさがさと鳴った。

6

冬也《とうや》くんといる時の真人《まひと》は、とっても楽しそうだ。気持ちが表情に出にくい子だけれど、冬也くんを見上げる顔の両頬は、赤い丸を二つくっつけたみたいに上気している。

いまさっき「おーい、マヒトー、いるかー」と玄関から冬也くんの声が聞こえた時も、大好きな遊び——というより神聖な儀式である——ミニカー並べを中断して、とてとてと玄関まで迎えに行った。あと三台で並べ終わる佳境に入っていたはずなのに。

「はい、おみやげ。マヒトは、いつものやつね」

冬也くんがエコバッグから無造作に取り出したのは、最近の真人のお気に入り、チョコバナナのオムレットだ。

真人の「こだわり症」は食べ物も例外ではなく、お菓子は同じ系統のものしか食べない。好みがずっと続くわけではなく、ときどき何かの拍子にころりと変わるのだが、このところは毎日チョコレートかバナナだ。

真人が無言で手を伸ばすと、冬也くんは、ビニール包装のチョコバナナを真人の頭の上、手の届かないところに差しあげてしまった。真人がぴょんぴょん跳びはねると、さらに高く掲げた。

「ねぇ、マヒト、おやつを、食べる前には、なんて言うんだっけ?」

「うー、うーっ」

「惜しい。『う』じゃなくて、『い』から始まる言葉だよ」

「いー、いー」

冬也くんが誘いかけるようにチョコバナナを上下させる。

「『い』の次は『た』……」

「いた」

「そうそう『いただき』?」

「いただきまふ」

「おー、すごい、さすがマヒトだ。よくできました。はい、どうぞ」

まるで動物の餌付けだが、ご褒美を与えることと、誉めることは、ASD児の療育方法の基本なのだ。

冬也くんは保育士で、母親である岬《みさき》が見習わなくちゃならないほど子どもの扱いに慣れている。難しいだろう真人の相手も苦にしない。「特別なことはしてないよ。真人みたいな子、保育園では珍しくないからね。そもそも子どもは多かれ少なかれ、全員が問題児だ」と言っているのだけれど、発達障害に対する知識や接し方に急に詳しくなったのは、真人がASDと診断されてからだ。真人のために身につけてくれたのだと思う。

「岬さんには鯛焼きです」

「ありがとう。嬉しい」

「バナナは食べ飽きてるだろうと思って」

「そのとおり。気が利くぅ。春太郎《はるたろう》とは大違いだ」

あっという間にチョコバナナを食べ終えた真人が、冬也くんのパーカーの袖をつかんでひっぱる。遊ぼうという意思表示だ。

言葉の少ない真人はしばしばこうやって大人に要求を伝える。たとえば外出先でジュースが飲みたい時には、口では言わず、岬の腕をつかんで自動販売機のところまで歩く。寒くて上着が欲しい時は、岬の袖やスカートの裾をひっぱって簞笥の前まで連れていく。簞笥の中に自分の服があることはわかっていても、自分で取り出そうとはしない。怠惰なのではなく、いまのところ真人のルールの中に、自分で用意するという項目が存在しないからだ。真人を育てるには、ひとつひとつ真人の中にルールを増やしていかなくちゃならない。

冬也くんはなかなかキビシイ。真人が意思表示をしてくれただけで嬉しくなって、つい言うことを聞いてしまう母親の岬より。

「えーと、真人は、俺を、どこに、連れていってくれるの?」

真人が目を合わせないまま、さらに袖をひっぱると、食べていた鯛焼きのしっぽを真人の顔の前に突き出した。

しっぽをくるくるまわす。つられて真人の焦げ茶色の目玉もくるくるまわる。

冬也くんは椅子から降りて、真人の目線より低くしゃがみこむと、鯛焼きのしっぽを自分の顔の前に持っていった。ずっと鯛焼きを目で追っていた真人と視線が合う。

多少強引だけど、岬もしばしば使う、真人と視線を合わせるための秘策。真人が人の目を見て話ができるようにするためのトレーニングだ。冬也くんが寄り目をつくってにんまりと笑うと、真人も笑った。声をあげて。

「きひゃーっ」

真人が人と目を合わせないのは、視線が怖いからじゃなくて、真人の中に「人と目を合わせる」というルールが存在しないだけなのだ。

「おじさんと遊びたい？　俺も、マヒトと、遊びたいよ。だから、言葉で言ってくれ」

「あそぶたい」

「オーケー」鯛焼きの残りをひと口で片づけて冬也くんは言う。「なにひへあほぶ？」

言葉にはしたけれど、真人は冬也くんの腕をつかんだまま離さない。でもここは黙って見ていることにした。いっぺんにいろんなことを教えると、混乱してしまう。根気よくひとつひとつ。冬也くんは、真人に袖をひっぱられてリビングのミニカーの行列の前に連行されていく。今日は冬也くんにまかせよう。

冬也くんは春太郎の弟だ。だから真人にとっては確かに叔父さんなのだが、春太郎や、春太郎の高校の同級生だった岬より六歳年下の、二十九歳。長めの髪とほっそりした体は年齢以上に若く見える。おじさんなんて言葉はまだ似合わない。

春太郎が亡くなってからもたまに顔を見せてくれていたのだが、こうしてひんぱんに立ち寄ってくれるようになったのは、行方不明になった真人が還ってきてからだ。

春太郎とは年が離れているし、性格も職業もまるで違うから、それほど仲がいい兄弟とも思えなかったのだけれど——ウチにくるといつも、春太郎が父親みたいに説教して、春太郎に比べるとお酒が弱い冬也くんはいつも酔い潰されていた——お父さんを早くに亡くして、お母さんも病気がちだったから、高校を出た春太郎が働いて冬也くんを大学に行かせたそうだ。

若いのに頭の中身が昭和な春太郎が、「あんないい大学を出て、なぜ保育園でガキの相手をする」と説教をしていたのも、ふてくされた冬也くんが「借りは返すから」と言い返しているのも聞いたことがある。冬也くんは結局、春太郎には返せなかった「借り」を真人に返しにきてくれているのかもしれない。


真人がミニカー並べを再開する。冬也くんは真人のこだわりを否定しないどころか、こだわりの甘さを容赦なく指摘する。

「マヒト、ここ、すき間、空きすぎじゃない？」年の離れた友だちみたいだ。真人が「あ」という顔で間隔を直す。

「おじさん、ここに、信号つくってもいいか」

この言葉は無視していた。たぶん意味がわからないからだ。

「信号って、ほら、道の脇に、立っているやつ。赤、黄色、緑色の丸が光る」

冬也くんは、おもちゃ箱から積み木を持ってきて、細長い積み木を立て、小さな長方形の積み木をその上に載せた。

「見て見て、マヒト、ここが、赤、黄色、緑色に、ぴかぴか光る」

冬也くんが信号機に見立てた積み木を叩くと、細長の積み木からぽろりと落ちた。真人が「きゃはあ」と笑う。真人の笑いのツボは独特で、母親の岬にもよくわからない。

真人が積み木を拾い上げて、細長いほうの上に載せる。そしてぽつりと言った。

「しんごー」

「なんだ、知ってたか。なんでも知ってるんだな、マヒトは」

「あかはとまれ、あおは雀《すずめ》」

「そうそう。信号、もうひとつ、つくろうか」

並んで積み木を積む二人の横顔は、叔父さんと甥だから、けっこう似ている。そして二人とも春太郎に似ていた。正面から見ても年々似てきた真人はもちろん、がっちりして顎の張った春太郎とは、体型も細面《ほそおもて》の顔も違っていて、あまり似ていない兄弟だと思っていた冬也くんも。

ミニカーを並べ終えた真人が、今度は一台一台をひっくり返していく。これにも冬也くんは辛抱強くつきあっていた。いや、本人も面白がっているのかもしれない。ミニカーの裏側を珍しそうに眺めて、こだわり性といってもまだ子どもの真人の並べ方が不満のようで、またも車間距離を直している。「こだわり性」は山崎《やまさき》家の伝統かもしれない。ＡＳＤのことはそう簡単な話ではないのだが、そう思いたい。そう思っていたい。

もう何か月も美容院に行っていない、肩下まで伸びた髪を後ろで結わきながら、岬は言う。

「来てそうそうごめんね。コーヒーでいい？」

「うん、お願いします」

冬也くんの言葉を、最近子ども番組で覚えた言葉と勘違いして、真人がおうむ返《エコラリア》しする。

「鬼《おに》が島《しま》す」

自分から口を開くことは少ないが、真人には気に入った言葉をコレクションするくせがある。テレビのコマーシャル。アニメソング。誰かの発したひと言。定型発達児より優れた記憶力で頭の中にストックして、それを唐突に口にする。どういう基準でこだわりフレーズを決めているのかはわからないが、その言葉を口ずさむと安心するのだと思う。

「コーヒー、入ったよー」

冬也くんがダイニングテーブルへ戻ると、気を引こうとするように、真人が声をあげた。

「なくようぐいすへいあんきょー」

コーヒーカップを口に運んでいた冬也くんが驚いて、むせた。岬もだ。

「え？　マヒト、すごいな。なんでそんな、難しい言葉を知ってるんだ」

真人はこちらを振り向かないが、斜め後ろからでもぷっくりふくらんで見えているほっぺたの赤みがひとまわり大きくなった。

冬也くんが春太郎にも真人にも似ている、眼鏡の中のまつ毛の長い目をまるくしたままこっちに向き直る。

「マヒト、歴史の勉強してるの？」

岬は片手をふるふると振った。「まさか」

新しいこだわりフレーズだ。どこで覚えてきたんだろう。

「で」コーヒーカップをテーブルに置いて冬也くんが問いかけてくる。「どう？」

真人のＰＴＳＤのことだ。岬は縦でも横でもなく曖昧に首を動かした。

「うーん、夜中に突然叫び出すのはあいかわらず」

「夜驚症だね」

「そう、だけど、マヒトの睡眠障害は前からだし。症状みたいなものはとくに……」

「じゃあ、心配するほどじゃないんだね。医者は大げさに言うから」

この言葉にも首をどちらかにきっぱり振ることができなかった。ミニカーを全車転覆させて、満足そうなため息をついている真人の、だぶだぶのトレーナーの背中を眺めながら言った。

「でも、確かに、前の真人とは違う気がする。こんな言い方、親としてどうかと思うけど、ときどき森から別の子どもが還ってきちゃったみたいに感じる時があるの」

「別の子ども？　どこが？」

「えー、例えば……」

牛乳をたっぷり入れたコーヒーで唇を湿らせてから答えた。

「前よりいい子になってる。癇癪《かんしゃく》をおこさなくなった。以前はとくに理由もないのに大声を出したり、家だけじゃなくて外でもいきなり寝ころがって手足をバタバタさせたりしてたけど、それがいまのところない」

これまでは何日かにいっぺん、多いときは日に何度も、理由不明の癇癪をおこしていた。ＡＳＤ児の場合、うまく意思が伝えられないストレスが積もって、そうなってしまうのだが、あの日から今日までの一か月近く、それが一度もない。家だけでなく外出先でも一人でトイレに行けるようになった。食べ物の好き嫌いも減った。チョコもバナナも、少し前まで食べなかったのに。

「それって、いいことじゃないの？　何が問題？」

「そうなの。それなのに、なんで、私……」なさすぎて逆に不安なのだ。あの小さな体の中にいろいろなものを溜めこんでしまっている気がして。そうでないとしたら、あの森の中に怒りや悲しみの感情を落としてきてしまったように思えて。

「あとは？」

「知らない言葉を口走るようになった。前よりずっとたくさん」

「鳴くよウグイス平安京？」

「そう。さっきの『赤は止まれ、青は進め』も。ほかにもある。テレビで覚えたのなら私にも見当がつくんだけど、どこで聞いてきたのかわからないような言葉で……教えたことのない歌を歌ったりもするし」

「保育園で覚えたんじゃない？」

「休んでる。あれからは一度も行ってない」

岬も働いているレストランを休職中だ。「こんな時期だからしばらく休んでいい。復帰して欲しい時にはこちらから連絡する」とオーナーには言われているけれど、「こんな時期」というのは真人の一件ではなくコロナで客足が減った「店の都合」のことなんだろう。このまま「もう来なくていい」と言われてもおかしくなかった。

冬也くんが眼鏡のブリッジを押し上げて、中空を睨んだ。

「やっぱり、あの一週間のあいだに誰かと一緒だったのかな。それなのに、その誰かさんは名乗り出ない。なぜだろう。真人のことはけっこうニュースになったのに」

宙を見つめたまま髪を掻き、ひとりごとみたいにぶつぶつ呟いてから、岬の顔を見て、しまったというふうに口をつぐんだ。岬が「けっこうニュースになった」という言葉に知らず知らず顔を曇らせてしまったらしい。

「誘拐されたのかもしれない、っていう岬さんの考えは、間違っていないかも。そういえば、あのマフラーは？」

発見された時、真人が巻いていたマフラーは警察に渡した。

「だって、ウチのものじゃないから」

渡さなければよかった。いま思えば、あれが真人が誰かといたかもしれない、いちばんの証拠だった。

「拾ったってことはないかな」

「ありえないと思う。冬也くんも知ってるでしょ。真人が極端に潔癖症なこと。知らないものを、まして落ちてるものを使ったりはしない」

「赤いマフラーだったんでしょ。女の人かな」

「どうかな」とくに女性物という感じでもなかった。「そもそも赤は女物なんて考え方は古いよ」春太郎みたいだ。お姉さんぶって冬也くんの顔の前で、ちっちっと指を振ってやったけど、考えごとに夢中な冬也くんは気づきもしない。こういうところも春太郎に似ている。

「真人は無事に帰ってきた。それでめでたしめでたし、じゃだめなの」

岬は首を振る。縦に、それから横に。

「あの一週間にあの子に何があったのか知りたい。PTSDだとしたら、その原因がわかるかもしれないし。真人が誰かに変なことをされたんじゃないかとか、もしも本当に誘拐だとしたら、その人がまた真人を……なんて考え出してしまうと。いままで真人とは一日だって別々にいたことはなかった。だから、空白を埋めたい、それだけなのかもしれないけれど。取り戻したいんだ。あの一週間を」

そこまで一気に捲《まく》し立て、勝手なことを言っている自分が気恥ずかしくなった。まっすぐこっちを見つめてくる冬也くんの視線に耐えきれずに目をそらす。大人でも自閉症でなくても、いつでも人と視線を合わせて話せるわけじゃない。

「もしかしたらPTSDなのは……あの一週間がトラウマになっているのは、私のほうかもしれないね」

冬也くんのほうは岬の目を覗きこんだままだ。

「ネットはまだ見ているの」

岬に対する誹謗中傷は、真人が見つかったいまも続いている。誰かが善意で立ち上げてくれた『真人ちゃんを探せ』というサイトへの書き込みだ。

『自演乙』

『注目されたくて子どもを利用したバカ親』

『涙なし逆ギレ女　ヤマサキミサキ』

『代理ミュンヒハウゼン症候群じゃね』

「たまに。ちょっとだけ。情報はもうほとんどないし、変な書きこみも少ない。前よりずいぶんましになってる」

嘘だった。少なくなったぶん、過激な発言が多くなった。少数の人がくり返しコメントしているのだと思う。岬にはまるで身に覚えのない『過去の悪行』や、でたらめの『経歴』まで載っていたりする。

「やめたほうがいい。あんなの気にしないほうがいい。見ないのがいちばんだよ。いつまでも酷かったら、訴えよう。言ってくれれば、俺、いつでも反撃するから」

「ありがと」

いまも続いている情報提供――ほとんどが岬への罵《のの》りと嘲笑だけれど――の中に、真人の空白の一週間の手がかりがあるかもしれない、そう思って見続けている。それに、変な話だけれど、悪口だとわかっていても、ああいうものには、吸い寄せられてしまうのだ。瘡蓋《かさぶた》を自分で剝がしてしまうみたいに。口内炎に触ってしまうみたいに。酷いコメントの数々を見ることによって、我が子を一週間も森の中に置き去りにしてしまった自分へ、自分で罰を下しているのかもしれない。

逆さまになったミニカーのタイヤを、点検作業のようにひとしきり指でまわしていた真人は、今度はおもちゃ箱の中から二本の棒を取り出した。菜箸だ。ダイニングテーブルに置いてあったのを見つけて、何が気に入ったのか手放そうとしない。何本かあるからプレゼントした。真人は菜箸を両手で握ったまま、あぐらをかいてしゃがみこんでいる。

「そうそう、あれも変わった点」

「あれ？」

岬は頰づえをついていた片手を真人のほうへ差しのべた。

「あぐらをかくようになった。前は正座か、体育座りばっかりだったのに」

「あの時、あぐらをかく誰かと一緒で、それを見て、まねして覚えたってことだね」

「そして、あれ」

最初は菜箸を太鼓を叩くバチにするのかと思っていた。前にもコマーシャルに出てくるドラム演奏のシーンをそっくり再現したことがあったから。そうじゃなかった。真人は棒を十字にして、こすり合わせるしぐさをしている。

「なんだろ、前からやってたっけ？」

「ううん、あれもあの時以来」

「マヒトが『ごっこ遊び』をするなんて珍しいよね。いや『ごっこ』じゃなくて、自分が経験したものの再現か。もしかして――」

冬也くんが髪をがしがしと搔いて立ち上がり、真人の前にしゃがみこんだ。

「面白そうだね。俺にも、やり方、教えて。マヒトが、考えたの？」

返事はない。たぶん違うと思う。冬也くんは答えがなくてもまるで気にせず、さらに問いかける。

「じゃあ、教えてもらったのか。よかったな」

これにも答えない。が、少しして、真人がひよこみたいに唇を尖らせた。そして、口から苦手なたまごボーロを吐き出すみたいに言った。

「ひ」

「ひ、かあ」

冬也くんがやっぱりな、という顔をする。対面式キッチンで冬也くんのコーヒーのおかわりを勝手に淹れていた岬にはわけがわからない。

「ひ？」

「火。燃える火のことだね。なるほど。これ、昔の人の、火のおこし方だね。森の中は、寒いもんな。火で、あたたまらなくちゃね」

冬也くんが真人の目を見ながら語りかけると、真人は棒を握った両手を冬也くんの前に突き出した。

「おじちゃんも、やってみて」

真人に覚えさせるために、足りない言葉を岬が代弁する。疲れたから代わってくれ、と言っているだけかもしれないが。

「こうか？」冬也くんが真人のまねをして菜箸を十字に交差させてこすった。「寒い寒い、早く火を、つけなくちゃ」

真人がおうむ返しをする。「さむいさむい、つけなくちゃ」

「火がついた時、マヒトは、嬉しかったよね。暖かくなって、明るくなって」

真人がこくんと首をうなずかせる。冬也くんの言葉に誘導されて、過去の出来事を思い出しているのだ。

「火のつけ方を、教えてくれた人に、ありがとうって、言わなくちゃな」

「ありまと」

真人が急に立ち上がった。リビングの壁に向かって頭を下げる。ということは、あの一週間のどこかで真人は焚き火にあたってたってことだ。いま真人は頭の中で、焚き火の火をおこした人の姿を思い浮かべているはず。

冬也くんがすかさず質問をした。

「俺も、お礼を言わなくちゃね。マヒトを、火であたためてくれて、ありがとうって。焚き火をしてくれた、男の人に」

真人からはなんの反応もない。冬也くんがひとさし指でこめかみをとんとんと叩く。

「ああ、そうか、女の人、だったっけ」

これにも反応はない。立ったままぽかんと口を開けて、宙を見つめていた。

「誰だっけ、マヒトに、火をつくってくれた人は？　キオク力バツグンの、マヒトなら、覚えているよね」

真人が大きくうなずく。

「おお」冬也くんが正座になった。

「おお」岬も思わず淹れたてのコーヒーサーバーを握りしめてしまった。あちち。

真人が宙を見つめたまま言った。

「くまさん」

がくっ、という効果音が聞こえてきそうなぐらい、冬也くんの肩が下がる。岬の肩もだ。

真人がミニカー並べに戻ってしまった。裏返しにした車を、また表側に並べ直している。黙々と作業を続ける真人の助手みたいに、正座してミニカーを渡している冬也くんがつぶやいた。

「そういえば、マヒト、ミニカーを並べるのうまくなったな」

眉をきりりとつり上げて集中している真人ではなく、岬にかけている声だ。

「そう？」ミニカー並べのうまいへたって、どこで見わけるんだろう。

「ほら、さっきもそうだったけど、まっすぐ一列じゃなくて、カーブしてる。右カーブ。お、今度は左カーブ。まるで、ほんとの――」

言われてみれば、確かに真人が並べているミニカーは、蛇行した道で渋滞している本当の車の列に見えた。

7

バックミラーばかり眺めていたから、急に速度を落とした前の車に危うく追突しそうになった。

事故渋滞か。谷島《たにしま》はテールランプの赤い行列に舌打ちする。早くしてくれよ。ブレーキを踏んだ足でつい貧乏ゆすりをしてしまう。

そうしているうちにもバックミラーにはカーブを曲がってくる後続車の姿が映る。

追い越し車線で立ち往生した谷島のランドクルーザーの真後ろには2トントラック。こいつは、問題ない。

走行車線側の斜め後ろには軽のワゴン。だいじょうぶ。ありえない。

カーブの向こうからさらにもう一台がやってきた。国産セダンだ。色は黒。後部の窓は真っ黒なスモークウインドウ。谷島の頭に警戒信号が灯る。車内に目を凝らしたが、すぐに2トントラックの後ろについてこちらからは見えなくなった。

一瞬のことで、人相まではわからなかったが、助手席にも人影が見えた。ということはおそらく後部座席にも二人――

いまにもセダンから四人の男が降りてきて、この車のフロントガラスを叩き割り、俺を引きずり出すんじゃないか――そんな光景が頭にちらついた。

いや、もし連中だとしても、高速の路上でそんな無茶をするわけがない。そもそも俺がこの車に乗っていることには気づいていないはずだ。煙草を口に放り込んで火をつけたが、吸いすぎだ。吐き気がこみあげてきただけだった。二口で灰皿に突っこみ、また貧乏ゆすりを再開する。シルバーマークを貼りつけた前の車はいっこうに動く気配がない。


事故現場を通りすぎると、道は嘘のように空いた。思い切りぶっ飛ばして、とろくさい車どもをぶち抜いてしまいたかったが、自重する。スピードを出しすぎて、覆面に捕まりたくはなかった。

スモークを貼った黒塗りセダンの姿はもうバックミラーから消えている。追手じゃなかったのか。情けねえ、俺としたことが。一度ビビり出すと、高速を走っている車のどれもこれもが自分を追いかけてくる連中に思えてしまう。助手席に置いたリュックに目を走らせる。それだけでは安心できずに手を伸ばしてリュックの中のふくらみを撫ぜた。危ない橋を渡っちまったのは、こいつのためだ。

だいじょうぶ。何も問題はない。ことさら余裕をぶっこいて、片手てのひらハンドルで、ゆっくり一台ずつ抜いていく。昼のすき間で口笛を吹いた。月一でボランティアのＤＪがやっていた刑務所《ムショ》内のラジオ放送でよくかかっていた曲だ。曲名は忘れたが、メロディも歌詞もそっくり覚えている。

負けないで　もう少し
最後まで　走り抜けて

そうとも、もう少しだ。このまま走り抜けば、すべてうまくいく。サビのメロディをくり返し吹いた。だが、膝は知らず知らずまた貧乏ゆすりを始めていた。

後ろばかり気にしていたから、気づかなかった。いつのまにかガス欠の警告灯が灯っている。早すぎねえか。まだそんなに走っちゃいないのに。

レンタカー屋の車だ。いまいましいほど燃費が悪い。長年乗っていたベンツは少し前に売っぱらっちまったし、まだあれがあったとしても、すぐに足がついてしまうから、どのみち乗れはしない。もしものことを考えると、丈夫な車のほうがいいだろうと、フルサイズのＳＵＶを選んだせいだ。

パッケージを振って、吸ったばかりの煙草をまたくわえる。最後の一本だった。俺もガス欠か。

パッケージを握り潰し、ウインカーに舌打ちの音をさせながら、谷島は走行車線にハンドルを切る。見えてきたサービスエリアの誘導路に入った。

十一月半ばの平日なのに駐車場はファミリーカーや観光バスで埋まっていた。そろそろ紅葉のシーズンだからってことらしい。レストハウスの向こうに見える山は、ところどころ血が飛び散ったように赤く色づいている。その景色にあちこちでスマホが向けられていた。葉っぱの色が変わったのをわざわざ見物にいくなんて、平和なこった。家族連れやカップルが幸せオーラを振りまきながらほっつき歩いている駐車場を、苛立ちを指でハンドルに叩きつけて半周し、ようやく見つけた空きスペースにSUVをぶちこんだ。

マスクをつけてドアを開ける。助手席のリュックをどうするか悩んだ。車に置いていった方が安全に思えたが、結局、持っていくことにした。目の届くところにないと落ち着かない。背負うのすら不安で、小脇に抱えた。

小便をしてから売店に寄った。腹は減っていなかったが、この先、飯を食う場所も食う時間もろくになさそうだ。簡単に食えて腹持ちが良さそうなのを適当にカゴへ放りこむ。パン、バナナ、チョコレート。

煙草もまとめ買いする。カートンで買った自分に苦笑した。何日分だよ。いつまで逃げる気だ。吸い切るまでに、俺に命があるんだろうか。その間《かん》もリュックを小脇に抱え続ける。何を買ってもリュックは使わず、レジ袋を要求した。

缶コーヒーを買い、喫煙所で煙草を吸う。ふいに強烈に酒が飲みたくなったが、さすがにこんな時に飲んじまうほど馬鹿じゃない。

電子煙草を吸い終えて出ていく男と肩がぶつかった。振り向かないし謝罪の言葉もない。頭に血が上った。「ちょっと待て、こら」出かかった言葉を、喉もとで押さえつけて、肚《はら》に戻す。かわりにリュックを抱える腕に力をこめた。いまは揉め事を起こしちゃならない。大切なのはこいつを無事に渡すことだ。

これを渡しさえすれば、俺はどうなってもいい。本気でそう考えている自分を、煙を吐くついでに鼻で笑った。四十何年間、好き勝手に生きてきて、人様をさんざん泣かせてきたくせに、たった一人のガキのために、心を入れ替えるってか。いまさら遅いよな。地獄行き決定の人生なのに。

二本目の煙草に火をつけた時、目の隅に、さっきの黒塗りセダンが入ってきたのが見えた。駐車場に空きがないとわかると、通路に停車した。怒った後続車がクラクションを鳴らしたとたん、黒塗りの運転席から眉がないスキンヘッドが顔を出した。

スキンヘッドが何やら喚《わめ》きちらすと、後続車は慌ててバックで逃げ出す。とんでもねえ奴らだ。どう見ても同業者。

骸骨標本みたいな痩せたスキンヘッドには見覚えがあった。吉川《よしかわ》サンのとこの若中《わかちゅう》だ。助手席から降りてきた特攻服姿の高校球児みたいな若い男が、後部座席に小走りし、ホテルの従業員のようにうやうやしくドアを開ける。出てきたのは、贅肉が頬に垂れ、ゴルフ焼けした肌が艶光りする、栗毛のブルドッグみたいな五十男。吉川だ。

やっぱり来やがったか。吉川は谷島の組の若頭《カシラ》補佐。下部組織《エダ》の組長でもある。

後部座席からもう一人、シャツのボタンが弾けそうなゴリラみてえな体格の男。奴は確か吉川の舎弟。名前は覚えちゃいない。

吉川が小太りの体を反り返らせて何か指示をすると、三人の男が三方に散った。

なぜ俺がここにいることがわかった？

考えている暇はなかった。見つかったらおしまいだ。谷島はリュックを胸にかき抱いて、大きな体を縮めて、ガラス張りの身の隠しどころのない喫煙所から飛び出す。思いつけるのは、レストハウスの人ごみに紛れることだけだった。

駐車場から女の悲鳴が聞こえた。首だけ振り返らせて様子を窺う。奴らが中に人がいてもおかまいなしに車内を覗いているからだった。俺の姿を探して、一台一台覗いてるってことは、俺の乗っている車種やナンバーはまだバレちゃいないらしい。

目立たないようにゆっくり歩くつもりだったが、どうしても早足になってしまう。サングラスを車に置いてきたことを後悔した。いや、待てよ。ふだんからかけている俺にとって、グラサンは顔の付属品みたいなもので、かえってバレやすいかもしれない。眼鏡を買おう。それと帽子だ。

土産物売り場で、黒いベースボールキャップを買った。帽子の正面には近くの観光地の名前か、『神森』という漢字が入っている。

レジャー用品コーナーにサングラスが置かれているのは、さっき食料を調達していた時からわかっていた。が、品数は少なく、色なし眼鏡はひとつだけだ。

冗談みてえにレンズがでかく、黒縁が太い、Dr.スランプのアラレみたいな眼鏡だ。女物か？　こんなの俺がかけられっかよ、とラックに戻そうとして、思い直した。くだらない見栄を張ってる場合じゃない。人の命がかかっているのだ。俺じゃなくて、莉里花《りりか》の命だ。

サングラス売り場の鏡に映った己の姿は、我ながらむさ苦しかった。人一倍強《こわ》いクセ毛で、髭も濃いのに、しばらく剃っていないから、マスクをしていても顔の下半分が真っ黒なのがわかる。獣の毛皮を張りつけたような有り様だった。

髭ぐらい剃っときゃよかった。このところ伸ばしっぱなしにしていた無精髭も、俺への人相書きとしてやつらの頭にインプットされているに違いない。

ここからは腕が使えないとヤバそうだ。チャックがしっかり閉まっていることを確かめてリュックは背負うことにする。茶褐色のトレンチコート、黒のジャケットとタートルネックという谷島のいでたちには、リュックもベースボールキャップもばかでかい眼鏡もちぐはぐだが、素顔を晒すよりはましだ。

よし、行くぞ。首に下げた銀色のネックレスを一瞬だけ、胸の中に閉じ込めるように握りしめ、レストハウスの端にある出口から外へ出た。

ＳＵＶを停めたのは、ＳＡのはずれで、ここからはかなり距離がある。奴らがうろついている駐車場を突っ切るのは危険だ。人が行き来しているレストハウス前の板張りのテラスを歩いて、近づくことにする。行楽客で賑わうのどかなサービスエリアが、谷島にとっては、敵兵の銃口と地雷が待ち受ける戦場だった。

レストラン脇の自動販売機の前扉が開けられ、コーラのロゴマークが入った制服の男が商品の詰め替えをしている。谷島の歩く先には段ボールを積んだカート。ったく邪魔だよ、とカートを蹴りつけようとした時に、ひらめいた。コーラの男は自販機に半身をつっこんでこちらには尻を向けている。すれ違いざまにカートの把手をかすめとり、転がして歩く。口笛を吹いたのは、余裕を見せたいからだ。自分に。

負けないで　ほらそこに
ゴールは　近づいてる

テラスの端のスロープから駐車場に下りた。『神森』と書かれたキャップを深くかぶり直す。
ＳＵＶが停まっている列には、胸板が馬鹿げた厚さのゴリラ男がいた。顔を突き出して車内を覗きこみ、そのたびに短い首をひねっている様子はまさに類人猿。いかにも頭が悪そうだ。

奴らの姿がない、ひとつ手前の通路を歩いた。飲料水の段ボールを載せたカートを押す谷島に、ゴリラは目もくれない。注意して見れば、トレンチコート姿の谷島は、自販機の係員にはまるで見えないだろうが、人は目を引くものでしか――この場合、飲料水の段ボールを積んだカートでしか――人間を判断しないようだ。進化途上の類人猿ならなおのこと。

途中でカートを捨てて、身を縮め、車列の中に潜り込んで進むつもりだったが、気が変わった。このまま堂々と歩いていたほうが、目立たずにすみそうだった。

高速側の端を迂回して、ゴリラと同じ列、奴からは遠い端から進入する。まんまとSUVの前に辿り着いた。

よっしゃ。とっととずらかろう。スマートキーでドアロックを解除し、エンジンをかける。そのとたん、レストハウスから声が飛んできた。

「ちょっと、そこの人っ、なにやってんの！」

コーラの男が谷島に向かって叫んでいる。周囲の誰もがこちらを振り返った。

「あんただよ、カート、どうするつもりっ」

人類より少し遅れてゴリラも振り返った。目が合ってしまった。眼鏡とベースボールキャップ姿の谷島にのろのろと首をかしげ、それから口が「あ」のかたちに開いた。

気づかれた。

ゴリラが駆け寄ってくる。体に似合わない俊足だった。

とっさにカートを押し出す。飲料水の段ボールを積み込んだカートはアスファルトの上をするすると滑走し、走ってくるゴリラに激突した。

カウンターを食らって、谷島よりでかそうな図体がカートを抱えて転倒する。仰向けに倒れた体に段ボールが次々と落下した。

ＳＵＶの運転席に体を押し込み、リュックとレジ袋を助手席に放り投げて車を発進させた。

進行方向の先にスキンヘッドが現れた。罵り声をあげながら両手を広げて行く手に立ち塞がる。命が惜しくないのか、イカレた野郎め。だが、イカレてるのは、こっちも同じ。俺がひるんでブレーキを踏むとでも思っているのなら大間違いだ。こっちに損はねえチキンレース。ハンドルを一ミリも動かすつもりはなかった。

一秒でスキンヘッドが目を見開いたのがわかる距離になった。

次の一秒で莉里花の顔が浮かんだ。悲しそうな顔だった。俺の本当の仕事がレストランの支配人じゃないことを知った時の顔だ。

ハンドルを切る。ほぼ同時にスキンヘッドも視界の外に転がり逃げた。出口の左手のガソリンスタンドを素通りして進入路に入った。警告灯が灯ったばかりだから、もうしばらくは走れるだろう。たぶん。

高速へ戻り、アクセルを踏み続けた。背後の気配を感じ取ろうとするように——それか認めたくはないが恐怖のために——うなじの毛がちりちりと逆立つ。もう覆面やオービスを気にしている場合じゃなかった。車線変更をくり返し、一台でも多く追い越して先へ進む。

奴らのセダンが追ってくるとしても、ゴリラとスキンヘッドを回収する時間を考えれば、タイム差はだいぶあるはずだ。

めざす場所までこのまま高速を走り続けたかったが、スタンドのあるこの先のＳＡまでガソリンが持つとはかぎらない。予定変更だ。次の出口で降りよう。とりあえずやつらを撒《ま》かなければ。そのためには高速を降りたことが向こうにわからないほど距離を保つことだ。

追い越し車線を走っているうちに、ステーションワゴンに前を塞がれた。赤色の5ナンバー。リアウインドウにレースのカーテンが下がっていて、窓際にはずらりとアニメ映画のキャラクター人形が並んでいる。

アナとエルサ、トナカイのスヴェン、雪だるまのオラフは別バージョンで二体。柄にもなく名前までわかるのは、莉里花が好きなアニメだからだ。つきあって三回観た。いつも途中で居眠りをして怒られる。

ステーションワゴンは追い越し車線を走っているくせにやけにのろい。温泉か紅葉狩りの家族旅行なんだろうが、いい気なもんだ。スピードが出せねえなら、どけよ。お前らと違ってこっちは命が懸《か》かってるんだ。

走行車線が空いたのを見てそちらに移り、インから抜こうとしたら、向こうも車線変更してきた。しかも、さらに速度を落として。さっき車間距離をぎりぎりまで詰めたから、あおっているのだと思って、挑発し返してきたのか。素人《とうしろ》がふざけやがって。思い切りクラクションをぶち鳴らした。

ステーションワゴンの後部座席の窓が開き、頭が飛び出してくる。

こっちを振り返ったその男は、いかにもファミリーカーな小さなステーションワゴンにはまったく似合っていなかった。

両側を剃り込み、頭頂だけ伸ばした髪を金髪に染めている。この寒いのにタンクトップ一枚。肌を曝け出しているのは、刺青を見せびらかすためだ。タトゥーではなく和彫り。見かけない顔だ。吉川が雇ったチンピラか。

手に何か持っている。風に飛ばされて聞こえない叫び声をあげながら、それをこちらに突きつけてきた。

信じられねえ。猟銃か。いや、銃口に穴がなく、かわりにゴム紐が伸びている。

スリングライフルだ。ゴムで弾《たま》を飛ばすパチンコを銃にした狩猟道具。

銃刀法違反にならないから、最近はこれで武装する組員もいる。ガキの玩具のようだが、とんでもない。至近距離から撃たれたら、拳銃《ハジキ》並みの殺傷能力がある。

鈍い音がしたかと思うと、いきなり窓に白い蜘蛛の巣が張った。

罅《ひび》が入ったのだ。

威嚇だけだと見くびっていたら、ほんとうに撃ってきやがった。

もう一発撃たれたら、罅割れではすみそうもない。もろくなったフロントガラスが砕け散ってしまえば、ハンドルから離れられない谷島は、サルでも当たる標的になる。

スピードを落として距離を離そうにも、後ろにはでかいトラックが詰まっている。わずかなすき間を縫って追い越し車線に出た。が、こちらも先行車両に阻まれ、ステーションワゴンと並走するかたちになった。

車体半分だけ前を行くこちらに、ステーションワゴンが車線を越えて幅寄せしてきた。金髪が窓から身を乗り出してパチンコ銃を向けてくる。

とっさに首を縮めた。発射された弾は後部座席の窓を貫き、フロントガラスにぶち当たって車内に跳ね飛んだ。前屈みになっていなければ、側頭部を直撃しただろう。

想像以上の威力だった。ガラスの罅が小さいのがその証拠だ。スリングライフルの弾は丸いスチール製が普通だが、たぶん本物の弾丸に近いものを使ってやがるのだ。いや、近いどころか、持ってはいても、いまどきは不法所持を自慢するぐらいしか使いみちのない本物の拳銃の、薬莢を抜いた弾頭を撃っているのかもしれない。

金髪が調子に乗って箱乗りをはじめた。暴走族《ゾク》からスカウトされた野郎だろう。クスリが欲しくて雇われたのか、こちらに向かって喚き立てている口の中は、歯がボロボロだ。頭の中ではもう極楽に行っちまってて、怖いもんなしか。

異変に気づいて周囲の車が距離を取りはじめている。奴らの車の前に回りこんで、一気に逃げる手もありだが、追われ続けたら、ガス欠だ。ここで決着をつけるしかなかった。

周囲を見まわして、車の中に置かれているはずのものを探す。運転席のサイドポケットで見つけた。よしっ。シートベルトをはずした。

金髪が窓から身を乗り出して、パチンコ銃を構えている。アクセルを踏み込み、追いすがってきたステーションワゴンを再び車体半分ほど、こっちの後輪とむこうの前輪が並ぶぐらいに引き離した。狙いが定まらなくなった金髪が「逃がすな」と叫んでいる。

逃げたわけじゃない。今度はこっちから幅寄せをした。車間は三十センチもないだろう。ミラーの調節スイッチを押して、サイドミラーを水平に近い角度に変え、金髪の顔を捉える。

ステーションワゴンが速度を上げてきた。谷島はいっきに減速する。フルサイズのＳＵＶだ、車高はこっちのほうがだいぶ高い。窓に尻をかけていた金髪の顔面にサイドミラーがぶち当たった。

金髪が顎をあげてのけぞったが、パチンコ銃は手放さない。鼻から血を流しながら、また構え直す。チンピラにしてはいい根性だ。賞品をやろう。

「てめえ」

叫んでいるのが聞こえた。声がはっきり聞こえるのは、ミラーを調節するのと同時に、こちら側のドアウインドウを下げていたからだ。

下げたのは、金髪にもうひとつプレゼントがあるからだった。

今度はこっちの運転席とむこうの後部座席が並ぶかたちになった。金髪は真横に並び、窓が開いているのをチャンスだと思ったのか、銃身を車内に突き入れてくる。チャンスのわけがなかろう。罠だよ。馬ぁ鹿。

ハンドルを左に切って、さらに車体を寄せる。金髪が蛙が潰れるような声をあげ、銃弾はあさっての方向に飛んでいった。

谷島はハンドルを握ったまま、上半身と左腕を思いっきり助手席側に伸ばした。左ハンドルのベンツで駐車券を出す時の要領だ。谷島の腕なら、幅広のこのＳＵＶでもらくらく窓の外に届く。左腕の先には、サイドポケットから手探りで取り出したものを握っていた。

緊急脱出用ハンマーだ。ウインドウを砕く鋭い突起付きのそいつを金髪の血を垂らした鼻面に叩きつけた。

「あが――」

金髪の悲鳴は短く途切れた。車から落下したのだ。

急ブレーキの音。けたたましいクラクション。ステーションワゴンが急停車する。再びクラクションと複数のブレーキ音。

谷島は背後の騒ぎを尻目に弾丸の勢いで逃げ去った。

強引に車線変更をくり返して、オービスにひっかかるに決まってるスピードを出したが、とにかくこの場をしのげればオーケーだ。金をカイラに渡せれば、あとはどうなってもいい。

バックミラーで追ってくる車がないことを確かめたのに、振り返って肉眼でさらに確認する。またカタギの車に偽装した新手《あらて》がすぐそこに近寄っているかもしれない。

次の出口で降り、後続車がないことを確かめてから、ようやく速度を緩めた。

めざす街まではまだ遠かったが、ここからは一般道を進むことにした。早くガソリンスタンドを探さないとな。田舎道が続いている。道の両側は収穫の終わった田んぼか畑。対向車も、前後を行く車もほとんどない。

なぜ俺の車がわかったのだろう。信号待ちのあいだに煙草をくわえて考えた。

このレンタカーを手に入れたのも初めて足を向けた知らない街だし、縄張《シマ》にも家《ヤサ》にも近づいちゃいない。このレンタカー屋はヤクザには車を貸さないからカタギの人間に借りさせた。いや、そもそも尾行していたのなら、レンタカー屋を出る前に、俺をとっ捕まえているはずだ。

赤いステーションワゴンは、どう見ても待ち伏せしているとしか思えなかった。まるでGPSで追尾しているみたいに——

GPS?

まさか。

信号が青に変わる。走りながら助手席のリュックを引き寄せた。

チャックを開ける。

リュックには紙袋が入っている。中味は札束だ。百万ごとに輪ゴムで留めた束が十四と、半端が一束。全部で千四百二十三万円。谷島が所属する組で集められた今月の上納金《かいひ》だ。

銀行なんて使えるはずもないから、上納金は常に現金で集められ、そのまま上に届けられる。銀バッジだが組員歴二十年を超える谷島が、もう何年も前から、集金した金を組長の邸《やしき》へ届ける役を担っていた。

千四百万。出世とは無縁の組員だった谷島でも、羽振りのいい時代には一か月で稼いでいた金額だ。だが、ほんの数万の上納金すら苦しいいまは、組から追われても、見せしめに川に浮かぶことになっても、どうしても必要な金だった。

発信機がつけられていたとしたら、持たされた金属製のアタッシェケースにだが、ケースは駅の便所で鍵を壊した時に捨て、用意していたこのリュックサックと交換している。

となると。

車を路肩に停めて確かめようとした時、いましがた通りすぎた曲がり道の向こうから車が姿を現した。一瞬、身を固くしたが、黒塗りセダンでも、赤いステーションワゴンでもなかった。スノーボードを積んだミニバンだ。

先に行かせようと車を停められる場所を探したが、気が変わった。何の変哲もない銀色のミニバンだが、なぜか間違い探しの絵を見せられたような違和感を覚えたからだ。ブレーキを踏みかけた足を再びアクセルに戻す。

道の両側に見えていた山肌が近くなり、カーブが多くなってきた。あい変わらず道に車の影は少ない。谷島のＳＵＶとミニバンの間にも他の車はなかった。

なんとなく気に入らないミニバンから離れるためにスピードを上げた。逃げ出したと感づかせないように、少しずつ加速し、カーブを曲がった先で一気に速度を上げる。それからバックミラーに目を走らせた。

カーブの向こうから、陽に鈍く輝いた銀色が現れた。距離を開けたつもりだったのに、そのシルエットはさっきより大きくなっている。やっぱり、あれも追手か。

登り道になってきた。さっきまで緑が多かった道の両側の木立に、黄色や赤が目立ちはじめる。

谷島はふいに、あのミニバンの違和感の正体に気づいた。ルーフキャリアにこれ見よがしに積まれたスノーボードだ。

今日は十一月十五日だ。ここからまだ遠い、谷島の生まれた北国だって、スキー場はオープンしていない。山は雪化粧をする前に、豪華な秋の衣を脱ぎ捨てる。雪が降るのは紅葉が終わってからだ。

山道に入り、行く手には見通しのきかないカーブが続く。新しいカーブを曲がった先では、軽トラがのろのろと走っていた。たちまち追いついてしまう。追い越し禁止を無視して、軽トラを抜き、追い越しざまにアクセルを踏み込んだ。

背後でクラクションの音がした。ミニバンも軽トラを追い抜こうとしているのがミラーに映っていた。カーブに差しかかる場所での強引な追い抜きに、軽トラが悲鳴のように鳴らしたクラクションだ。

右手は紅葉の林。左手は崖だ。軽トラの追い抜きに手間どって、ミニバンが視界から消えた。谷島は次のコーナーをタイヤを絶叫させるドリフトで曲がり、さらに引き離す。

すぐにまた急カーブ。曲がり切った先、道の右手に、林道が延びていることに気づいた。灌木と枯れススキに囲まれた、人しか通れないような道だ。とっさにそこへ分け入った。

道は急な下り坂に続いていた。未舗装の道を、車体を揺らし、小枝に窓を叩かれながら下る。ミニバンは追ってはこない。谷島は素潜りをしたあとのように大きく息を吐き、少し勾配が緩くなったところで車を停めた。

金額しか確かめていなかった紙袋の中の札束を、改めてひと束ずつ手に取ってみた。いくつかめで他より厚みのある束に気づいた。輪ゴムをはずすと、何かが落ちてきた。黒色で、クレジットカードほどのサイズ。厚さもほんの数ミリ。

発信機だ。

そうだった。組長《オヤジ》はふた言めには仁義を語るが、実際は人を信じない、金しか信用しない男だ。だから組長に昇りつめることができたんだろう。

どこを走ろうが、こいつで位置がバレていたのか。ということは――

上方から走行音が聞こえてきた。つづら折りの林道の木立の間に、銀色の車体が見え隠れしていた。見せつけるようにゆっくりと降りてくる。

谷島は再びアクセルを踏む。発信機を窓から放り出そうとして、気が変わり、手の中に握り込んだ。

林道を下った先は、平坦にはなったが、さきほど同様の山道だった。さっきの道路の続きかもしれない。こっちの居場所を把握しきって余裕をこいているのか、ミニバンはまだ姿を見せない。

ほどなく前方に建築資材を積んだトラックが立ちはだかった。北へ向かうのだろう。ナンバーは谷島の生まれ故郷の近くのものだ。

珍しく信号に止められた。十字路だ。背後を窺ったが、ミニバンの姿はまだない。

トラックの後ろに車をぴたりとつけて、外へ出る。中学時代の野球部の時の投球フォームで、トラックの荷台に発信機を投げ入れた。

信号が変わった。トラックに片手を振って別れを告げ、ＳＵＶを左折させた。頼んだぞ、代走。奴らはあのトラックを追いかけて北へ向かうだろう。

左折した道の先は再び登りになった。ミニバンを撒くことだけ考えていたから、カーナビが教えるガソリンスタンドがまた遠くなってしまった。まずいぞ。早くしないと。

さっきまで杜を並べたようにまっすぐ空へ伸びた杉の植樹林が続いていたのに、いつのまにか道の両側は、てんでんばらばらに幹や枝を伸ばした樹木がひしめきあう森林になっている。よく晴れた日で夕暮れにはまだ時間があるのに、森の奥は薄暗く、果てが見通せない。

ここは、いったい、どこだ。

8

「マヒト、おじさん、お絵描きしまーす」

冬也《とうや》くんが真人《まひと》のおもちゃ箱からスケッチブックを取り出した。ひっくり返したミニカーを表側に戻していた真人は、横目でそれを追いかけている。冬也くんは絵が上手だ。真人も冬也くんのお絵描きが好きで、目の前で漫画やアニメとそっくりな絵ができあがっていくのを見て、いつもほっぺたに赤い丸をつくる。

「岬《みさき》さん、借ります」

電話台のペン立てから冬也くんがサインペンを抜き出すと、ミニカーをほっぽり出して、スケッチブックの前にしゃがみこんだ。

「さて、なにを、かこうか」

慣れた手つきでまず描いたのは、真人の好きなアンパンマンとばいきんまんだ。

「ほおぉ～」

真人が吐息を漏らした。うらやましい。ＡＳＤ児には絵でのコミュニケーションが効果的だとわかっていても、絵心がまったくない岬にはまねができない。岬は真人にせがまれて犬や猫やパンダを描いても、みんなカバになってしまう。

冬也くんは真人の熱いまなざしを浴びて、アンパンマンファミリーを披露してから、ふいにクマの絵を描きはじめた。

キャラクターっぽい絵柄の可愛いこぐま。

リアルなタッチの、鋭い牙を剝き出しにした熊。

輪郭だけの線画。

「マヒトが、森で会った、くまさんは、どんなくまさん、だった?」

真人が、ぽかりと口を開けて天井を見上げる。立ち上がって、体をゆすりはじめた。ぶーらぶーらぶーら。

「そうか、わかんないか、じゃあ、たとえば――」

新しいページに描きはじめたのは、また線画。クマというより人間だ。上手に描かずにわざと単純な線で表現した立ち姿。体のラインと髪の長さで女の人だとわかる。顔は輪郭だけで、表情は描いていない。

「これは?　似てる?」

真人は両手を左右に広げ、両足を踏ん張った。岬が初めて見る、本人にしか意味のわからない(いや、たぶん本人にもわからない)ポーズだ。

そのポーズのまま首が動いた。

縦に二回。こくこく。

冬也くんが岬と目を合わせてきた。ということは、真人が森で出会ったのは、女の人?　岬がそのことを口にしようとしたら、冬也くんはちょっと待ってというふうに片手を差し上げて、違う絵を描きはじめた。

今度は男の人だ。逆三角形の体や短い髪の描写で、それがわかる。

「こっちは？　くまさんに似ている？」

こくこく。

え？

「もしかして、くまさんは、一人じゃないのかい」

真人が頷く。いままでよりも強く首を振ったように見えた。

一人じゃない？

岬の頭の中に、くまのプーさんやパディントンと焚き火を囲んで、手をつないで、輪になって踊る真人の姿が浮かんだ。どういうこと？

9

風が吹くと、落ち葉が雪のように舞い落ちて、秋の終わりの日射しにきらきらと輝いた。

なんてきれいなんだろう。理実《さとみ》はしばらく見とれていた。紅葉する山々はたくさん見てきたけれど、紅葉の森がこんなにも美しいだなんて、森の中を歩いて初めて知った気がする。もう遅すぎるけれど。

十一月十六日。よく晴れた水曜日。今日は、私の人生を終わらせる日だ。

森の奥へさらに足を踏み入れた。歩くたびにパンプスの下で落ち葉が湿った音を立てた。昨日の夜、部屋に飾ったドライフラワーをぜんぶ処分しようと思って、ゴミ袋に入れてぎゅっと潰した、その時の音によく似ていた。

ざく、ざく、

ざくざく。

自分の立てているその音が、アナログ時計の秒針みたいにせわしなく背中を追い立てる。理実は木洩れ日がいく筋もの光の柱をつくっている頭上を見上げて、ちょうどいい枝を探した。

どれがいいだろう。これからすべきことに最適な枝はなかなかない。

高いところから伸びているのは、だめ。低すぎても、だめ。

細すぎるのでは役に立たないし、といってあんまり太いのも困る。

汚らしいのは、やだ。いま見上げている、蛇みたいにのたくって、肌がワニ革っぽくボコボコしているのとかは、問題外。

生け花の枝モノに使えるぐらいの見た目なら言うことはない。白樺だっけ、できればこの森に入ってから何度も見かけた白くて清楚な木がいい。理実は森の中で立ち止まり、バレリーナのようにくるりと回って、周囲の木々を見渡した。

探しているのは、首を吊るための枝だ。

太い枝がだめなのは、あとで笑われたくないからだった。「ほら見て、あの女、あんなに太い枝で首を吊ってるよ」「ふふ。あの体じゃ、細い枝だと持たないからよね」

認めたくはないが、あんまり細いと折れてしまう。理実は背が低いけれど、体重は人より多い。

少しだけ。そう、ほんのちょっこし。

なかなか見つからないものだ、とあきらめかけていたら、白樺、あった。

でも、見かけだけじゃだめだ。相性も見ないとね、と厳しく品定めする目で眺め直した。高さも手頃で、太すぎず細すぎない、いい枝ぶりだ。

理実は、他人と同じでは満足しない高慢な女のように、高くはない鼻をつんとそらして、白樺の枝にそっぽを向く。見なかったことにしましょう。

やっぱり白は良くないな、汚れが目立つ――何の汚れだか自分でもわからないけど、白樺の前を通りすぎる。安易な妥協はしたくない。一生に一度のことだから、私が主役の大切なセレモニーなのだから、私らしさにこだわりたい。私にふさわしい舞台を選びたい。自分の考えに自分で頷きながら、バージンロードを踏みしめるようにしなしなと赤や黄金色が敷きつめられた紅葉の森を歩いた。

黒もいいかな。黒い木の黒い枝。私の肌が映えるだろう。肌の白さは人に誉められたことがある。昔に。

今日、理実が身につけているのは、ブラウンのワンピースに、グレーのチェスターコート。細見えと、森の緑を意識したアースカラーだったのだが、この森ではもう、緑より紅葉した葉のほうが多いのが誤算だった。これだったら、ワンピース、黄色が良かったかな。イエロー系の服のほうがインスタ映えしそうだけど、イエローは膨張色だし――って、誰が自殺死体をインスタにあげるというのか。

マフラーはえんじ色。今日のファッションには派手すぎる色だけれど、家を出るときに持ってきてしまった。思い出の品だった。最後の時を一緒に迎えたかった。

理実はマフラーを巻き直し、深々と首を埋めた。そして今度は黒色系の樹木を探しはじめた。真っ黒な木なんてそうそうないだろうから、ダークグレーでもオッケーの線で周囲を見まわす。とはいえ、ダークグレーもそうはない。見上げてばかりの首が痛くなってきた。木が無限にありそうな広い森なのに、難しいものだ。理想の相手とは、なかなか出逢えないものね。人生とおんなじだ。

これ、というのが見つかっても、裏に回ったら苔がびっしり。だめだめ。近づいてみたら、蜘蛛の巣が張っていたり。うげげ。

理想の木と枝を探しているうちに、道が消えてしまった。ここまでのルートもところどころに埋まった枕木の存在で、人が歩くべき場所だとわかる程度の道だったが、いつのまにか枕木は見当たらなくなっている。

ここは、迷い込んだら出られない森なのだそうだ。密林みたいな恐ろしい場所を想像していたのだけれど、木が隙間なく生えているわけじゃなく、ぽつぽつと間隔を空けて立っていて、その隙間も、草ぼうぼうというほどでもない。心配していた虫もほとんど見かけなかった。

森の奥で命を終える――それが理想ではあるけれど、でもなあ、あんまり奥深くに行ってしまって、誰にも見つからないというのもな。どうせ見つかるなら早めでないと。醜くなってからじゃ遅いのだ。贅沢を言えば、息絶えた直後、死にたてほやほやがいい。いちばんきれいな自分を見せたかった。森の命のひとつとして自然に還っていく、血の色を失った、白い人形のような私――

思い描く姿は、現実の自分より背が高く、ほっそりしていて、昔、いまより少し瘦せていた時にがっつりメイクをすると、ちょっぴり似ていると言われた女優に酷似していた。

来た道を戻ろうと歩きはじめたのだが、森の風景はどこへ行っても同じように見える。さっき見かけた木だと思っても、近寄るとまったく別の木だったりする。戻れていないかも。

赤一色の木立が見えてきた。カエデだろうか。赤いてのひらのような葉が風に揺れて、理実においでおいでをしているようだった。その赤色に吸い込まれるように理実は足を進めた。

赤い木立を抜けると、平らだった地面が登り勾配になった。道の先にはこんもりと笹が生い茂っている。理実の胸ぐらいまでありそうな丈の高い笹の群生を迂回して進む。地面は再び平坦になったが、周囲の木々はますます高く大きくなっている。

道に迷ったかもしれない。どうやって帰ればいい？――ああ、そうか、帰る必要はないのだっけ。でも、奥に入り込みすぎだ。やっぱり引き返そう。

踵を返しかけて、すぐ先に立つ不思議な木が目に留まった。

大きな木だ。高さもあるし、二股に分かれた幹もそれぞれ太い――いや、よく見たら、二本の幹に見えたのは別々の木だ。二つの木が合体しているのだった。手前の木は黒っぽくつるりと美しい。奥のほうのは白っぽい地に三毛猫みたいなまだら模様。

まるでカップルが寄り添っているようだ。どっちが男でどっちが女だろう。二本の木の根もとには、ちいさな洞窟みたいにぽっかり穴が空いている。リアルファンタジーに出てきそうな木だった。空洞にドアをつければ、小人の家になりそう。

手前の黒っぽい樹木は、低い位置から枝が伸びていた。理実に手を差しのべるように。細からず太からず、地面とほぼ水平。申しぶんのない枝ぶりだ。

高さも頃合いに見えた。理実の背丈ならまったく足がつかないし、思わず手を伸ばした時に、枝がつかめちゃったりなんてこともなさそうだ。何の問題もなかった。ついに見つかってしまった。理想の枝が。どうしよう。どうしようもなにも、すべきことはひとつ――いや、待って。そうそう、踏み台になるものも探さないと。

踏み台を用意しておくべきかどうか最後まで悩んだ。理実の家にある踏み台といえば、天井の照明灯を換えたり、ブレーカーが落ちた時に使う脚立か、ぬいぐるみ置き場になっているディレクターズチェア、お風呂のプラスチック製の椅子。そのくらいしかない。

どれも、なんか、イヤだ。

生活感、出すぎ。とくにお風呂の椅子なんて、ダサすぎる。理実が使っている風呂の椅子はお尻のカタチにへこんで真ん中に穴が開いているタイプ。あれはお風呂場以外で見ると、恥ずかしい。

森の中で死に向かう自分にふさわしい理想の踏み台は、木の切り株だ。童話の森に出てくるような。リスの一家が住まいにしているような。

だけど、そんなものが都合よく枝の下に生えているわけがなく、まして転がっているものでもない、ってことを森を歩いてつくづく思い知らされた。

さて、どうしよう。理実は紅葉の森の中で立ち尽くす。また風が吹き、黄と紅の葉がひらひらと舞った。


どうやって死のうか、一年以上前から悩み続けていた。

最初に考えたのが、飛び込みだ。理実が学校に通っている路線には、ホームドアなんてものはない。朝、混み合う駅のホームのいちばん前に立った時、何度も思った。あと数十センチ、たった一歩前に踏み出しただけで、すべてがラクになる。学校に行かなくてすむ、授業や部活から解放されると。

あるいは帰りのホームに降り立って、その日一日の怒りや屈辱を思い出して体が震え出しそうな時、もしここで行動を起こしたら、自分をイジメた人間たちは、どれほど後悔するだろう、どれぐらい罪の意識に苛まれ続けるだろう。そう考えるだけで、怒りがほんの少しだが、甘美な感傷に変わっていった。

やめたのは、こんな話を聞いたからだ――

ある青年が、駅のホームに立っていると、すぐそこに挙動不審な中年男がいた。嫌な予感がした。そしてそれはすぐに的中する。この駅を通過する特急がホームに入ってきた時、周囲の人間が止める間もなく、中年男は列車に飛び込んだ。

男の体はばらばらになって弾け飛ぶ。手、足、首、胴体。

首は青年のところに飛んできた。血走った目をかっと見開き、歯を食いしばっていた。

その生首がいきなり大きく口を開け、青年に叫んだそうだ。

「見るなっ」

誰かから聞いたわけじゃなく、ユーチューブで見ただけ。首がそのままホームにころがって叫び続けたというのが話のオチなのだが、青年に嚙みついたというバージョンもあるらしい。バージョンがあるということは、ただの都市伝説なのだろうが、体がばらばらになっても意識はすぐには消えないというのは事実らしい。とくに脳が無事に残ってしまった場合、手足が全部もげたり、上半身と下半身が真っ二つになったとしても、失血で絶命するまでの二分ぐらいは意識がある。神経も残っているから、その二分が永遠に思えるほどの想像を絶する苦痛を味わうことになる――

これもユーチューブ情報。友だち少ないな、私。というか、いない。学校でもそれ以外でも、独りぼっちだ。

飛び込みをやめた理由は、もうひとつある。

遺族が損害賠償を請求されるという話を聞いたからだ。理実の遺族といえば、母親しかいない。娘を愛してくれない母親だった。ラッシュアワーの時に決行したら、賠償金は相当な額になるらしい。いい気味だ、とも思うのだが、あの人はきっとお金を出ししぶるだろう。娘の死などより金額のほうがショックで、支払いを拒否したり、値切ろうとしたりするに決まってる。

こちらまで恥ずかしい。死んでまで親に恥をかかされるのはごめんだった。嘘泣きでもいいから、葬式では母親に泣いてもらわないと格好がつかない。

その次に考えたのが、入水自殺。

入水自殺。語感の美しさに惹かれた。なんとなく文学的。太宰治が死を選んだのもこの方法だ。桜上水——玉川上水だっけ。場所も詩的。行ったことはないけれど。

理実は昔、溺れたことがある。川でだ。小学校の時、橋から突き落とされたのだ。思えば、理実のイジメられ歴はあの頃からだった。

お風呂で予行練習をしてみた。頭のてっぺんまでお湯に潜って、数をかぞえた。二十で息が苦しくなった。三十で頭の中に心臓の音が鳴り響いた。四十六で水面から飛び出した。苦しい。無理かもしれない。

しかも水死体は美しくないとあとから知った。

皮膚がずるりと剝げ落ちたり、ヘンな色に変色したり、目玉や唇やあんなとこ、こんなとこを、魚や甲殻類に食べられてしまうらしい。

怖い。もしそんな目に遭ったら、大好きなエビチリやカニチャーハンが食べられなくなってしまう。紅ズワイガニ丸ごと御膳なんて絶対ムリだろう。あ、もう死んでるんだから、関係ないか。

なにより嫌なのは、体がおすもうさんのように膨れ上がってしまうらしいこと。ただでさえ太めなのに、わざわざふくれたくはない。

理実は美しい死体になりたかった。そのために何か月も前からダイエットを続けている。せっかくピーク時より二キロ減らしたのに、何が哀しゅうて、またふくらまなくてはならんのだ。

最後は二択。

首吊りか、練炭か、だった。

練炭、いいかも。眠るように死ねる、ドラマか小説でそんなシーンがあった気がした。で、やり方を調べてみたのだが、とんでもない。

そうとう苦しいのだと。

眠るように死ぬのは、体が動かなくなるからだ。凄まじい吐き気と頭痛と呼吸困難に襲われるが、体が動かないから、そのままじっと死が訪れるまで耐えるしかない――これは恐ろしい。だって、万が一、いや、百が一、気が変わることだってあるかもしれないじゃないの。苦しいからこれはやめようと思うことも考えられる。その時に、巨大迷路の脱出ドアみたいな逃げ道がなければ、いやおうなしに死ぬしかない。

一方の首吊りにも問題がなくはない。失禁や脱糞の恐れがあるそうだ。事前にトイレに行っておけばすむレベルなのであればいいけれど――

死への渇望が高じたこの数週間は、死を考えることで生き続けてこられた。

どういう方法で死ぬか。

どこで死ぬか。

トランプ占いをしてみたり、大切に飾っていた青バラのドライフラワーで花びら占いをしたり。

鉛筆をころがしたり。

そして、生きるのも辛いが、死ぬのも大変であることに気づいた。どっちも大変なら、もう少し人生の様子を眺めてみようか。

やっぱり死ぬのはやめようと思った翌日、教室に入ると、黒板にこう書かれていた。

『ブタケ山　死ネ』

ひと文字が三十センチ四方はある大きな字で。理実の苗字は「畠山《はたけやま》」だ。文字の横にはブタの絵が描かれていた。

泣きそうになったが、涙を見せたら負けだ。いままでだったら、何事もなかったように黒板の文字と絵を消して、何も見なかったことにして授業を始めるのだが、その時は違った。死ぬことを考えたら、生きている間のあれこれが、たいしたものには思えなくなっていたのだ。担任教師らしく教壇の前へ行き、生徒たちに向き直って、声をあげた。

「誰ですか、これを書いたのは」

誰だかは予想がついた。何日か前、髪をインナーカラーで染めているのを注意した女子生徒とその取り巻き連中に決まっていた。妙に達者なアニメ風のブタのイラストが腹立たしい。

教室の後ろのほうで誰かのつぶやき声が聞こえた。まだ声変わりが終わりきっていない男子生徒の声だ。

「なにイキってんだよ、ハタケヤマのくせに」

ひとり言にみせかけてみんなに聞かせようって魂胆だ。どいつだ。そっちこそ、ガチョウが首を絞められたような中坊声のくせに、生意気言うんじゃないよ。インナーカラーを注意した女子生徒、刈山心亜《かりやまここあ》の気を引きたくて、いきがっている誰かに違いない。心亜はムダに美少女なのだ。スクールカーストの最上位に君臨する三年二組の女王。

理実は出席簿で教壇を思い切り叩いた。くそ生意気な男子生徒の頭をどつくかわりに。

「いま、なんて、言うた？」

いつもと違う、命を半分捨てている理実の迫力に圧倒されたのか、後方の席の男子生徒の一人がこそこそと身を縮めた。おかげで犯人がわかった。あいつか。確か私立の進学校志望だったよな。内申書は私が書くことを忘れているのか？　楽しみにしていろよ。

黒板消しで落書きを消しはじめた時だ。背後から何かが飛んできて、理実の頭に当たった。理実の低い背を嘲笑うように頭頂を直撃。

「ストライク」

またどこかでガチョウが鳴いた。

髪から水が滴り落ちる。床にころがったビニール片で、水風船だとわかった。

「誰っ」

ひたいに垂れ落ちる滴をぬぐった。そこで初めて、液体がピンク色の塗料であることがわかった。限界だった。両目から涙が零れ落ちるのを堪えることができずに、理実は教室を走り出た。


「私一人では、手に負えません」

教頭先生に涙ながらに訴える理実に、学年主任の田倉《たくら》が横から口を挟んできた。いつものオクラ納豆のような口調で。

「畠山先生、生徒にちょっとしたいたずらをされたぐらいで、授業を放棄してしまうのは、大人としてどうなんでしょう」

「ちょっとしたいたずら？」クラスのイジメを認めたくない教師の常套句じゃないか。冗談じゃない。あれはイジメだ。教師に対するイジメ、スクールハラスメントだ。

「そんな生やさしいものじゃありません。本当はよくご存じでしょう」つい声を荒らげてしまってから、職員室を見まわした。授業が始まっていて、残っているのは数人だ。

「みなさんも気づいていたでしょ、刈山心亜の髪の色。なぜ注意しないんですか」

誰もが理実と目を合わせようとしない。理由はわかっている。刈山心亜が怖いのだ。正確に言えば、刈山心亜の親が。彼女が中一の時から、この学校では有名なモンスターペアレントだ。

心亜が茶色のアシンメトリーヘアで登校してきたことを、男性教師が注意すると、翌日、同じ髪形をした母親が乗り込んできた。

「髪を染めてるわけじゃない。シャンプーのし過ぎで傷んでるだけ」

心亜が同級生にヘアカラーを自慢していたと聞かされると、今度は、「子どものファッションの自由を奪うのか」。何を言ってもムダということだ。

持ち物検査で心亜の鞄からタバコが出てきた時には、父親がやってきた。父親は教師たちの前で、タトゥーをちらつかせた腕で娘をひっぱたいてから、こう言ったそうだ。

「てめえら娘の鞄を勝手に開けやがって、人の娘をさらし者にして、ただですむと思うなよ。続きは組の事務所で話そうか？」

理実は、担任である自分一人ではラチが明かない、学校全体で刈山心亜のことを考えるべきだ、と主張した。

「そう言う前に、畠山先生が彼らと話し合うべきじゃないですか。ちゃんと生徒と向き合ってください」

田倉が二酸化炭素にしかならない言葉を吐き続ける。理実はその顔に指を突きつけた。

「じゃあ、田倉先生、あなたが向き合ってきてください。いますぐ」

犬のしつけをするように突きつけた指を職員室のドアに向けてから、「な、なんで私が関係ある」と怒りつつ動揺している田倉を無視して、教頭先生を問い詰めた。

「このままでいいのでしょうか」

田倉より話がわかるだろう。ほんの少しは。

「いえ、もちろん……あのままでいいわけが……」

気弱げに同意しかけたところに畳みかけた。

「だからまず、刈山さんのご両親にもう一度学校に来てもらって、こちらも校長先生以下——」

理実の言葉は途中で、よく通るカン高い声に遮《さえぎ》られた。

「私もこのままではいけないと思いますよ」

校長先生だった。いつのまにか校長室から出てきていた。禿げ頭をつるりと撫でて、ふにゃりと笑う。

「おっしゃるとおりです」

いつもと変わらない、恵比寿様の石像みたいな笑顔だ。石像だからその笑みは、ただ顔に張りついているだけ。

「そう、このままでいいわけがない。ホームルームをすっぽかしたままなんて、保護者会で問題になってしまいます。畠山先生、すみやかに教室へ戻ってください」

「えーっ」無理。

「何年教師をやっているんですか、小娘でもあるまいし。畠山先生は、もうベテランでしょ」

周囲に目を走らせる。誰か理実と一緒に校長たちに怒ってくれる人はいないかと。だが、居合わせた教師は誰もが、校長の言葉に頷くだけだった。

嘘でしょう。

いや、ここは、そういう中学校《ところ》なのだ。そしてこうなるのは、理実自身の問題でもある。

そもそも理実が刈山心亜がいる三年二組の担任になったのは、教師の間でもイジメられているというか——生徒たちの言葉で言えば、ハブられているからだ——認めたくはないが、理実は、生徒たちから好かれないだけでなく、同僚たちにも煙たがられる教師なのだ。前の学校でも、その前も、そうだった。

理実は人とうまくコミュニケーションができない。言わなくてもいいひと言が多い。思い込みが激しい。喋りだしたら止まらない。人の話をろくに聞かない。「言っていることは間違っていないけれど、あなたには言われたくない」そんなせりふを何度投げつけられただろう。

ようするに、空気というやつが読めない女であるらしい。他の人間には、理実は見たことがない、空気中に漂う文字が読めるのだろう。

「帰ります」

「ああ、そうしてください」

「教室じゃありません。家に帰ります」

「先生、そのままの姿で帰らないほうがいいと思いますよ」

教頭の言葉に、若い女性教師がくすくすと笑う。その女の机に置かれた小鏡を奪い取って、自分の姿を映してみた。頭頂から前髪にかけてが、富士山の冠雪みたいにピンク色に染まっていた。刈山心亜のインナーカラーと同じ色。いや、黒板に描かれたブタと同じ色だ。

その日から、理実は学校を休み続けている。春、夏、冬に長期の休みが（建前では）ある教師は、それ以外の時にはなかなか有休がとれないのだが、知ったこっちゃない。

一日の大半をふとんの中で過ごした。これまでの人生を振り返っては、ふとんの中で「あーっ」と叫んで身をよじり、ひたすら死ぬことだけを考え続けた。

こんなくだらない世界で生きていく意味があるだろうか。いやあるまい。畠山理実は国語の教師だ。

前にもまして自殺方法について綿密に調べ、方針がほぼ固まった日の夜、嶋本《しまもと》先生から電話があった。

「畠山先生、どうですか、体調は」

嶋本先生は、刈山心亜の茶髪アシンメトリーを注意した男性教師だ。理実は彼を学校で唯一の同志だと思っていた。三歳年下、独身の体育の教師。同志以上の関係になるのもやぶさかではなかった。

「ええ、おかげさまで、少しは、良くなったかな」体調不良を理由に欠勤しているが、もちろん体はぴんぴんしている。食欲も旺盛で、自殺ダイエットのリバウンドが心配だ。

「一度、話し合いませんか」

「え」思わずいつもより半オクターブ高い声が出てしまった。

「畠山先生が戻ってくれないと、俺……」

「はい」息をのんで次の言葉を待った。

「俺……また三年二組の担任になってしまう」

さあ、死のう。やっぱり死のう。学校のことだけが理由じゃない。四十すぎでシングルの女に、やたらマウントを取ってくる世間にも、一まわりも年下のオトコにひっかかって、いまだに金の無心に来る母親にも、人とうまくコミュニケーションできない自分にも、男運のなさ――男と出逢う運のなさという意味だけど――にも、ストレスが高じて衝動買いがやめられず、膨らんでしまった借金の額にも、ほとほと愛想が尽きたのだ。

折しも紅葉の季節。

そうだ、冥土行こう。

首を吊る木は決まった。もう言い訳はできない。踏み台がないなんて自分についてる嘘だった。実は、ある。自宅からずっと肌身離さず持ってきた、というか履いてきた。

パンプスだ。低い身長をカバーするための厚底のハイヒール。爪先部分も厚めで、トータルで十センチの高さ。森を歩くのにはまったく向いてなくて難儀させられたが、履いてきたのは必然だったか。これを脱いで、踵の高い部分に爪先立ちをする。あとはパンプスを蹴り飛ばせば、コンプリート。

のろのろとトートバッグの中を探る。

ロープは手編みだ。首吊りを死に方の第一候補に思い定めてからも、使うロープを決めかねていた。物干し用ロープは硬くて、あとで肌がかぶれるのが心配だし、梱包用は細すぎてなんかよけいに苦しそう。結局、自分で編むことにした。欠勤中の暇にあかして、百均で大量に色紐を購入した。白と赤と緑のイタリアンカラーだ。ひと編みごとに考えた。生きるべきか死ぬべきか。死ぬ前に一度、行きたかったな、ナポリ。

一日中家に籠もってロープを編んでいる時、死に場所も見つかった。

「神森《かみもり》」だ。

たまたまつけていたニュース番組で、そういう名の森があることを知った。

小さな子どもが行方不明になったというニュースだった。母親が目を離した隙にいなくなって、もう何日も経つがいまだに見つからないそうだ。どうせ心亜のところみたいなバカ親だろう。子育てを本気でする気もないくせに、ポロポロ子どもを産んだりするからそういうことになるんだよ。知らんけど。もし理実が誰かの親だったら、子どもはそれこそ大切にして――まあ、いいや。ないものはない。

とにかく警察や消防団が何日も捜索を続けているけれど、手がかりすらつかめないほど広い森であるらしい。

ここだ。ここで死のう、と思った。

なぜそう思ったのかと後から聞かれたら、インスピレーションで、と答えるだろう。ニュース映像の上空から撮影された森の風景がとても美しかったのだ。あとは名前だ。

「神森」

神々が棲む場所、という意味だろうか。いい響きだった。

さっそく検索してみると、神々の森というわけでもないらしい。地元の人も神森の神がどんな神なのかは知らないそうだ。近くに「下森」という地名が残っているから、「上の森」「下の森」から転じたのではないか、というロマンのかけらもない解説は、見なかったことにした。

手の届かない場所にロープをかけるのは、浴室のランドリーポールの下にひざまずいて、何度も練習した。

まず片端を重しになるように結んで放り上げる。枝にひっかけて、落ちてきたロープを投げ縄結びで枝に括りつける。あとは残ったロープを、今度はハングマンズノット――絞首刑結びというやり方で輪にすれば、完成。

練習ではさんざん失敗したのに、一発で枝に引っかかった。ややこしいハングマンズノットもなぜかすぐに結べてしまった。本番に強いのは理実の数少ない長所だが、なんだか今日はいまいましい。

もう少し輪を大きくしようか。私の頭は大きいから、これじゃあ入らないかも。

ロープを結び直しながら、耳を澄ます。どこかで足音が聞こえないだろうか、と。

理実の身を案じて、探しに来た誰かの足音だ。別にわざとではないけれど、部屋のテーブルには、グーグルマップを印刷した神森の地図を置いてきた。

今度は輪が大きすぎる気がする。もう一度。そしてまた聞き耳を立てた。誰かの声が聞こえないだろうかと。

あれ、聞こえた気がするぞ。

「はたけやませんせーい」

嶋本先生の声に似ていた。

「せんせーい、早まらないでください。俺、畠山先生がいないと――」

なんと嶋本先生がこっちに走ってくるではないか。

「せんせー」「先生」「畠山先生～」三年二組の生徒たちも一緒だった。不貞腐れ顔だが刈山心亜もいる。

「どうしたの、みんな」

「先生、死なないで」

「もう決めたことだから」

理実はパンプスの上に爪先立ってきっぱり首を横に振るが、その時、長身の嶋本先生がダッシュして、理実の手から首吊り用のロープをひったくる。いや、逆がいいか。ロープから理実をひったくってお姫様だっこをする――

どこかで鳥が鳴いた。理実の妄想を嘲笑うように。

誰もいないか。

この神森に来る前には、もしも子どもの捜索のために人が多くて騒がしかったら、決行は延期して帰るつもりだったのだけれど、あたりは静かなものだった。

なんでだ？　もう捜索は終わったのか。見つかる可能性がなくなって捜索隊が縮小されたのか、それともとても広い森だから、捜索場所はここことは遠く離れた場所なのか。

あれ、どこかで子どもの声が聞こえたような。いや、これも空耳だな。

よっしゃ、もう死んでやる。本気だからね。止めてもムダだからね。

誰も聞いていないひとり言をつぶやきながら、理実は首にロープをかけた。あとはパンプスを蹴るだけだ。

10

神森はすっかり冬だ。いつ雪が降ってもおかしくない寒さだった。

冬也《とうや》は神森の遊歩道を歩く。先月のあの日、真人《まひと》が岬《みさき》さんと一緒に歩いたという道だ。もう一度、現場に来て、真人の足どりを再現しようと思ったのだ。

本当は真人を連れて来たかったのだが、岬さんに猛反対されてしまった。

「あそこには行きません。行かせません。近寄るのも嫌だ」

まあ、そうだよな。

それにしても寒い。

森を渡る風が無数の凍った手のひらとなって頬を撫でまわす。冬也はダウンジャケットの下に着たパーカーのフードをかぶり、リュックから手袋を取り出した。

十二月半ばを過ぎた山麓だから、覚悟はしていたが、まだ冬のとば口に立ったばかりの平地に較べたら、カレンダー一か月分ぐらい先にタイムスリップしてしまったようだった。

これほどではなかったにしろ、真人を探して岬さんと歩き回った夜の森も寒かった。十一月だったが、いまの街中より気温は低かったはずだ。五歳の真人がそんなところで一週間も夜と昼を過ごしたことがいまさらながら信じられなかった。

真人だから、かもしれない。なにしろ忍耐強い子だ。生まれた時からずっと、他の子よりたくさんの不自由に耐えてきたから、いざとなったら、タフだ。

冬也は、あの日、真人と岬さんが森に入った駐車場から歩きはじめて、真人の姿が消えた場所へ向かっている。捜索隊に煙たがられながら、あるいは捜索が終わってしまった午前零時過ぎに、岬さんと二人で何度も歩いた道だ。

慣れた場所のつもりだったのだが、一か月ぶりに訪れた神森は、ずいぶん様変わりしていた。

紅葉の盛りだった木々はあらかたが葉を落としている。といって枯れ木が並んでいるわけでもない。あの時には、森全体が黄色や赤に染まっているように思えたのだが、めだたないだけで常緑樹もたくさん存在していたのだ。森には緑が戻っていた。

葉が減ったぶん、空が広くなって、森全体が明るく感じる。葉擦れの音は乾いて聞こえた。踏みしめる落ち葉は厚く、朽葉色も濃く、土に還りかけていた。

歩きながら、スマホに音声でメモをした。頭を整理するために。

ときどき森から別の子どもが還ってきちゃったみたいに感じる――岬さんはそう言っていた。真人のどこが失踪前と変わったのかをひとつひとつ挙げて、それに対する推測を言葉にしてみた。

その1　木を使った原始的な火おこしの真似をするようになった。
弓切り式という着火方法であるらしい。森の中で誰かがそれをやっている場面を真人は見ていたと思われる。いままでしたことのない、あぐらをかくようになったのは、その誰かの影響であるとも考えられる。いっしょに焚き火にあたっていたかもしれない。

その2　童謡「森のくまさん」を歌うようになった。

失踪中に覚えたと断言はできないが、岬さんは「保育園やテレビで覚えたものではないはず」と言っている。あの日以来、真人は保育園には登園していないし、岬さんも仕事を休んで一緒にいるが、該当するテレビ番組やCMはなく、岬さんがいない時に真人が一人でテレビを見ることもない――真人はリモコン操作がわからない――保育士さんにも問い合わせて、「その歌を歌ったり、聴かせたりしたことはない」という証言をもらっているそうだ。

だから、森で接触があった誰かが歌っているのを聴いて覚えたと考えたほうがむしろ自然だ。焚き火をしたのと同一人物かどうかは不明。

その3　夜中に叫ぶ。治まっていた夜驚症がぶり返してしまった。

一週間も森の中にいたのだから、恐ろしい体験をたくさんしたはずだ。医者が言っているように、トラウマ体験のフラッシュバックだろう。ただし、岬さんによれば、「ただ怖がっているというより、何かを止めようとしている。何かに怒っているように聞こえる時もある」そうだ。

その4　誰も教えていないはずの言葉を口にするようになった。たとえば、

「なくようぐいすへいあんきょー」

「あかはとまれ、あおは雀《すずめ》」

これも失踪中に覚えたとは言い切れないが、真人がお気に入りの言葉をコレクションするのは、何度も耳にしたフレーズなのだそうだ。テレビや保育園で「鳴くよウグイス平安京」という言葉をくり返し聞くなんてことがあるだろうか。森の中で誰かが連呼する言葉とも思えないけれど。

その5　新聞記事にもなった、真人の「クマさんが助けてくれた」という言葉は、正確にはこういうことらしい。救助された時、さほど衰弱している様子がなかったから、救助隊の一人が「誰が助けてくれたの？」と訊いた。その時に「くまさん」と答えた――

うわ言かもしれないし、真人の妄想だったとも思える。でも、その後も真人は、食べ物を誰かにもらっていたのかと訊いても、マフラーをくれたのは誰かと尋ねても、「くまさん」と答えている。真人は気に入った言葉を繰り返し使う癖があるから、意味のないフレーズかもしれないのだが。

神森に出没することはめったにないらしいが、上方に聳える八岐山《やまたやま》山系の山岳地帯にツキノワグマが棲息しているのは事実。とはいっても、真人の言う「くまさん」が実在するとしたら、人間だろう。「くまさん」の性別は不明。複数の可能性あり。

その6　同じ配列の積み木を何度も並べる。

ここで音声メモを止めて、岬さんが送ってきた写真を呼び出して眺めた。

積み木の配列を真上からの俯瞰と、斜め上方、二つのアングルから撮ったもの。

間隔を置いて並べられた積み木は色もカタチもばらばらだ。直線的に並べているのではなく、間隔も一定じゃない。俯瞰で眺めると、折れ線のない点グラフのように見える。使われている積み木は全部で七つ。

送られてきたもうひとつのファイルにも俯瞰と、斜め上から撮った写真。同じ場面のアングルを変えたものだと思ったが、よく見れば微妙に違う。別の日に真人が並べたものだ。

「何度並べても、配列も使う積み木も、ほぼ同じ」だと岬さんは言う。

真人の行動は一見、衝動的に思えるが、じつは独特のこだわりがある。まして何度もくり返す行為には、真人なりの意味があるはずだ。

真人は、この積み木並べで、森の中での体験や目撃したものを再現しようとしているのではないだろうか。

ただし、「これは何?」と尋ねても、全身をぶらぶらと左右に揺らすだけだそうだ。

この「ぶらぶら」は、真人が混乱した時に見せるボディランゲージ。答えが「わからない」、もしくは、そもそも質問の意味が「わからない」ということだ。

写真を拡大したり、元に戻したり、二つのファイルの四枚を、間違い探しをするように比べてみたり。くり返し眺めた。

森で見た何かの光景。森の中に存在する何らかのモノ——冬也はスマホをポケットにしまい、前髪をシャンプーをする手つきで揉みほぐす。なんだろう。まっさきに浮かぶのは、木。樹木だ。というか、それしか思い浮かばない。

使っている積み木は、円錐、角柱、円柱……細長いタイプが多いことを見ても、木を表現している可能性は高そうだ。

それぞれの積み木が樹木だとして、この配列が何を意味しているのか。うーむ。また頭皮をシャンプーした。

もしかして、森の中で真人が辿った道順？

ＡＳＤの子どもは空間認知能力に問題があるとよく指摘されるが、それは診察室の机上のテストや保育室での話だ。文字を覚えたりダンスをするのが苦手なことと、東西南北を把握する方向感覚とは、違う能力じゃないのか——

考えながら歩いているうちに、真人がいなくなった場所に辿り着いた。「森に入ってから一時間ぐらい歩いたところ」だと岬さんは言っていたが、子ども連れで散策する歩調だったからだろう。時計を見ると、歩きはじめてから、四十二分。スマホの歩数計機能によれば、２・４キロだ。

場所の目印は、遊歩道の右手に見えてきた樹木だ。

独特の姿をしていた。斜めに伸びた太い幹の途中から別種の木が生えている。元の太い幹の老木は斜め四十五度ほどの角度のまま途中で折れてしまっているし、新しい幹のほうはくねりながら上方に伸びているから、まるで大きな胴体を持つ首長竜のように見える。根もと近くの立て札にも『恐竜の木』と記されていた。

大木の樹皮に生えた苔に種がこぼれて、もう一本の木が発芽し、そこから根や幹を伸ばしたのだろう。朽ち果てようとしている老木から養分を奪って育った若い方の木は、たっぷりと葉を繁らせている。

これが、二人がこの森で見ようとした合体樹のひとつだ。

合体樹、あるいは合体木《ぼく》というのは、二本の——場合によっては二本以上の複数の——樹木が癒着して成長した樹木のこと。

合体する要因はさまざまだ。ほぼ同じ場所で発芽し、ともに大きく成長して、くっついてしまうケースや、後から生えた成長の早い樹木に取り込まれるケース。いま目の前にある合体樹のように、本体に別の樹木が生えて、共生したり乗っ取られたりするケースなどなど。

神森には、こうした合体樹がいくつも生息している。森の最深部には、神森の主《ぬし》とも、神森の「神」とはこの木のことだとも言われている、巨大な合体樹が存在するらしい。

失踪した場所が合体樹の前だし、そこから遠く離れた場所で、真人が一週間ぶりに見つかったのも『夫婦《めおと》の木』と名づけられた合体樹の洞の中だった。

真人は合体樹を見つけに行こうとして森の中に迷い込んだんじゃないだろうか。そして合体樹を探して森の中を彷徨《さまよ》い続けていた。

つまり、あの積み木の配列は、合体樹の位置——まさかな。

でも、真人が持つ特別な才能《ギフト》を信じてみたくもある。確かめてみても損はない。ここが真人が置いた最初の積み木だとすると、めざすは、二番目の積み木が置かれた方向。

悲鳴が聞こえた。

沸騰したホイッスルケトルにそっくりなその声が、自分のものだと美那《みな》が気づいたのは、目の前を下から上へ白い息が通過していったからだ。言葉にならない声の残像は、亡霊のようにたちまち森の闇に消えた。

私としたことが、つい声をあげてしまったのは、誰もいないはずの森の中で、すぐそこの草藪がぞわりと揺れるのを見たからだ。見間違い？　うん、きっとそう。いいえいいえ、そんなことない。そう思いたいだけ。確かに見た。

おそるおそる懐中電灯の光を向ける。

今度は光の輪の外で、
がさり。

何かが動く音。

また声が漏れた。

「誰？」

かろうじて言葉にできたのは、音がしたのが美那の目線よりずっと下で、気配も弱々しく感じたからだ。

とはいえ、返事を期待していたわけじゃない。答えが返ってきたら恐ろしすぎる。

「きいぃーっ」

え？

返事のかわりに、草藪の向こうから叫び声が聞こえた。

またしても美那の目の前を白い息が通過していく。だが、今度の悲鳴は短い。前より早く冷静になれたからだ。

ああ、さっきの鳥の声じゃないの。

さっき聞いたのとは、ちょっと違うふうだったけれど。

なんだ、夜にも鳥が鳴くことがあるんだね。そうかそうか。薄気味悪いけれど、自分と死者しかいないこの場に他の生き物がいると思うだけでほんの少しだけ安心できた。「恐」と「怖」という二つの漢字だけが満ちている脳内に美那が必死で思い浮かべているのは、シマエナガのような可愛い小鳥だ。

そうだ、独りじゃない。近くに生き物がいる。うん、だいじょうぶ。私はやれる。むりやりな理屈にすがりついて美那はなけなしの気力をふり絞る。

もっと奥へ行こう。ちゃんと深い穴が掘れるところまで行ってやろうじゃないの。布団袋の中の硬直した片足を帆柱のように掲げた、台車のハンドルを握る。

「ほら、いくよ」

シマエナガか、一也《かずや》にか、誰にともなく声をかけて、再び懐中電灯をくわえた。

すっかり夜目が利くようになって、真っ暗に思えていた前方の闇は、いまでは木々のシルエットの黒より薄いダークグレーだった。真っ黒に見える木々の葉も、懐中電灯の光を浴びると、一瞬、緑色に輝く。頭上には黒布にまんまるの穴を開けたような月。そして砂金を振りまいたみたいな星々。

どのくらい進んだだろう。たっぷり汗をかいた。こんな時でも怠りなくメイクしてきた顔面がずるどろだった。

時刻は午前三時。夜が明けるまでにはカタをつけたかった。そして仕事に行くのだ。何事もなかったように。

今日は遅番だから十二時までにタイムカードを押せばいいのだけれど、一度家に戻って着替えなければ。シャワーも浴びたいし、髪もシャンプーしないと。

自分のしたことと、これからしようとしていることにあんなに怯えていたのに、もう冷静に計算をはじめている。慣れとは恐ろしいものだ。いや、恐ろしいのは、私という女か。

美那の職場はデパート。紳士服売場の派遣社員《マネキン》だ。一也は老舗和菓子屋チェーンの社長である父親から、つきあいのあるデパートへ修業に出された腰掛け社員だった。所属は外商部。ぽんこつの一也が外商という花形部署に潜り込めたのは、父親の力だけでなく、伯父さんが大株主で、デパートの太客だかららしい。腹立たしいほど恵まれた男なのだ。そのおこぼれにあずかろうなんて考えていた自分自身もいまとなっては腹立たしい。

まあ、どうでもいい。いま現在、もっとも腹立たしいのは、布団袋の中の一也の体重と、やっとデコボコが減ったと思ったら、上り勾配になってしまった地面だ。

どこからか自分のものじゃない足音が聞こえた。小さな音だ。枯れ葉が落ちる音に違いない。あるいは酸欠の頭が聞かせる幻聴。台車を押し続けている美那の体力は限界に近づきつつあった。足はとっくにへなへなで、吐く息も真夏の犬みたいに荒くなっている。それでも美那はがたごとと暴れる台車を押し続けた。森の闇の向こうに潜むものに吸い寄せられるように。そのものへの貢ぎ物を運ぶように。

ふいに辺りが明るくなった。あわててスマホを取り出す。夜が明けたのかと思って。

ＡＭ03：24。

とんでもなく長い距離を進んだと思っていたのに、さっきから二十分しか経っていなかった。

見上げると、真上に月があった。森のどこへ行っても頭上を覆っていた屋根みたいな梢がここにはなく、ミラーボールみたいな満月がありったけの光で地上を照らしているのだった。

月の光がこんなに明るいとは知らなかった。くわえ続けるのがとっくに限界で、片手に握っていた懐中電灯を消した。それでも周囲の木々のシルエットが手のこんだ影絵みたいにくっきりと見える。

背が高く、幹の太い大木が多い場所だった。大きな木が光や養分を独りじめしているのか、小さな木々や草藪が見当たらない。ここには葉を落とす樹木が多いようで、裸の枝々が仄《ほの》かに明るい中空にひび割れをつくっていた。

台車の車輪に踏み潰されて、落ち葉が生き物のように鳴いている。スニーカーで踏みしめる地面はふかふかで、毛足の長い絨毯みたいだ。

そろそろいいかも。美那は台車を停め、布団袋をぐるぐる巻きにしているロープにはさんだシャベルを手に取る。

呼吸を整えてから、手近な地面に突き刺した。

さくっ。

おお、ようやく土の音がした。

さく、
さくさく、
カーーン。

夜闇にクイズ番組の不正解の時みたいな音が谺《こだま》した。

ため息が白い熱帯魚のように宙を漂う。でも、突きあたったのは、岩じゃなく、木の根っこかなにか。さっきより見込みはありそうだ。ポジティブにとらえよう。なけなしの気力を歯磨きチューブを使いきるように絞り出して、今度は木の根もとからは遠い場所にシャベルを差しこんだ。

さく。

さくさくさく。

いい調子だ。

シャベルで森の土をすくいあげるたびに、刺激臭が鼻を刺す。悪臭ではないが、森の香りなんていいものでもない、一也に連れて行かれたシガーバーの一本二千何百円だかの葉巻みたいな匂い。森の地面に積もった葉や草が腐敗して放つ植物の死臭だ。

ふいに布団袋の臭いが気になりはじめた。確かめたくもないけれど、遠からず確実に臭ってくるはずだ。その前に目の前から消し去りたい。布団袋を。一也を。すべてを。急げ急げ。

もっと大きなシャベルにすべきだった、これじゃあアイスのおさじだよ、と後悔しながらわずかばかりの土を掘り、でも大きすぎるのは慣れない自分には扱いづらかったろう、とすくいあげた土の意外な重さに思い直し、放り出した土の山の小ささにまた、隣に置いてあった３１８０円のにすればよかった、なんでこんな時にまでケチったんだろう、と再びくよくよ悔やむ。それを何度もくり返して、ようやくベビーバスほどの穴になった時、カァーーン。

美那はその場にへたりこむ。

埋める必要なくない？

こんな森の奥になんか、誰も来やしないだろう。このまま置いて帰っても、見つからないんじゃない？

そうだよ、そうとも。そうしよう。ここに捨ててとっとと帰ろう。頭の中で誰かの——いや、自分の声の囁きが聞こえたが、美那はぶるりと後ろ髪を揺らして首を振り、その声を頭から追い払う。殺人の死体が発見されるニュースとかを見ると、隠し場所があまりにいい加減で、馬鹿なの、と思うほどの努力の足りなさにしばしば驚かされる。人を殺しておいてそれでバレないとでも思っていたの？

でも、自分が死体を隠す立場になってみて、よぉくわかった。想像しているとおりに行動できないことって人生には多いけれど、死体遺棄はたぶんその中でもベスト5《ファイブ》に入るだろう。

だめだ、このままじゃ。私は、捕まる。模範囚になって十年ぐらいで刑務所を出られたとしても、アラフォー。アラウンド後半のほうの。シャワーの水滴が肌をころがらなくなる。人生、ここが踏ん張りどころだ。美那はマフラーとノーカラーコートを脱ぎ捨て、指先が隠れる萌え袖ニットを二の腕までまくり、両手で顔をばちばち叩く。とにかく埋めなくちゃ。そして今日の十二時までにタイムカードを押すのだ。

デパートでは一也の無断欠勤が遠からず知れわたるだろう。客との約束があったりした場合、今日にでも騒ぎになるはず。いい年をして実家から通っているぼっちゃまだから、行方不明になったこともたちまち発覚する。だから美那は今日も普通に勤務してなくちゃならない。

「外商の清田《きよた》サン、行方不明なんだって」

「へぇー、キヨタさんって、どんなヒトだっけ」と美那。

「ほら、合コンばっかやってるチャラ男《お》」

「ああ、あのヒトかぁ……案外メンタル弱そうだから、自殺とか？」

なぁんてしれっと会話に加わらなくては。

一也とのことを美那は、結婚をサプライズ報告したくて人には黙っていたし、一也は一也で、腹が立つけれど、いま思えば美那と結婚する気などさらさらなく、二股や三股だったりする可能性すらあって、二人の関係をひたすら隠していたみたいだから、職場には美那と一也の関係を知っている人間はいないと思う。たぶん。

アクション映画のヒロインが、銃を片手にそうするように、逆手で構えた懐中電灯で、周囲をぐるりと照らした。

左前方にひときわ太い樹木。「へ」の字に曲がった二本の枝が広げた両腕のようで、その枝先が宙をわしづかみする指に見える、不気味なシルエットだ。さっきから気になっていた。お化けみたいなその木ではなく、根もとに大蛇みたいに横たわっている黒々とした影が。倒木というのだっけ、公園のトンネル遊具ぐらいありそうな木が倒れているのだ。

あの下に隠したらどうだろう。土を掘る手間が省けないか。倒木を光で舐めていくと、真ん中あたりが朽ち果てて空洞になっているのがわかった。

「ラッキー」思わず声に出す。よし、あそこだ。悪い日ばかり続いていた美那のサイコロにようやくいい出目がころがった。

台車を取りに戻ろうとしたら、

ぱたぱたぱた。

背後で音がした。鳥の羽ばたき？　にしては音が大きい。もっと似ているのは人間の足音だったが、こんな森の中で自分以外の足音が聞こえるはずはなかった。

きっと臆病な耳が聞かせるまぼろしの音だ。そう、幻聴。うん、気のせい。よけいなこと考えずにすむように、美那はまた歌うことにした。

「あるう日　森の中　くまさんに出ああった」

できるだけ陽気に。花壇にチューリップでも植えに行くみたいな気分になるように。

「花咲く森の道、くまさんに出ああった」

花咲く森の道？　森の中ではそうそう花は咲かんよ。冬が近いいまはとくに。夜だから見逃しているのかもしれないが、ここに来るまでにも花なんてひとつも見かけなかった。

ふいに気づいた。この森の唯一の花の存在を。

布団袋に咲いた花だ。

暗いいまは闇に溶け込んでいるが、昼の光の中で見たら、ひどくめだつはずだ。なにしろ白地に赤い花柄。子どもの顔ぐらいある薔薇がそこかしこに咲いているのだ。

♪くまさんの　言うことにゃ
　お嬢さん　お逃げなさい
やっぱり埋めなくちゃだめか。

早くしないと。早くしないと。日が昇る。

十二時に出勤するためには、十一時には家を出なくちゃならない。シャンプーはあきらめるとして、着替えとシャワーを浴びるのに三十分。メイクに二十分。いや、マスカラとリップは電車でやるとして、十分。十時二十分には家についていないと。

家からここまでは四時間近くかかった。少し怖いけど、帰りには高速を使おうか——ん？

ちょっと待った。

だめだめ。車は一也のものだから、どこかに乗り捨ててしまわなければ。

失踪したように見せかけるには、車も簡単には見つからない場所に隠さないと。私の指紋も全部拭き取って。

ああ、時間がない。

隠すって、どこに？　この森のさっきの場所に置いたままにする？

でも、あそこへ乗り捨ててしまって、ここからどうやって帰ればいいんだろう。バスと電車？タクシーはまずいよな。

そもそもこの近くに駅はあるのだろうか。スマホで現在地を確かめようとして、バッテリー残量に気づいて、コンタクトがはずれるほど目を剝いた。30パーしかない。あーっ、車からあれこれ荷物を引っ張り出す時、懐中電灯がわりに使ってしまったからだ。

そうだ、スマホと言えば、一也のスマホもまだ家にある。あれも処分しておかないと。

美那の思考は、何かを思い出すたび、打ち上げ花火のようにちりぢりばらばらに砕ける。

考えがとっちらかったまま、ちっともまとまらない。お並びができない保育園児みたいに。みんな、整列。

とりあえず、車問題、スマホ問題は先送りしよう。まずは死体だ。

悪いことばかりじゃない。倒木の空洞の下の地面は、これまでになく柔らかかった。掘り進んでからカーンと不正解の鐘をならされたらかなわない。あらかじめ何カ所かに深くシャベルを差し込んでみたが、問題なく、深々とめりこんだ。

なんとか三十センチの深さまで掘った。これなら枯れ葉をたっぷりかぶせておけば、隠すことができそうだ。いつか見つかったとしてもその時には骨だけになって死因がわからず、自殺者として処理される——そこまで考えて、また新たな課題が美那に襲いかかる。

万一、死体が見つかった時、布団袋にくるまっていたら？　そうだよ、死人が自分で布団袋に入るわけがない。死体遺棄だというのがばればれだ。

どうすればいい。

どうするもこうするも、答えはひとつしかない。美那はわかりきっている答えが頭に浮かばないようにしたが、もちろんそれは無駄というものだった。

やるしかない。

布団袋から一也を出すのだ。

台車を倒木のすぐ脇に寄せた。両手で布団袋をつかみ、「うおっ」と雄叫びをあげて、六十二・五キロの体重のすべてをかけて地面に引きずり落とす。満月はまだ真上にあり、光沢のある白地の布団袋は闇の中にやけにくっきり浮かびあがっている。

顔を見ないようにすればいい。目をそむけて作業をすれば問題ない。

三十センチほどファスナーを開けた。

白目を剝いた一也の顔が飛び出した。

口から白い息が大量に噴き出した。

美那の絶叫に驚いたのか、どこかでまた鳥の鳴き声が聞こえた。

うわうわうわうわ。

叫びながら、目を閉じてファスナーを下ろし続ける。途中で何かにひっかかったが、確かめもせず、目を固くつぶったまま無理やり下ろす。布が裂《さ》ける音がした。布団袋から飛び出した何かが美那の頬を叩いた。

何度も。ぴたぴたと。

ひんやりしたそれを片手で払いのけたが、目を閉じ続けているのもかえって恐ろしくて、よせばいいのに薄目を開けて、正体を確かめてしまった。

足だった。

うわうわうわ、うわあああっ。

叫び続けて穴の中に死体を押し入れる。両手では足りず、尻もちをつき、全力でエアロバイクを漕ぐようにでたらめに両足を動かして、体のどこの部分かもわからない、硬くて柔らかい物体を、空洞に詰め込んだ。

穴は若干浅いようだったが、細身の胴体はなんとか収まった。でも、硬直した足だけが飛び出してしまう。どうして、あんたは死んでまで私を困らせるんだ。

月の光をもってしても空洞の中までは見通せないが、こちらに足先があるということは、顔もこっちを向いているはずで、美那は目をそむけたまま、歯を食いしばって両手で足を押し込む。歯のすき間から大型犬が唸るような自分でも恐ろしい声が漏れた。

満員電車に体をこじ入れるみたいに全身に力をこめて、足を折り曲げる。

ぽき。

枯れ枝を踏んだ時のような甲高い音とともに、細い足が膝のところで直角に折れ曲がった。いや、直角以上の、あり得ない方向に曲がった。

爪先と踵が通常とは逆向きになった足をいっきにねじ込み、塗り固めるように土をかぶせた。

ＢＢＱ合コンの時に買ったデニムのジーンズも萌え袖のニットも泥だらけだった。体中が、両手の手のひらまで、汗まみれになった。背中を伝う汗がお尻のほうへ落ちていく。

死体遺棄の出来ばえを、懐中電灯で確かめる。

まだだめだ。白いソックスの爪先が飛び出していた。もはや無の境地の手つきで中へ押し込む。だが、前後が逆になった足先が向きを正そうとするように、また土から飛び出してくる。もう一度、深く押し入れて、足もとにあった枯れ枝をつっかえ棒にする。近くを探して見つけた、丸形フランスパンほどの石も置いた。

落ち葉をかき集めて、壁材のように穴に塗り込める。

できた。美那は、ひんやりした森の地面に尻からしゃがみこみ、深々と息を吐く。

時刻は四時四十五分。

もう一度、点検。

うん、今度はだいじょうぶ。ここに死体があるなんて誰も気づきはしないだろう。どちらにしてもこんな森の奥に、頻繁に人が訪れるとも思えない。完全犯罪ってやつか。

改めて眺めて、枝先を不気味に垂らしたお化けの木と、倒木とは、根もとがくっついていることに気づいた。

倒木にも根っこが生えているから、二股の幹のひとつが折れてしまったのではなく、くっついて育った二本の木のうちの一本が倒れたのだと思う。倒木はもう一本に場所を奪われ、栄養を吸い取られて枯れてしまったのかもしれない。お互いが一緒に幸せになるのって、むずかしいものなのね。人も木も。

光の輪をなにげなく、生き残ったお化けの木に向けた。

いちばん下の枝に誰かが腰かけていた。

心臓が口から飛び出すかと思った。驚きすぎて呼吸を間違えて、すぐさま悲鳴もあげられなかった。喉から漏れたのは、息を吐くつもりが、吸ってしまった拍子の、しゃっくりみたいな音だけだ。

誰？

お化けの木のいちばん下の枝に浮かんでいるシルエットは、どう見ても人間のものだった。

一也？　なんだ一也は生きてたのか。早く言ってよ。いや、そんなわけない。化けて出てきたんだ。ごめんなさい。許して。成仏して。違う。一也の亡霊にしては小さすぎる。子ども。おかしい。こんな夜中の森に子どもなんかいるわけがなかった。ケンムン？　ケンムンは美那が生まれた島に棲む子どもの姿の妖怪だ。木の妖精ともいわれ、土産物屋で人形やケンムンの名前を冠したお菓子も売っている。内地にもケンムンがいるのか――吸った息が悲鳴となって吐き出されるまでのほんの二、三秒のあいだに、妄想のちりぢりのかけらが倍速映像となって脳内を駆けめぐる。三秒後に「О」の字になった口から盛大に声と白い息を吐き出した。

美那の悲鳴と唱和するように、小さなシルエットも声をあげた。

「きぃいいーっ」

甲高い声。子どもの声だった。むこうも怖がっている？　枝にお尻を落としているのではなく、鳥が止まり木にとまるみたいに両足を枝に置いてしゃがみこんでいた。こっちを窺っているふうに首を伸ばして。

懐中電灯を向けたとたん、光に照らされるより速く、影が動いた。跳ねるように駆け寄ってくる。両手を広げて、だっこをせがむように。

美那はまた声をあげた。今度は悲鳴というより呻き声だ。突進してきた頭が避《よ》ける間《ま》もなくお腹にめりこんだのだ。小さな影は両手で美那にしがみつき、頭を押しつけてくる。ねじみたいにぐりぐりと。体は冷えきっていたが、それは体温のある冷たさで、美那のお腹をけんめいにぐりぐりする髪からはかすかに汗の匂いが立ちのぼってきた。

美那を誰かと間違えているようだった。たぶん母親だ。

「落ち着いて」髪形からすると、男の子だろう。「ねぇ、ぼく、ちょっと」

子どもの頭の動きが止まった。声が母親のものでないと気づいたのか。

鼻をすすりあげている。匂いを嗅いでいるようだ。鼻の音が止んだとたん、ニットをつかんでいた力がゆるんだ。

子どもが顔をあげた。美那は懐中電灯で自分の顔を照らす。

「ひっ」

悲鳴をあげ、磁石の極が変わったみたいに、美那から飛び逃げた。

ああ、いけない。真下から照らしてしまった。これ、停電の時、人を怖がらせるやつだ。正面から照らし直す。

「ひひっ」

なけなしの笑顔をつくったが、逆効果だったようだ。さらに怖がられて、後ずさりしてお化けの木まで戻ってしまった。いまにもケンムンみたいに木の上に登って、繁り葉のどこかに隠れてしまいそうだった。

懐中電灯の光を向けると、まぶしそうにまばたきをした。子どもの齢はよくわからないけれど、小学校前だろう。美那はこれ以上はムリっていうほど優しげな声を絞り出す。

「怖がらなくていいよ。どこから来たの?」

もしかしてこの近くに家があるのか?　森の奥深くに侵入したつもりが、突き抜けて民家のある場所に辿り着いてしまったのだろうか。

お化けの木の向こう側まで歩いてみた。周囲をぐるりと見渡す。月が照らす木立と、その先の永遠みたいな闇しかなかった。建物の影も人工的な光もない。耳を澄ましたが音も聞こえない。そもそも近くに家があるからって、こんな真夜中に子どもが一人で歩いているわけがなかった。

スマホで現在位置を確かめた。

真っ白。

やば。ついに充電切れか。

違う。何もないからだ。

画面をぴよぴよして縮尺を変えたら、川を示す青い筋が現れた。さらに縮尺を小さくすると、ようやく道が表示される。やっぱりここは森の奥深くだ。

振り返ったら、子どもが少し離れた場所に立っていた。美那の後をついてきたみたいだ。近づくのも怖いが、離れるのも心細いらしい。慣れない野良猫が取るぐらいの距離だ。

「ここで何してるの」

お前が言うなってセリフだな。美那の言葉に子どもの影が左右に揺れた。

「迷子?」

また体を左右に揺らす。不器用な動きだけれど、メトロノームみたいに規則正しい。ちくたくちくたく。お遊戯かなにかの決めポーズだろうか。それを繰り返すだけで、答えは返ってこない。言葉の意味がわからないのかもしれない。この齢でもわかる言葉ってなんだ――

「まいごなんでちゅか?」

ちくたくちくたく。

台車のところへ戻ると、子どもが後を追ってくるのがわかった。台車のハンドルにぶら下げていたレジ袋から500㎖のボトルを取り出す。穴掘りには時間がかかって喉も渇くだろうと思って、ここへ来る途中に買ったカロリーオフのポカリスエットだ。喉がひどく渇いているのに飲む余裕がなくて、まだ開けていない。

「飲む?」

キャップをはずして懐中電灯でペットボトルを照らす。手の中でゆらゆら揺らすと、子どもが一歩だけ近づいた。ボトルがきらきら光って見えるのが珍しいようだ。

ゆらゆら　きらきら。

子ども、二歩前進。

ゆらゆらゆら　きらきらきら。

三歩前進。

残り一歩の距離で子どもが背伸びして、ほんとうに動物みたいな素早さでペットボトルをつかみ取る。光が消えたのを不思議そうに眺めたが、すぐに両手で抱えて飲みはじめた。喉が渇いていたんだろう。すごい勢いだ。やっぱり迷子か。よく見れば、ズボンが泥だらけだった。淡い色のダウンジャケットは薄手で、昼間ならいいだろうけど、ここの夜の寒さにはもっと厚着が必要な気がした。

「ねえ、ぼく、寒いでしょ。ほら、これ」

放り出していたマフラーを手に取った。

子どもはボトルの中身をいっきに三分の二に減らして、「ぷは」満足そうな息を吐く。その小さな肩に背中から手を伸ばした。

赤いマフラーだ。一也からの唯一といっていいプレゼント。身につけてきたのは、もちろん感傷的な理由じゃない。忌ま忌ましい記憶を捨てたかっただけ。一也との繋がりを示すものはできるだけ始末したほうがいいと思ったし。本当ですとも。

子どもは肩を揺すってむずかったが、声ひとつ出さない。無口な子だ。怖くて声が出ない——というわけでもなさそうだ。やっぱり寒かったんだろう。ぐるぐる巻きにしたら、気に入ったようで、首をマフラーの中に埋めた。豆地蔵みたいだ。

レジ袋をポイ捨てするのがためらわれて揉みしだいているうちに思い出した。BBQ合コンの時、誰かに教わった、懐中電灯をランタンにする方法を。

やり方は簡単だ。懐中電灯の先端にふくらませたレジ袋を包むようにくくりつける。それだけで光が淡く拡散されるのだ。近くの地面に穴を掘って、その懐中電灯を垂直に立てた。

森に小さな照明がともった。

「ほわあ」

子どもが驚きの声をあげる。明るくなったから、笑っているのもわかった。

可愛い顔をしている。目が大きく、耳がぴょんと飛び出ている。生まれて間もない小動物のようだ。父親はさぞイケメンだろう。

子どもがまたポカリを飲む。あっという間に半分に減った。おいしそうに喉を鳴らして。美那もひどく喉が渇いていて、子どもの残りを飲むつもりだったのだが、返してくれとは言えなくなった。

足音や鳥の声に思えた叫びは、この子のものだったんだな。迷子になって、私に、というより懐中電灯の明かりに、ついてきてしまったんじゃないだろうか。

　送ってあげなくちゃね。おうちはどこ——と聞きかけた口を噤《つぐ》んだ。

「ねえ、ぼく」違うことを問いかける声は、知らず知らず低くなった。「見てた？」

　子どもは盛大にげっぷをして、満足そうに目を細めただけだ。

「私が地面をシャベルで掘ってるとこ、見てた？」

　目線までしゃがみこんだ。子連れの客に「優しい店員さん」だと思ってもらえる接客テクニックだ。だが、目線は合わなかった。子どももしゃがんでしまったからだ。

「見てないよね」

　うつむいてしまった。手をもじもじと動かしている。いけない、声がきつくなってしまったか、と思ったら、地面からとび出している木の根の上に石を並べているだけだった。きちんと一列に。もう一度、問いかけようとしたら、いきなり歌いだした。

「あるうひ　もりのなか　くまさんに　であた〜」

　見てたんじゃん。

　子どもとはいえ、目撃者だ。いつか見たサスペンスドラマの中のせりふが頭の中で再生される。

「生かしておいちゃまずいぞ」「ビビってんじゃねえよ。一人殺すも二人殺すも一緒だろ」

　シャベルで頭を叩く、なんていくらなんでも恐ろしすぎる。例えば、子どもの首に巻いたマフラーをもう少しだけきつく絞めれば——

　美那は渇きのせいだけでなくひりついた喉に生唾を送りこむ。そして歌い続ける子どもにため息をついた。

　できるわけがない。清く正しく生きてきた女じゃないけれど、人を殺すことなんてできっこない

――すでに一人やっちゃったけど、あれは事故だ。じゃあ、どうする。相手はしょせん子ども。見られていたとしても、大人の嘘で誤魔化してしまえばいい。でも、なんて言えばいい？

石並べを手伝ってやるつもりで、ランタンが照らす地面を眺めたが、石はどこにも落ちていない。石は拾い集めたものらしく、子どもはふくらんだズボンのポケットから取り出していた。振り返って、ランタンの光がかろうじて届いている背後で石を探す。その時、いい嘘を思いついた。

「ねえ、ぼく、おねえちゃんはね――」

顔を戻して話しかけた。子どもの姿が消えていた。

どこ？

小さいからすぐ闇に紛れてしまう。地面から簡易ランタンを抜き取り、蠟燭のようにかざして、周囲を照らす。

倒木のところにいた。

しゃがみこんで何かを見つめている。レジ袋をはぎとり、懐中電灯で子どもの視線の先を照らした。

一也の足がまた飛び出していた。

美那は子連れ客の子どもがマネキンを倒した時のように、無言の悲鳴をあげた。

子どもはひとさし指で一也の爪先をつっつこうとしている。

ああ、やめて。

小さな体を後ろから抱きかかえる。

「きひゃーっ」

子どもは悲鳴なのか歓声なのかわからない声をあげた。だっこしたまま振り子みたいに体を揺らすと、明らかにはしゃぎ声になった。

「らっきーらっきーうっきっきー」

最後に大きく体を振ってサービスしてから、すとんと着地させる。そしてまた、目線合わせテクを駆使した。

「お人形さんにいたずらするのはやめてね」人形というところに力をこめて言葉を続ける。「ぼく、見てたでしょ。おねえさんは、大切な人形のお墓をつくっていたのよ」

子どもはやっぱり視線を合わせようとしない。目が左右に泳いでいる。おねえさんがどこにいるのかと探しているように。

美那にとっては譲れない一線ではあるのだが、緊急事態のいまはしかたない。言葉を変えてみた。

「おばちゃんは、人形のお墓をつくっていたの。わかる？　人形のお墓。人形のね」

小さな頭に「人形」という言葉を叩き込むために、何度も繰り返す。

子どもがようやく口を開いた。

「にんぎょう」

「そう、大切なお人形だったのに、壊しちゃったの。だからお墓をつくろうと思って」

「にんぎょう」

そうそう。いい子だね。

頭をなでてあげようと思って手を伸ばした時、
遠くで声がした。

女の声だ。

何と言っているかまではわからない遠い声だが、たぶんこの子を探しに来た母親だろう。

声のした方向に振り向くと、光が揺れていた。実際には距離がありそうだが、ほかに光がない森の中ではずいぶんと近くに見える。

子どもが耳を澄ます表情になった。唇が開きかける。美那はとっさにその口を押さえた。

「お願い、いまは静かにして。あとでおうちに帰してあげるから」

かたわらに置いた懐中電灯がともったままなのに気づいて、片手で手探りをして消した。ここに来られたら、おしまいだ。

泣くかと思ったが、手足をぱたぱた動かして暴れるだけだった。口を塞ぎながら、さっきのように抱き上げて体をゆする。なだめるために、耳もとで歌を歌った。

「あるぅ日　森の中　くまさんに出あぁた」

ぱたぱたぱた
ぱたぱた。　　ぱた
「くまさんの　言うことにゃ　おじょうさん　お逃げなさい」

二番の途中で、子どもが静かになった。まさか口を押さえすぎて、窒息？　あわてて手を離したら、

「んが」

いびきが聞こえた。寝てしまった。いつから迷子になっているのだろう。歩き疲れたのだと思う。

しばらく子どもをだっこしていた。美那の腕に押し当てている頬がふくらみ、片目が猫みたいに吊りあがっている寝顔を、月明かりを頼りに眺めた。

もしかしてこの子は本当にケンムンかもしれない。私に罪を償うよう諭すために、神様が遣《つか》わした天使。天使のわりに洟《はな》を垂らしているけれど。

やっぱり自首しようか。おとといからずっと考えていた。車でここに来る途中も、何度も引き返そうとした。

子どもを台車に寝かせて、コートをかける。

頭では自首を考え続けながら、とりあえず一也の足を倒木の空洞に押し込み直し、シャベルで土をかけた。

腰を落とし、地面に突き刺したシャベルの握り部分に顎を載せて、夜空を見つめた。

よし、決めた。あの子を声のした方向に送っていこう。そして、その足で自首するのだ。

もうすぐ夜が明ける。明るくなったらあの子を起こして、手をつないで歩いて行こう。いや、いますぐ行こう。決心が変わらないうちに。台車に寝かせたまま運べばいい。一也の死体を運んだことを思えば、はるかにらくちんだ。

台車のところに戻る。

子どもの姿が消えていた。ノーカラーコートが地面に落ちている。

どこ？

しばらく辺りを探したが、どこにもいない。本当に森の精だったかのように、木の上の繁り葉のどこかに帰ってしまったみたいに、姿が消えていた。

12

遊歩道を吹き抜ける風が強くなってきた。

冬也《とうや》は手袋の両手をこすり合わせて考え続ける。

待てよ。真人《まひと》が森の中へ迷いこんでしまった時、最初の引き金になったのはなんだろう。岬《みさき》さんが目を離したほんの一瞬のあいだに、何かに目を奪われたはずなのだ。

真人はまず何を見て森に入りこんだのか？　先へ進むのは、それを検証してからだ。

虫や動物である可能性もゼロじゃないが、一か月前の時点ですでに森の中には、子どもの目を惹くような蝶やトンボの姿はなかった。森の動物はたいていが夜行性らしく、昼間はまず見かけない。もともと真人は木にこだわりがあり、この時にも合体樹探しに夢中だった――

やっぱり「木」だろうな。

岬さんが「恐竜の木」の写真を撮っていた場所に立つ。真人が失踪した時のシチュエーションだ。この時、真人は「真後ろにいたはず」だと岬さんは言う。

岬さんの立ち位置の少し後ろで、めいっぱい腰を落としてしゃがみこんだ。こうすれば身長106センチの真人と同じ目線になる。

そのままの姿勢で、左右の手で二つの輪をつくり、眼鏡の上にもうひとつの眼鏡のようにあてがう。子どもの視野を再現するためだ。

世間ではよく高齢者の視力や視野の劣化が話題になるが、じつはまだ体が完成されていない幼児も視力は弱く、視野も狭いのだ。

たとえば視力は、三歳児なら0・8、六歳児でやっと1・0になる。見える範囲も狭い。大人の平均的視野は、左右が150度、上下は120度ほどだが、六歳児の場合でも左右90度、上下は70度程度。大人の六割ぐらいしか見えていないのだ。冬也の勤める保育園でも、園外保育で道を歩く時には「ちゃんとよそ見をする」ことを園児たちに教える。

冬也は地上一メートルの位置から改めて森を眺めた。子どもの視点に立とうとする時に、もうひとつ考えるべきなのは、子どもの心で見ることだ。子どもは興味のあるものだけに目を奪われがちで、それに集中し、他のものが目に入らなくなることがある。ＡＳＤの真人ならなおさらだ。興味が一点に絞られるのと、周囲が見えなくなる度合いは、ほかの子の比じゃない。

冬也は目を細めて視界をぼやかし、指眼鏡で五歳児の視野を保ち、真人になりきって――つまりフラットに眺めるのではなく、面白そうなものだけを探す視点で――ぐるりと周囲を見渡した。

大人の目で見るより空が遠い。落ち葉が積もった地面や樹木の根が間近に迫っていて、森を支配している色彩は、緑だけでなく、茶色でもあることを知る。すぐそこの、ただのでこぼこだった岩場が、低い目線には威圧的な起伏に思える。岩に生えた苔が顕微鏡を通したように大きく鮮明に目に映り、木々はどれも高く聳《そび》え立って見えた。

このあたりはひょろりと垂直に幹が伸びた樹木が多い。その中で、真人になった冬也の目を惹くのは――

あれか。

３６０度を見まわしてから、逆回りでもう一度眺めてみた。

縦縞模様を並べたような木立の中に、その均衡を乱している二股に分かれた太い幹がある。ごつごつした木肌の灰色の大木だ。周囲の木々がキリンの首だとしたら、二頭の象が立ち上がって抱き合い、空に鼻を伸ばしたような樹形をしていた。街中の公園や街路樹ではお目にかかれないサイズ。合体樹じゃないが、二股の幹は二本の木がくっついたようにも見える。

近づいてもっとよく見てみたい、真人ならそう考えるだろう。真人の視野だと、根もとや樹頂が見通せないから、特徴的な二股が大人の視線で眺めるより目立つはずだ。

数歩前に進み、今度は十数センチだけかがむ。これは身長百六十センチちょっとの岬さんの視界の再現だ。

二股の木の手前には灌木の繁みがある。真人の身長なら枝にひっかからずに木の下を通り抜けられる。岬さんの目線では、灌木の枝葉がちょうど死角をつくって、その下を通る――おそらく走っていただろう真人の姿は、ものの数秒で見えなくなる。

「ほんの五、六秒だけ目を離しているあいだにいなくなった」という岬さんの言葉とも辻褄が合う。

二股の木の方向は遊歩道の右手。真人が積み木で再現したのが方角だとしたら、これもおおよそ符合する。

間違いない――かどうかはわからないが、とにかく進んでみよう。

冬也は森に入った。足もとの枯れ葉が、何を言おうとしているのか、囁き声みたいな音を立てた。


二股の木から先には笹が生い茂っていた。草丈はせいぜい冬也の腰ぐらいまでだが、好んで歩きたい場所じゃない。まして五歳児の背丈なら葉が顔を叩くだろう。真人がこの先に進むとしたら、こっちだ。笹藪を迂回した向こう側の苔が生えた岩場。

ときおり真人の目線までしゃがみ、両手を眼鏡にして周囲を眺めて、道を選んでいく。歩きながら、この先の合体樹についてネットで検索した。

ここへ来る前にも、神森《かみもり》の合体樹に関してはあれこれ調べているのだが、たいしたことはわかっていない。そもそも神森自体が観光地化された場所ではなく、合体樹・合体木と呼ばれる樹木も、植物同士の生存競争が激しい原生林では珍しいものではないようで、わざわざ神森に数知れず存在する合体樹のすべてを調査し、リストアップしようなんて暇人はいないのだと思う。

唯一『神森・合体樹マップ』というサイトを見つけたのだが、マップと銘打っているわりに、位置が示されているのは、遊歩道沿いに存在する合体樹のみ、しかもたった五カ所だ。写真がいくつか掲載されていたが、こちらはマップに位置情報がない樹木ばかり。過去の記事の写真を無断で転載しているだけらしかった。

起伏の少ない岩場、木と木のあいだに続く平坦な地面……道と呼べる場所があるうちはよかった。行く手に延々と続く緑の壁と、足を滑らせようと待ち構えるぬかるみが現れるようになると、真人ならどこを歩くか、という推理が、しだいに通用しなくなってきた。どこもなにも、大人の冬也自身が、まともに歩ける場所を探すので精いっぱいだった。真人はよくこんなところを移動できたものだと改めて思う。

冬也は丈の高い草を掻き分け、湿った苔に足を取られつつ、木々の下枝に体を叩かれながら、歩き続ける。吐く息は白いのに、ひたいには汗がにじんだ。何度も方位磁石で方角を確かめた。とりあえず進むのは、真人が積み木で示した右20度。南南西方向だ。

真人を探して神森の中はさんざん歩き回ったつもりだったが、この辺りに来たのは初めてだ。冬也が捜索に加わったのは二日目の夕方からで、真人の失踪場所に近いここは、すでに警察と消防団が探し尽くしたあとだったのだ。

「このあたりからは野ネズミの死骸ひとつ見つからなかった」という消防団長の心ない物言いには腹が立ったが、警察官や消防団員たちが森を這いずり回るように探してくれたのは事実で、その言葉には疑う余地がなかった。

最初の夜は、参加しなかったのではなく、知らなかったのだ。「真人が行方不明になった」と岬さんから震える声で電話があったのが、行方不明になった翌日の午後だった。「義理」の弟に遠慮をしていたのだと思う。頼る身内が他にいないくせに。知らせてくれれば、すぐに飛んできたのに。岬さんは、一人で事態を背負いこむつもりだったらしい。

その日からは勤務先の保育園を休んで、夜も二人で探し歩いた。警察には何度も「夜の神森を歩くのは危険だ」と言われたが、そうしているあいだにも真人が直面しているかもしれない危険に比べたら、何を危ないと言っているのか、理解できなかった。

神森の「一度迷ったら二度と森から出ることはできない」という噂は都市伝説のようなものだが、まったくのでたらめでもないらしい。過去に何度も遭難死があり、遊歩道以外の場所を歩く時には、ガイドと一緒に入ることが推奨されている。

神森は山麓に位置するが、近すぎて目印になりそうな山々は見えない。起伏が乏しいから見通しが利かず、どこを見渡しても同じような風景しか目に入らない。森の中には携帯電話が繋がらない場所もあり、ＧＰＳや外部との連絡に頼りすぎるのは危険――

確かに気をつけないと、緑色の巨大迷路の中を彷徨《さまよ》い続けることになる。

岬さんはもちろん安全が保証されている遊歩道を歩くだけで帰るつもりだったのだが、その事実も、そもそも神森に遊歩道があることすら知らないで、都市伝説だけ信じる連中から、ネットでさんざん叩かれた。

『迷ったら出られないことも知らない素人のくせに、子連れで小樹海（神森）に入るなんて』

『炎上狙って幼い我が子を危険にさらすバカ親』

『無理心中だったんじゃね。恐くなって子どもだけ置き去りｗｗｗ　住所晒す？』

自分が言いたいことが言えれば、彼らには事実なんてどうでもいいのだ。都合のいい事実だけをどこかから引っ張ってくる。うまい具合の事実がなければ勝手に作り出す。住所晒す？


南南西に向かって歩いているうちに、来た記憶がある場所に辿りついた。

どこも樹木ばかりの似たような風景だから、最初はただのデジャヴだと思った。

いや、やはり、来たことがある。頭の中に浮かんだはてなマークが確信に変わったのは、すぐ左手の倒れかけた老木にロープが巻かれていたからだ。ほとんど人の手が入らないこの森には珍しく、根回りに黄色と黒のロープが巡らされている。

傾《かし》いだ太い根の向こう側へ回ってみると、やっぱり。ロープには『危険木　注意』という見覚えがあるプレートが下がっていた。

ここへ来たのは、「一人でこの辺りを探していたら、遠くに光が見えた」と岬さんが言ったからだ。真人がいなくなった当日、午前零時に捜索が打ち切られた後のことだそうだ。明け方に近かったけれど、まだまっ暗な時刻。

「あそこに誰かがいたんだと思う」と岬さんは言う。何の明かりなのかわからないうちに急に消えてしまった。あとから考えれば、真人を呼びながら歩いていたから、人が近づくのがわかって消したのかもしれない。その時は思っていた。明かりを灯していた人物が真人を目撃したかもしれない。いや、誘拐犯の可能性だってあると。

捜索三日目の昼、二人でここに来て、光が見えた方向へ歩いてみた。だが、なにしろ広い森で、明かりを見たのは夜だ。おおよその方角はわかっても、どのくらい離れた場所だったのかがまるでわからず、結局、何の手がかりも得られないまま戻ってきた。

もう一度探してみようか。明かりの見えた場所を。真人と「くまさん」がそこにいたのかもしれない。

とはいえ、どっちへ歩けばいいのだっけ。忘れてしまった。あの時は岬さんが記憶を頼りに歩き、後ろをついていっただけだ。

そもそも四方を、そして頭上も、木に囲まれている森の中では、体感での方角などあってないようなものだ。目印は樹木ぐらいしかなく、そして紅葉が終わってしまったいま、色の記憶も使えない。

ここも「真人の目線」作戦で行こうか。冬也は指で眼鏡をつくり、よけいな視野と視覚情報と雑念を遮断して、ことさらぼんやりと周囲を見まわす。

あの時は、真人を呑み込んでしまった風景のどこもかしこもが禍々《まがまが》しく目に映っていた。木々の葉陰はどこも怪しげで、藪の中には恐ろしげな獣が潜んでいるようにすら思え、岩場には子どもが落ちてしまうような裂《さ》け目がないか心配し——

そうだ。少し先に見える岩場を歩いた記憶がある。珍しく岩の道が続く一帯だった。「真人がこんなところに来るかな」という冬也の疑問に岬さんはきっぱりと言った。「あの子は変なとこばっかり歩きたがるから。マンホールからマンホールへジグザグに歩いたり、だめだって言っても点字ブロックの上を歩いたり」

どこで間違えたんだろう。冬也は前回、岬さんと二人で来た時とはまるで違う場所に辿り着いた。大木が多くて空が広い。目の前に立つひときわ幹が太い巨樹は、左右から二本の腕みたいに大枝が伸びていて、葉のない枝先が節くれだった指のように垂れ下がっている。ホラーアニメに出てくる、幹に顔がついた木の精霊さながら。真人が見たら喜びそうだ。

この一帯の木々は大きいだけに、どれも樹齢が長い老木が多いようだ。精霊の木も朽ちかけて見えるし、その先には巨大な倒木が横たわっていた。

精霊の木からは根がうねる大蛇のように地上に飛び出している。よく見ると、その根は倒木とも繋がっていた。倒木の残った根もとは精霊の木の根もとと隣接しているというか、癒着して見える。精霊の木と倒木はもとは一本の木だったのだ。

これも合体樹というのだろうか。片割れが倒れてしまった、元合体樹と呼ぶべきか。ネットの合体樹マップには載っていなかったが、もしかして、これが真人が示したルートの二番目の合体樹なのか？

倒木は太いところで冬也の膝上ぐらいある。葉を失ったかわりに緑の苔に覆われ、屍肉に群がるように、あちこちにおびただしい数の茸《きのこ》が生えていた。

元合体樹のどちらのものとも知れない飛び出た根っこの上に、点々と石が並んでいることに気づいた。川が少ないこの原生林には、小石などそう落ちてはいない。珍しい光景だった。自然にそうなったにしては、石の大きさが揃っているし、間隔もやけに規則正しい。等間隔と言ってよかった。誰かがあちこちから拾い集めたものをここで並べた？　だとしたら、それは真人かもしれない。

ありえない話じゃない。倒木の周囲を歩き回ってみた。

何も見つかりはしなかった。そもそもこの広い森の中に、真人が立ち寄った痕跡なんてものがまだ存在するだろうか。もう一か月前だ。足跡だって残っちゃいない。見つかったとして、何がわかるだろう。

ここまで冬也を運んできた気力が、森に吸い取られるように萎んでいく。倒木に腰を下ろした。ため息が白い息になった。

リュックから水筒を取り出して飲んだ。倒木のもう空を仰がない幹には、いまの季節には珍しく、虫が這っていた。一匹だけじゃない。何匹もいる。ハサミムシ、ゴミムシ、黄色の斑がある甲虫はなんという名だっけ。園児たちに昆虫の本を読み聞かせた時に覚えた名前――そう、死出虫《シデムシ》だ。

倒木の幹の中ほどに洞《うろ》があり、そこに土や落ち葉が溜まっている。虫たちはそこを出入りしていた。見るともなく見ているうちに、洞を埋め尽くした土から、何か飛び出していることに気づいた。白いものだ。

なんだろう。布に見える。真人が森の中で失くしたというハンカチだとしたら、真人がここに来た証拠になる。冬也は立ち上がり、洞の前にしゃがみこんだ。白い布を指先でつまんで抜き出してみる。

そのとたん、鼻を何かで殴られた。

殴ったのは強烈な臭いだった。

布は靴下だった。

靴下にはまだ中身があった。

白い起毛ソックスがめくれて、ビーフジャーキーのような色合いの踵が露わになっていた。

うわっ。

反射的に手を離そうとしたが、離れなかった。湿った靴下の布地が、滑り止めが付いた手袋の指先に張りついてしまったのだ。腐肉と布地が癒着しているらしく、靴下のほうも足から離れない。

うわうわうわ。

引き剝がそうとしたら、

ずるり。

靴下だけが爪先近くまでめくれあがり、臭いがさらに酷くなった。中身から皮膚も一緒に剝がれてしまったようだ。生地の隙間から死出虫《シデムシ》が這い出してきて、冬也の手袋からダウンの袖へ昇ってくる。

もう一度叫び、腕を振って虫を払おうとした。おかげでようやく死体の足から右手が離れた。ただし靴下も手袋にくっついてきた。

倒木の空洞の、おそらく誰かが詰め込んだ土の中から飛び出ているのは、確かに人間の足だった。爪も見えた。

靴下もろとも手袋を脱ぎ捨て、倒木に背中を向けて遠ざかる。それでも追いかけてくる異臭に鼻をすぼめながら、スマホを取り出し、電話画面を呼び出した。寒さのためだけでなく指が震えていた。

１１９？　いや、もう死んでる。

冬也は生まれて初めての番号をプッシュする。

女性の声が流れてきた。

――１１０番、警察です。事件ですか、事故ですか。

　18日、下森町神森で身元不明の成人男性と見られる遺体が見つかった。遺体は20～40歳、身長１７８センチ前後、死後1か月程度で、刃物のようなもので刺されたと見られる刺し傷があり、県警は殺人と死体遺棄容疑で、身元の特定を急いでいる。

遺体は白い長袖シャツとジーンズを身につけていたが、靴や所持品などは見つかっていない。同日午後1時頃トレッキング中の男性が、倒木の空洞に詰まった土の中から遺体の一部が露出しているのを発見した。ここ数日の雨で、埋もれていた土中から露出したものと思われる。

焚き火がつくる光の輪と、森の闇との境目で、炎を照り返らせた茂り葉がゆらゆらゆらめいている。その向こう側、黒く塗り込められた木立の中に人型のシルエットが見えた。

小さな影だった。

ほんとうにリトルグレイ？　冗談だろ。ありえない。『タクマのあくまで未確認飛行情報』でネタを集めていた時だって、リトルグレイの写真や映像は、ほぼすべてフェイクか見間違えだった。でも、こちらを窺うように葉陰に佇《たたず》む影法師は、定説どおり身長一メートルちょっとで、頭ばかり大きい。第一、こんなところで誰がフェイク映像を撮影する？

と、影が動いた。後ずさりするように遠ざかっていく。

どこへ行く？　もし本物なら、撮影できたら、世界的なスクープだ。激バズり。

拓馬《たくま》はカメラを構え、去ろうとしているシルエットを追った。が、追ったのは目でだけで、足は動かなかった。

もしＵＦＯに拉致されてしまったらどうする。本気で心配している自分につっこみを入れる。いやいや、いくらなんでも、それはない。ないない。

影が止まった。行く先を逡巡するように左右に揺れている。上体をメトロノームみたいに揺らす不気味な動きだった。

拉致、あるかも。落ち着けおちつけ。なくようぐいすへいあんきょー。ただの夜回りのちっちゃいおじさんでは？　そうだよ、きっとそうだ。いや、小さすぎる。そもそもなぜこんなところで夜回りをする？

影がまた近づいてきた。迷っているようにゆっくりと。すいへいりーべぼくのふね。すいへいりーべぼくのふね。

生唾を呑み込む。体が事態に反応できず、ただすがるようにカメラを構え続け、次に起こることを待った。

黒いシルエットが焚き火の光の中に入ってきた。泥だらけの小さな靴が見えた。

続いて細くて灰色の足。似たような色合いの上着。炎に前面だけ照らされ、半身は闇に溶けている。よく見たら灰色の足は、グレーのストレッチパンツだった。上半身はちっちゃな黄色いダウンジャケット。

顔が見えた。丸い頭から耳が飛び出している。赤い大きなマフラーで首をぐるぐる巻きにしていた。大きな目。小さな鼻と口。眉のあたりまで前髪が垂れた頭に葉っぱがからみついている。子どもだ。男の子、だと思う。

身長は拓馬の腰のちょっと上ぐらい。拓馬の四歳の姪《めい》より少し大きい程度。たぶん、五、六歳だ。

安堵の息をつき、それから改めて驚いた。

何でこんな真夜中すぎの森の中に、小さな子どもが一人でいるんだ？

この辺りには民家なんかないはずだ。近くにキャンプに来ている家族連れがいるのか？　いや、ソロキャンプを撮影する時には、いつも周囲に人がいないことを確かめている。

ソロキャンプをしている時にいちばん困るのは、近くにキャンパーがいて、なおかつそいつらが馴れ馴れしかったり、お節介だったりする場合だ。人気ユーチューバーとは言えない拓馬だが、相手がキャンパーの場合、一般人に比べたら、「知られている確率」が高くなる。「あれ？　もしかして『あくまで原始キャンプ』のタクマさんっすか」なんて声をかけられたら、おしまいデス。じつはキャンプ技術が未熟であることや、カメラに映らないところであれこれ「編集」していることがバレてしまう。拓馬を知っているほどの連中は確実にＳＮＳのヘビーユーザーだから、炎上確実。

子どもは用心深い野生動物みたいな足どりで近づいてくる。といって拓馬に歩み寄っているわけではなく、こちらには見向きもしていない。視線は拓馬の手前の焚き火に釘付けだ。

一歩ずつゆっくり動かしている足が震えていた。両手を前に突き出しててのひらを開いているのは、少しでも焚き火の暖が欲しいからだと気づいた。

「どうした。寒いのか？」

拓馬が声をかけたら、子どもの体が跳びあがった。本当に宙に浮いたかと思うほど。ぎくしゃくと焚き火の反対側に立つこちらに首を振り向け、それから口を輪ゴムみたいに開いた。まじかよ。拓馬には気づいていなかったらしい。さっきまでの動きの巻き戻し映像みたいにずりずり後ずさりをはじめてしまった。

「ちょ、ちょ待て——待ちなって」

ずりずり。

「こっちに来いよ」

ずりずりずり。

逆効果だった。怯えているんだ。そりゃあそうだ。独りの夜の森は恐怖との闘いだ。大人の俺だって、さっきはこんな小さな子どもの影に怯えていた。

「怖がらなくていいよ」

焚き火を迂回して歩み寄ると、子どもは近づいた距離と同じぶんだけ後ろ歩きをした。こういう時はどうすればいいのだろう。姪のヒナには、わりと好かれていると思う。子どもとの距離を縮めるのに必要なのは、ギャグだ。一発かますしかないか。こう見えて高校時代は文化祭のギャグ王で、一時はお笑い芸人の養成所に入ろうか、と考えた男だ。

拓馬は腹を押さえて両足でじだんだを踏んだ。

「おわっ、うおお、はっ、は、腹がぁあ、いい痛いぃ」

片手で宙をわしづかみにし、おおげさに痛がるふりをする。子どもにとって大人は巨大で威圧的な生き物だ。弱みを見せたほうが安心する。大人がドジを踏んだり、痛がったりするシーンが子どもに受けるのは、そのためだ。ヒナも、拓馬の腹を狙ったプリキュア！　二〇〇〇キロカロリーパンチを大げさに痛がってみせると、大喜びで連打して、キックも浴びせてくる。そしてなにより——

ひとしきり痛がってみせてから、いきなり腰を落とす。うんこ座りだ。子どもに尻を向けて左右に振った。

——そしてなにより、子どもにはシモネタが鉄板《テッパン》。

「うんこ〜ぷりぷり」

ずりずり。

「ぷりぷり」

ずりずり。

すべったか。いや、こちらを見てもいなかった。

そっか、そっか、俺が怖いのなら、俺のほうが焚き火から離れればいいのさ。そうしよう。

拓馬のほうが後ずさりする。背後の木立の枝が背中をつっつくあたりまで後退した。こうして焚き火から少し遠ざかっただけで、寒気《かんき》が体を締めつけてくる。寒《さむ》。あの子はこれを我慢していたんだな。早く体を温めてやらないと。

拓馬は両手をメガホンにして叫んだ。

「子どもー、早く焚き火にあたれー」無反応。焚き火がわからんか。「火の、そばに、いけー」お遊戯はじめ！　と号令をかけでもしたように、子どもが焚き火に駆け寄り、しゃがみこんだ。てのひらを突き出して、目を細め、半開きの口からいまにも「ほわあ」というせりふが飛び出してきそうな表情を浮かべる。なんだ、最初からストレートに誘えば良かったのか。

うんこ座りのまま子どもに少しずつ近づく。怖がらせないように、できるだけ高い声を出す。

「オマエ、ドコカラ、キタ」

慣れない裏声は『ワレワレハ宇宙人ダ』みたいになってしまった。子どもは炎だけを見つめて、返事をしない。もう一度、声を裏返す。

「なぜ〜ここにぃきたんだよぉ〜」

今度は風邪をひいたソプラノ歌手になった。どちらにしても子どもは口を開かない。もしかして喋れない子どもか？　と訝りはじめたとたん、いきなり声をあげた。

「なくようぐいすへいあんきょー」

え、なになに、急に。

しばし子どもの横顔を見つめてしまった。

まばたき二回分ののちに気づいた。ああ、そうか。俺のまねをしているのか。口の中だけで呟いていたつもりが、声をダダ漏れさせていたらしい。相手は子どもとはいえ、クソ恥ずかしい。

「……聞いてたのか」

「すいへいりーべぼくのふね」

それもか。にしても一度聞いただけで覚えるなんて、たいした記憶力だ。姉ちゃんのバカ遺伝子を受け継いでしまったヒナとはえらい違いだ。天才少年かもしれん。そういえば、利発そうな顔をしている。

もう少し子どもに――というより焚き火に近づきたかった。寒くてかなわない。なんとか子どものかたくななバリヤーを溶かす方法はないか――

ここもやっぱりギャグで乗り切るしかないか。ヒナにいちばん受けるのは、大人相手ならM-1予選一回戦敗退レベルの、あざといほど派手に体を張った一発芸だ。

拓馬は立ち上がり、顔の前に両手でくちばしをつくる。それをカスタネットみたいに開閉させながら声をあげた。

「鳴くよウグイス～」

都々逸《どどいつ》だっけ、最近、ＴｉｋＴｏｋでプチバズってる、三味線で弾き語りする唄みたいな節をつける。ここで一拍ためて、からの、鳥が羽ばたくジェスチャー。これは思いきり派手な動きで。声も一転、デスボイスでシャウト。

「へいあんきょ～」

きょ～、のところでいちだんと喉を絞り上げる。ウグイスというより鶏がシメられるような声だ。

初めてだろう、子どもが拓馬をまともに見た。見つめ返しているのは目ではなく、妙な声をあげている唇のようだが。両目を丸くしている。次の瞬間、顔をくしゃっと歪ませて叫び声をあげた。

「きいぃーっ」

泣かせちまったか、と思ったのだが、目鼻がくしゃくしゃな顔の中で、唇はくし切りスイカのカタチになっていた。もしかして、笑ってる？

じゃあ、これはどうだ。

敬礼のポーズを取り、独裁国家の軍事パレードみたいに足を曲げずに行進してみせる。シンクロチームが入場する時風のパキパキした動きで。

「水兵リーベ〜」

これはロシア民謡を歌うように太く声を張る。すぐに腰を落とし、オールを漕ぐまね。そして中腰のままアヒル歩きして、アヒル声を出す。

「僕の舟〜」

「にゃはあ」

くし切りスイカの口から種を吐くように笑い声が漏れた。もしかして受けた？

ボートを漕ぎながら、そろりそろりと焚き火に近づく。「僕の舟〜」と歌いながら。「僕の舟〜」一メートルほどの距離に近づいても、もう子どもは逃げたりしなかった。腕を伸ばして髪にからみついた葉っぱを取ってやる。ギャグが心と心を繋いだな。笑いは偉大だ。

とは言うものの、目を合わせようとしないのはあいかわらずだ。子どもの顔を覗きこみながら声をかけた。

「俺は、拓馬だ」

子どもがこちらを向く。視線は拓馬というより背後の闇に向けられていたが、拓馬の言葉をおうむ返しにしてきた。

「た……くま？」

「そう、拓馬」

「たっ、くま？」

妙な息つぎはしなくてもいいんだけど。知ってる単語に落とし込みたい気持ちはわかるけど。

「おまえのおなまえは？」

軽いダジャレのつもりだったが、これは気づいてもらえなかった。

答えはない。ただ焚き火を見つめるだけだった。鼻もひくつかせていた。

ん？

気になっているのは、焚き火の炎じゃなくて、拓馬が食いかけたまま放り出したサバカレーのようだった。

「腹が減ってるのか、待ってろ。何か食べ物を」

数歩先に置いたリュックのところへ行き、中を探る。食料はいつも多めに持ってきている。ユーチューブの演出用、本当に食べたいプライベート用、万一の時の予備用。

子どもにはこれかな。桃の缶詰を取り出してから気づいた。あ、これ、缶切りがいるやつだ。缶切りはないが七徳ナイフなら常備している。リュックをかきまわしていると、
ああ、ちょ待《ま》。

子どもはカレーの器にしていた飯盒《メスティン》の前に正座をして、差しこんであったスプーンを握っていた。拓馬の食いかけのサバカレーを食っているのだ。

「おい、待て待て、それ俺の食べかけ……辛《から》いのだいじょうぶなのか」

リュックを抱えたまま子どものかたわらに行く。よく見ると、子どもはルーではなく、ライスだけを呑み込むように食べていた。

すごい食べっぷりだ。よほど腹が減っていたのか、大人の一人前の半分以上が残っていた白飯がたちまち消えていく——

白飯だけなのに、やけにうまそうに食べる。口に運ぶ前に、先に口を開ける。唇の脇に筋ができるくらい大きく四角く開ける。スプーンの大きさを確かめるように寄り目になるほど白飯を見つめてから、スプーンもいっしょに口の中につっこんで、頬をめいっぱいふくらませる。スプーンを引き抜いてもふくらんだままの頬を齧歯《げっし》類みたいに小刻みに動かしてよく噛む。

いいのか米だけで。うまいのか？　腹を減らしているからか？

あっというまに飯盒の中のライスだけを食べつくした。ルーのかかっているところは器用に残している。そうだよな、大人のカレーはまだ早すぎるよな。

「腹が減ってるなら、ほかにも食べ物はあるぞ——え？」

ああ、ちょ、待。今度はルーだけをスプーンですくって口に入れた。

「おい、だいじょうぶか？」

「げぽ」

むせながらも、頬をリスにして呑みこむ。ほかに食べるものがなくてしかたなくルーにも手を出した、というふうでもなかった。むしろ今度はルーがかかった白飯には手をつけないでいる。妙な食べ方だが、いつもこうしているのかもしれない。

「からくないのか？」拓馬も辛いのは得意じゃないから、カメラにパッケージが映らないようにして、中辛のルーを使っているのだが。最初はいいけど、辛さは時間差で攻撃してくるぞ。

二口目を口に入れかけた子どもが、突然スプーンを取り落とす。

「ぴーっ」

正座したまま電流を流したように背筋が伸びた。口を大きく開けて舌を突き出す。

「ぴひーっ」

「ほらあ」言わんこっちゃない。

夏の犬みたいにへっへっと喘《あえ》ぐ子どもに、麦茶のペットボトルを差し出した。

「飲めよ」

水を求めて喘いでいるのに、ボトルを見つめるだけで、手に取ろうとしない。

「ああ、そうか、わりぃ」

開けられないのか。キャップを取ってもう一度差し出す。それでも子どもはボトルとラベルを物珍しそうに眺めるだけだ。麦茶という飲み物を初めて見た、とでもいうふうに。

「飲めば、からいのが治るぞ」

さすがに我慢しきれなくなったらしく、両手でボトルを受け取ったが、口ではなく鼻を近づけていた。ひとしきり匂いを嗅いでから顔をしかめ、首を振って突き返してくる。麦茶、嫌いか。珍しい子だな。あとは酒とウォータータンクがわりの4ℓボトルに詰めてきた水道水しかない。

子どもは一点を見つめている。視線は隣に座る拓馬を素通りして、その先のカルピスウォーターをロックオンしていた。

「それは飲みかけだ。いま水を出すから待ってろ」

拓馬がコッヘルに水を注いで目の前に突き出しても、子どもはカルピスウォーターから目を離さない。両手の指が胸の前でひらひらしていた。カルピスウォーターにおいでおいでをするように。

「飲みかけでいいなら、飲みな」

コッヘルを引っこめて、拓馬がカルピスウォーターのボトルの首をつまみ上げると、子どもは自分から手を伸ばしてきた。球技の捕球動作みたいな手つきで。投げろと言っているらしいが、いかにもボール遊びが下手そうな構えだった。

５００㎖ボトルを放り投げてやると、あんのじょうキャッチしそこねた。地面に落ちたボトルを悔しそうに眺めているから、もう一度投げてやるつもりで腕を伸ばしたら、子どもはボトルを拾い上げて、キャップを開けた。なんだ自分で開けられるのか。

両手で抱えたボトルをラッパのように高く掲げて喉へ流しこみ、仕事帰りにビールジョッキをあおるオッサンみたいな声を漏らす。

「ぷはあ」

「うまいか?」

礼も言わず、こちらの問いかけに答えもせずに、またラッパ飲みをして、「ぷはあ」をし、一人で、にまあと笑った。

炎の色の光が、ちらちらと照らしている、おでこばかりが広いちいさな横顔を眺めて思った。よくわからない子どもだ。人懐《ひとなつ》っこいのか、人見知りなのか、どっちなんだ? 夜の森に一人でいたことも、俺のことも、それほど恐れているようには見えない。自分の置かれた状況がきちんとわかっていないだけかもしれないが。ある意味大人よりすごい。少なくとも俺なんかより。完全にマイペース。自分の中で世界が完結している。しょっちゅう人に流され、他人の言動にすぐ左右されてしまう拓馬から見たら、うらやましい人生だ。いっそ師匠と呼びたい。

七徳ナイフがなかなか見つからない。暗くてリュックの中がよく見えないから、スマホで照らしているのだが。もっといいものを使おう。四次元ポケットではなく、リュックのフロントポケットから、ひみつ道具を取り出す。

タラララッタラ〜。懐中電灯〜っ。

『タクマのあくまで原始キャンプ』は、月と星と焚き火の炎だけが明かり、というのが表向きのルールだが、じつはちゃんと懐中電灯を用意している。月も星もない夜に、火が消えてしまったら、スマホのライトだけでは心もとなすぎるのだ。

懐中電灯で照らしながらリュックの中を漁っていたら、スナックの袋が出てきた。子どもに訊ねる。

「アレルギーとかあるか?」

姪のヒナは小麦アレルギーだから、姉ちゃんは大変だ。食べられるものを数えたほうが早い、と嘆いている。パンもケーキもだめ。ラーメン、うどん、スパゲティ……麺類はほぼ全滅。コロッケ、トンカツ、天ぷら……揚げ物もだめ。なぜこれも、と思うのだが、ハムやウインナーもNG。この子がいま食べているカレーもだ。

子どもは体を左右に振る。メトロノームみたいに。かちかち。人の話を聞かずに、一人遊びをしているのだと思って、もう一度聞くと、また、かちかちかち。言葉の意味がわからないらしい。

「アレルギーってほら……」なんて説明すればいいか困って、箸でモノを食べるジェスチャーをしてみた。こちらを見ようとしないから、麺をすする擬音で振り向かせる。

「ずるずる」

子どもがおうむ返しにする。

「ずるずる」

「そう、ずるずる。ラーメンだ。うどんでもいい。アレルギーがあると――」

拓馬は胸を掻きむしるまねをした。それから両手で自分の首を絞めてみせ、うめき声を出した。

「おええっ、えーおえおえお」

子どもが輪唱するようにまたおうむ返しをした。

「おええっ、えーおえおえお」

やけに正確なレスポンス。

「おーえー、えおえおえお」

「おーえー、えおえおえお」

なんだかライブ・エイドのフレディ・マーキュリーになった気分だ。

「きぃーっ」

子どもが顔をくしゃくしゃにして奇声をあげる。どこがツボだったのか、口をくし切りスイカのカタチにして笑っていた。

「えーお、えおえおえ」

「えおえおえ、うっきーっ」

俺、わりと好かれてる？


結局、子どもは答えてくれなかったが、もしアレルギー体質だったら、この齢でも「アレルギー」という言葉には敏感に反応するはずだ。それがないということは、だいじょうぶなんだろう。

ヒナはパンも麵も、ぜんぶ米粉の代替食だ。姉ちゃんの家に遊びに行った時には拓馬も食べる。おいしそうに食べているヒナの前では言えないが、やっぱり本物に比べたら残念な味が多くて、拓馬は、いつかヒナが治ったら、家系ラーメンの餃子セットやデコレーションケーキやコロッケパンを腹いっぱい食べさせてやりたいと思っている。

ヒナに比べると、この子は幸せだ。でも、この子やこの子の家族にとっては、ラーメンもパンもケーキもふつうに食べるのがあたり前で、ヒナのような子もいるってことは想像の外側で、自分が恵まれていることもわかってないんだろうな。

リュックから出てきたのは、じゃがりこ〝たらこバター〟。本当は酒よりスナックとソフトドリンクが好きな拓馬の、ソロキャンプの夜のおともだ。子どもには渋すぎるチョイスだが、缶切りが見つかるまでこれで我慢してもらおう。

フタを開けて、子どもにすすめる。

「じゃがりこ、食べる？　たらこバター味でよければ」

子どもが拓馬の手からパッケージごと、トンビみたいにすばやくかすめ取る。スティック状のじゃがいもが次々と、製材所のベルトコンベヤーに載せたみたいに子どもの口の中へ消えていく。あぁっ、一緒に食べようと思ったのに。

「……うまいか、じゃがりこ」

まだ腹が減っているのか。ようやく見つけた七徳ナイフの缶切りで、桃の缶詰を開ける。半身に切ってある桃を、コッヘルにぷるりんぷるりんと移す。じゃがりこをたちまち食べ尽くし、残り少ない一本を名残惜しそうにくわえている子どもの前に、桃を差し出して、甘い香りで誘惑する。

どうだ。君には芋のスナックよりこっちのほうがいいんじゃないか。

子どもはぼんやり桃に視線を走らせる。が、すぐにそっぽを向いてじゃがりこしゃぶりに戻ってしまった。

えーっ、食べないの？　ふつうのお菓子が食べられないヒナは、果物が大好きで、とくに桃には目がない。ヒナじゃなくても、子どもならみんな甘い果物が好きかと思ってた。

けっこう偏食だな。せっかくアレルギーがないんだから、贅沢を言わずに食えよ。好き嫌いが多すぎる。

しかたがないから、桃は自分で食べる。森の夜空にはまだ、白桃のような月が浮かんでいた。

子どもはじゃがりこの最後の一本をしゃぶり続けている。飢えていたとしか思えない食欲だった。迷子になっていたのは、半日かそこらじゃないな。キャンプからなのかこの近くの家からなのか、迷子になってそうとう時間が経っているはずだ。

子どもの行方不明事件がニュースになっていないかどうか、スマホで調べてみることにした。検索欄に『子ども　行方不明』と打ち込んで、ポチろうとした時に気づいた。

検索、必要なかった。ニュースのヘッドラインになっていた。

『神森の不明男児　依然見つからず』

十三日、神森の遊歩道で行方不明になった山崎真人君（5歳）はいまだに見つかっていない。警察と消防団が懸命に行方を捜している。

驚いた。行方がまったくわからないという男児は、拓馬のすぐそばで体育座りをし、じゃがりこのカップを逆さにして、てのひらに落ちたかけらを舌で舐め取っている。

「マヒトくん」

名前を呼ぶと、舌を伸ばしたまま子どもの体が固まった。

「おまえ、マヒトか?」

こっちを向こうとしないが、頭と体は拓馬のほうに傾いた。返事をしようかどうか迷っているふうに、舌を出したり引っ込めたりしている。

「ヤマザキマヒトくーん」

出欠を取る時みたいに声をかけたら、舐めていないほうの手がすいっとあがった。

「みんなが探してるぞ。早く帰らないと、お母さんが泣くぞ」

「なくようぐいすへいあんきょー」

ここに来る途中の道で、パトカーや警察車両とすれ違ったことを思い出した。午前零時ぴったりに鳴ったサイレンのことも。あの時は、近くで交通事故でもあったのか、としか思っていなかった。

時刻は午前一時十五分。耳を澄ましてみたが、何の物音もしないし、人の気配も感じなかった。この森は広いから、いまも見当違いの場所を探しているのか、いや、警察も夜は捜索を中断するのかもしれない。

キャンプはもう撤収して、マヒトを連れて、最寄りの警察署に行こう。もしかして、俺、テレビに映ってしまう?

『お手柄ユーチューバー、行方不明男児を救出』

少し前にも、いなくなった子どもを発見したジイちゃんが、スーパーボランティアとか、リスペクトされていなかったっけ? 俺、激バズ?

そうか、いますぐどこかの警察署に駆け込むより、朝を待って報道陣が来ているだろう捜索現場に、真人を連れて行ったほうがいいか? 視聴率的には八時過ぎがおいしそうだ。ＮＨＫならおふくろや親父も見ているな。

おんぶしていったらどうだろう。それとも肩車か。片方の肩に乗せられたらかっこいいけど、俺、なで肩だから無理だな。

そうそう、いまのうちに二人で過ごしているショットを撮影しておこう。あ、そうだ、報道陣に話を聞かれた時のコメントも用意しとかなくちゃ。

「当然のことをしたまでです」

「一刻も早くご両親の元に帰してあげたい」

地味だな。インパクトが足りない。ちょっと盛ろうか。

「ここに来た時、偶然報道を見て、居ても立ってもいられなくなって、一晩中探してたんです」

こんな感じに。

記者から飛ぶだろう質問にもQ&Aをつくっておこう。

――戸村《とむら》さんはユーチューバーだそうですね。

「はい、まあ、ソロキャンプの配信とか、いろいろと」

――では、この神森にもソロキャンプで?

「ええ、そうです、昨夜から――」


待てよ。

まずくないか。

今日の『タクマのあくまで原始キャンプ』は富士山麓の本当の樹海で収録しているはずなのだ。

生配信じゃないが、『樹海潜入』と銘打って、日付もピンポイントで今日を予告している。

それなのに富士山麓まで行くのが面倒くさいのと、本物の樹海は恐ろしいのとで、手近な「小樹海」のこの神森で済ませたんだっけ。

だめだ。俺は、名乗り出られない。ネット的には、ここにいるはずのない人間、いちゃあいけない存在なのだ。

でも、テレビに出られるせっかくのチャンスだ。

だがそれは、ネットでの炎上を意味する。

どうしよう。決断に迷った時のくせで拓馬は爪を噛む。歯の隙間から心の声がダダ漏れた。

「なくようぐいすへいあんきょー」

無意識のうちに両手を鳥のようにはばたかせていた。

どうする。どっちを選ぶ。

テレビに出て全国に名を知らしめるか。SNSの中のまだ無名に近い自分を取るか。

答えは明白だった。

オールドメディアのテレビに出たところで、顔と名前が露出するのはほんの一瞬。金にもならない。

自分にとって大切なのは、やっぱりネットだ。ネットでの評価、立ち位置がすべて。まして俺の番組はいまが正念場。ユーチューバー〝タクマ〟の名前を守らねば。

でも、真人はどうする？

「すいへいりーべぼくのふね」

拓馬は見えないオールで苦悩の海を漕ぎ進む。

捜索場所の近くまで送っていく？　でも誘拐犯と間違われたらどうしよう。まだ五歳でどうやら賢いわけでもないらしいマヒトが、違う、助けてもらったんだ、とちゃんと証言できるだろうか。マヒトはまだじゃがりこのかけらを舐めている。と思ったら、てのひらに頬を載せて寝ていた。いや、無理だな。

そうだ、ありったけの水と食料を置いていこう。そしてここをそっと抜け出す。神森から出たら、このあたりで子どもを見かけたという匿名の情報を伝えればいい。そうしよう。

体育館座りのまま眠ってしまったマヒトの体に毛布をかけ、落ち葉が積もった柔らかそうな地面を選んで横たえる。

目を閉じると、大きな目がつりあがって見える。子猫みたいな寝顔だった。この子にも両親がいて、うちの子は世界一可愛い、なあんて思っているんだろうな。姉ちゃんや義兄さんが、ヒナの容姿をお互いのせいにしながら、でも世界一可愛いと思っているみたいに。

森を渡る風が強くなってきた。寒くないように、焚き火もがんがん燃やしておかないとな。残っているありったけの薪《たきぎ》をくべようとして、拾い集めていたら、ふいに辺りが暗くなった。ああ、火が消えちまったんだ。

月がまだ明るいから、なんとか身のまわりの様子は見える。懐中電灯をつけて、カメラのかわりに三脚に載せた。こういう時、即席の照明スタンドがわりにするために、三脚には固定用のガムテープが張りつけてあるのだ。もう撮影どころじゃなかった。マヒトが現れる前までの撮れ高で、なんとか編集しよう。

夜の森の深い闇に差し込まれた異物のような光の中で、拓馬はライターを手に取り、「らくらく着火剤」をサラダ油をしみこませたティッシュで包んで火をつけようとして、ふいに手を止めた。

違うぞ。

いいのかこれで。

嘘ばっかりついてるな、俺。

黒い影になってしまったマヒトが寝返りを打って、こちらに顔を向けた。拓馬がどこかに行ってしまわないか見張ってでもいるように。拓馬はため息をつく。

嘘のためにこの子を親の元に連れて行くこともできなくなっている。フェイクニュースを笑えない。フェイクライフじゃないか。

遠くへ押しやっていた火きり板を拾い上げ、火起こし棒を探した。

せめて、火起こしは、こいつでやろう。ソロキャンプの配信を始めた最初の頃、そうしていたように。

火きり板を挟むようにあぐらをかき、火起こしの横棒をひたすら動かした。縄文人のように。そうだよ、『あくまで原始キャンプ』を思い立った時には、真剣に思っていた。縄文人になりたい。世の中や人に流されず、シンプルに生きていこう、と。

「ぺけし」

マヒトがくしゃみをした。

「待ってろよ、いまあったかくしてやるから」

火起こし棒を回す。

　　回す。

　　　回す。

手の皮が剝けそうなほど、回す。

闇の中に赤い点が生まれた。

火だ。

拓馬は原始人のように声をあげた。

「うおっほーっ」

「おーい、マヒト、火がついたぞ」

嬉しくて、寝ているマヒトを振り返って、声をかける。

ほんの少し明るくなった闇の中に、炎を反射して、白い点が二つ光っていた。

マヒトの大きな目だ。

起きてたのか。俺が火を起こすところを見てくれていただろうか。

いつのまにか毛布をはだけてしまっていた。毛布をかけ直してやる。目は開いているけれど、拓馬のほうは見ていない。焦点が夢の中に向けられている目だった。やっぱり寝てたんだな。俺と会っていた時のことは、ぜんぶ夢だったと思うかもしれない。

そうなることを望んでいるのに、なぜか寂しかった。

火を大きくし、残りの薪をすべて投入した。新しい枯れ木を集めて、朝まで消えないように火の中心から少し離れた場所に組み上げ、着火剤をしかけておく。山火事の用心のために、そのさらに外側には、マヒトの飲むぶんを減らしすぎないように、4ℓボトルの中身を撒く。

荷物をすべて整理してみたが、残っている食料は、そう多くなかった。

残り一ℓちょっとの水。カップきつねうどん。チョコレート。ガム。キャンディ。

きつねうどんは湯を注いでつくっておいた。ユーチューバー・タクマがここにいたことの証拠になってしまう、いつものキャンプ用のフォークを置いていくわけにはいかない。細枝二本の皮を削って、割り箸がわりに蓋の上に置く。

キャンディは寝ているマヒトのポケットに詰めた。見かけほど利口ではなさそうなマヒトが間違って食べてしまわないように、チョコレートは銀紙を剝いだ。この寒さなら蟻も這い出てはこないだろう。ガムは喉に詰まってしまいそうだから、やめておく。

桃は好きじゃないみたいだが、腹が減ったら食べるかもしれない。いや、マヒトが好き嫌いで食べないのではなく、桃アレルギーだったらどうしよう——って桃アレルギーなんてあるのか？　迷ったが桃缶の残りも置いていく。

マヒトはよく寝ている。頰が赤くなっているのは、寒さのせいではなく、温かさのためだと思いたかった。首に大切そうに巻いているマフラーを巻き直してやり、毛布をかけ直す。

「がんばれよ、父ちゃんと母ちゃんが待ってるぞ」

歩きはじめたが、背中がむずむずして何度も振り返った。

やっぱり、見捨てるわけにはいかない。拓馬はマヒトのところへ戻り、毛布ごとおんぶして人のいる場所へ歩く自分を想像したが、それは頭の中だけで、心とうらはらに、体はもう、小さな毛布のふくらみが木立の間に隠れてしまう場所まで遠ざかっていた。

14

18日に神森で発見された男性の遺体は、デパート従業員清田一也さん（30）と判明した。県警は殺人および死体遺棄と断定して被害者の交遊関係を中心に捜査を進めている。


「おこさまらんち」

同じものばかり食べようとする真人が、珍しくいつもと違うメニューを選んだから、嬉しくなって「お子さまランチ」を頼んだのはいいけれど、真人はプレートからフライドポテトをつまみ出してテーブルに並べはじめてしまった。メニューの写真を見てこれがやりたくなっただけか。

岬は「つ」の字にした指で二本目のポテトをつまみあげている真人の手首を握った。

「だめよ。食べものをおもちゃにしては。やめなさい」

もう五歳なのだから、ASDという診断に甘えてはいられない。自分のルールだけでなく、社会にもルールがあることを覚えねば。大人になっても、いつか岬がいなくなっても、独りでちゃんと暮らしていけるように。

何度か言い聞かせないとだめだろうな、と覚悟していたのだが、真人は下唇を突き出しただけで、テーブルのポテトをプレートに戻していた。少し前ならいくら言っても聞かなくて、泣きわめいたりすることもあったのに。森から還ってきた真人は、やっぱり聞き分けがよくなった。

お子さまランチは、船のかたちのプレートに、小さな旗が立ったケチャップライス、ミニハンバーグ、スパゲッティナポリタン、フライドポテト、フルーツを盛り合わせた小鉢が載っている。

真人がテーブルから戻したポテトを箸でつまんで口に入れてから、向かい側で、ナスとトマトのパスタを食べている冬也くんに声をかけた。

「よかったら、フライドポテト、食べて。マヒトは食べないから」

幸いアレルギーはないけれど、真人の独特のルールづけは食べ物にも及んでいて、食べず嫌いがとても多い。じゃがいもだけでなく、さつまいももさといもも、いも類はまったく食べようとしない。

「ああ、うん」

冬也くんがフォークを伸ばしたら、それより先に真人がすいっと指でポテトをつまみあげた。

食べ物で遊ぶのはやめなさい、と岬がまた声をあげる前に、真人はスティック状のポテトを縦にくわえて、口の中にねじこむようにして食べた。あれ？

「食べてるよ」冬也くんがフォークを宙でくるくる回した。「もしかして、食べず嫌いも治ったりしている？　そのぉ、森から帰ってきて」

そうなのだ。

「うん、じゃがいもを食べたのはいまが初めてだけど、いままでぜんぜん食べられなかった果物も、食べるようになったの」

岬の言葉を聞いていたように、いや、聞いていて、冬也くんにいいところを見せたいのだと思う。真人はフルーツの小鉢から、桃の小片をつまんで口に入れた。手づかみで。手を使ってしまうクセはまだ治っていない。

「桃？」

「バナナも。あぶらげも。いままでは、きつねうどんのあぶらげとか、食べ物じゃなくてタオルハンカチだと思ってるみたいに取り出しちゃってたんだけど。海苔のおせんべの海苔もはがさなくなって……」悪いことではないのに、親としては、なんとなく落ちつかない。「そうそう、麦茶も飲めるようになった」

岬がそう言ったとたん、真人は両手でコップをつかんで飲みはじめた。これも冬也くんに見てもらいたがっているように。中身は麦茶じゃなくて水だけど。

冬也くんがフォークを止めて、何かを考える表情になった。

「マヒト、あの一週間であんまり痩せてなかったんだよね」

岬もアジフライをつついていた箸を止めた。

「あんまりどころか、ぜんぜん。保護されてすぐに水をいっぱい飲んで、食べ物ももらったからかもしれないけど、〇・二キロしか減ってなかった。不思議」

前に岬さんから聞いた。大きいほうも一人でできるようになったから、うんちを漏らしてはいなかったが、発見された時、パンツは汚れていた。少なくとも一回以上うんちはしていた、と。つまりどこかで何かは食べていたのだ。

「どこで食べ物を手に入れていたのか。食べさせてくれたのは、誰なのか。くまさんなのか？」冬也くんが独りごとめかしてそう言って、真人に声をかける。「ねえ、マヒト、くまさんとポテトを食べた？」

いままでポテトを食べたことがない真人は「ポテト」という言葉を知らない。岬が言葉を替えて聞いた。

「くまさんとおいもを食べたの？」

真人はポテトを食べ終えて、丸くした唇のまま、金魚が泡を吐き出すみたいに呟いた。

「じゃがり」

「じゃがいも？」

岬の言葉に首を横に振って、また言葉の泡ぶくを宙に浮かばせる。

「じゃがり」

なんだろう。冬也くんが目で問いかけてくる。岬は肩をすくめた。わからない。

「じゃがり、じゃがり、じゃがり」

マヒトが上体を左右に揺らしはじめた。こうなると、自分の世界に入ってしまって、しばらくは戻ってこない。

「食事中だものな。ありがとう、マヒト。またあとで聞くよ」

冬也くんが言い、岬が真人の背中をさすると、真人は三十秒前に巻き戻ったみたいに、ポテトをつまんだ。

冬也くんに、あらためてお礼を言う。

「ごくろうさま。大変だったね」

今日、三人でファミレスに来たのは、森へ行ってとんでもないものを発見してしまった冬也くんの「お疲れさま会」をするためだ。「好きなもの何でも食べて」と言ったのに、春太郎《はるたろう》によく似て肉が好きなくせに、冬也くんが選んだのは、ナスとトマトのパスタ。「ステーキとか食べなよ」と勧めたら、顔をしかめて片手を振った。「しばらく肉はいいや」

冬也くんがにんまり笑って言う。

「第一発見者が疑われるっていう話は、本当だったんだね」

ましてや、ほんの一か月前の行方不明事件の関係者だ。冬也くんは警察からなかなか帰してもらえず、解放されたのは電車がとっくに終わっている深夜で、地元の警察まで岬が車で迎えに行った。

「迷惑をかけて、ごめん。私が変なことを言ったせいだね」

冬也くんが首を横に振る。

「こっちこそ、ごめん。またネットでくだらないことを書かれちまうな――」

そこで冬也くんは喋りすぎたというふうに口をつぐむ。

神森で死体が見つかって、今日で四日目。まだ犯人は捕まっていないが、ネットでは、岬が殺人の真犯人扱いされているらしい。忠告に従ってネットは見ないようにしているのだけれど、「だいじょうぶなの」「気にしないで」と気になってしまう情報を、わざわざ耳に入れようとする人がいるのだ。

「ネットのほうのことだけど」冬也くんがあまり減らないパスタのフォークをまた置いた。「発信者の情報開示請求をしたことは、話したよね」

「うん」

「プロバイダからは開示を拒まれた。『発信者本人の同意が得られなかった』って。まあ、そう来ると思ってた。同意するはずがない。ただの紙切れだから、読んでもいないかも。ここまでは想定内の流れだ。だから、次は、裁判所に開示仮処分の申し立てをする」

岬への説明を頭の中に用意していたらしい冬也くんの勢い込んだ言葉が、急にトーンダウンした。

「正直、けっこう時間はかかる……弁護士費用とか、お金も……」

時間なら待てる。でも、そのために諦めなくちゃならないのは悔しいが、正直、お金はない。真人と二人で生きていくだけでせいいっぱいなのだ。

「冬也くん、もういいよ」

「いいや、岬さんが良くても俺は良くない。ネットでは、俺も共犯者になってるみたいだし。待っていてもしかたないから、こっちも勝手に『特定』してみようと思ってる」

「どうやって？」

「いろいろ方法はあるみたいだね」他人ごとみたいに呟いて、言葉を続ける。「マヒトのことと神森のことを調べていたら、面白いことも見つけた」

「無理しちゃだめだよ」春太郎みたいに。

「俺が好きでやってることだよ。で、何かをつかみかけている気がする」

冬也くんは子どもみたいに目を輝かせる。真人と変わらない。こちらに見せつけるつもりらしい勢いで、もりもりとパスタを食べはじめた。

「あ、そう言えば、あの赤いマフラーのこと――」

口をもくもくさせながらまた話し出す。さすが兄弟。食べるか喋るかどっちかにして――って春太郎にはよく言ったっけ。

「こっちから警察に話してみた。真人の時とは違う管轄の人たちが担当してるみたいで、情報が伝わっていないようだから」

「マフラー？　なんて？」

「マフラーの指紋を調べてみたらどうですかって」

「マフラーから指紋なんて取れるの」

「たぶん。わりとつるつるの素材だったでしょ。あまり考えたくはないけれど、あの殺人事件の犯人と、マヒトが会っている可能性があるかもしれないと思って」

「それが、くまさん？」

「そこまではわからないけど」

「信じたくないな」

殺人犯と一緒にいたなんて。岬は首を横に振って、隣に座る真人の髪を撫ぜた。真人は二人の会話そっちのけで、ミニハンバーグをてのひら握りしたフォークで突ついている。銛《もり》で魚を捕まえたように持ち上げたとたん、ぽとりと落とした。と、今度は手でつかんだ。

「こら、手づかみはだめでしょ」

岬の声に慌ててハンバーグを取り落して、指を「つ」の字にしたまま固まってしまった。岬は真人の手をナプキンでぬぐい、いつも右左を間違えるフォークを右手に持たせる。

手づかみぐせは前よりひどくなった。森で何を食べていたんだろう。手づかみで食べていたのだろうか。

メニューブックを開いて、冬也くんに訊ねる。

「デザート、何がいい。好きなもの食べて」

春太郎は外見に似合わず甘いものが好きだった。特別な日には家族三人には大きすぎるホールケーキを買ってきて、一人で半分をたいらげていた。冬也くんも嫌いじゃないと思う。

岬が「私はお腹いっぱい。真人もフルーツを食べたから」と言ったとたん、冬也くんはメニューを閉じた。

「じゃあ、コンビニでアイスでも買って、公園で食べない?」

もうすぐ年が明ける。公園でアイスを食べるのに向いている季節じゃない。たぶん「おごる」といった岬のふところ具合を気にかけてくれているんだと思う。オーダーをランチサービスのパスタにしたのも。

年明けから仕事に戻れることになった、冬也くんには会ってすぐにそのことを話したのだけれど。

勤めているレストランが夜の営業時間を延長して、厨房のシフトの人数が足りなくなったそうだ。

こうしてよその店で食事をしていると、早く仕事をしたくなる。岬は洋食店のコックだ。真人が生まれてからはランチタイム専門になったが、それまではディナータイムのスーシェフで、高校の同級生だった春太郎ともその店で再会した。


アイスは自分がおごろうと思って、三人分のアイスを抱えていたら、岬さんにすいっと取り上げられた。「ここは俺が」と口ごもっているうちにレジへ持っていってしまった。

空いてしまった手で、冬也の隣でチョコバナナアイスの行方を見守っている真人の手を握る。

「ぼく、ちょっとごめんなさいね」

品出しをしていた年配の女性店員が真人の脇をすり抜けるついでに、お愛想を投げかけてきた。

「いいわねぇ。パパさんと一緒にお買いもの？」

自分はパパに見えるのか。来年には三十になるのだから、おかしくはないか。なんだか頬がくすぐったい。悪い気分じゃなかった。

真人の手をぎゅっと握り直すと、真人はぶるんと腕を振って、冬也の手を振りほどいてしまった。もしかしたら、さっきの店員さんの言葉への無言の抗議かもしれない。このヒトはパパじゃない。

冬也は、小さくため息をつく。そりゃあそうだ。いくら懐《なつ》いていたって、父親と同じなわけじゃない。俺は兄ちゃんの代わりにはなれないよな。

真人の両肩をつかんで、ロボット歩きごっこをしながら岬さんのあとを追う。真人はほんの数歩で動かなくなってしまった。

「どうした」

右手のお菓子コーナーを見上げている。

「だめだめ、アイスだけだよ」ってさっきママが言ってたぞ。

真人が首を横に振って、見上げる先を指さした。

父親じゃなくても、叔父さんだ。甘い顔は見せないようにしなければ。眉根を寄せてちょっと怖くした顔を、ちゃんと視線が合うように、真人の真上に持っていく。真人のまなざしは、それどころじゃない、というふうに冬也の顔を素通りする。口を菱形にして、ぽつりと言った。

「じやがり」

「ん？」

「じやがり」

真人が見上げているのは、スナック菓子だ。

「じやがり、どれ？」

真人が小指みたいなひとさし指で、さしているのは、

『じゃがりこ』

カップ麺のようなパッケージに入っている、スティック状のじゃがいものスナックだ。

「マヒトは、これを、くまさんと、食べたの？」

真人は答えずにひとさし指を横に移動させる。指がまた一点をさして止まった。

『じゃがりこ　たらこバター』

「あけましておめでとうございまーす」自撮り棒の先に据えたビデオカメラに向かって声を張り上げた。

「タクマのあくまで原始キャンプ、全国樹海潜入シリーズ、予告どおりやってきました。今日の野営地は、神森でーす」

まだ午後三時。いつもより早めのスタートだ。日が暮れる前に火をおこしておきたかった。なにしろライターも着火剤もない。

最近の拓馬はソロキャンプに真剣に向き合っている、と自分では思っている。火おこしは、木と木をこすり合わせる原始的なやり方しかしない。火がおこせなければ、飯は食えず、体も暖められないという、本気のサバイバル。だから食材も火を使わなくても食べられるものが中心だ。

たぶんあの子ども、真人に出会ったからだ。

あの日の朝、地元の警察署に電話をかけた。公衆電話から。念のために鼻声で。

「真人くんらしい子どもが夜、歩いているのを見かけました」

――見たのはどこですか。

「神森の中です。森の中心よりちょっと東寄りのところ、かな」

――何時頃ですか。

「夜中です。時刻は……」言わないほうがよさそうだった。「正確にはわからないです」

――あなたはそこで何を？

「えー、いや、キャ……散歩的な？」

――お名前と住所を教えてください。

「いやあ、名のるほどの者では……」

恐くなって途中で電話を切ってしまった。

あとから後悔した。どうせすぐに見つかるだろうと思っていた真人が、何日経っても行方不明のままだったからだ。

匿名を条件に名乗り出ようかとも悩んだが、ネットのヘッドラインになるぐらいのニュースだ。マスコミが匿名のままほうっておいてくれるとも思えなかった。

いたたまれなくなって、五日目と六日目には捜索にボランティアとして参加した。スーパーボランティアのように「私の勘ではこっちだ」とソロキャンプ跡地のほうへ行こうとしたのだが、単独行動はＮＧだった。

真人が発見されたというニュースを知ったのは、夜のビル清掃のバイト明けで、昼過ぎに起き、コンビニへ弁当を買いに行った時。弁当をチンしてもらうあいだに眺めていたヤフーニュースでだ。

『神森の神隠し　不明男児無事保護』

両足がこんにゃくみたいにへなへなして、受け取った弁当をあやうく取り落としそうになった。あんなに安心したのは、就活二十七社目で内定をもらった時以来だと思う。従業員数に比べて採用人数がやたらに多い会社だった。いま思えば、安心するより疑うべきだった。その時点でブラックだと気づくべきだった。ああ、そんなことはどうでもいい。

足がこんにゃくになるほど安堵したのは、もちろん真人が無事だったからだが、正直に言えばそれだけでなく、これでやっと、自分も助かったと思ったからだ。

拓馬が捜索に参加した時にはだいぶ縮小していたが、最初の数日間の捜索はかなり大がかりだったことを知っている。なにしろ真人を置いていってしまってからは、毎日一時間おきぐらいにニュースをチェックしていたから。失踪現場とは離れているが、拓馬のキャンプ跡には、捜索隊の誰かが気づくはずで、あれを疑われはしまいかと、ずっと気を揉んでいたのだ。

「この痕跡は真人君の誘拐犯が残したものではないのか？」

「ここでキャンプをしていた誰かは、非情にも真人君を置き去りにしたのでは？」

「そういえば怪しい電話をかけてきた男がいましたね」

「うむ、間違いなく、ホシはそいつだ」

悪い想像は際限なくふくらむ。しまいには取調室でカツ丼をふるまわれている自分の姿まで頭に浮かんだ。

今日、神森に来たのは、あの時の痕跡をきちんと消すためだった。もはや誰も気にしてはいないだろうが、そうせずにはいられなかった。

犯罪者は現場へ戻ってくると言うが、いまの拓馬にはその気持ちがよくわかった。自分の手ぎわにぬかりはなかったか、確かめたくなるのだ。家を出た後に、エアコンは停めたか、鍵はかけたっけ、と気になって、戻ろうかとまで思ってしまう、そんな感じ。ちょっと違うか。

もちろん、今日のキャンプ地は、このあいだとは別の、少し離れた場所だ。さっき、目的地への途中で通りかかったという体《てい》で、あそこを見てきた。

驚いたことに、拓馬がつくったカマドは、そのまま残っていた。ソロキャンプ地は人のいない場所を選ぶ。人気《にんき》のある渓流近くのように、カマドの材料にする石の多い場所とはかぎらない（この神森はとくにそうだった)。だから、石は四隅に配するだけで、あとは穴を掘り、掘り出した土で壁をつくるのが拓馬流だった。

毛布やペットボトルや食べ物の空き容器なんかは消えていたから、誰かが来たことは間違いないのだが。神森はキャンプが禁止されているわけじゃない。マナーの悪いキャンパーの置き土産として、見逃されたか――

まだ二か月も経っていないのに、あの晩が遠い昔のことのようだ。真人と会ったのは、じつは夢だったんじゃないのかとさえ思えた。

ユーチューブ『タクマのあくまで原始キャンプ～樹海潜入篇』は、さんざんだった。再生回数は『あくまで原キャン』にしては良かったのだが、アンチコメントがやたらに多かった。真人の出現で映像が中途半端になってしまったせいだが、それだけじゃない。

『タクマは本当に樹海へ行ったのか?』

『ここ、青木ヶ原樹海?　嘘じゃね』

『あの日、樹海の登山道や遊歩道に行ってみたけど、キャンプしてる人間なんてどこにもいなかったよ』

中途半端だったがゆえに、「樹海潜入捏造疑惑」が持ち上がってしまったのだ。

批判コメントには反論しないのがモットーだから、行動で疑いを晴らす――いや、疑いではなく事実なのだが――ことにした。

『樹海潜入』の潜入場所を、青木ヶ原だけでなく、全国各地の樹海に広げ、シリーズ化することにした。そして、再び場所と日にちを予告したのだ。

そのシリーズ第二弾の時には、現地へ着くまでの高速道路やコンビニも撮影して、場所や日時を

（あくまでもさりげなく）特定できるようにした。

キャンプ地は、福島県、奥只見原生林。

緩衝地帯を含めた面積は、青木ヶ原樹海の十倍以上。

とんでもないとこだった。十一月の終わりだったが、辺りはもう雪景色で、しかも着いたとたんに雪が降りはじめた。

ただでさえ厳しい条件のうえに、縄文式火おこししかしないと決めていたし、『あくまで原キャン』のいつものルールどおりテントは使わず、タープしか携行していなかったから、焚き火もできず、雪の中、タープの下で毛布をかぶって、じゃがりこを食いながらひたすら寒さに耐えた。

そのうち雪の重さでタープが落ち、ようやく設営し直したと思ったら、今度は風で飛び、風はいつのまにやら吹雪に変わり——頭の隅に『八甲田山死の彷徨』という読んだことのない本のタイルが浮かび、目の前に、雪とともに死がちらついた。

だから『全国樹海潜入第二弾～奥只見原生林　死の彷徨』は、映像の半分は真っ白けで、音声は雪風の音と拓馬のぼやきだけ。

なのに、受けた。

再生回数は過去最多。登録者数も初めての1万超え。『いいね』も一桁多くなり、アンチコメは影をひそめた。人間はつくづく他人の不幸が好きなんだな。

第三回は、雪に懲りて、西日本の奈良県、春日山原始林にした。

十二月半ばだったが、暖かい日で、火おこしは一発で成功。野生の鹿の撮影にも成功した。そして、ソロキャンプ配信開始以来初めて、声をかけられた。

いままでと違って一晩をちゃんと山の中で過ごした翌朝のことだ。声をかけてきたのは、早朝トレッキングをしていた女の子二人組。

「もしかして、タクマさんですか」

「きゃー、いつも見てます」

顔出しはNGだったが、出演をオーケーしてもらった。最高のアリバイ証明。青木ヶ原樹海へは行っていないという疑いは（事実なんだけど）一気に晴れた。

『あくまで原キャン』をライブ配信しないのは、撮影中に他人が乱入してくる危険を防ぐためだが、場所と日にちを予告するシステムは受けているみたいだから、続けたい。

視聴者が増えたし、ライブじゃなくても、居場所は特定されるわけで、これからはキャンプ中に誰かが訪ねてくることも想定しなくては。まあ、それも悪くない、といまの拓馬は思っている。

以前と違って、まじめに「原始」をしているし、大人の事情っぽい編集もしていない。誰に見られても恥じるところはなかった。

拓馬はソロキャンプを、金稼ぎの手段としてではなく、純粋に楽しいと思いはじめているし、それにつれて配信もうまくいきだしている。『奥只見原生林　死の彷徨』と『春日山原始林　馬鹿が鹿と』の合計再生回数は、100万を超えた。

あの子の、真人の、おかげだ。


今日、キャンプ地に決めたのは、緩やかな斜面のてっぺんだ。

このあいだと同じように、まず地面にカマドにする穴を掘る。

前回、神森に来た時には、穴掘りに苦労した。八岐山《やまたやま》の噴火した後にできた森だから、土のすぐ下に溶岩がある場所が多いのだ。

シャベルを地面に突き刺して、掘れそうな場所を探す。良さそうなところに五十センチ四方ほどの穴を掘り、四隅に石を置く。

石は道すがら大きめのものを拾って麻袋に入れ、重さに毒づきながらリュックとともに背負ってきた。全部で四つ。それを四隅に配して、あとは掘り出した土で低い壁をつくっていく。

薪《たきぎ》も途中で拾ってきた。幸いこのところこの地方では雨がないから、枯れ枝はいい具合に乾燥していた。

よしっ。

カメラをセットし直して、火おこし棒を握ると、斜面の下から誰かが登ってくるのが見えた。たまたま通りがかったわけじゃないだろう。こちらを目指している足どりだった。

さっそく来たよ。

男だった。ちょっとがっかり。いかにも着慣れていないアウトドア初心者といった感じの服装で、木立を縫って登ってくる。

斜面は白い。少し前まで雪がちらついていたのだ。常緑樹の多い神森は冬でも鬱蒼としているが、大木が少ないこのあたりは、午後の斜めの木洩れ陽が、薄く雪が積もった地面にまだら模様をつくっていた。

よし、じゃあ、客人に『タクマのあくまで原始キャンプ』名物、縄文式火おこしを実演してみせてやろう。拓馬は火きり板の穴に、縦棒《キネ》を突っ込む。道具は一新した。板は赤身の杉材。横棒《ゆみ》はケヤキ。キネは火おこしに最適だという、野生のあじさいの枝だ。

前回の春日山原始林キャンプでは、火が点《つ》いた後も、火おこしの練習をくり返した。だから道具だけでなく、技術的にも向上したと思う。棒を握ってから火が点くまでの所要時間の最短記録は、四十五秒。同じぐらいのタイムが出れば、男がちょうどここへ登り切ったあたりで火がおきる。

三十秒足らずで煙があがった。火の粉が、火きり板の下に置いた火口《ほくち》——麻紐をほぐして綿状にしたもの——に落ちていく。よし、点いた。

「こんにちは」

うなじに声が降ってきた。拓馬はあぐらをかいたまま、男の存在に初めて気づいたというふうに顔をあげ、ちょっと驚いたふりをする。あんまりびっくりしすぎると、小心者っぽくなってしまうから、軽く目を見開く程度に驚く。すぐに火口へ視線を戻して、ぶっきらぼうに答えた。

「んちわ」

男の視線と回っているカメラを意識した、マジシャンみたいな手つきで、火種が赤い斑点になっている火口をつまみあげた。なんだったら写真撮ってもいいよ。横目で男の様子を窺う。こっちを見ちゃあいなかった。視線は火おこしの二本の棒と火きり板に吸い寄せられている。

「これが、火おこし道具ですか」

男は一人でうんうんと頷いている。数歩離れた場所で、拓馬がつくった土壁のカマドを覗きこんで、またひとしきり頷く。

「カマドのつくり方も独特ですね」

キャンプ周辺情報オタクだろうか。たまにいるのだ。キャンプそのものより、用具のブランドや、アニメ『ゆるキャン△』のキャラクターが好きっていうやつが。

「まあ、自己流なんだけどね」

男がようやくこちらを見た。

「タクマさんですよね」

「ういっす」余裕をかまして、口笛を吹くように火種に息を吹きかける。男に視線を戻さずに言葉を続けた。「もしかして、俺のフォロワーのヒト?」

男のフォロワーに会うのは初めてだが、悪い気分じゃない。答えになっているような、いないような返事が戻ってきた。

「たぶん、このへんにいらっしゃるかなあって思って」

「知ってるだろうけど、俺、ソロキャンパーだから、一緒にキャンプはできないよ。でも、コーヒーぐらいはごちそうするから。飲んでいきなよ」

「遠慮なくいただきます」

男がまだ火のない焚き火カマドの前に座りこむ。

「ちょっ、待ってて」

息を吹きかけて大きくした火種を、カマドの前に持っていく。ふいに風が強くなって麻の火口があおられ、火の粉が拓馬の顔面を襲う。

「あちちちちっ」

両手でとっくに消えた火の粉を必死に振り払い、火傷をしてはいないかともたもた顔を拭ってしまった。気まずさに咳払いをし、かたわらの男に横目を走らせると、今度はしっかりこっちを見ていた。

「やれやれ。雪風はイタズラ者だね」

とりあえずカメラは止めよう。いまのとこ、あとでカットしなければ。何事もなかった顔で、放り出した火口を拾い上げたが、火は消えていた。もう一度、火おこし棒を握り直す。照れ隠しの軽い口調で男に訊ねる。

「キャンプに来たの？」にしてはずいぶん軽装だな。リュックも小ぶりだった。

「いえ、タクマさんに会いに来ました」

「はは。照れるな」

微笑みかけたが、むこうは真顔で拓馬を見つめ返してきただけだった。はは。

まだ若い男だ。二十代半ばか。前髪がさらさらして、近視用の眼鏡をかけているのに目が大きい。瞳は紅茶色。女にもてそうなタイプだ。改めて顔を眺めているうちに、初対面ではない気がしてきた。どこかで会ったことがあるように思える。でも、それが、いつどこでなのか思い出せない。

さっきはあっという間だったのに、なかなか火がつかない。見られているせいで、手さばきがぎこちなくなってしまう。

声が嗄《か》れたボーカルが客席にマイクを突き出すように、火おこし棒を男の前に差し出してみた。

「やってみる？」

「あ、いえ」

男が片手を振って固辞する。やってよ。俺のフォロワーじゃないの？

「どうも調子が悪いな。ふだんは一分もかかんないんだけどね」

言いわけをしながら、手のひらの汗をぬぐい、もう一度、横棒をしゃこしゃこと動かしていると、男が妙なことを言い出した。

「じゃがりこ、お好きなんですか」

かたわらに並べた夕食用の調理器具や食材にまじって、じゃがりこのパッケージが置いてある。

小腹がすいて、さっきまでつまんでいたのだ。

「あ、ああ……はは、原始キャンプっていっても、こいつだけはやめられなくて。縄文時代にも、芋を細く切って乾燥させた保存食があったらしいし」いや、ないだろう。そもそも縄文時代に、じゃがいもはない。

「いままでの配信で、じゃがりこ、三回映ってます」

よく見てるな。俺ですら覚えてないのに。

男は拓馬の食材にも興味津々の様子だった。拓馬はコーヒーの粉を取り出すついでに、カルピスウォーターのボトルと中辛カレーのルーをそっとしまいこんだ。原始キャンプに真摯に取り組んでいる、とはいっても、食べ物の好みは変えられない。じゃがりこの場合、企業案件が舞い込む可能性もゼロではないから、隠していないし、むしろネタとして登場させることもあるのだが、やっぱり、フォロワーの前では、なんとなしにうしろめたい。拓馬は笑顔を張りつけて、冗談めかした口調で言う。

「俺のこと、よく知ってるね。けっこう、ファン？」

男は答えない。まだじゃがりこを見つめていた。ちょ待《ま》。ここは「はい」と返事するところでしょうに。

おお、火がついた。今度は慎重に息を吹きかけて、火種を必要以上に大きくせず、そろそろとカマドの中の、着火剤がわりの杉の枯れ葉に移す。

「たらこバターが多いですよね」

変なやつ。じゃがりこに、お前の何があるんだ？

「好きっていうか、非常食なんだ。ほら、軽量だから何個でも携帯できる。そのわりにカロリーが高い。いざという時のために、じゃがりこ。覚えておいて損はないよ」

「先々月の『樹海潜入』の時も持って行かれました？　たらこバター味」

だんだん薄気味悪くなってきた。それがどうしたって言うんだ。こいつはいったい何者だ？

「ねえ、あんた、何しに来たの。悪いけどひやかしなら――」

不機嫌を隠さずに投げつけた拓馬の言葉を遮って、若い男が呟いた。

「鳴くよウグイス平安京」

いったいなんだってんだ。怒るのは得意じゃないが、ここは怒らねば。

「おい、ちょっと、いい加減に
だが、怒りの声は、途中で喉に張りついてしまった。何かを思い出しかけて、背筋に寒気《さむけ》が這い昇ってくる。

若い男は拓馬の表情を窺うように顔を覗きこみながら、また歌でも歌うふうに呟いた。

「水兵リーべ僕の舟」

冗談を口にしているわけではないことが、こちらを射抜いてくるまなざしでわかった。

「申しわけない。撮影の邪魔になるから、もう帰ってくれないか」

ようやく火が大きくなった。集めた枯れ枝をくべる。拓馬は男がそこにいないように振る舞おうと決めた。だけど手の震えが止まらない。

若い男の声が拓馬の頰を叩く。

「真人がお世話になりました」

ぱち。

まだ乾き切っていなかったか。枝がはぜた。

ぱちぱち。

拓馬は炎だけを見つめていた。その名前だけが口から零れ落ちた。

「マヒト……」

って誰？　しらばっくれようと思ったが、若い男の案外に低い声には、それを許さない頑《かたく》なさがこもっていた。いまの言葉を言うためにここへ来たのだろう。

先に細い枝をくべ、太い枝を加え、キャンプファイヤーの井桁のように隙間をつくりつつ組み上げていく。炎が一瞬高く燃え上がり、それから少し落ち着いた。うん、もうこれでいい。あとは時おり薪をつぎ足してやれば、火は続く。すべきことがなくなって、拓馬はようやく言葉を発した。

「真人君は元気ですか？」

「おかげさまで」

「よかった」本心だ。心からそう思う。ニュースで、神森で保護された男児の『ＰＴＳＤが心配』だの『カウンセリングが必要』だのという話をさんざん聞かされていたから。

「真人のお父さん……ですか」

想像していたより若い父親だ。どこかで会ったように思えるのは、目つきや顔だちが真人に似ているからだった。

男のほうに向き直り、地面に正座をした。そして深々と頭を下げた。

「すみません。ごめんなさい。真人をちゃんと送ってあげられなくて。あの日、キャンプしてたら、あの子がいきなり現れて、で、どうしたらいいかわからなくて……」

あの夜の真人のことを、できるかぎり正確に話した。

いきなり白飯だけを食べはじめたこと。中辛カレーを一口食べてしまったこと。じゃがりこがとても気に入ったらしいこと。カルピスウォーターも。ただし麦茶は匂いを嗅いだだけで飲まず、缶詰の桃も食べなかったこと。

衰弱しているとは思えない元気さだったこと。自分のギャグに、自分の姪のように笑ってくれたこと。

男は拓馬の言葉のひとつひとつに頷いていた。怒っているようではなかった。といってこちらに向けてくる視線に、親しみがこもっているわけでもない。

「すぐに送って行きたかったんだけど、それができない事情があって……」

「あの日は神森じゃなくて、青木ヶ原の樹海に潜入したことになっていたからですか？」

なぜ、それを？――心の声が顔からダダ漏れしてしまったのか、拓馬が言葉にする前に、男が答えた。

「いろいろ調べましたので」

そう言ってから、若い男が初めて頰をゆるめた。

「まず、僕は、真人の父親ではありません。叔父です。真人の父親は僕の兄ですが、亡くなりました」

「……そうなんだ」あの子が物怖じしなくて好き嫌いが激しいのは、人がうらやむ家庭で甘やかされて育ったからじゃないか、と勝手に思っていた。

「俺のことがどうしてわかったんです？　真人から話を聞いた？」

真人の叔父だという若い男は首を横に振る。

「真人はほとんど喋らないんです。発達障害がありまして」

それはボランティアで捜索隊に加わった時に聞いていた。障害なんて言葉が似合わない逞しいガキ――いや、子どもだったが。

「もともと他人とのコミュニケーションが苦手なんですけど、今回の神森のことは、とくに喋りたがらない。頭のどこかに蓋をしてしまったみたいに」

「申しわけない」

拓馬は心からそう言った。本当に、いろいろと、申しわけない。


目の前の男、原始キャンパー・タクマは、年齢を公表していないが、三十代半ばだと思う。顎鬚を生やし、髪をちょんまげにした姿は、確かに古代人風だ。

冬也はなぜ彼に辿り着いたかを説明した。

最初のヒントは、森から還った真人が二本の菜箸をこすり合わせるしぐさを見せるようになったこと。そして、そのことを「ひ」と表現したこと。これは、摩擦式の火おこしではないのか。その方法でおこした焚き火に誰かとあたっていたのではないか。

そう考えて、あれこれとキーワードを打ち込んで検索してみた。

『摩擦式火おこし』

『原始的火起こし』

『弓切り式着火方法』

これだけでは砂漠で針。まるでわからなかった。で、『神森』というワードを追加してみた。

『原始的火おこし　神森』

そうしたら、彼のユーチューブ番組がヒットしたのだ。

『タクマのあくまで原始キャンプ〜〜予告しまぁーす。新年第一回は、神森っ』

タクマという名のソロキャンパーが、『縄文式火おこし』を売りにしたユーチューブ動画を配信していることがわかった。毎回のキャンプ地へ赴くルートを逆算すると、住所も神森からはそう遠くない。ただし、タクマがソロキャンプに行くのは月に二度ほどで、真人が行方不明になったあの一週間のうち二日間は、青木ヶ原の樹海に行っていた――

ほかに手がかりもなく、彼のソロキャンプの動画を順を追って見ていくうちに、画面の一部にじゃがりこのパッケージが映っていることに気づいた。一回だけでなく、三回。しかもどれも〝たらこバター〟。

毎回必ず映る――つくる手順まで説明がある――タクマ式の焚き火カマドもヒントになった。まず穴を掘る。石で囲むのではなく、四隅だけに石を配置し、あとは掘った土で壁をつくる。雨の日や雪の日の配信では、しばしば壁が崩壊する悲惨な様子が映し出されていた。

このカマドに見覚えがあったのだ。

五日目の捜索の時だ。捜索隊がこの焚き火跡を見つけた。食べ物の容器や毛布も散乱しているという知らせを受けて、岬さんと冬也が、真人の遺留品がないかを確認するために、その場に駆けつけた。

そもそも真人は食べ物を持ってはいなかったし、真人の持ち物もどこにもなかった。いま思えば、二日前の雨で、残っていた足跡が消えてしまったのかもしれない。

結局、このキャンプ跡は、真人とは無関係で、最近神森にも多くなった、マナー違反のキャンパーが放置していったもの、ということで処理されたのだが、冬也は念のためにそこの写真を撮っておいた。

『あくまで原始キャンプ』の動画の中でタクマは「この焚き火カマドは、俺のオリジナルです」と言っている。事実、あまり一般的とはいえない方法のようだった。

写真に残した「カマド」と、動画の中に出てくる、毎回ほぼ同じ形の「カマド」を比べたら、ビンゴ。

あの日、タクマは、青木ヶ原の樹海ではなく、神森に居たのだ。

証拠はまだある。ほかでもない動画の中に映っていた。

『あくまで原始キャンプ～樹海潜入篇』は、タクマの他の配信に比べると、あちこちに違和感がある。

いつもならほとんどの時間を割いている「夜の焚き火シーン」がずいぶん短い。そのかわり帳尻合わせのように、日暮れ前、設営場所へ辿り着くまでの道中が長々と映されているのだ。その道々の動画も、風景から目を逸らせようとしているみたいに、地面にカメラが向けられているシーンばかりが使われていた。足もとを映した画面に、後から挿入したらしい、樹海の恐ろしさを語るタクマのモノローグが続く。

その動画の中に、見覚えのある風景が映っていたのだ。

神森は、大昔、八岐山《やまたやま》が噴火した時に流れ出した溶岩がそれまでの大地を焼き尽くし、その上に堆積した土から新たに生まれた森だそうだ。だから、いまでも溶岩が剝き出しになったままの岩場があちこちにある。

タクマの『樹海潜入篇』に映っていたのは、どう見ても、冬也が死体を発見してしまった日に歩いた神森の岩場だった。

遊歩道から森の中へ分け入って三十分ほどの場所だ。緩やかな斜面の片隅に、溶岩がゆっくりと流れ落ち、冷えて固まる時間差でできた段差なのだろう、まるで森の中に石造りの階段をしつらえたような岩場があるのだ。あの時は、真人と同じ低い目線で、木立より地面を眺めるようにして歩き回っていたから、逆にはっきり目に留まった。

富士山の樹海も噴火跡にできた森だから、似たような場所はあるかもしれないが、間違いない。岩の階段の途中にナイフか何かで描かれていた、ハートマークの落書きまで同じだった。

これまでの冬也の説明を聞いて、すでに首を四十五度はうなだれさせているタクマに、これ以上、そのことまで言うべきか迷っていたら、

「コーヒー、どうぞ」

ステンレス製のマグカップを差し出してきた。そして先に言われた。

「もしかして、あの回の風景でもわかっちゃった？　あそこはほんとうに青木ヶ原か？　神森じゃないのかって、コメントを寄こしてきた人が何人もいてね。わかる人にはわかっちゃうんだな。嘘をついてもバレるんだね」

タクマが自虐的に笑うと、目尻に皺ができた。雪焼けなのか焚き火でも肌が焼けるのか、鬚の中の顔は浅黒い。お気楽にソロキャンプをしているわけでもなさそうだった。

ユーチューバー・タクマが真人と会っている可能性があり、「くまさん」であるかもしれないことは、岬さんに話してはいるが、会いに行くことは黙っていた。真人が行方不明になってからの岬さんは、ひどく心配性で、反対されるだろうと思ったからだ。

なにしろ彼が真人を誘拐しようとしていた可能性だってある。まだ容疑者が見つかっていない殺人事件の犯人だったとしてもおかしくはないのだ。

ステンレスのカップは、手袋をしていても熱く、粉からドリップしたコーヒーは、濃くて苦い。それが雪に染まった冬の森には似合っていた。ストレートに尋ねてみる。

「念のために訊きますが、真人を誘拐しようとしていたわけではないですよね」

「まさか」タクマが目を見開き、飲みかけたコーヒーにむせた。「違う。ぜんぜんまったく誤解。

ほんとに偶然だったんだ。夜中に真人のほうからやって来たんだよ。最初は心臓が止まるかと思った」

「念のために訊いたまでです。じゃあ、あの晩、他に誰かいましたか？　あなたと真人以外に」

「いるわけない。俺、ソロキャンパーだもの」

「神森の死体遺棄事件のことはご存じですか」

「なにそれ」

自分が死体を見つけてしまったことを冬也が話すと、耳を塞ぎたそうな顔になった。動画の中での強気な発言とは違って、怖いものは苦手のようだ。

「自殺死体じゃなく？　神森には多いっていうじゃない」ほんとうに知らないようだった。

「げ。俺、そこでキャンプしなくてよかった」そう言いながら、タクマがじゃがりこをすすめてきた。儀礼的に一本を手に取り、真人みたいに製材食いをしてみる。あ、うまい。タクマは自分もじゃがりこを齧りながら、ぽつりと呟いた。

「真人も、真人のお母さんも怒ってるよね」

「ええ、俺も怒ってますよ」

あの日、真人を連れ帰ってくれていれば、岬さんの、本人曰く「生き地獄」の日々が二日間に短縮されただろうに。真人がＰＴＳＤと診断されることもなかったかもしれない。

タクマがまた正座になり、膝に両手を当てて、こちらにうなじをさらけ出す。

「ごめんなさい、ほんとうに。警察に訴える？　俺、何の罪になるんだろう」

「そんな気はありませんから」

「公表するよね、やっぱり。謝罪会見とかするべきなのかな」

「必要ないと思いますよ。そもそも僕も義理の姉も、あなたのことを公表するつもりはないですし、あなた方みたいに公表する場もありません。ただ、真人が一週間、何をしていたのか、事実がわかればそれでいいんです」

「ほんとうに？　ほんとにそれだけ？」

「ええ、真人に食事をさせてくれたことに関しては、ありがたいと思ってます。あれで命拾いしたかもしれない」

「いや、そんなお礼を言われるようなことじゃ――」

「別にお礼を言ってるわけじゃありませんけど」

「すんません、すみません」

　またぺこぺこと頭を下げる。水飲み鳥のおもちゃみたいなその姿がおかしくて、つい笑ってしまった。簡単に人を信用してしまうのが悪い癖だ、と兄貴には言われていたが、冬也にはこのタクマさんが悪い人間とは思えなかった。

　まだ名前を名乗っていないことを冬也は思い出した。

「俺は山崎《やまさき》冬也といいます」

「戸《と》村《むら》拓馬《たくま》。タクマは本名なんだ。魚拓の『拓』に、ウマの『馬』」

　そうか、くまさんは、タクマのことかもしれない。

「俺の顔なんか見たくもないだろうけど、もし許されるなら、一度、真人とお母さんに会って、謝りたい」

「真人はあんがい喜ぶかもしれません。岬さんには――義理の姉には殴り倒されるかも。だったら、こっちもお願いがあるんですが」

「お願い？」

「拓馬さん、特定のプロだって、以前の『タクマのあくまで未確認飛行情報』っていうコンテンツで言ってましたよね」

特定。ネットの世界では、匿名で誹謗中傷を繰り返したり、動画に違法行為をアップしたりしている問題の人物の本名や住所などを、本人がＳＮＳ上に残している証拠を元に捜し当てることを意味する。

「え、『あくまで未確認』まで見てくれたんだ。いや、俺、本当はああいう内容のほうが得意で……嬉しいな。やっぱり君、ちょっと、俺のファン？」

「いえ、違います」真相究明のためにあくびをこらえて見続けました。

「すんません、すんません」

「あそこで言ってたでしょ。現代における千里眼は、ネットの『特定』の技術だ、って」

「ああ、マニア向けの配信にはよくあるんだけど、あの『あくまで未確認』には、アンチコメが多かったんだよ。それぞれ自信たっぷりの持論があるからね。論争を吹っかけてくるのはいいのよ。でも、ひどい嘘や勝手な想像だけで、こっちを傷つけようとするやつらもいるからね。だから牽制の意味で言ってみた」

「言葉だけ？」

ちょっとがっかりだ。わざわざ会いに来たのは、このためでもあったのだが。冬也の表情を見て、拓馬が慌てて言葉を続けた。

「いやまあ、多少は自信がある。あの時も何人か特定して、やめないと晒すぞって脅したからね」

「じゃあ、お願いします」

「お願いって、誰かを特定するってこと？」

冬也は苦いコーヒーを飲み干して、話を切り出した。とくに悪質なのは、二人だ。

16

登り道に差しかかってアクセルを踏んだが、スピードが上がらない。腑抜けたアクセルペダルを靴底で叩きながら、谷島《たにしま》は舌打ちをした。

ついに来ちまった。

警告ではなく、本当のガス欠だ。

エンジンが息切れをするように喘ぎ、ＳＵＶのボディが小刻みに揺れはじめた。

ようやく坂を登り切ると、再び走り始めたが、下り坂の惰性で動いているだけだ。もうこれ以上走れないことはわかっていた。

こんなところで立ち往生はできない。組に追い込みをかけられている車だ。オービスやNシステムに写るに決まっているのに、高速で騒ぎを起こしちまったから、遠からず警察からも追われるだろう。

道の両側は相変わらず鬱蒼とした森だ。右手は防護ブロックが埋めこまれた急斜面で、手前にはガードレールが続いている。左手は地面が緩やかに下っていた。道路との境界は杭とロープで仕切られているだけだ。こっちだ。

ロープを弾き飛ばし、木立の隙間を狙って左手の森にＳＵＶを突っ込ませる。

首尾よく樹木の間をすり抜けたが、その先には大木。ブレーキを踏まずに左にハンドルを切る。森の地面は起伏が激しく、車体が大きく揺れた。舌打ちをしかけたがやめておく。舌を嚙んでしまいそうだ。

道からは見えない場所まで車を運びたかった。下りの勢いに任せて木々の間をスラロームする。が、長くは続かなかった。三本目の木《パイロン》をすり抜けた先には、笹藪が待ち構えていた。ガス欠でブレーキもろくに利かない。突っ込むしかなかった。

車体が浮いたかと思った。笹藪のすぐ向こう側は斜面だった。SUVはジェットコースターになった――

滑り落ちた車は、下りきったすぐ先で登り勾配になっている地面に鼻面を叩きつけるようにして停まった。エアバッグが開いたが、谷島の大きな図体は上に跳ね上がり、頭を天井に打ちつけた。

あいててて。

ドアを開けて外へ出る。

SUVはフロントがひしゃげ、ボディも擦り傷だらけになっていた。

さて、どうする。

ガソリンスタンドまで押して行くか？　でも、どうやって？　土塁に挟まれた壕の底のような場所だ。引き上げるには、レッカーが必要に思えた。

ガソリンだけ取りに行くか？　ロードサービスを呼ぶ？

いや、待てよ。

車種もナンバーも組に知られてしまったのだ。警察にも。どのみち、この車で先へ進むのは危険だ。ちょうどいい機会だったのだ。ここに乗り捨てていくしかないだろう。

昔世話したカタギに借りさせた車だ。後始末はヤツに任せよう。

ところで、ここはどこだ。頭をさすりながら、スマホで場所を確かめる。

現在位置の地名は、下森《しももり》。地図で見ても何もないところだ。さっき走っていた道以外に道らしい道はない。

いまいるここは、「神森」という場所らしい。文字どおり、森。山間部の起伏を示すパターンが延々と続くだけだった。

タクシーが気軽に拾える場所じゃなさそうだ。ベンツを売ってからも、ヤクザが電車なんぞに乗っちゃあ面子が立たないから、スマホにはタクシーの配車アプリが入っている。そいつを呼び出しかけて、手を止めた。

だめだ。タクシーだと面が割れる。ここはヤクザが使わない交通手段を選ぶのが正解だ。古いタイプのヤクザかもしれないが、利より面子を選ぶほど馬鹿じゃない。

電車の駅を探しあてたのは、縮尺を小さくして、あちこち指を彷徨《さまよ》わせたあげくだ。とんでもなく遠い。歩いたら日が暮れる。いや、車ばっかり乗ってる俺は、こんなに歩けねえ。

となると、バスか。

神森の東駐車場という場所の近くに停留所があった。鉄道の駅に比べれば近い。といっても――指先を定規にして距離を測る。

四キロ。一時間か。一時間も歩くなんて俺には似合わねえな。やっぱり利より面子か、とぶつくさと頭の中で愚痴をこぼしつつ、谷島は出発の準備を開始した。

まず、車のナンバープレートを外す。不法投棄された廃車だと思わせておけば、車が見つかっても、目くらましになり、しばらくは時間稼ぎができるだろう。

紙袋の札束をリュックの底にしまい、煙草二箱とサービスエリアの売店で買った食い物を上に詰める。買いすぎたか。バナナは置いていこう。カイラの好物で、味噌汁の具にもしていたから、一緒に暮らしていた頃のくせで、ひと房まるごと買ってしまった。一本だけをジャケットのポケットに突っ込む。

そこにあることはわかっているのに、内ポケットにも手を伸ばして、中にちゃんと写真が収まっていることを確かめる。妻と娘の、カイラと莉里花《りりか》の写真だ。

迷ったが、大きすぎる素通し眼鏡をかけ、帽子をかぶった。そこでようやく、神森というどこかで聞いたことのある地名が、帽子に書かれていたものであることに気づいた。

よし、いくぞ。

谷島は心の中で翼を生やす。

カイラと莉里花の住む街はまだ遠く、とりあえずは徒歩での出発だが、心は空を飛んでいた。

巨大な塹壕の底のような斜面を、笹の茎に摑まりながら登った。上に出て振り返っても、斜面を覆う笹に隠れて車の姿は見えない。ここへ立ち寄る人間がそういるとは思えないし、いたとしても近くまできて覗きこまないかぎり、車には気づかないだろう。悪いことばかりじゃない。車の隠し場所としては理想的だ。

車道に出て左手へ歩く。バス停があるのは、北東の方角。地図に「東側遊歩道・駐車場」と書かれた所の少し先だ。地図によれば、ここは神森の南で、森に沿って大きなカーブを描く道をひたすら歩けば、辿り着く。

森の中にいた時、昼なのに薄暗く感じたのも無理はなかった。道の左手に続く神森は、木々が空を奪い合うように立ち並び、その枝や灌木が隙間を埋めていて、奥まで見通すことができない。葉は色とりどりだ。緑、黄色、赤。ヤクザが見ても美しいと思う。

紅葉の森の下で、自分の靴音だけを聞きながら、考えた。

なぜ、あのまま仙台で暮らさなかったんだろう、と。

莉里花が生まれた時、組を抜けてカタギになろうと思った。カイラの故郷のサンボアンガか、谷島の故郷の宮城で仕事を見つけるつもりだった。手切れ金を三百万ほど払って円満に離脱する手はずも整えた。

でも、やめたところで、仕事がなかった。ツテを頼って探した仕事はすべて断られた。当てにしていた幼なじみの運送会社の二代目にはこう言われた。「悪い、俺は谷島《タニ》の前《マエ》なんか気にしないんだけど、周りがな。反対されると、どうしてもな」

世間は暴力団を抜けることを大変だと思っているようだが、不始末をしたわけでもなく、ただ辞めるだけなら、さほど難しくはない。指を詰めるなんて昔話で、たいていは金で解決する。恐ろしいのは組より、世間だ。


カイラは先に莉里花を連れて宮城へ行き、観光地のフードコートで働きはじめた。すっかり日本語がうまくなったカイラからはさんざんなじられた。

「嘘つきだね。哲《テツ》。いつ本当のことを言う？」

十八歳で組の部屋住みを始めた谷島は、金を得る手段を、いまの稼業《シノギ》しか知らない。ヤクザのくせに共同事業を持ちかけてきたヤツに金をむしり取られ、新しい人生のための資金はたちまち底をつき、東京へ戻って組長《オヤジ》に頭を下げてヤクザを続けた。

莉里花が小学校に上がる年に、カイラから書類が届いた。離婚届だった。カトリック教徒が多いフィリピンは、離婚が認められていない国だ。カイラの場合、離婚後の在留資格の問題もある。半端な決意でないことは、相当に練習したらしい、たどたどしい文字でわかった。

長く歩くことなどめったにないから、忘れていた。歩き続けていると、空っぽになった頭の中で、ろくでもない考えや記憶も、ぐるぐる歩き回りはじめるのだ。もう考えるのをやめよう。

西に傾いた陽が、黄色や赤の木の葉を、夜の街のイルミネーションのように輝かせている。道には落ち葉が色とりどりの模様をつくっていた。とんでもなく長い時間歩き続けているように思えたが、スマホを見ると、まだ三十分も歩いちゃいなかった。

腹が減ったな。歩きながら自分でも気づかないうちにバナナを取り出していた。カイラの得意料理だったポークニラガを思い出してしまったからだ。

野菜と豚肉の煮込み料理だが、カイラは具の中にバナナを入れる。最初は不気味に思えたが、食べてみると、うまい。豚肉とバナナはよく合う。ガキの頃によく食った「芋煮」のさといもと肉のように。

バナナを三口で食い終えて、皮を放り捨てる。二歩で思い直して、道を戻って皮を拾った。いけねえ。こんなところを莉里花に見られたら大変だ。

「いけないいんだよ、ごみをすてちゃ。みちはごみばこではありません」

親ってのは子どもに育てられるんだな。煙草に火をつけ、これも昔にはなかった習慣だが、携帯灰皿を片手に持つ。

歩きはじめて四十五分。道は神森の縁に沿って南から東へ、大きくゆるやかなカーブを描いている。そろそろ目印の駐車場が見えてくるはずだ——

ひょろひょろした杉木立の先に見えてきたのは、想定外の光景だった。

なんだありゃ？

道の片側にたくさんの車が列をなして停まっている。そのうちの二台はパトカーだった。

本能的に足を止めた。煙草に火をつけ、吸うために道端に佇んでいるふうを装って、後ずさりし、森の中へ身を隠す。葉陰から様子を窺った。

パトカーを除けば、あとの大半はバンやワゴンといった一般車両だが、ほんの数台分のスペースしかなさそうな駐車場には、護送車じみた大型車が停まっていた。護送車と違うのは窓に鉄格子ではなく、防御用の金網が張られていることだ。警察の人員輸送車だ。

車列の先頭では、警官が誘導灯を振っている。道を半分占領しているための交通整理に見せかけているが、検問だろう。

なぜ、警察がここにいる？　俺が高速道路でしでかしたことがもう騒ぎになっているのか。

深呼吸しながら煙草を二口吸い、ニコチンを頭の中にたっぷり送りこんで考えた。

いや、いくらなんでも早すぎる。警察が、まして地方の県警がそんなに素早く動くわけがない。

根もとぎりぎり、フィルターが焦げるまでマルボロを吸って考え続けた。

本当に俺に追い込みをかけているとしたら場所も不自然だ。一般車が多いところをみると、山狩りか。谷島の住む地方じゃ山菜採りの年寄りが山から帰って来なくて、春の恒例行事のように山狩りが行なわれる。

だとしたら、とんだとばっちりだ。あそこへのこのこ近づいて職務質問されたら、指定暴力団員の谷島は、なんの事件だか知らないが、関わりがなくても、一発でアウト。帰しちゃあもらえなくなる。高速での行状もバレて、またもや懲役《ツトメ》だ。

都合三回務めているからムショは恐くない。怖いのは莉里花とカイラに会えなくなることだ。谷島には時間がなかった。早く心臓移植をしないと、莉里花の命が消えてしまう。

とりあえず戻るしかなかった。車を捨てた場所から反対方向の西へ向かうルートを使えば、倍の時間がかかるが、別の停留所に辿り着く。かったりいが、それしかない。

警察から遠ざかる谷島の歩調は知らず知らず早足になっていた。

情けねえが、しかたない。ヤクザ同士なら、勝ち目は薄くても義理や意地でゴロを巻くこともあるが、国家権力には勝ち目もへったくれもなく、どうあがいても勝てないことは、トータル十二年のムショ暮らしで、身に染みついてしまっている。


雨が降りはじめた。

右手に鬱蒼とした森が続く道には、人影も車の影もまれだったが、目立たないほうがいい気がして、帽子を目深にかぶって歩く。ガードレールのない場所では、森の側へ入って木立の下を進んだ。

空は少しずつ夜の色を濃くし、木々は影法師になりつつあった。最終バスは何時だろう。田舎ではとんでもなく早いはずだ。谷島の生まれた家のいちばん近所の停留所は一キロ先で、五時を過ぎると翌朝までバスは来なかった。

急がねば、と思いつつ、足は頭についていかない。もう二時間は歩いている。夜の街の巡回では、二ブロックでも見栄を張って車を使う谷島がこんなに歩いたのは、カイラとまだ元気だった頃の莉里花と三人でディズニーランドへ行った時以来だろう。

タクシーは使わないと決めていたのに、早くも挫折し、前方からヘッドライトが近づくたびに、足を止めて手を挙げかけてしまう。こんなところに客を探して流すタクシーなど走っているわけがないのだが。たまに出くわすのは、レジャー帰りのファミリーカーか森林管理局の車両ぐらいだった。

疲れた。雨まじりの風が冷たい。濡れた体が重く冷えていく。

また煙草をくわえた。歩きはじめて五本目だ。闇がいちだんと濃くなった。風に踊るジッポーの炎がやけに鮮やかに目に映り、煙草の火が赤々と灯る。

ひと口吸い、闇に見えない煙を吐き出した時、前方から走行音が聞こえてきた。

タクシーだったらと一縷の望みを抱いて立ち止まる。

遠くのカーブからヘッドライトが現れた。二対。二台だ。屋根の上に行灯《あんどん》はない。だめか。いっそ、ヒッチハイクしちまおうか。ソフトに頼み込み、拒否されたら脅す——だが、ふいに嫌な予感が背筋に走り、谷島は、挙げた手を下ろして煙草を捨てた。

前方から来る車に同乗なんぞしてしまったら、この先の警察の検問にひっかかる——背骨を震わす予感は、その程度ではなく、もっと不吉なものだった。

ガードレールを跳び越えて、すぐそこの木の幹の裏側に身を潜めた。

遥か遠く、姿が見える前から走行音が聞こえるってことは、まともな運転じゃない。かなり荒っぽい走りだ。かと言って暴走族《ゾク》のような改造エンジン音やふざけたホーンが聞こえるわけでもない。

予感は的中した。逃げまわってばかりの人生だ。こういう時の嗅覚は、自分でも呆れるほど鋭い。

通り過ぎていったのは、鈍く光る薄い色合いのミニバン。そのすぐ後ろ、テール・トゥ・ノーズでくっついて走っていたのは、ファミリータイプのステーションワゴンだ。色は、薄闇の中でもくっきり目立つ赤。

やつらの車だ。

もう感づかれたか。長距離トラックに放りこんだ発信機がバレちまったようだ。たぶん運転手はむりやり停めさせられて、引きずり下ろされ、殴られ、ドスをちらつかされて、俺がどこへ行ったか、知る由もない答えを強要されただろう。悪いことをした。

ヤクザ不況の今日日《きょうび》、組の一か月分の上納金《かいひ》をかっぱらったのだ。オヤジが怒るのも無理はない。だが、組の金を持ち逃げしたやつはこれまでにもいたが、こんなに大がかりな追い込みはしなかったはずだ。ここ数年、規律が緩みっぱなしの組織のネジを、もういっぺん締め直そうってことか。仙台から戻った時に「一生オヤジを支えていきます」という俺の言葉に感激屋のオヤジは目を潤ませた。その俺に手を咬まれたことがショックだったのか。

金の持ち逃げは、この業界では、最も犯しちゃならない犯罪だ。指詰めぐらいじゃ済まないことはわかっていたが、本気《マジ》で命も危ないようだ。

動くのは危険だ。あの二台のキレぎみの走りは、俺の居場所がわからなくて苛立っているからだろう。

しばらく身を固くして様子を窺っていた。すると、ものの数分で、さっきとは反対方向から、けたたましい走行音と二対のヘッドライトが戻ってきた。

だと思ったよ。警察車両を見て、慌てて引き返してきたのだ。ということは警察はまだあそこにいる。そしてスリングライフルで銃撃してきた組の追手も、このくらいで諦めるとは思えない。

前門の虎、後門のなんとかだ。なんだっけ。狼か。俺にはムショにぶちこもうとするだけの警察より恐ろしい。

雨が強くなってきた。帽子をかぶり直してから、この帽子はすでに追手に見られていたことを思い出した。あわてて脱ぐ。曇って鬱陶しい眼鏡もはずした。もちろん捨てずにリュックの中に入れる。みちはごみばこではありません。あ、煙草捨てちまった。

いまはおとなしく身を隠しているのが得策だろう。谷島は、森の中に分け入り、夜行性の獣のように闇に体を溶け込ませた。

森は騒がしかった。雨の滴が葉を叩く音がひっきりなしに続いている。日が完全に落ち、車道の乏しい街灯だけが唯一の明かりだった。だから道から遠く離れないように歩いた。森の奥へ誘い込むような迷路じみた地形が続く時には、人や車のないことを確かめてから道に出て、用心ぶかく小走りし、また森へ戻る。

向かっているのは、昼間捨ててきた車だ。ほかに逃げ込める場所を思いつくことができなかった。どこだっけ。この辺りのはずなのだが、暗くて、車を侵入させた場所がわからない。

ガードレールがなく、木の杭にロープが張られているだけの場所だ。

ここ、……か？

木々のシルエットはこんな感じだった。道の反対側は防護ブロックのある斜面。ここだと思うのだが、SUVでなぎ倒したはずの杭はちゃんと立っていて、ロープも張られている。

おかしいな。杭がぶっとんだところを横目で見た気がするのだが、記憶違いか。だが、確かにここだ。タイヤの痕がくっきり残っていた。

タイヤ痕を頼りに森の奥へ進む。すぐに街灯の光が届かなくなり、月も星もない森の中は真っ暗になった。自分の靴さえ見えない。スマホを取り出し、足元を照らして歩き続けた。

強さと度胸を売る稼業の人間として、他人にはけっして言えないが、夜の森は恐ろしい。視界を奪われた不安だけじゃない。どこまでも続いている闇は、人の気配はもちろん、人の手になる物質の存在もまったく感じさせなかった。そのくせ、ほんの少し先の闇のどこかに、あるいは両側や背後に、何者かの気配を感じてしまう。何の気配だろう。人のものではない気がする。

思わずひとり言を呟いたのは、圧倒的な森の闇に押し潰されそうだったからだ。

「待ってろよ、莉里花、明日には病院に行くからな」

「カイラ、俺は嘘つきじゃない。ポークニラガをまた食わせてくれ」

莉里花が重度の拡張型心筋症と診断されたのは、まだ判を押していない離婚届が送られたすぐ後のことだ。

通常の手術では進行が止まらず、医者には「心臓移植をすれば、一年後の生存率は八〇パーセントに伸びる」と言われた。

八〇パーセント。医者は誇らしい高確率のようにいうが、親には恐ろしい低確率だ。

国内ではドナーがおいそれとは見つからない。アメリカに行くのが近道だそうだが、億単位の金がかかる。募金をつのったらどうか、と医者の一人にアドバイスされた。募金？　ヤクザに誰が金をめぐんでくれるんだ？

中国の医療チームなら千二百万で心臓移植ができるという話を聞きつけた。滞在費を含めても、千五百万あれば移植できると。臓器売買をしている連中とつきあいのある組員からのまた聞きだ。どう見ても危ない橋だが、谷島はその細い藁にすがりついた。

問題はやはり金だった。アメリカへ行くことを考えれば、ひと桁安いが、どちらにしろ谷島のいまのシノギで用意できる金じゃない。銀行強盗まで計画したほど悩み続けた末に、上納金をかっぱらうことを思いついた。どうせオヤジが愛人や錦鯉に注ぎ込む金だ。

ブローカーとコンタクトを取り、貯金をはたいて前金を支払った。カイラと莉里花はパスポートを用意して仙台で待っている。行く先は渡航制限が解けたシンガポール。

どんな臓器だよ。知ってるか、中国じゃ臓器提供者の数より、移植する臓器のほうがずっと多い。計算が合わねえんだ。ヤクザ仲間ですら、怪しむ話だが、このチャンスを逃したら、莉里花がこの世から消えてしまう。莉里花のいない世界は自分の消えた世界より想像できなかった。


ようやく車を置いた——というか落ちた——斜面の前まで辿り着いた。目を凝らすと、闇の底にかろうじてSUVのシルエットが見えた。夜のあいだなら、ここに車があるとは追手も気づかないだろう。とりあえずの隠れ家としては、理想的だった。

滑り落ちるように斜面を下る。ドアキーは捨てちゃいない。「ごみはすてちゃだめ」だからだ。そもそもドアに鍵はかけていなかった。

暗がりの中をそろそろと運転席に歩み寄った時だ。

うわっ。

足が滑り、体が宙に浮いた。とっさに片手を伸ばして地面を叩く。柔道の受け身の要領だ。おかげで真下の岩場に頭を打ちつけることはまぬがれた。

足元の岩場が雨で濡れていただけじゃない。バナナの皮が落ちていた。情けねえ。バナナの皮で足を滑らすなんて昭和なドジを踏んじまった。誰だ、バナナを捨てたやつは。俺しかいないか。おかしいな、確かにひと房まるごと買ってしまったバナナは置いていったが、ここで食った記憶はないのだが。

運転席のシートをめいっぱい倒して、背中を預け、小さく呻く。濡れてしまった煙草に火をつけようとやっきになっていると、背後で物音がした。

三列シートのどこかからだ。

誰かいる。

ヘッドレストに預けていた頭を低く沈め、いつでも外へ出られるように右手はドアノブにかけた。武器になるものは何も持っていない。ごくまっとうにヤクザ稼業をしている谷島に、刃物《ヤッパ》を持ち歩く習慣はなかった。もちろん拳銃《ハジキ》なんぞはもともと所持していない。いま現在は。

闇に左手を伸ばして、助手席に放り出したままの緊急脱出用ハンマーを手探りしたが、斜面を滑り落ちた衝撃ですっ飛んじまったのか、どこにもなかった。

かわりにジッポーのライターを左手に握りこみ、ルームミラーで背後を窺った。助手席さえろくに見えないのだ。二列目シートもその先も、厚く硬い壁のような暗闇しかなかった。何かが動く気配もない。

だが、谷島の耳は、確かに音を聞いたのだ。聴覚は敏感なほうだった。いい耳を持っていないと、ガサ入れや敵対組織《はんめ》から逃げられない。

猟犬のように首を突き出して耳を澄ます。

呼吸音が聞こえた。

ごくかすかに。むこうも息を殺しているのかもしれない。

運転席のドアポケットにそっと手をつっこみ、音を立てないように中を探る。懐中電灯が入っていたはずだ。明かりひとつない闇の中で、なによりの武器になるのは、光だ。

円筒形の感触。想像していたものより細っこいが、これか。懐中電灯を握って、外へ飛び出した。外も雨さえ見えない闇だ。黒い夜の中に雨が葉を叩く音だけが続いている。頬を打つ感触で激しい雨が斜めに降っていることを知る。

いつでも右ストレートを放てるようにジッポーを利き手に持ち替え、左手でハジキのように懐中電灯を構える。数歩ぶん距離を取り、後部座席を照らした。

二列目シート。誰もいない。

サードシート。やはりいない。

空耳だったか、と思った瞬間、サードシートの向こう側の座席に誰かがいるのを目の隅で捉えた――いや、誰かと言うには小さすぎる。何かが、いた。小さすぎてすぐには認識できなかったのだ。動物かもしれない。

車の反対側へ回り込み、中を覗きこめる距離まで近づいて、ガラス越しに光を放つ。

小さな頭が見えた。首をマフラーでぐるぐる巻きにしている。冗談みたいに小さなダウンジャケットを着ていた。

一瞬人形かと思った。ガキだ。しかもすこぶる小さな。

身動きひとつしない。死体じゃねえだろうな。顔を照らしてみた。目を閉じていたが、光を当て続けていると、眩しそうにまぶたが動いた。寝ているだけだった。

なんだよ、驚かすなよ。舌打ちをしてから、この車の中に追手ではなく小さな子どもが寝ていることのほうが、よっぽど驚くべきであることに谷島は思い至った。

「おい、起きろ」

後部座席のドアを開けて、ガキの体を揺すった。ダウンジャケットも足にぴったり張りついた細いズボンも泥に汚れて、濡れている。雨宿りをしにきたのか。この近くに家があるのだろうか。

ガキは目を閉じたまま、唇だけ尖らせて、何か言った。

「あるるうひ〜　もりのなか〜」

寝言だった。寝ながら歌を歌ってやがる。

莉里花よりもっと小さい。莉里花に弟がいたら、このくらいだったろう。

自分は子どもなんて絶対《ぜってぇ》つくらねえ。まっとうに生きていない自分に子どもが産まれても、不幸にするだけだ。ずっとそう考えていた。つい中出ししちまって莉里花が生まれ、言葉を喋るようになるまでは。

莉里花に、たまにしか会わない自分が「パパ」と呼ばれるようになった時、谷島の頭の中で世界がひっくり返った。自分のためだけに生きてきたのに、自分以外の存在が自分より大切に思えてきたのだ。頭がいかれちまったんじゃないかと思った。

だが、それでも、やっぱり一人でたくさんだ。次は男の子どうぞ。カイラは二人目の子どもを望んでいたが、谷島は応じなかった。莉里花だってカタギの家に生まれていたら、もっと簡単に心臓移植ができたはずなのだ。

ガキはよく寝ている。親が心配して探しているのではないかと、しばらく耳を澄まし、懐中電灯を点けるのも控えて様子を窺っていたが、その気配はまるでなかった。

時刻は午後六時。

このくらいの子どもは家に帰る時間だろう。

どこのガキだ。どうすりゃあいい。親に迎えに来られても面倒だ。とりあえず寝かしておこうか。

懐中電灯をセンターコンソールのドリンクホルダーに突っ込んで、照明にした。二列目の座席をフラットシートにし、サードシートに寝ているガキを抱き上げて横たえる。シートの倒し方がわからなくて、少々手間どった。

カタギの知り合いにレンタカーを借りさせた時に、この車を指定したのは、谷島には似合わない車だったからだ。追手も俺がこんな車に乗っているとは思わねえだろうと。

七人乗り、サンルーフ付き。家族とリゾート地へ出かける時に使う、谷島のような人間には縁がない車だ。いや、行けたかもな。長袖着て刺青《スミ》隠して——

んなこたあどうでもいい。車が滑り落ちた時に打った頭が痛《いて》え。運転席で一休みしようと思って後部ドアから外へ出ようとしたら、うなじに視線を感じた。振り向くと、いつのまにかガキが目を覚まして、谷島を見つめていた。薄闇の中でも白く浮かび上がる大きな目だ。

「なんで車の中に入った？　かくれんぼか？　だったら、ほかへ行け」

怒ったつもりはないが、谷島の言葉は普通に喋っても怒っているように聞こえてしまう。莉里花からは「こわいからもっとやさしくしゃべって」と言われる。

小さなガキは答えない。まだ半分夢の中を眺めているまなざしを、ぼんやりこっちに向けてくるだけだ。せいいっぱい優しげな声を出してみた。

「迷子か」

むりやり笑おうとしたら、頬の肉が攣《つ》った。日頃運動をしていない人間がいきなり体を動かした時のように。

ぶっきらぼうな疑問形に、「い」をつけてみた。少しはソフトに聞こえるかと思って。

「迷子かい」

だが、ガキは、谷島の声も、そもそも存在自体も怖がっているふうには見えなかった。

他人を恐れさせるのが、アイデンティティであり、職業上のスキルでもあったから、谷島は、そうした自分の行為に関する相手の反応に敏感だ。このガキは度胸が据わってる。カタギとは思えねえ。ガキのくせに。ガキだからか。

そうか、もしかして——この手のガキを谷島は人よりも知っている。

「もしかして、家に帰りたくないのか？」

ガキは返事をしない。怖がって声が出ないという様子ではなく、いまは喋りたくない、そんな感じだ。取り調べ室で自白を拒否する容疑者のような。

谷島は勝手に得心して、頷いた。そうか、そういうことか。

「帰りたくないなら、ここにいてもいいぞ。ただし明日の朝までだ」

自分もそうだった。他人を怖がらない子どもだった。自分の義理の父親や、そいつの味方ばかりする母親に比べたら、世の中のほかの大人は怖くなかった。少なくともいきなり殴りつけてきはしない。

谷島は窮屈なサードシートに腰を下ろして、仰向けに寝ころがったままこちらに視線を走らせてくるガキに言った。

「お前の事情は知らないが、俺にも事情があるんだ。お前に構ってる暇はない。ここにいたければ、ここにいろ。出て行きたかったら、出て行け。あっちに向かって少し歩けば、道に出る」

聞いているのかどうかまるでわからない。迷子か家出なのかもさだかでないままだが、朝まで寝てしまったら、バスの停留所まで一緒に歩いて行こう。組の連中も警察も、子連れの男を俺だとは思うまい。

バスに乗る直前に、迷子のようだと周囲の人間に押しつけて、立ち去ればいい。最高の変装だ。このガキが車に舞いこんできたことに感謝しなくちゃな。もしかしたら、この薄汚れたガキは、天から遣わされたのかもしれない。カトリックのカイラの祈りが神に通じて。

「ラッキー」

思わず独りごちると、片頬をシートに押し当てて懐中電灯の光を眺めていたガキが、突然歌いだした。

「ラッキー、ラッキー、ウッキッキー」

ど、どうした、突然。すぐにアニメの曲だとわかった。莉里花もよく観ていた少し前のアニメ――題名は、なんだっけ。

「生まれて、生きてて、ラッキー、ラッキー」

きれいな声だった。少年合唱団みたいな大口を開けた優等生っぽい発声ではなく、もごもご唇を動かしているだけなのによく澄んだ声だった。空気まで楽器にした鳥の囀《さえず》りのような歌声。題名を思い出した。『ラッキー・モンキーズ』だ。三匹の猿忍者の盗賊の物語。

谷島も歌う。

「また会おう、また会えて、ラッキー、ラッキー」

カラオケは得意だ。カイラにも顔に似合わないスイートボイス、と誉められる。

ガキがいきなり起き上がった。正座をして谷島の顔を眺めてくる。目は合わせてこないが、歌う谷島の唇を眺めていた。その表情は、なかなかやるな、と言っているように見えた。首を振ってリズムを取りながら、ガキも再び歌いだした。

「ミザル、イワーザル、キカザール」

「ラッキー、ハッピー、ウッキッピー」

見知らぬガキとしばらくアニメソングをデュエットする。娘とだって一緒に歌ったことはないのに。歌えばよかったな。

今回の「事」が終わったら、莉里花には会わないつもりだった。カイラに金を渡したら、グッドバイだ。この先も組に追い込みをかけられ続ける俺と一緒にいたら、巻き添えを食っちまう。

「お前、名前は?」

ガキはもにゃもにゃと口を動かしたが、何と言ったのかちゃんと聞き取れなかった。

「アキト?」

谷島が聞き返すと、首を横に振った。

「ああ、マキトか」

ガキは首を縦に振りかけてから、横に振り直した。違うと言っているのかもしれないが、まあいいや。正解だということで、話を続けることにした。

「なぜ、ここにいるんだ、マキト」

マキトの目玉が周囲にきょろきょろ動く。マキトという名の誰かを探すように。

「道に迷ったのか?」

体を左右に揺すりはじめた。違うと言っているのか、あるいは自分はマキトじゃない、という抗議の行動か。喋らないかわりに、マキトの体はよく動く。

「家はどこだ」

またもや体を揺らす。逆さの振り子のように。

「もしかして、家に帰りたくないんじゃないか」

歌は歌うのに、言葉はまともに喋らない。ひょっとしたら発達障害かもしれないな。父親らしいことは何もしてやれなかったが、人並みに心配はした。漢字が読めないカイラのために、育児書を読んでやったこともある。

　谷島は自分の名を名乗る気になった。聞いたんだから、教えねば。

「俺は谷島だ。た、に、し、ま」

「たに……」

「そうそう」

「……くま？」

「違うよ。た、に、し、ま」

「た、に……くま」

　違うっ。どうしてそうなる。もう一度、繰り返そうとして、馬鹿馬鹿しくなった。なぜ、俺はこんなガキに自分の名前を真剣に覚えさせようとしているんだ。

　確かにでかい図体も、強《こわ》いクセ毛も、顔半分の無精髭も、我ながら熊みたいだ。茶褐色のコートや、黒のジャケットとタートルネックも。首からさげた銀のチェーンネックレスは、さしずめツキノワグマの月の輪か？

「た、く、ま？」

　誰だよ。まあ、それでもいいや。

　外に捨ててあったバナナの皮を思い出した。

「もしかして、腹が減ってるのか」

　マキトが腹を押さえて、情けない声をあげる。

「きゅーぅ」

　何かのアニメのまねのようだ。何のまねかはわからないが、腹が減っていることは伝わった。

「じゃあ、食糧を山分けしよう」

　バナナ、チョコレート、パン。房で買ったバナナは五本あったはずが、二本しか残っていなかった。てことはマキトは二本食べたのか。窓から放り捨てたのか、外で食べていたのか、もう一本分、皮がどこかに落ちてるってことだ。気をつけねえとな。

　チョコレートはこじゃれた薄い板チョコだ。パンはコッペパンのクリームサンドとピーナツバターサンド。

「ちょっと待ってろ」このまま食べるんじゃ芸がない。懐中電灯の光を頼りに、サードシートに食糧を並べて、簡単にアレンジする。

　アレンジと言っても、バナナの皮を剝き、ホイップクリームが塗られたコッペパンにまるごと挟むだけだが。

　バナナドッグ。カイラが食の細い莉里花のために考えたメニューだ。

「チョコレートのペンがあればいいんだがな。ほんとうはそいつで上からチョコをかけるんだが、今日は無理――いや、無理じゃないか」

　左手で板チョコをドアに押しつけ、右手の拳で叩き割る。ジッポーを握ったから、威力は二割増しだ。

「ほおぉ～」

　マキトが感嘆の声をあげる。パパ、やるじゃん。お姉さんぶった莉里花の称賛の声も谷島の耳には聞こえた。

　粉々になったチョコレートを銀紙から取り出し、クリームとバナナの上にふりかける。渡したとたん、獣の素早さでマキトがかぶりついた。

「どうだ、うまいか」

あいかわらず返事はないが、頬にクリームをつけたまま、顔より縦長のコッペパンと懸命に格闘している姿が、言葉より「うまい」と言っていた。

ピーナツバターサンドで自分用のバナナドッグをつくる。腹が減っているのに、食べずにレジ袋にくるんで、ポケットにしまいこんだ。姿の見えない娘に、心の中で声をかける。うまいぞ、莉里花も食え。

マキトはあっという間に食べ終えてしまった。あの小さな体で、バナナは三本目のはずだ。どれだけ腹をすかせていたのだろう。食べている間もいまも正座をしたままだ。

「なんだその座り方は。男ならあぐらをかけ。あぐらのかきかたも知らないのか?」

「あ、ぐま?」

「そう、父親は何を教えてる。ほら。こうやって座るんだ」

マキトの両足をつかんで転がす。プロレス技をかけるように足をあぐらの形にホールドし、そのまま体を持ち上げて、シートの上に戻した。

「うきゃあぁ〜」

何が嬉しいのか、マキトがはしゃぎ声をあげた。


運転席へ戻ってシートに背中を預け、煙草を取り出す。くわえてからパッケージに戻した。小さなガキの近くで吸うのは良くねえか。

車の外へ出る。いつのまにか雨は止んでいた。雨雲が去ったのか、空はかすかに明るくなっている。四方の闇で続いている雨音は、森の無数の葉から雫が滴り落ちる音だろう。機関銃で一斉射撃されたようなけたたましさだった。

煙草に火をつけたついでにジッポーの炎で周囲を照らす。塹壕のような窪地だ。窪みの底に雨水《あまみず》がたまって、ちょっとした池になっていた。下手に歩くと、靴が水没してしまいそうだ。

いきなり目の前に光の輪が現れ、闇の中を踊って消えた。

車を振り返ると、懐中電灯の光がでたらめに周囲を乱射していた。マキトが懐中電灯をおもちゃにしているのだ。

窓を叩いて、声を張りあげた。

「なにしてる、明かりはそれだけだぞ、壊れたらどうする」

小さなガキを相手につい怒った声を出してしまった。莉里花は女の子でいまは病気だから甘やかしてしまっているが、もし自分に息子がいたら、厳しく育てるだろう。学校にも行かせて、学歴をつけさす。ヤクザにだけはならねえように。

マキトはやめない。フラットシートの上でさっき教えたあぐらをかいて、こちらに背中を向けて、何をしているのか、懐中電灯の光がストリップ劇場の照明のように車内を駆けめぐっている。

「おい、やめろや」

煙草を放り捨て、今度はドアを開けて叱ったが、谷島の声に動じる様子はなく、マキトの背中はもくもくと動き続けている。ほんとうに肝っ玉の据わったガキだ。子どもにしておくには惜しいな。

急にマキトの動きが止まる。そのとたん、車内は淡い光に包まれた。

お？

さっきまではドリンクホルダーに突っ込んだ懐中電灯が、天井の一部分を明るくしていただけだったのだが、いまは車内全体がぼんやり明るい。間接照明を灯した部屋のようだった。

「何をした」

今度は誉めたつもりだったのだが、逆にマキトの眉が「ハ」の字になってしまった。悪事の証拠品のように両手で懐中電灯を差し出してくる。なるほど。バナナが入っていた半透明のレジ袋を、懐中電灯の先端にかぶせているのだ。袋の口が懐中電灯の本体に不器用に結ばれている。ちいさな指はこいつに手間どっていたんだろう。

「すごいな、お前は。魔法みてえだ」親から教わったのか。ちゃんとした親なのかもしれない。羨ましいかぎりだ。「なぜ、こんなことを知っている」

マキトは答えない、表情も変えない。ほんとうに無愛想なガキだ、と思ったら、鼻の穴が得意気にふくらんでいた。

「じゃあ、俺も魔法を見せてやろう。呪文を唱えてみ」

「ジュ……モン？」

「呪文、知らないか？　あれだ、魔法をかける時のかけ声だよ。アブラカダブラとか、チチンプイプイとか」

「ちちんぷいぷいへいあんきょー」

「なんだそりゃ」

マキトが無表情のまま、また鼻をひくつかせた。ふくらんだ鼻の穴から鼻水が垂れていた。

「なくようぐいすへいあんきょー」

笑っちまった。可笑しくて笑うなんて、いつ以来だろう。思い出せないぐらい前だ。

「すいへいりーべぼくのふねー」

「はは。おもしれえ」

こんな姿、組の連中にも、みかじめを取ってる縄張内《シマうち》の店の人間にも見せられねえ。

「じゃあ、俺もいくぞ。なくようぐいす、へいあんきょー」

天井のサンルーフをスライドさせる。車内にぽっかり穴が開き、夜空が現れた。

「ほおーっ」

子どもには本当に魔法に思えたかもしれない。マキトが湯気が出そうなため息をつく。いつのまにか空に星が出ていた。ひとつだけだが、ちょうどマキトが見あげる真上にある。「どうだ」自分の手柄でもないのに、ニヤついてしまった。「そこに寝ころがってみ」

谷島の言葉が終わらないうちにフラットシートにころりと体を横たえる。簡易照明の明かりの下で改めて見るマキトは、整った顔だちをしていた。大きな目と大きな耳が草食の小動物のようだ。可愛い子だな。莉里花ほどじゃないが。このまま連れて行っちまおうか、仙台に。いや、無理か。

ひとつだけの星を見上げて、うっすらと笑っている。利発そうなガキに見えたが、買いかぶりだったか。鼻水を垂らした間抜け面で、目つきも半熟卵みたいにぼんやりしていた。

待てよ、莉里花もこんな表情になることがあったっけ。子どもがこういう表情になった時は——

マキトのひたいに手を当ててみた。やっぱりだ。熱い。

風邪か？　まさかコロナじゃないだろうな。どうすりゃあいい。

自分が病気になるよりずっと動揺した。そもそも谷島は体が丈夫で、風邪をひいた記憶もガキの時分ぐらいのものだ。怪我ならいくつも向こう傷があるが、大きな病といえば、刺青《スミ》を入れた時にもらっちまった肝炎ぐらいだ。

スマホを取り出したが、指はためらったまま動かない。今回の「事」が終わるまで、通話機能は使わないようにしている。組が、組員のスマホに盗聴アプリを潜り込ませているという噂があるからだ。

　谷島の組《ところ》では組長《オヤジ》の自宅に入る時には、出るまで携帯電話を預けるのがここ数年来のしきたりだ。邸内の情報を外部に漏らさないためだと言うのだが、「あのあいだに情報が抜かれてる」「ステルスアプリを入れられている」という噂が絶えず、ややこしいパスワードを使っている組員が多い。まあ、あのオヤジならやりかねなかった。

　どうしよう、と思っている間に、指が動いてしまった。本当は声が聞きたくて、莉里花の様子を知りたくて、しかたなかったのだ。

　突然の電話にカイラは驚いているようだった。

「哲《テツ》？　どしたの、仙台は夜よ」

　こっちも夜だ。たぶん同じ時間だぞ。

「ジジョー変わった？」

　ジジョー変わった。カイラの口癖になってしまった言葉だ。谷島の約束がいつも守られず、そのたびに同じ言い訳をしてきたからだ。「すまない、事情が変わった」「だから言っただろ、事情が変わったんだよ」。

　カイラはこの日本語を「ｄａｔ　ｎａｎｇ　ｓａｋｕｎａ《災いが起きた》」という意味だと思っているだろう。

「変わってない。ワランプロブレマ。だいじょうぶだ、明日にはそっちに着く」

「いまどこ？　西川口？」

「いや、神森ってところだ。今日はここで泊まりになりそうだ」

「カミモリ？　近い？」

「ああ」

「もうすぐね」

カイラの念押しには答えず、質問をした。

「なあ、風邪をひいたらどうすればいい。薬もない。医者も近くにいないんだ」

「チャンポラード、つくる」

「なんだっけ?」聞き覚えのある言葉だった。

「チョコレイト、ある?」

「おお、あるある」

そうか、フィリピンの、風邪に効く食べ物の名前だ。日本の卵酒のような。

「おこめ煮る。お砂糖とチョコレイト、入れてまた煮る。それ食べる」

「無理」

「おこめの代わりにオートミールでも良いよ」

「車の中なんだ」

「なら、水をたくさん飲むね。それから、背中にタオル」

「ああ、あれな。やってみる」

昔、莉里花が風邪をひいた時、カイラはパジャマの後ろ襟にタオルの端を挟みこんで、マントみたいに垂らした。莉里花も「メロンパンナちゃん」と熱も忘れてはしゃいでいた。背中が冷えると風邪をひく。フィリピンではそう言われていて、まず背中を温めるのだそうだ。

「あとは、あったかくして寝るのが、いちばんだっちゃ」

カイラはもう仙台の言葉を覚えたようだ。

「だいじょぶ、哲。熱はない?」

「いや、風邪をひいたのは俺じゃない」

「誰」

優しげだったカイラの声が尖ってしまった。

「子どもだよ」

「誰の子？」

「誤解するな、俺の子じゃない。明日説明する」

明日だ。明日になれば、すべてが変わる。莉里花のことが聞きたかったが、我慢だ。明日になればば会えるのだから。

何か言いたげなカイラに、彼女に教わったタガログ語のおやすみの挨拶をした。日本語に訳せば、「夢で会えることを願っている」だ。

水か。麦茶のペットボトルなら買ってある。

いつのまにか眠っていたマキトの上体を起こして、麦茶を口もとにもっていく。

マキトは寝ぼけ眼で首を横に振った。

「飲め。カイラママの言うことはいつも間違っちゃいない。言うことを聞かないと、あとで後悔するぞ」

飲み口をむりやり口の中に押し込む。が、唇を閉じてしまう。麦茶が嫌いなのか？

「これしかないんだ。自分のためだぞ。いまから呪文を唱える。へいあんきょーのきょーで飲め」

マキトが薄目を開けて、谷島を見上げてきた。視線がちゃんと合うのは初めてだった。

「いくぞ、なくようぐいす、へいあんきょー」

マキトが「きょー」と口を開けたところで、麦茶を流しこむ。最初は拒絶反応を見せたが、一度飲みはじめると、喉が渇いていたらしい、６００㎖がたちまち半分に減った。

タオルはないが、リュックから着替え用の下着を取り出す。今回の谷島の唯一の旅支度だ。ヘインズの長袖シャツを折り畳んで、再び眠ってしまったマキトのトレーナーの下に突っ込み、背中を覆う。すまんな、俺の下着なんぞで。パンツよりはましだろう。

首に巻いていた赤いマフラーはマキトには大きすぎる大人用だ。ダウンジャケットの上から体をぐるぐる巻きにする。さらにその上からふとんがわりに谷島のコートをかけた。

あとは——あったかくして寝る、か。谷島は暑がりだから気にならなかったが、確かに夜が深まるに連れて、森は急に冷え込んできた。

エアコンをつけようとして、無駄であることに気づいた。そうだった、ガス欠しちまったんだ。

ハンドルに拳を叩きつけて、舌うちをした。

マキトが突然、鳥のように囀った。

「ちょっちょっちょっ」

「どうした」

眠っているようだった。が、目を閉じたまま、また、

「ちょちょちょちょ」

寝言だ。眠りながら耳にした谷島の舌打ちの真似をしているらしい。

妙なガキだ。舌打ちってのは、こうするんだよ。ちっちっちっ。

考えてみれば、俺は舌打ちばっかりしている。そういう人生なのか。舌打ちばかりするから、こういう人生になったのか。

そうだ。

ひとつだけ方法があった。

谷島は、麦茶のペットボトルの残りを飲み干し、空のボトルを手にして外へ出た。

ジッポーの炎で周囲を照らして、水たまりを探し、空のボトルで水をくむ。できるだけきれいな水を集めるために上澄みだけをすくった。

昔、ヤクザになる前、谷島は地元の工務店で働いていた。高校を三か月で退学になった谷島を拾ってくれるところは、狭い田舎ではそこしかなかったのだ。

社長は呆れるほどケチな男で、表示価格が安いスタンドじゃないとガソリンを入れようとしない。しかも20ℓとか30ℓとか、数字を刻んで。満タンだと車体が重くなったぶん燃費が悪くなる——という理屈だ。

だから社用車のハイエースは、安いガソリンスタンドを探して、いつもガス欠寸前になった。ある日、現場に向かう途中の田舎道で、ついに力尽きた。

こういうことは珍しくないようで、ハイエースにはガソリン補充用の携行缶が積まれていた。だが、その時は最寄りのスタンドまでは遠く、ガソリンを取りに往復していては、到着時刻に間に合わない。その時、社長は谷島にこう言った。

「そこの公園で水をくんでこい」

水飲み場でくんできた水を、どうするのかと思ったら、社長はその水を給油口の中に注ぎ込んでしまった。いくらケチだからって、ガソリンを薄めるなんて。こんなことで車が走るわけがない、と谷島も他の従業員も呆れていたのだが、車は走った。

「動くんだよ。薄めたんじゃない」

社長の理屈はこうだ。ガソリンは水より軽く、水に浮く。タンクの底にへばりついたガソリンを浮かして、それで車を動かすのだ、と。

とはいえ、現場まで持つはずもなく、結局、携行缶をさげて谷島がガソリンスタンドまで走ったのだが。

あのケチ社長、まだ生きているだろうか。生きているといいな。生きていたら、昔話に花を咲かせられる。腕の刺青をちらつかせて、びびらせながら。金、せびってやろうか。あのオッサンにとっちゃ、何より恐ろしいだろう。

工務店ではよく殴られた。高校中退の半端者だと、イジメかと思う扱いしかされず、まだガキだからと、給料も安く叩かれた。退学になったのは喧嘩が原因だが、工務店を辞めたのも喧嘩のせいだった。喧嘩というか、殴ってきた社長を殴り返して、一発で路上に寝かせてしまったからだ。

車を動かすわけじゃない。少しの間だけ車内を温めて、室温が保てればいい。

給油口の蓋を開き、キャップを開けて水を注ぎこむ。多すぎてもだめだが、少なすぎては効果がないはず。三回水をくみ、タンクに注いだ。

たまり水は指が痺れるほど冷たかった。合間にハンカチを水で濡らして、マキトのひたいに載せた。

給油口を閉じて、運転席に戻る。キーを差し入れる前に、チェーンネックレスを握り締め、ひたいに押し当てて目を閉じる。神に祈るためじゃない、気合をこめるためだ。

銀色のネックレスはカイラからのプレゼントだ。男を売る稼業の人間がそんな安物をぶら下げて、と同業者には笑われたが、つけ続けていた。本当は十字架をさげるためのものらしいが、十字架はつけていない。信じられるのは神でも仏でもなく、自分だけだからだ。

エンジン音が復活した。夜の森にけたたましく轟く。

エアコンディショナーから風が送られてくる。かすかだが、温かい。

フラットシートからマキトを抱き上げ、温風が直撃する助手席に座らせ、めいっぱいシートを倒す。

ようやく車内が温まった時、エンジンが再び死に、静けさが戻る。谷島はマキトの寝息だけを聞いていた。


どのくらい経った頃だろう。遠くで車の走行音が聞こえた。ここが森の外れで、すぐそこに車道があることを谷島は思い出す。

急ブレーキの音。

近くの道で車が停まったのだ。しばらく耳を澄ましていたが、再び発進する気配はなかった。

緊急脱出用のハンマーを探す。助手席の下に落ちていた。ナンバープレートを外した時のドライバーもポケットにねじ込んだ。

助手席のマキトはよく眠っている。谷島はハンマーを握りしめてそっとドアを開けた。斜面を登り、塹壕から顔を出すように周囲を窺う。

雨の止んだ森は厚い闇と重い静けさに満ちていた。聞こえるのは雨上がりの雫の音だけだ。

笹藪をハンマーで掻き分けて、道の方向へ歩く。夜空は依然厚い雲に覆われているが、見える星の数が増え、月も姿を見せている。おかげで黒い壁のようだった闇は、空と木立の区別がつくほどには明るくなっていた。

道から森へ飛び込んだSUVは、長い距離を暴走したと思っていたが、実際には道から斜面までは五、六十メートルほどしか離れていなかった。

道の方向に目を凝らす。二車線の狭い道には街灯がなく、森と変わらない暗がりだが、車の影はないようだった。

気にしすぎか。奴らはこの森に俺が逃げ込んだことも知らないはず。ここに潜伏していると気づかれたとしても、これだけの広い森だ。あの車を探し出すのは、草深い牧場で落としたコインを見つけるようなものだろう。

車に戻ってひと眠りするか。来た道を引き返しながら大あくびをすると、吸い戻した冷たい息が、体の芯を震わせた。また気温が下がってきたようだ。が、背筋が冷たくなったのは、たぶん寒さのためじゃない。こういう時に嫌でも自分が発揮してしまう、危機が迫っている時の追われる獣の本能ともいうべき予感のせいだ。

頭にちらついているのは、SUVが突っ込んだ時に倒した木の杭だ。記憶違いだと思い込もうとしたが、確かにあの時はロープに引きずられて倒れたはず。それが元に戻っていた。誰かが杭とロープを直したのだ。

暗くなる前に見かけた森林管理局の車を思い出した。谷島の生まれた家は山の麓だったから、ガキの頃は営林署の車がよく走り回っていた。杭を直したのは、そうした役所の職員だろう――

立ち止まって考え続ける。煙草を吸いたかったが、我慢した。小さな火でも、暗闇の中では目立つ。

さっき奴らの車を見かけたってことは、トラックの運転手から走ってきたルートを聞き出して、反対方向のこの辺りに俺が潜伏していると踏んだんだろう。追手は組の本筋じゃなく、下部組織《エダ》や正式の組員じゃないチンピラの連合軍だ。手分けをする発想もなく、全員でつるんで行動している。

もし自分が追手だったら、組の金をかっぱらって逃げたクソバカ野郎をどうやって見つけ出そうとするだろう。

ヤクザは根気のいる作業が苦手だ。近道や裏道を探すのが習性になっている。

俺だったら、森林管理局の車か、管理署の建物を見つけたら、車を停めさせ、あるいは建物に踏みこんで、情報を聞き込むだろう。最初は下手《したて》に出て、薄気味悪がられるほど慇懃に。「こういう車を見かけませんでしたか」「この辺で何か変わったことはなかったですか。いえ、知り合いの車が見つからなくて」

口が重いようなら、刺青《スミ》をちらつかせて脅す。たいていの人間は聞いちゃあいないことまでべらべら喋る。「夕方、運転手一人だけのランクルを見かけた」「森に沿った道で、ロープが杭ごと倒された場所があった」

また走行音がした。荒々しい走りだ。背筋に冷たい電流が奔《はし》り、道の方向を振り返る。

車が停まった。

谷島のＳＵＶがロープと杭をなぎ倒した場所の近くだ。

ほどなくもう一台がバックで現れた。さっき急ブレーキを踏んでいた車だろう。少し先で停まって見当違いの場所を探していたが、戻ってきたってところだ。

暗闇に光が現れた。懐中電灯の光だ。二つ、三つ。複数の光が道と森の境でちらちらと揺れていた。

声が聞こえた。何と言っているかまではわからなかったが、マキトを捜しに来た両親のおろおろ声だとはとても思えなかった。怒り慣れているやつらの剣呑な声だった。探されているのは、谷島だ。

木立に身を隠しながら車へ戻る。雨がタイヤの痕を消してくれていることを祈ったが、望み薄だろう。いましがた、蹴つまずいたのはＳＵＶのタイヤ痕に違いなかった。

斜面を滑り降り、車に入り、マキトが間接照明にした懐中電灯からレジ袋を剝ぎ取る。明かりの下ですべきことを手早く終えてから、懐中電灯を消した。

札束が入ったリュックにハンマーと懐中電灯を突っこむ。レジ袋に入れたピーナッツバターのバナナドッグも放りこんだ。非常食というより、まじないだ。カイラの信じる神の加護が得られるかもしれない。

マキトのひたいに手を当てる。まだ少し熱いか……。寝かしておいてやりたいが、そうはいかなかった。

「おい、起きろ」

マキトが目を閉じたまま、口をくし切りスイカのかたちにして笑った。いい夢を見ているらしい。まあいいや、一緒に歩かせても、足手まといになるだけだ。


マキトを両手で抱いて、斜面を駆け上がる。登り切れず、途中でずるずると滑り落ちてしまう。やっぱり手も使わないとだめか。

遠くで声が聞こえた。「探せ」と言っているのが、猟犬の耳を持つ谷島にはわかった。急げ。

マキトの背中につっこんでいた長袖シャツを抜き取る。そいつでマキトの体をくるみ、両袖の先を結んで、自分の首に引っかけた。前だっこの要領だ。自分のガキもおんぶをしたことのない谷島にとって、生まれて初めての経験だった。子どもってのは、けっこう軽いもんなんだな。

片方の手は尻を抱えるから、使えるのは片腕だけだが、一本ありゃあじゅうぶんだ。斜めに生えた笹を摑んで、駆け上がりかけた時だった。

すぐ後ろで声がした。

「動くな」

ぎくしゃくと振り向いた。

車の向こう側の闇から人影が現れた。ひょろりとしたシルエットだ。おそらく谷島より背が高い。

顔は見えないが、だぼだぼの服と短い毛を突き立てた髪形からすると、まだ若い男だ。見かけない野郎だ。正式な組員じゃなく、あの金髪の仲間に違いない。

男の頭から光が放たれた。ヘッドランプをつけていたのだ。こちらに突き出した両手にはスリングライフルが握られていた。

谷島はマキトを隠すように抱きかかえて片手でホールドアップをする。諦めたわけじゃない。自分の手を汚したくない組の誰かに雇われたチンピラ——カタギの連中が言う半グレ——だ。他の奴らのところに連れて行かれる前に隙を窺っていれば、勝機はある——

と皮算用していたら、いきなり撃ってきた。

弾丸が谷島の頬すれすれを飛んでいく。空気を裂く音が耳もとをかすめていった。

「ケントの仇だ」

あの金髪の名前か。あいつはどうなったんだろう。男の口ぶりからすると、つつがなく過ごしているとは思えなかった。まずいな。素人《とうしろ》は怖え。こいつは私怨のために、ここで一人で俺を片づける気だ。

だが、もうこっちのもんだ。スリングライフルには22口径並みの殺傷能力があるというが、しょせん玩具。本物と違って、一発ずつゴム紐に弾を装着しなくちゃならない。

マキトに弾があたらないように腕を胸の前で組んで、奴に飛び蹴りを見舞う。宙に身を踊らせたとたん、来るはずのない二発目の弾丸が飛んできた。

蹴りあげた右足の太ももに衝撃が走る。

なんでだ。

見ると、こちらを睨んでいるスリングライフルには銃口らしきものが二つあった。

てことは、今度こそ三発目はない。その証拠に、男がじりじりと後ずさりを始めた。ポケットから弾丸を取り出して焦って装着している。

いまだ。谷島はやつの長い顎に蹴りを食らわすために、助走を開始した――その一歩目で足がくずおれた。

痛っ。

撃たれた衝撃が痛みに変わっていた。右足がうまく動かない。

踏ん張ってなんとか立ち上がった時には、もう奴は新しい弾丸を装着し終えていた。

すぐには撃って来なかった。谷島はマキトを両腕でガードし、奴からは半身の体勢になる。

ヘッドランプの光がまるでレーザー照準を合わせるようにこちらの顔を照らしてくる。ゆっくりと間合いを詰めてきた。今度は確実に急所を狙おうってことらしい。背の高いシルエットがさらにでかく見えた。ヘッドランプが陰影だけをくっきり映し出している顔は、呪術用の不気味な面のようだった。

「なあ、坊や、盃を貰ってるわけじゃねえんだろう。ヤクザとこんなことをしても、何の得にもならねえぞ。身代わりに懲役に行かされるだけだ」

説得を試みるふりをしながら、足の痛みに体が慣れ、奴が隙を見せるのを待った。

だが、痛みはしびれとなって右足全体を駆けめぐり、背骨にまで這い上がってきた。奴は谷島のダメージに気づいたらしく、さらに余裕たっぷりの足どりになった。狙っているのは、額か鼻下《じんちゅう》だろう。本物の弾丸でなくてもただではすみそうもなかった。

じりじりと後退したが、笹の枝に背中を刺された。斜面の際《きわ》まで追い詰められてしまった。

待てよ、ここは。

さっきペットボトルで水をくんだ場所だ。谷島は左足を水たまりに浸し、靴先で底のぬかるみを探る。たっぷりの泥を足ではね上げ、奴の顔面に叩きつけて、その隙に——形勢逆転だ。

「あむむ……はへ？」

マキトが声をあげる。目を覚ましたようだ。一瞬、そちらに気を取られてしまった。隙をつくってしまったのは、谷島のほうだった。

至近距離から撃つつもりか、奴のスローモーションのような歩調が一転し、こちらにダッシュしてきた。

終わりか。

ガキは助けてくれ——谷島が自分の言葉だとは信じられないセリフを口にしようとした時、男のシルエットが視界から消えた。

ひょろ長い体が地面に転がり、ヘッドランプの光が虚空を照らしている。

ぬかるみで滑りやがった。

ラッキー。

仰向けに倒れた男の馬面を左足で踏みつけた。折れた歯が闇の中を飛ぶ。

「うが、ががっ」

靴先でこめかみを蹴ると静かになった。

ヘッドランプは貰っておくことにする。迷ったがスリングライフルは置いていく。弾丸を捜している暇がない。

ランプのベルトを頭から抜き取った時に、気づいた。奴は、ぬかるみに足を取られたわけじゃなかった。

奴が足をすべらせたところには、バナナの皮が落ちていた。マキトが食って放り捨てたもう一本のやつの皮だ。だめじゃないか。地面はごみばこではありません。フィリピンのバナナの神様のご加護かもしれない。

目を覚ましたマキトが、谷島の胸の中から顔を見上げてくるのがわかった。目を合わせない曖昧な視線で。

「よくやった」おかげで助かったよ。

「ほへ?」

「いくぞ。ここから逃げるんだ」

「へほ?」

片手と左足だけで斜面を攀《よ》じ登る。

森の奥に続く木立は、いままでのどこよりも闇が濃かった。振り返ると、背後では懐中電灯だかヘッドランプだかの光がいく筋もでたらめに森を照らしていた。怒号も聞こえた。馬鹿め。おかげでやつらの居場所が手に取るようにわかった。

この暗闇だ。森の奥へ逃げこめば、やつらには、もう見つかりっこない。たぶん。

マキトを抱いた谷島は、神森の闇の中に吸い込まれていった。

しょせん玩具だ。本物の銃で撃たれたわけじゃない。そう思ってやせ我慢をしていたが、足の痛みはどんどん酷くなっていく。谷島は片腕でマキトを抱え、片足を引きずりながら、森の中を歩き続けた。追手を少しでも撒くために、起伏のあるルートをわざわざ選び、笹藪や灌木の繁った場所に分け入るから、歩き慣れない体の消耗は激しい。息が上がる。ちびすけのマキトがだんだん重く感じてくる。

負けないで　もう少し
最後まで　走り抜けて

緩斜面を登っていた時、また眠ってしまったと思っていたマキトが声をあげた。

「しー」

背後を振り返る。先の見えない闇の中で木々を迂回し、登り下りをくり返しながら歩いてきたから、直線距離にしたら、平地の半分も進めていなかった。はるか遠くに置き去りにしてきたつもりの追手のライトの光が、思ったより近くで揺れている。

マキトは股間を抑えてまた言った。

「しー」

「おしっこか?」

「うん」

「我慢しろ」

「がまんない」

「このましちゃっていいぞ」奴らに捕まることを考えれば、服が小便で濡れるぐらい、なんてことはない。

「しちゃわない。しちゃわなーいっ」

「しーっ、大きな声を出すな」

しかたない。長袖シャツのだっこ紐を解き、マキトを下ろす。正直、少しでも休めるのはありがたかった。足が限界に近づいている。俺も小便をしておくか。

手近な木の幹を探す。犬と変わりゃあしない。立ちションをする時には、小便の標的になるものが必要なのだ。

ちびすけでも男だ。マキトも同じらしく、谷島のすぐ隣で、ちいさな木の幹に向かってもぞもぞと不器用にズボンをまさぐっている。結局、ズボンごと膝まで下ろして、放尿を始めた。

谷島も続く。

闇の中に大小の銀色のアーチが描かれた。

二人並んで小便をしているのが可笑しくて、こんな時なのに笑ってしまった。

小便をしながら、頭上を振り仰ぐ。梢の隙間から夜空が見えた。月が浮かんでいる。今夜初めて雲のない姿を見せていた。満月ではないが、まん丸に近い大きな月だ。

森の中では月の光が驚くほど明るい。マキトの姿もくっきり見える。両手を幽霊みたいに垂らして揺らしていた。

「何？」

「水」

「喉が渇いたのか？」

「水じゃーじゃー」

「ああ、手を洗いたいのか。無理だ。我慢しろ。草でふけ」

再びマキトを抱き上げようとしたら、谷島のコートで手を拭きながら、左右に首を振った。

「自分で歩くか？」

熱はだいぶ下がったようだ。そのほうが早いかもしれない。

マキトの返事を聞く前に、背後でかすかな音がした。

枯れ木を踏みつけた音だ。

しまった。油断しすぎたか。

振り返ると、緩やかな斜面の下の暗がりで黒い影が動いているのがわかった。地面に這いつくばっているように見える。

荒い鼻息も聞こえた。

また乾いた音。今度は落ち葉を踏みしめるかすかな音だ。

シタ
シタ
シタ
シタ
四回聞こえた。

四足歩行の動物だ。

野犬？　いまどきの野犬はシーズンの終わりにハンターが山に捨てていく用済みの猟犬ぐらいのものだが、狩猟シーズンは始まったばかりのはずだ。

闇に目を凝らす。

這い回っているシルエットは、やはり犬だ。大型犬のものじゃないが、ずんぐりしてやけに頭がでかい。吉川《よしかわ》がボディガードがわりにしているっていう犬か。確かピットブルって名前の闘犬だ。ドーベルマンより強《つえ》えそうですわ、と組長《オヤジ》に得意気に話しているのを聞いたことがある。

マキトも気づいたらしい。葉陰から様子を窺っている谷島のかたわらにしゃがみこんで、息をのみこんでいる。いまにも叫び出しそうだった。

「大きな声を出すな」

耳もとで囁くと、マキトがうなずき、大きな声で復唱した。

「おおきなこえをだすな」

あわてて口を押さえる。

犬は緩斜面の下をうろつくだけで、登ってこようとはしない。猟犬でもない犬に後を追わせようなんて、単細胞の吉川が考えそうなことだ。谷島の故郷では、冬は猟をする人間が多かったから、人よりはくわしい。ただでさえ犬は、たとえ警察犬でも、雨が降ったら鼻が利かなくなるのだ。だいじょうぶ。問題ない。

高台のここから見ると、森は空より黒々としている。夜の底だ。その闇の中で、いくつもの光が蛍火のように蠢いていた。別の犬の鳴き声も聞こえてくる。また距離が縮まったようだった。だいじょうぶ、じゃないかもしれない。

マキトの額に手を当てる。熱くない。ガキは熱を出すのも早いが、下がるのも早いらしい。よし、じゃあ、作戦変更、プランBを実行しよう。

「いいかよく聞け」

マキトが頷く前に片手で口を押さえた。

「いいはよふ――」

そうくると思ったよ。

「何も喋るな、あの犬に聞かれるぞ。あの犬は恐ろしい。ラッキー・モンキーズのダックス軍曹よりも強い。わかるか」

盗賊であるラッキー・モンキーズの宿敵は、警察に雇われた犬たちの軍団だ。

「戦闘能力はボルゾイ大佐より上だ」

谷島が言うと、闇の中に白いものが光った。マキトの目が大きく見開かれたのだ。ようやくことの重大さを理解したようで、今度は黙って頷く。谷島が口から手を離すと、両手でごしごしと唇の周りをぬぐった。人に体を触られるのが嫌いらしい。

「だから静かにしろ」

返事をするかわりに、敬礼を寄こしてきた。その耳もとでさらに囁く。

「追撃をかわすために二手に分かれる。別行動だ。お前が目指すのは、道だ。道へ向かって走れ」

マキトが耳もごしごしとこする。莉里花より小さなこのガキに理解できるとは思えないが、谷島に子どもにわかりやすく説明する語彙力はない。つまり、こういうことだ。自分と一緒に居ると、とばっちりを食ってしまう。ここはまだ道からさほど遠くない。道にさえ出れば、迷子のマキトは誰かの目に留まって、親の元へ帰れるだろう。

「お前に、これを預ける」

リュックから札束を詰めていた三越の紙袋と緊急脱出用ハンマー、懐中電灯を取り出す。バナナドッグはそのままにしてマキトに背負わせた。

「大切な食料が入っている。けっして捨てるな」

「オッケッキー」

「あと、こいつもだ」

ヘッドランプのベルトを子ども用に調節して、頭に装着する。おっと、これも。長袖シャツを防寒用にマフラーの上から首にくくりつけた。嫌がって窮屈《きゅうくつ》な首を振り立てていたが、「モンキーアイテムだ。秘密兵器だぞ」と囁いたらおとなしくなった。ライトはつけない。こっちの居場所が一発でバレちまう。

「いくぞ」

一緒に走って追手から遠ざかり、マキトは道の方角へ。谷島は森のさらに奥へ逃げるつもりだ。走りはじめたとたん、緩斜面の下で犬が吠えはじめた。


思うように足が動かない。右足の痛みのせいだけでなく、夜の闇のためだ。月が顔を出したおかげで、前方の様子はぼんやりとわかるのだが、歩くのならまだしも、闇の中はまともに走れるものじゃなかった。なにしろ、いつ足元が崖になってもおかしくないし、目の前に突然、岩壁が現れても不思議じゃないのだ。マキトと手をつなぎ、紙袋を吊るしたもう一方の手を突き出して前を探りながら、小走りの抜き足差し足で進む。見られたもんじゃねえ。まるっきり早足のゾンビだ。

犬は追ってこなかったが、吠え声を聞きつけて駆け寄ってくる人間たちの声は、想像以上に近くに聞こえた。焦って歩調を速めたとたん、木の根に蹴つまずいた。糞っ。悪い夢の中のような足どりで闇を進む。

手を引いていたマキトには、いつのまにか手を振りほどかれてしまった。マキトの影法師は斜め前方だ。

上体が斜めに傾いた、いかにも運動神経が鈍そうなランニングフォームだが、谷島と違ってマキトは普通に走っていた。すげえな子どもは。暗闇の怖さがわかっていないんだろう。まるで鉄砲玉だ。谷島はガキの頃から怖いもの知らずと人には言われ続けてきたが、いつのまにか世の中には、怖《こえ》えもんばっかりになった。

マキトに負けまいと、谷島もペースを上げた。そのとたんひたいを痛打した。横から伸びていた枝に気づかなかったのだ。

痛《い》て。

ようやくマキトに追いついて、肩を叩く。

「よし、ストップ。止まれ」

「オッケッキー」

両手で体を抱えて、追手には見えない方向を向かせてから、ヘッドランプのスイッチを入れる。

「ほおぉーっ」

気に入ったらしく首を左右に振りはじめた。こらこら、見つかっちまう。再び体を抱え、道の方角を向かせる。

「ここで分かれよう。もうすぐパパさんとママさんに会えるぞ」

小さな影法師が上体を左右に揺らした。違う、と首を振るように何度も。俺が何か間違ったことを言ったのか。それとも家には帰りたくない、と駄々をこねているのか。

「この先に道がある。道に出たらもう森には戻るな。道を歩いていれば車か人に会う。あっちだ。

走れ」

尻を叩くと、スイッチを入れたミニカーみたいに走り出す。が、すぐに足音が止んだ。俺が来るのを待っているらしい。谷島は闇にため息を吐き出す。

「わかったよ、じゃあ、もうしばらく一緒に行こう」

谷島が歩きだすと、マキトも走った。さっきと同じように、すぐにマキトが先行する形になった。

「そうだ、いいぞ。行け行け、どんどん行け」

紙袋を小脇に抱えて、谷島は立ち止まる。コートを脱いで紙袋の中に入れた。これでいい。マキトの姿が消えるのを見届けてから、反対方向に足を向けた。


ようやく闇を走るのに慣れてきたと思ったら、スリングライフルで撃たれた右の腿がまたしても痛み出した。本物の銃の弾丸に近い改造弾とはいえ、貫通まではしていない。だからよけいに始末が悪い。銃弾は貫通しちまったほうがダメージが少ないのだ。

負けないで　ほらそこに
ゴールは　近づいてる

待ってろよ。莉里花。カイラ。

目の前に穴が開いたかと思った。正面の木立にいきなり丸い光の輪ができたのだ。渾身の舌打ちをして振り向く。目を射る光の向こうに、ロングコートを着た細身のシルエットが立っていた。

「よう、ここにいたか」

谷島の顔を照らしていた光が、抱えていた紙袋に移動して、ようやく相手の顔が見えた。武藤《むとう》。タメ年の組員だ。組でのキャリアは谷島のほうが長いが、向こうは金バッジ。組の事務局長だ。大卒で経済系のシノギが得意だから、オヤジから重宝されている。

「来てたのか」

「支店にばっかり追い込みさせるわけにはいかないからね」

谷島が間合いを詰めると、懐中電灯だと思っていたものから、するりと棒が伸びてきた。ライト付きの警棒か。

「素手じゃあ、谷さんにはかなわないと思ってさ」

警棒が夜気を裂くような音を立てた。先端から火花が散る。たいしたスグレモンだ。スタンガンまでついているのか。

「聞いたよ。ガキが病気で金が要るんだってな」

「だったら見逃してくれるのか?」

んなわけがない。後ろに漏れたライトの光が照らした顔は皮肉っぽく笑っていた。

「病気ってのは、そのガキか?」

は?

武藤が光を谷島のかたわらに投げかける。

目を疑った。

光の輪の中にマキトの姿があった。なにやってるんだ、お前は。戻ってきてどうする。

「違う、こいつは関係ない。知らないガキだ」

マキトが谷島にすり寄ってくる。こんな時ばっかり懐くなよ。

「子どもは見逃してくれ。さっき会ったばっかりの、ただの迷子だ」

谷島は両手を広げてマキトの前に立ちはだかった。

「そうはいかねえ。金をどっかに隠したかもしれないだろう。あんたが口を割らないときには、子どもに聞かなくちゃならないかもだからな、なあ、ボク」

武藤が唇の片側だけで笑う。こいつが出世した理由は、学歴だけじゃない。目的のためならなんだってやる冷酷さをオヤジに気に入られたのだ。

「やめろ。金は渡す」

紙袋を地面に放り出した。武藤の視線がそちらに向いた隙に、ベルトに挟んである緊急脱出用ハンマーを、ジャケット越しに探った。

武藤がくすくす笑う。

「やっぱ、親子じゃねえか。血は争えねえな」

こいつ、何を言ってやがる。武藤の視線を辿って、言葉の意味がわかった。背丈が違いすぎて気づかなかった。背後にいたはずのマキトがいつのまにか前に立ち、谷島の真似をして両手を広げ、両足を踏ん張って、長袖シャツのマントを正義の味方のようにはためかせて、ちっちゃな大の字をつくっていた。

「だから、違うって言ってんだろが」

「話は事務所で聞こうか。オヤジは、金が戻ってこなけりゃ、もう一度上納金《かいひ》を集めるって言い出してたね、みんなあんたに怒ってる。覚悟しといたほうがいいよ」

武藤がライトを頭上に向けて振りまわして、叫んだ。

「いたぞー、こっちだ」

突然の大声に驚いて、マキトが耳を塞いだ。そしてガラスを引っ掻いたような悲鳴をあげた。

「きいぃぃーーーっ」

ライト付きのスタンガンを構え直そうとした武藤の視線が、一瞬マキトに流れた。

その瞬間、谷島は跳んだ。ホップ、ステップ、右足がうまく動かないから、片足けんけんだ。

ジャンプと同時にベルトから抜き出した緊急脱出用ハンマーを武藤の手首に振り下ろした。

警棒型のスタンガンが手から落ちる。手首を押さえて呻く武藤の顎に、左の膝を叩きこんだ。細身の体がくの字に折れ曲がって倒れた。

武藤が落としたライトの光がマキトの姿を照らしだしていた。まだ大の字をつくっていた。本当にガキにしておくのはもったいない。十年待って、舎弟にしようか。

「走れ、先に行け、マキト」

マキトが上半身を左右に振りはじめた。もうこのしぐさを理解できる。マキトは意味がわからないと訴えているのだ。谷島がまた何か間違えたことを口にしたらしい。

ヘッドランプの明かりがマキトの顔を薄く照らしている。谷島の目ではなくひたいのあたりを曖昧に見つめて言った。

「マヒト」

そうだったのか。悪《わり》い。ずっと間違えていた。

「行け、マヒト」

そのとたん、マヒトが走り出した。マントを振り捨て、不格好だが闇を恐れない勇敢な足どりで。

谷島が放り出した紙袋の中にはコートしか入っていない。金は、マヒトが背負ったリュックの中だ。カイラの連絡先を書いたメモも。札束の重さは一キロ半。小さな子どもには文字どおり重荷だろうが、マヒトならだいじょうぶだ。

こうなった時のために、車を出る時に用意しておいた。誰かがカイラのところに届けてくれるのを信じて。

月の光が見せていた、リュックが躍っているマヒトの背中は、すぐに闇の中に見えなくなった。

複数の怒声と犬の吠え声が近づいている。

さて、俺も逃げなくては。マヒトとは逆方向に足を踏み出したとたん、左の脇腹に激痛が走った。なんだ。どうした。

左手からひょろ長いシルエットが現れたかと思うと、顎を殴打された。拳じゃない。もっと硬いものだ。

「てめへぇ」

歯抜け特有の叫び声で、相手が誰か、何で殴られたのかがわかった。スリングライフルの銃床だ。そして脇腹に食らったのは銃弾。

失くした歯の復讐のつもりか、執拗に顔面を狙ってくる。またライフルを振り上げてきたのを右手で防御した。奴の細長い上体はがら空きだ。ボディに左ジャブを繰り出そうとしたが、痛《つ》。

脇腹の痛みで腕が伸びない。

今度は頬に銃床が直撃して、たまらず仰向けに倒れた。

ひょろ長い体が覆いかぶさってきた。ひたいにスリングライフルの銃口を突きつけてくる。

ここまでか。倒れたままホールドアップのポーズを取った。

武藤の声が聞こえた。

「やめろ」

そのとたん、眉間に衝撃が走った。

感じたのは痛みより、熱さだった。火箸を突っ込まれたような熱さが脳味噌を貫く。

体が動かない。夜の森にいるのに、目の前が仄白《ほのじろ》くぼやけて見える。

武藤の声が聞こえた。やけに遠くから。

「馬鹿野郎。誰が命《タマ》を取れって言った」

タマを取られた？　誰が？

俺か？

そんな馬鹿な。不死身と評判を取ったこの俺が、暴走トラックと恐れられた谷島哲《てつ》が、パチンコ銃なんかで死ぬわけがない。

まだ生きてるぞ。

十字架のないカイラのチェーンネックレスを握ろうとしたが、指一本も動かせなかった。気合いだ。まだ死ぬわけにはいかない。莉里花が元気になった姿を見るまでは。

谷島が最後に見た光景は空だった。

森の夜空ではなく、見えるはずもない東北の青空だ。

17

神森で昨年12月、デパート店員、清田一也さん＝当時30歳＝の遺体が見つかった事件で、県警は7日、死体遺棄の疑いで清田さんの同僚、松元美那容疑者(32)を逮捕。殺人を視野に入れ、死亡の経緯を慎重に調べている。

正月明けの九日、戸村拓馬《とむらたくま》は岬《みさき》さんの家に現れた。高野フルーツのメロンと苺のセットを抱えて、地味なスーツとネクタイ姿で。顎鬚が消え、ちょんまげにしていた長髪が坊主頭になっていた。

「このたびは、本当に……大変……いや、誠に――」

玄関で直立不動になり、天井近くの宙を見つめて、いまにも用意した原稿を取り出しかねない様子で話しはじめたのを、岬さんに止められた。

「あの、ここじゃなんですから、どうぞ、上がってください」

リビングに入ったとたん、今度は土下座をする勢いでひざまずいた。

「このたびは、大変たいへん、ご迷惑をおかけいたしましたこと――」

「あ、はい。とりあえず、あっちに座りましょうか」


拓馬がダイニングテーブルの片側に座り、反対側に岬さんと冬也《とうや》が並んだ。やけに長く感じたわずかな沈黙のあと、拓馬がテーブルに両手をついて立ち上がりかける、のを岬さんが両手を突き出して押しとどめた。

「あの、ほんとうに、そういうの、私、苦手で。もうけっこうですから」

「そ……そうっすか」

拓馬が冬也の顔を窺ってくる。「どうすればいいの」と目が訴えていた。岬さんも冬也にすがるような視線を走らせてきた。直接会って謝罪がしたいという拓馬を、今日ここへ呼んだのは冬也だ。

「えーと、あらためて紹介します。戸村拓馬さんです。こちらは義理の姉の――」お見合いじゃないんだから。「――で、よく知ってると思うけど、甥のマヒト」

真人《まひと》はリビングの隅でこちらに背を向けて、もくもくとミニカー並べをしている。拓馬が入ってきたことに気づいてもいない。

「お茶、淹れましょうか。コーヒーでいい？」

「ああ、お構いなく。こんな俺に、もったいないお言葉」

岬さんが逃げるようにキッチンに立つと、拓馬が真人におずおずと声をかけた。

「やあ、マヒト……くん、ひさしぶり」

真人は振り向かない。六台目と七台目の車間距離の調整に忙しいようだ。拓馬は真人のかたわらに行き、両手をついて、深々と頭を下げた。

「あの時は、一人にしてしまって、ごめん。本当にごめん。申しわけありませんでした」

すぐ真横にいるのに、真人は一瞥すらしなかった。

「あら？　はは。俺のこと忘れちゃった、かな」

そうかもしれない。人への興味とモノへの興味との区別がない真人は、他人の顔を覚えるのが得意じゃないのだ。

「あれは覚えているみたいですよ。鳴くようぐいすとか」

「ああ」拓馬が立ち上がり、妙な節をつけて甲高く歌いだす。

「鳴くようぐいす〜」

真人が初めて顔を振り向けた。拓馬は両手を鳥のようにはばたかせて、一転、低い声でシャウトする。

「平安京〜」

真人はぽかんと口を開けて、手羽のかたちにした腕を眺めただけだ。

「あれ、覚えてないか。じゃあじゃあ、マヒト……くん。これは？」

今度は敬礼をして、行進するように足を動かす。

「水兵リーベ〜」

しゃがみこんで、オールを漕ぐしぐさをした。

「僕の舟〜」

真人はミニカー並べに戻ってしまった。

「はは。覚えてないか、ははは」

真人ではなく、目を丸くした岬さんに見つめられていると知った拓馬は、はは、ははは。ひきつった声で一人笑いをしてテーブルに戻り、肩を落とす。

と、真人がミニカーを放り捨てて立ち上がった。背中を向けたまま、声をあげる。

「なくようぐいす〜」

「おお」拓馬が喜びの声をあげて、真人のもとへUターンする。

「へいあんきょ〜」

「平安京〜」

二人でデュエットした。二人揃って背中を向けて、両手をはばたかせる。

「こっちは覚えているか？　水兵リーベ〜」

拓馬が歌いだすと、真人がぎこちなく両足を動かす。

「すいへいりぃべ」

止まったまま歩くまねができずに、壁に突撃した。

「僕の舟〜」

「ぼくのふね〜」

二人揃って舟を漕ぐ。

「おおぅ。覚えていてくれたか、俺のこと」

真人が拓馬を見上げる。目は合わせないがちゃんと顔を見て、唇を動かした。

「た……」

「そうだよ、俺だよ」

「……にしま」

「誰？　違う。た、く、ま、だよ」

「コーヒー、入りました〜」

岬さんが拓馬を呼ぶ。言葉尻が笑っていた。

「なんか、調子に乗ってしまいました。すいません」

岬さんもようやく拓馬と視線を合わせる。

「言いたいことはあったんだけど、忘れちゃった。真人が戻ってきたから、まあ、いいや。遠いところをようこそ。おもたせですけど、苺、いただきますね」


コーヒーと苺が並んだダイニングテーブルで、拓馬は真人との夜をあれこれ話したが、岬さんは、気のないあいづちを打つだけだった。拓馬が「五歳児とは思えないっす」と真人のたくましさを称賛しても、力なく微笑むだけ。真人の空白の一週間をあんなに知りたがっていたくせに。

知ってしまったとたん、真人を一人にしてしまった罪悪感に身を切られはじめたのかもしれない。五歳児の森の中での独りぼっちの一週間なんて、恐ろしすぎて想像したくもない。でも、真人が何も話さないぶん、考えたくなくても考えてしまう。冬也ですらそうなのだから、岬さんの心の痛みは、比じゃないだろう。

真人がテーブルにやってきて、苺を手づかみする。口にもっていかずにテーブルに並べはじめた。いつもならすぐに叱るはずの岬さんは、その姿をじっと眺めているだけだった。

岬さんに喜んでもらいたいらしく、拓馬は真人がもりもりご飯を食べていたという話を始めたが、岬さんはようやく真人のお行儀を注意したかと思うと、ウエットティッシュを取りに立ち上がってしまった。

「で、今度はカレーを。カレーと言っても中辛ですけど……あれ？　俺、なんかまずいこと言ったかな。お前が偉そうに語るな？」

「話を聞くには、もう少し心の準備がいるのかもしれません。それより、お願いしていた件ですが」

冬也は拓馬がここへ来たもうひとつの用件を切り出した。

「ああ、承知」

拓馬がトートバッグから取り出したのは、使い込まれた黒色のノートパソコンだった。蓋のところに〝ＯＮＥ　ＯＫ　ＲＯＣＫ〟のステッカーが貼られている。

続いてバッグから取り出したのは、分厚い紙束だ。

ツイッター、掲示板やニュースのコメント、ＳＮＳやネットに涌き出している誹謗中傷の書き込みをプリントアウトして、拓馬に送っておいたのだ。保存しておかないと、ログは三か月ほどで消えてしまうらしいし、削除されてしまうかもしれない。

「ぜんぶ読んだよ。酷いね」

「まだあります」

冬也は追加のプリントをテーブルに積み上げる。

拓馬はやっと居場所を見つけたというふうに、椅子に座り直し、ノートパソコンを開いた。

「罪滅ぼしに、全力でやりますので」気合のこもった声は、ダイニングテーブルには戻ってこず、ミニカー並べを再開した真人につきあっている岬さんに聞かせたいらしい。

「さて、と」喧嘩をするみたいに指の関節を鳴らした。「やりますか。ターゲットは二人だね」

「ええ」

できるなら全員を特定して、裁判所への呼出状を送りつけたいところだが。とくに悪質で、周囲を焚きつけ、リツイートを増やしているのは、二人。

「じゃあ、まず、こっちから行こうか。ハンドルネーム『ムーミンパパは禁煙中』」

『ムーミンパパは禁煙中』の書き込みは、執拗で、嘘ばっかりで、その嘘っぱちがどんどんエスカレートしている。いま現在も。


『先週のことじゃった。山﨑岬は山に子どもを捨てて、男のところで●●●●していたそうな。なんとまあ。おめでたし、おめでたし』

『あの女はサイコパスだね。ニュース見てたら、子どもが行方不明だっちゅーのに目が笑ってた』

『サイコ山﨑岬の職業判明　売春婦。そのココロは、人類サイコの職業。おあとがよろしいようで。チャンチャン』

『あれって、子どもを山車にした炎上商法じゃね』

『代理ミュンヒハウゼン症患者特有の異常性。キ●ガ●なら至し方ない』

『料理店に務めていることが判明。年末には接客態度で客とトラブルになったとか、ならないとか』


ほんとうに腹が立つ。目が笑ってた？　岬さんは必死で涙をこらえていたのに。売春婦呼ばわりしていたくせに、どこで調べたのか、レストランで働いていることを晒したり。岬さんが仕事に復帰したのは一月に入ってからで、今日が最初の定休日だ。そもそも料理人の岬さんは接客なんかしていない。

「あ、ここ。ここがポイント」

プリントをめくっていた拓馬が、手を止めて、一点を指で叩いた。紙束にはたくさんの付箋がつけられていた。「罪滅ぼしに、全力でやる」という言葉に嘘はないようだ。

『母親、生意気。消防と警察に朝まで仕事をさせる気だった。そうじゃないとわかったら怒り狂った』

「これって、あの時の関係者の言葉でしょ」

「ああ、でも、この話、ほかにも同じ内容を書く人間が多くて、RT《リツイート》もたくさんついてますし。テレビのニュースで見たんじゃないかな」

「こんなことニュースじゃ言わないでしょ」

「確かに」

拓馬が声をひそめて聞いてくる。

「これ、最初の夜のことだよね。岬さん、怒り狂ったの」

「さあ」

この時はまだ冬也はいなかった。正直、岬さんが激怒する姿は想像しづらいのだが、ほかでもない我が子のことだ。その時には激しく抗議したのだと思う。

岬さんに視線を走らせて、拓馬が顔を寄せてくる。

「岬さん、怒ると怖い？」

とりあえず、頷いておいた。

「やっぱりちゃんと謝ったほうがよくない？」

「やめたほうがいいです。かえって怒ると思います」

「なんの話？」

岬さんがこっちを振り返った。

「なんでもない「こっちのことっす」

二人とも背筋を伸ばして声を揃えた。

「同じ内容の書き込みを集めて、投稿された日時を照らし合わせてみた。やっぱりこいつが大もと。発信源は、ムーミンパパだ。それとね、これは捨て垢《アカ》だ。違うアカウントで同じやつが書き込みしてる。ほら、これもそう」

拓馬は紙束をこちら向きに回転させた。先月から出現した『#鬼母ヤマサキミサキ』で勝手にまとめられている、岬さんと冬也への中傷サイトのプリントだ。

『鬼母・山﨑岬は今日も子どもを遺棄してホストクラブ通い。ヤリマン女だから至し方ない』

「なんでこんな嘘ばっかりつくんだろう。訴えられたらただじゃすまないことがわかってないのか――」

そうか、どうせ訴訟を起こす金なんかないだろうと、舐められているんだ。弁護士事務所の無料相談に行ったら、裁判をするなら、相手一人につき百万は必要だと言われた。

拓馬がプリントの一点を指で弾く。

「こいつ、誤字が多いけど、この『至し方ない』って、めったにない誤字がどっちにも出てくる。

あとほら、この山﨑っていう字を見て。ヤマサキのサキ。普通と違うでしょ」

『﨑』

確かに。冬也たちの苗字の漢字は、つくりが『奇』の、一般的な『崎』のほうだ。

『山﨑岬とともに子どもを捨てた共犯は、義理の弟トウヤと判明!! 二人ができているのかどうか、足元では不明』


こっちのハンドルネームは、『無人谷のスナフキン』。

そういえば、同一人物っぽい。ワンパターンなネーミングだ。

「むにんだに? むじんだに?」

「ムーミン谷のもじりじゃないの。センスのないやつめ」

「いや、聞き覚えがあるな」

今度は冬也がスマホで検索した。やっぱりそうだ。何度も行った土地だから覚えてしまったのだ。

「無人谷《むじんだに》。神森の近くにある地名です」

「ということは、ますますクロに近づいているな、あの時の捜索の関係者。それも初日にいた人物。初日の捜索が終わる時に、報道関係の人間はいましたか?」

拓馬が声を張って尋ねると、岬さんはきっぱり首を振った。

「いえ。そういう人たちが来たのは次の日から。私が涙を見せなかったっていう映像を撮られたのも、二日目の午後でした」

「じゃあ、消防団の誰かだな」拓馬が腕組みをする。「真人君の捜索に……俺も五日目からは参加したけど、その時、消防団員は十数人。初日にはもっと多かったよね」

そう言って岬さんにちらりと視線を走らせる。ボランティアで捜索に参加したことをアピールしたいらしいが、逆効果だと思う。その話はもう岬さんにしてある。「だったらなんで置いてきぼりにしたの」と声を荒らげていた。

「警察官の可能性は？」

「とりあえず除外していいと思う」

「なぜ？」

「警察官はＳＮＳをやらないから。ライングぐらいはしても、自分から発信するようなものにはまず手を出さない。仕事上言っちゃいけないことも多いし、職務倫理規程に縛られてるし。表向き禁止されてはいないけど、やってるのがバレたら、上からきびしく問い詰められる」

「詳しいですね」

「ま、まあね」

「なぜ」

「……警察に勤めてる人間に……ちょっと、まあ……知り合いがね」

「友だちですか」

拓馬は冬也の問いかけを無視して、「ほら、そして、ここだよ」プリントの一点を指さした。

『鬼母山﨑は、警察官をのべ何人使ったと思っている？　頭が弱いＤＱＮだから、我々の税金を浪費していることが全くわかってない』

「警察の人間なら、こんな第三者的な言い方はしないよね」

「言われてみれば」

「そもそも警察の人間は『我々の税金で食べている』って言われるのが嫌いなんだ」

「へえー、ほんとですか」

冬也は感嘆詞を口にしたつもりだったが、拓馬は疑っていると思ったらしい。ムキになって言う。

「いや、ほんとだって。俺の兄ちゃんもいつも――」

「え？　知り合いって、お兄さん？」

拓馬は唇を内側に巻きこむ。「あ、うん」忌まわしい過去を告白するような口調で言葉を続けた。

「……じつは親父も……もう定年でいまは交番相談員だけど」

頭の中だけにとどめておくべきせりふが、ついこのあいだまでちょんまげだった坊主頭を眺めているうちに、冬也の口から零れ出てしまった。

「そんな家庭で育ったのに……」

拓馬が言い慣れた調子の自虐的な軽口を返してきた。

「そんな家庭だから、こうなっちゃったんだよ」

「あ、いえ、別に悪い意味で言ったわけじゃ……」いい意味でもないけど。

「お気になさらず。言われ慣れてるから」そう言ってＭａｃＢｏｏｋを叩きはじめる。検索欄に文字を打ち込んでは消し、また打つ。さすがユーチューバー。ピアニストのようにすばやく激しい指さばきだ。曲の最後の連打のようにキーを叩き終えると、たちまちこんな画面が現れた。

分団数　8
団員数　男性142人　女性0人
住所　下森町松﨑35

「拓馬さん、見て、住所。松﨑の『﨑』」

「決まりだな」

ネットでの誹謗中傷を蒸し返すような作業だ。知りたくはあるのだろうが、見たくはないのだろう。岬さんは腰が落ちつかない。こっちに近寄って離れた場所から画面を覗いたかと思うと、すぐにキッチンへ行ってしまった。パソコンへの接近禁止命令でも出されているかのようだ。

「百四十二人かぁ。ここからどうやって捜します？」

新たな事実を探してガコガコと乱暴にキーを叩いている拓馬に、逆に尋ねられた。

「毎日、消防団と一緒に行動してたんでしょ。その時、誰かとトラブったりしなかった？　感じのワル～いからみ方をしてきたヤツとか。心当たりはない？」

「ほとんど一緒じゃなかったんです。たいてい別行動で。僕らは捜索隊が帰った夜中に歩き回ったりしていたので」

「確かに、俺、君たちとは会ってないよね。二日間捜索に参加したのに――」

拓馬がまた捜索のボランティアに参加した話をはじめる。岬さんに聞こえるように声を張って。逆効果だってば。冬也はすみやかに遮った。

「変な人は、いなかったと思います。ねえ、岬さん」

岬さんは対面キッチンの向こうで新しいコーヒーを淹れている。寄り目になってコーヒーの粉の分量を計っているが、話は聞いていたはずだ。

「いちばん変な人は、私だったと思う。午前零時に捜索隊が帰っちゃうって聞いた時は、確かに感情的になった。必死だったから。でも、あとから考えたら、しかたないことだよね。不眠不休で他人の子どもを捜せなんて、こっちが無茶だった」

ペーパーフィルターにお湯を注ぎながら言葉を続けた。

「捜索隊の人が怪しいっていうのは、確かなの？　みんな一生懸命真人を捜してくれた。見つかった時には、心から喜んでくれた。疑いたくはないな……」

拓馬が岬さんに言い聞かせるように言う。

「でも、人の心は外からは見えませんからね」

岬さんが拓馬を見つめ返す。ひとしきり顔を眺めてから呟いた。

「そうかもしれない」

拓馬が傷ついた顔でうつむいてしまった。

うつむいたまま、テーブルに散乱したプリントの一枚を拾い上げて、『勝訴』の紙みたいに掲げてみせる。

「気持ちはわかりますけど、やっぱり、犯人はあの場にいた人間だ。ほら、この文章が、なによりの証拠」

指さしたのは、無人谷のスナフキンの書き込みだ。

『山﨑岬とともに子どもを捨てた共犯は、義理の弟トウヤと判明‼　二人ができているのかどうか、足元では不明』

「これがですか?」

「うん、真人くんや岬さんの名前はあちこちのマスコミに出たけれど、冬也くんの名前は?」

「もちろん、出てないです。これって、それこそ特定されたのでは?」

「いや、確かに最近は冬也くんのことも、あれこれ書かれているけど、名前まで書いているのは、こいつと、そのRT《リツイート》だけ。発端はやっぱり、『無人谷のスナフキン』こと『ムーミンパパ』だ。そもそも『トウヤ』がカナ表記なのはなぜだ」

岬さんが新しいコーヒーを置き、迷った様子でテーブルの端に座る。真人を呼び、麦茶が飲めるようになった真人の麦茶入りのプラスチックカップも隣に置く。

ああ、おいしいな、淹れる人が違うからだな、と拓馬が見えすいたお世辞を口にしてから、解答篇を話しだした。

「それは、文字として知ったのではなく、音で聞いて覚えたからだ。岬さん、捜索現場では、当然、冬也くんとの関係を訊かれましたよね」

「ええ。名前も呼んだと思います。トウヤくんって、何度も」

なるほど。この推理力は、やはり警察官の家系ならではか?

「凄いです。拓馬警部」

空になったカップをくわえたまま天井を見上げていた真人が、冬也の言葉をおうむ返しにする。

「すごいです。たにくまけいぶ」

口からカップがころころころがり落ちた。

「いやいや、警部だなんて。巡査部長でいいよ。親父と同じだ」

真人が足の届かない椅子からぴょんと飛び降りた。そして両足を開き、両手を広げて叫んだ。

「がう、かんけいないっ」

どうしたんだ、突然。アニメの少年探偵の真似か。

「これも、あの時から。ときどきやるの。夜中に飛び起きて、このポーズを取って、何かに怒っているように叫んだり」

「拓馬さん、教えた？」

「いや、まったく」

見えない敵と戦っているつもりらしい。ＡＳＤ児は定型発達の子よりごっこ遊びが苦手と言われている。岬さんが心配するほど悪いことではなく、真人の成長の証《あかし》かもしれない。

拓馬警部がドラマの刑事のようにひとさし指を立てた。

「あ、そうそう、犯人はもうひとつ痕跡を残しているんだ。犯罪現場だったら、まさに足跡だな。スナフキンの最後の文章を見て」


『足元では不明』


「足元？　方言ですか」

「いや、金融用語。『いま現在』『目下のところ』っていう意味だ。証券業界ではよく使うけど、一般的には使わない言葉だよね」

「じゃあ、ムーミンパパは、証券会社に勤めているとか？」

「あるいは株をやってるとかね。サラリーマンではない気がするんだ」

「なぜ？」

「書き込みをしている時間帯が午前中ばかりなんだ。逆に夜は少ない。リモートワーク中で時間が自由なのかもしれないけど、なんとなくサラリーマンぽくない。客商売か夜の仕事をしている人間、趣味は株投資。諸君、この線を本筋にして捜査にあたってくれたまえ」

「了解です、拓馬巡査」

「巡査部長」

「りょかいです。たにくまじゅんさ」

真人がまた両手を広げた。見えない敵から大人三人を守るように。


最近はまったく開かなくなったという岬さんのパソコンを借りて、冬也も捜査に参加する。こういう検索にはスマホよりだんぜん効率がいい。

「下森消防団のホームページがありますね。うわ、分団ごとにいろいろ書いてる」

二人で手分けして消防団の各分団の団員が交替で記している記事を読む。どれも署名入りだ。

「あ、拓馬さん、これ」

第六分団。去年の秋の記事だ。

『例年九月に行なわれている県の消防操法査閲大会が、今年も中止。台風でも大雨でも行なわれる大会ですが、コロナには勝てず。消防団も各イベントの中止を求める立場ですので、至し方ありません』

『至し方』。特徴的な誤記。

「ビンゴ」

「こいつだ」

コメントの最後の署名は、

（田村）


田村。ついに苗字に辿りついた。

「消防団に問い合わせれば、住所とフルネームがわかるだろうけど……まあ、個人情報は教えないよな。こっちも名乗らなくちゃならないだろうし。もうひとふんばりしようか」

「どうするんです」

「こんなに書き込みをしてる奴だから、実名でフェイスブックをしてたり、表のアカウントでブログをやっていたりしている可能性は高いと思う」

フェイスブック。冬也はやっていないし、人のものを見たこともない。じつはパソコンも得意じゃない。保育士の仕事はアナログで動いている。保護者への連絡帳はもちろん活動記録もいまだに手書きだ。

「さて、じゃあ、いっちょういきますか」

拓馬がまたモニターの向こうに喧嘩を売るように指の関節を鳴らす。

まずフェイスブックの画面を呼び出し、名前で検索。

ずらりと田村が並ぶ。

今度は居住地を打ち込んだ。『下森』

「あら、田村、下森に三人もいる。田舎だから、親戚とか同姓が多いのかも」

冬也はかたわらに立ち、最初の田村の投稿を覗いた。

『雪が降ってきたので、地植えのクリスマスローズを寒冷紗で厚着させました。クリスマスという名は日本では名ばかり。とくに寒い下森では、花が咲くのは春になってから』

「田村百合。女か。下森消防団に女はいないよな。除外だな」

「待ってください。犯人が消防団員の身内という可能性は？」

「ああっと」拓馬が頭を掻きむしろうとして、もう毛がないことに気づいて、頭皮を撫でた。「いい質問だ。いままでの前提が崩れるほど。とりあえず保留にしておくか」

検索欄に『消防団』を加えると、候補は一人になった。

いちばん新しい投稿から遡っていく。

「うん、消防団員だ。五歳児行方不明に出動したって書いてある。しかもこいつ――」

行方不明のさらに前、九月の記事にこうあった。

『今日は娘の七歳の誕生日。バーベキューパーティーをしようと思ったが午後から台風で全くダメ。至し方ない。泣く子も気象現象には勝てない』

「こいつだ。至し方くん。もはやこの誤字フレーズは、口ぐせだな」

一人目が判明した。

田村武志

拓馬は椅子に背中を預けてため息をついた。髪を掻きあげようとして、昨日、１０００円カットの店で坊主にしたことを思い出す。

まだひとつ、ほんの少しだが、贖罪ができた。ノートパソコンを閉じて、岬さんと冬也くん、どちらともなく尋ねる。

「この先はどうするんです。何か俺に手伝えることは？」

冬也くんが答える。

「もちろん、殴り込みをかけます。当然アポなしで」

キッチンで岬さんが声をあげた。

「私が行く」

「うん、そうだよね、岬さんも行ったほうが――」

冬也くんの言葉に岬さんが首を振る。きっぱりと横に。

「『も』じゃなくて、私が行く。私一人で」

いやいやいやいや。それはちょっと。

「やめたほうがいいですよ。ネットのディープな住民は、実際に会えばおとなしくて気弱な連中だとかよく言いますけど、それ、昔話です。武闘派もいるし、ヤバい職業の人間もいる」

外から心の中を覗いて欲しいぐらいの心の底からの忠告だったのだが、岬さんは微笑んだだけだ。魅力的な笑顔だった。拓馬の忠告には続きがあったのだが、せりふが胸の中でとろけてしまった。

「だいじょうぶ。その人には怒る権利はない。私の怒りのほうがずっと上だもの」

切れ長の眼が、きりりとつり上がる。華奢な拳を片方のてのひらに叩きつけた。細腕でせいいっぱい凄んだつもりみたいだ。なんてチャーミング――いや、それどころじゃない。本当にやめたほうがいい。プライドばかり高いネットの民の逆切れ率は、一般人より高い。冬也くんにも何か言ってもらおうと、視線を向けたが、肩をすくめているだけだ。

「そういえば、戸村さん」

岬さんに名前を呼んでもらえたのは、初めてだろう。詰まった声しか出せなかった。

「は……い」

「真人の捜索のボランティアに参加したって、本当ですか？」

冬也くんが顔をしかめている。なんだ？　片目をつぶっている。何のアイコンタクト？　ああ、目にゴミが入っただけか。

「はい。二日ほど」

胸を張って答えると、岬さんの唇の端がつり上がった。いままでの笑顔に比べると、ちょっと冷たく見えた。

「やっぱり、許すにはひとつだけ条件があります」

「な、なんでしょう」

「一回、殴らせて」

「は？」

「グーで」

ま、可愛い。むしろウエルカム。

「いいですよ」

拓馬は頬を突き出す。キスを受け止めるように。

「だいじょうぶ。グローブは大きめの10オンスにするから」

「へ」

岬さんがリビングから消える。

「岬さんは元ボクサーなんですよ。何試合かですけど、プロのリングにも上がってる。リングネームは、タスマニアデビル黒川《くろかわ》」

冬也くんの説明は冗談だと思っていた。タスマニアデビル黒川が赤いグローブをつけて戻ってきて、素人目にも本格的なファイティングポーズをとるまでは。

「ちょ、ちょっと待って」

拓馬が声をあげた時にはもう、目の前に赤い塊が迫っていた。

18

冬の神森《かみもり》は静かで美しい。

前の晩に雪が降った今日のような日はなおさらだ。森の底が白く輝いている。常緑樹は粉砂糖のような雪をまとい、落葉樹が裸木になった空はどの季節より広い。

それなのに、この風景を多くの人間が知らないことが、田村武志《たむらたけし》は残念でならなかった。近くにスキー場や温泉があれば、この土地ももっと賑わうのだが、そのどちらも、下森《しももり》より八岐山《やまたやま》の麓に近い隣村にしかない。

登山道の標識を模した『リリーベル』の木製看板にも雪が積もっていた。軍手を嵌めた手で払い落とし、スノーダンプで、県道から店の入り口までの十メートルほどのアプローチの雪を除ける。さほど雪の多い土地じゃない。昨日も夜半には止んだから、積もっているのは、くるぶしぐらいまでだが、空は依然として湿った雲に覆われていて、いまにもまた雪か雨が降りそうだ。まもなく午前十一時。日曜だというのに、今日も客は期待できそうになかった。

集めた雪に刺したスノーダンプに体を預けてため息をつく。店は神森の外周をなぞる県道沿いにあり、田村の店と母屋以外、周囲に民家はないから、誰にかまうことなく、ため息はつき放題だ。

民芸品店を兼ねた喫茶店、リリーベルを開いたのは、四年前だ。田村はこの下森で生まれ育ったが、実家の農業を継ぐつもりはさらさらなかった。テレビに出てくるような店がどこにもなく、若い女もいない、年寄りばかりで人間関係が暑苦しいこの土地から、一刻も早く抜け出したかったのだ。「ここは俺の居るべき場所じゃない」大学を卒業しても故郷には帰らず、都会で証券会社に就職した。結婚し、子どももできた。

だが、四十歳を前にして、故郷の日常が、神森の風景が、懐かしい映画のワンシーンのように蘇るようになった。そして思った。「都会は本当の俺の居る場所じゃない」「陽菜《ひな》を豊かな自然の中で育てたいんだ」妻の百合《ゆり》を説得して、Uターンした。自分で自分についた嘘だと、わかっていた。本当に「居る場所じゃなくなった」のは、同期が上司になってしまった職場だった。

戻ったところで、いまさら農業はできない。長男の田村が継がないとわかった両親は、少しずつ農地を売り、夫婦二人の家計をようやく支える程度の田畑しか残していなかったのだ。だが、問題ない。農業なんていうかったるくて先がない仕事をする気は、田村にはなかった。

親の土地の一部を使って、この店と家族三人で住む家を建てた。登山の趣味はないが、外観は山小屋風にこだわり、椅子とテーブル、食器に至るまで、この土地の数少ない産業である木工家具や民芸品で揃えた。通信講座でコーヒーソムリエの資格も取った。コーヒー豆は自分で焙煎している。淹れるのはもちろんサイフォン。この土地に足りないのは、若いセンスと新しいことへのチャレンジだと考えたのだ。開業時には四十を過ぎていた自分をまだ若者だと思い込んで。

客は来なかった。数年で完済すると豪語していた開業時の借金は、完済どころか、どんどん膨らんでいる。

いまや家計を支えているのは、店の売り上げではなく、専業主婦だった百合がわさび工場のパートで稼ぐ金と、親から貰う米や野菜や、百合には内緒で渡されている小遣いだ。

都会育ちの百合は、横浜に帰りたがっている。この土地には馴染めず、近所がないからママ友もいない。なにより田村の母親と折り合いがよくなかった。

吐いたため息が白く凍って、せりふの書かれていない吹き出しのように宙に漂った。

田村は、また思いはじめている。「ここも自分の居場所じゃない」「また新たな挑戦が必要かもしれない」と。

横浜に帰ろう。百合のために。新たな挑戦は、このところぽつぽつと収益が出始めた、ネット投資だ。

「挑む」と「逃げる」、二つの文字はよく似ている。自分の新たな挑戦というのは、じつは逃げているだけかもしれない、それに薄々気づいていても、またもや湧き出てきた逃走本能から、田村は逃げられない。

田村はときどき思う。もしかしたら、俺の居場所は結局、現実世界のどこにもないのかもしれない、と。

　無駄に広い駐車場の雪かきは、途中で放棄した。客が来るとわかっていれば、ちゃんとやるのだが。そのかわりに標識風の看板に手をかける。看板の場所が悪いのかもしれない。そうだよ、客足が悪いのは、こいつが道路からよく見えないからだ。ここの自治体は、神森の景観を守るためだとかで、道に看板を出すのを禁じている。少しぐらい出っ張ったってかまわないだろう。うちの店が繁盛することが、地域振興じゃないか。

　敷地内に立てた看板を移動させようと、しゃがみこんで盗難防止用のチェーンをほどいていると、声が降ってきた。

「開いていますか」

　振り向くと、白いコートを着た女が立っていた。

「あ、ええ」

　連れはいないようだ。女の一人客は珍しい。売り上げはコーヒー一杯だけかよ。民芸品を買ってくれなければ、いつもの小銭稼ぎだ。

「どうぞ」

　先に立ってドアを開けて、小銭客をギャルソンみたいなうやうやしいしぐさで招き入れる。

　店内の半分近いスペースには民芸品を置いている。開店当初は、地元の経済とカルチャーを応援すると意気込んで、知り合いの作家や工房の作品を置いていたが、まったく売れないから、最近は売れ筋の土産物をメーカーや問屋から仕入れていた。

「ご自由に見ていってください」

民芸品コーナーに誘導しようとしたが、女は見向きもしない。ほかに客はいないのに、窓から景色が見えるテーブル席を選ばず、カウンターに座った。

冷蔵庫から地元の名水のボトルを取り出す。中身はただの水道水だ。そいつを澄まし顔でガラス工芸のグラスに注いで、女の前に置く。

神森の間伐材でつくった木製のメニューブックを手に取り、視線を落としたまま女が言った。

「ブレンドコーヒーを」

低くはないが、ややハスキーな声。どこかで聞いたことがある声だ。

どこでだったろう。最近の田村が人と触れ合うとしたら、ネットやSNSの中でばかりだ。ユーチューブの中の誰かの声に似ているのかもしれない。

「お食事かケーキはいかがですか。チーズケーキがおすすめです」

これまで軽食はサンドイッチだけだったのだが、夏前からランチを始めた。

首を横に振られてしまった。

女はスマホを取り出し、操作をするわけでもなく、大切そうにかたわらに置いた。

インスタをやるのかな。店を宣伝してくれると助かる。隣村のオーガニック料理のレストランは、わけあり野菜ばかり使っているくせに、テレビで紹介されたとたんに、行列ができるようになった。

いまは誰もがインフルエンサーにもクレーマーにもなり得るから、金にならない客でも甘く見ないほうがいいことは、身にしみている。最近は口コミすらないが、開店当初は『接客が横柄』『サービスが悪い』とグルメレビューで何度も酷い星をつけられた。

そうだ、サービスってことで、チーズケーキを出してやろう。百合の手づくりベイクドチーズケーキだ。何日も持つからランチのデザート用に重宝している。

フラスコの湯を沸かしているあいだに、ケーキを取り出して小さく切り、冷蔵が緩むのを待つ。まずはコーヒーだ。

もったいぶったしぐさで竹べらでロートの中をかき回して、本格スペシャルブレンドの香りを振りまく。称賛の視線や言葉を期待していたのだが、女はまるで見ちゃあいなかった。マスク越しだから顔ははっきり見えないが、思い詰めた表情で、厨房の壁を見つめている。おいおい、まさか、神森に自殺しに来たんじゃないだろうな。

店でいちばん高価なカップとソーサーでコーヒーを出し、思い切って声をかけてみた。

「あの、写真撮影オーケーですので」

「いいんですか」

女がスマホを握りしめる。が、そうしただけで、どこにもカメラを向けはしなかった。こちらから顔をそむけるようにマスクを外して、カップを手に取った。

ん？

どこかで見たことがある横顔だ。誰だっけ。

いつ見かけたんだろう。そんなに昔じゃない。が、地元の人間には見えない――

頭の中の引き出しを探っていると、百合が入ってきた。客がランチをオーダーした時のために、ラインをしておいたのだ。

ランチの調理は百合の担当だ。そのために、百合のパートタイムは午後八時までの遅番になってしまった。

百合と口論した末に始めたランチ営業も、いまのところ儲けにはなっていない。食材が大量に余ってしまい、夕食に（往々にして朝食にも）食べるはめになる。

百合が視線で問いかけてくる。田村は無言で首を横に振った。「注文はない」百合が鼻を鳴らすように顔をしかめ、見下すようなまなざしを向けてきた。昔はこんな表情をする女じゃなかったのに。客がいなかったら、壁に拳を叩きつけていただろう。

チーズケーキを皿に盛り、女の近くに移動して、勧める機会を窺った。

女は顔を背けるように外を眺めていたが、ふいに前を向き、ひと口コーヒーを飲む。今度は真正面から顔を見た。

三十代半ばだろうか。きれいな女だ。だが、やせ過ぎだ。顎が削れてしまっている。もう少しふっくらしていたら、ほうってはおかないタイプなのに。脳内で女の容姿を補正して、服を脱がしにかかり、その途中で、ようやく誰なのかに気づいた。

山崎岬《やまさきみさき》。

二か月前よりだいぶ痩せ、ずいぶん頬がこけているからわからなかった。

何しに来たんだ。

この店に入ったのは、偶然か。

あの一週間、この女と面と向かって話をしたことはないが、顔は何度も見られているはずだ。いまさらながら田村は顔をうつむける。

チーズケーキをこっそり冷蔵庫へ戻した。わざとらしく煙草《アイコス》を取り出し、外へ出ていこうとエプロンをはずしていたら、山崎の声が飛んできた。

「やっぱり、ケーキをいただけますか」

「え?」

「チーズケーキを」

「は、はい」

わざとやってる？　いや、偶然だろう。

再びチーズケーキを出して、さっきより大きめに切る。いつも客に出す通常サイズだ。さっさと食べて帰って欲しかった。山崎はスマホで店内を撮影している！

ケーキを盛る皿も大きめのものが必要だ。食器棚に手を伸ばした田村のうなじがちりちりする。たぶん、俺も、撮られて、いる。

棚に積んだ小皿のひと山を抜き出して、下にある皿を取ろうとしたら、重ねた小皿がカタカタと鳴ってしまった。自分でも気づかないうちに手が震えていたのだ。

山崎岬の言葉が背中を刺した。

「田村さん――ですよね」

俺の名前を知っている？　なぜ？　知っていて来たのか。どうして？

「……え？　なんですって？」

聞こえないふりをしたが、声が上擦ってしまった。

「行方不明だった子どもを発見した方ですよね」

田村の様子と客の女に訝しげな視線を向けていた百合の顔が、一転輝いた。

あの子どもを見つけた時には、田村はこの下森のヒーローだった。マスコミが取材に来て、百合や陽菜にもインタビューをしていった。久しぶりに妻と娘から尊敬のまなざしを向けられた。毎日のように繰り返されていた夫婦喧嘩がなくなった。ほんの一か月ぐらいの間だけ。

だが、田村は気が気じゃなかった。あのことを知られるのではないかと思って。百合が新聞記事を店に飾ろうと言い出したのも止めた。

「田村の妻です」

百合が嬉しそうに自己紹介してしまった。もうしらばっくれるわけにはいかない。

「あの時はどうも」

頭を下げてみせた。本当に礼を言いに来ただけかもしれない。山崎が小さく笑った。

「まだ自己紹介をしていないのに、やっぱり私のことをご存じだったんですね」

心の中で舌打ちをした。なんだ、この女。俺にトラップをしかけやがって。性格が悪いんじゃないかと勝手に想像していたのだが、間違っちゃいなかった。

そもそも全部この女が悪いのだ。この店のこともだ。せっかく神森がＮＨＫの全国放送で取り上げられたのに、こいつの子どもが行方不明になったせいで、たちまちイメージダウンしちまった。

「改めまして、真人《まひと》の母です」

山崎が新たな罠をしかけるように頭を下げると、百合が無邪気に「ほおっ」と声をあげ、両手の指を胸の前で組み合わせた。「もしかして、わざわざお礼にいらし――」

田村は百合の言葉を途中で遮り、平静を装って言う。

「ああ、やっぱり。関係の方かなとは思いましたが、いまはっきり思い出しましたよ。ニュースにも出られていたし」

山崎が顔を見据えてきた。視線が田村の目を捉えて離さない。違うよ、百合、この女は礼を言いに来たわけじゃない。小皿の山を棚に戻すのにかこつけて背中を向けたが、まだ見つめられていることはわかった。

山崎が言った。

「目が笑ってましたか」

「えっ」

「私、目が笑ってましたか、ムーミンパパさん」

皿がまたカタカタ鳴った。


運転席の窓から外を眺めていた拓馬《たくま》が、後部座席の冬也《とうや》を振り返った。

「だいじょうぶかな、岬さん」

そう言って、両手を双眼鏡のかたちにして、また窓の外の監視を再開する。

冬也もウインドウを下げ、道の先、少し離れたところにあるロッジ風の喫茶店の三角屋根を見つめていた。

そう大きな店ではないが、何台分もの駐車場を備えた敷地は広い。岬さんが店の看板の脇にしゃがんでいた男と話をしているところまでは、少し離れたここからもわかったが、店に入るところは木立ちに隠れて見えなかった。

「ねえ、もう少し近づいてみない」

「いや、相手には見えないところにいてくれって、岬さんが」

「ちょっとだけ」

車は拓馬のものだ。冬也は車を持っていないし、岬さんは休職している時、駐車場代が馬鹿にならない、と車を売ってしまった。

ソロキャンパーが乗る車だから、ごついやつだろうと思っていたのだが、４ＷＤの軽自動車だった。四角くてちっちゃくてキャラメルみたいな色をしていた。まるでミニカーみたいだから、岬さんの家に横づけされた時には、真人がずいぶん喜んだ。

キャラメル4WDがのろのろと徐行を始めると、真人が声をあげた。

「あかはとまれー、あおは雀～」

十メートルほど前進すると、木立ちに隠れていたリリーベルのドアと道路に面した窓が見えてきた。

「どう？」

拓馬が聞いてくる。冬也は後部座席だが、店が見えやすい左側にいる。助手席には真人。車が走っている時は、岬さんが残しておいたジュニアシートで後部座席に縛りつけられていたけれど、いまは念願の助手席に移って窓にへばりついていた。

「うーん、やっぱりみえないな、やっぱり見えないな」

「やっぱりみえないな」

拓馬が再びキャラメル色のちっちゃな4WDを発進させる。真人がまた声をあげた。

「あかはとまれ～　あおは雀～」

抑揚は乏しいが、声が弾んでいる。車が動くのが嬉しいのだ。拓馬が保育園児同士みたいな口調で訂正する。

「雀じゃなくて、すすめだろ」

真人がおうむ返しをする。

「スズメじゃなくてすずめだろ」

肩をすくめて冬也に嘆いた。

「真人の言葉コレクションには、もう俺の『鳴くよウグイス平安京』は入ってないのかなあ」

「いや、これも、森から還ってきた時から始まった口癖なんです。拓馬さん、ほんとに真人を車に乗せてない？」

車で走っている間にも、真人は何度もこのせりふを口にしていた。拓馬が教えたのじゃないかと思って、同じ質問をしていたのだ。

拓馬がぶるぶると首を振った。

「だからぁ、乗せてないって。誰か、俺のあとに真人を車に乗せたやつがいるんじゃないの」

「まさか――」とも言いきれない。拓馬と会ったという三日目以降、真人がどこで何をしていたのかは依然不明だが、発見された時には、衰弱しているどころか、体重がほとんど減っていなかった。つまり、何らかの方法で食べ物を手に入れていたか、あるいは誰かにもらっていたとしか思えないのだ。

さらに十メートル進んで停止。

「今度はどう？」

「店の中は見えますけど、岬さんの姿は……ドアの向こう側にいるんじゃないかな。たぶんカウンター席。岬さんならそこに座るはずです。店主の田村と対決するために」

「さすがだ、岬ねえさん」

自分のほうが少し年上なのだが、パンチをくらってからの拓馬は岬さんのことをこう呼ぶ。運転席から身を乗り出して、両手をまた双眼鏡のかたちにした。真人が真似をして両手で輪をつくる。

「おお、真人も秘密兵器を使えるのか。これは、双眼鏡、という秘密兵器だよ。エアだけど」

「そう……がんき……よう」

「そ」

「なくようぐいすそうがんきょ～」

「うんうん、そうこなくちゃ」

田村武志の店に入ってもまだ、岬は自分がどうしたいのかわからなかった。一人で会う、と冬也くんに言ってしまったのは、これは私自身の問題だから、人に頼っちゃいけない、助けは借りても、最後は自分の力で打開しないと、解決したことにはならない、そう考えたからだ。

相手に対する私の怒りは、他の誰より強い。相手に放つべき言葉は誰かに代弁してもらうのではなく、私自身が口にしなくちゃいけない。

とはいえ、正直に言えば、怖かった。この店に入る時も足は震えていた。近くで待っている、真人も連れて行く、と冬也くんが言ってくれた時も、最初は断ったのだけれど、来てもらってよかった。すぐそこにみんながいる、真人がいる、それだけで、なけなしの勇気が湧いた。真人にかっこいい姿を見せなくてはと思える。臆することなく相手の顔を見返すことができる。

田村はこちらに背中を向けたまま無意味に棚の中で食器を移動させている。お皿が鳴っているのは、手が震えているからだろう。そう、むこうだって怖がっている。

捜索隊の中に初日からいたはずだが、誰もがマスクをしていたからか、顔に見覚えはなかった。田村武志は、がっちりした健康そうな体格をした、物腰の柔らかな男だった。想像していたような陰気で粘着気質的なところは感じられない。外見上は。

ようやく田村が振り向いた。

「なんのことでしょう。何か誤解があるようですが」

職業的な笑顔を浮かべてそう言った。だが、こちらを見ようともしない。まばたきをくり返している目が泳いでいた。

この男の書き込みにこんなのがあった。

『山﨑岬が嘘を言っている証拠～　①まばたきが多い。②目が泳いでいる。③唇を頻繁に湿らせるwww』

真人が見つかる助けになればと思って受けた取材では、岬は必ずマスクをしていた。唇を湿らしているかどうかなんてわかるはずがない。

その言葉、そっくり返す。

田村は透明なマウスシールドの下で唇をひっきりなしに舐めていた。全部、自分が嘘をつく時の癖なんだろう。

田村の奥さんは少し離れた場所で、両手で二の腕をかき抱いている。

「何の話？」

田村が無言で肩をすくめる。岬は田村の妻に向けて言葉を放った。

「何の話かは、ムーミンパパさんがよくご存じだと思いますよ」

田村が岬から顔をそむける。奥さんに見つめられているとわかると、うつむいてテーブルを拭きはじめた。

奥さんが声をあげる。

「誰？」

ムーミンパパって誰、と訊いているのではなく、この女は誰なの、と夫を問い詰める口調だった。

「さあ。俺にも何がなんだか」

田村はツーブロックの髪を落ち着きなく撫で上げている。店内は岬がコートを脱がないままでいるほど暖房が効いていないのに、額には汗が浮かんでいた。

「おわかりにならないなら、無人谷《むじんだに》のスナフキンとお呼びしましょうか」

岬がハンドルネームを口にするたびに、田村の頬がひくりと痙攣した。皮膚の下で蟲《むし》が蠢《うごめ》いているみたいに。

人に言われると、恥ずかしいでしょ。そんな恥ずかしい名前で恥ずかしいことをやってたのよ、あなたは。岬自身は真人に恥じない母親であるために、試合前のフェイスオフのように相手の顔を見据えて、目を捉えようとし続けた。

田村が岬の目を見ないまま、ドアへ顎をしゃくった。

「ここじゃなんだ……外で話しませんか」

妻の前で平静を装いたいらしいが、声は震えていた。奥さんの声がいちだんと高くなる。

「ねえ、何があったの、何なのこのヒト。説明して」

奥さんも田村同様、岬のほうを見ようとしない。ここに存在しないかのようにふるまいたいらしい。もしかしたら、男女関係のもつれだなんて、見当違いのかんぐりをしているのかもしれない。

岬は同情心が芽生えてしまうのを堪える。だめだ。ここでひるんでは。憎まれるのを恐れてはいけない。試合の時と同じだ。相手の痛みを想像してしまったら、みぞおちに決定的なフックを放てない。出血したまぶたにストレートを打ちこめない。ゴングが鳴った以上、戦わなければ、こっちが倒されてしまう。ここはロープのないリングだ。

「あとで説明する。席を外してくれない――」

奥さんへのせりふを最後まで言わせず、容赦なく言葉のジャブを打ち込んだ。

「いいえ、奥さんにも聞いてもらいます」

二人で話したって、何も解決しない。自己完結のネットの世界で生きている人間に対しては。第三者が介在して現実に引きずり出さないと、たとえ謝罪の言葉を引き出したとしても、その場かぎり。ネットの言葉と同様、空虚な、心の入っていない文字の羅列を、音声モードで聞かされるだけ。

奥さんがこの場を離れないという意思表示のように、初めて岬に向き直った。田村が黙りこみ、不服そうに下唇をつき出す。まるで五歳児だな。いや、森から還ってきてからは、真人ですらこんな表情はしない。三歳児だ。

とにかくまず、相手の顔を見てやろう、こっちの顔を見せてやろう。そう考えてここへやってきた。

この男は、本当は私のことを何も知らない。ネットでの発言は私の名前を使って創りあげたフィクションだ。私は、この男が頭の中で勝手にでっちあげた空想上の攻撃目標であり、何を認めて貰いたがっているのかよくわからないプライドと承認欲求のためのスケープゴート。だから現実の私を見せてやろうと思った。

岬が真正面から捉えようとしても、田村は目を合わせてはこない。マウスシールドの下から指を突っ込んで爪を噛んでいる。いまにも指しゃぶりを始めそうだ。ネットではあんなに威勢が良かったのに、生身の人間と対決するのは怖いのでちゅか？　三歳児だからって、容赦はしないからね。

田村がようやく目を合わせてきた。一転、瞳に怒りの炎が燃えている。

「いまは話したくない。もう帰ってくれ」

今度は逆ギレか。

「何があったの」奥さんがおろおろ声を出す。「このヒトは誰？」

「よく知らない。なんか……言いがかりをつけられてるっていうか」

しらばっくれて逃げきれると思ったら、大間違いだよ。食らいついたら離さない。タスマニアデビル黒川《くろかわ》のストロングポイントは、相手のふところに飛び込んでからの連打だ。

「言いがかり、ですか？　証拠をお見せしましょうか」

奥さんが敵意剝き出しの視線を向けてきた。

「警察を呼びますよ」

「どうぞ。刑事告訴をする準備があるのは、こちらですから」

「いや、ちょ、ちょっと。お前は黙ってて」

田村の目玉が丸くふくらんだ。歌舞伎の所作みたいに片手を突き出してくる。

「わかった、わかりました。謝ります。ほら、このとおり」

深々と頭を下げてくる。どうせ下げた頭の中では別のことを考えているんだろう。こちらからは見えない顔にはどんな表情を浮かべていることやら。

「ねえ、何なの、これ」

「あとで話す」

「いま聞かせて」

「いまはだめだ」

「じゃあ、私が説明しましょう」

田村が酸欠の金魚みたいに口をぱくぱくさせる。その口から新たな言い訳が飛び出してくる前に、岬は言葉を放った。

「ご主人はネットで私のことを誹謗中傷しています。それこそあらゆるところで。まったくのデタラメを拡散しています。おかげで私と息子、そして義理の弟は大変な迷惑をこうむっています。これが証拠です」

トートバッグからプリントの束を取り出した。

「見るな。嘘っぱちだ」

カウンターの向こうから手を伸ばしてひったくろうとしたが、カウンターの外にいた奥さんの腕が伸びるほうが速かった。

「田村武志さんの利用しているプロバイダを通じて、情報開示請求をしましたが、拒否されたようなので、民事裁判か刑事告訴、どちらかを選択しようと思います。どちらをお望みですか。お金で済ますか、しばらく塀の中に入られるか――」

「ちょ、ちょっとっ、そんな大げさな。ネットであんたの噂を見つけて、本当のことだと思って、リツイートしていただけじゃないか」

どの口が言う。口をひねってやろうか。

「専門家に調べてもらいました。根も葉もない中傷の発信源はあなたです。多くの人にリツイートさせているのはあなた。名誉毀損罪、信用毀損罪、脅迫罪、侮辱罪。誹謗中傷の四冠王だそうですよ。おめでとう」

プリントを読んでいた奥さんの眉間に皺が寄った。田村がかすれ声を絞り出す。

「わかりました。すべて削除します」

あきらかにふてくされた声だった。

「削除？　それで済ますつもり？　あなたが記事を削除しても、私たちがつけられた傷は消えませんよ」

「じゃあ、どうしろと……」

「謝罪文を掲載してください。捨てアカウントの捨てハンドルネームではなく、本アカウントのほうで。ハンドルネームは、確か『森のファイヤーファイター』ですよね」

「え？　あ……いや……」

田村の頰の皮膚で蟲が這いまわった。

田村武志の本アカウントは、拓馬さんが調べてくれた。「ここまでわかれば、簡単ですよ」

ネットでの表の顔である『森のファイヤーファイター』での田村は、日々の子育てや消防団での活動も披露し、社会問題や近隣諸国への保守的な意見で、けっこうな数の『いいね』を獲得している。

「いや、それは……ちょっと」

人のことは実名を晒して嘘ばっかりの悪口を撒き散らしておきながら、自分はネット上の仮の名ですら、汚したくない？　ふざけるのもいい加減にして。

「写真、オーケーでしたよね」

スマホで田村の顔を連写する。

「おい、なにするんだ」

「応じてもらえない場合、こちらは顔も実名も晒されて、あなたの誹謗中傷を受けているわけですから、こちらもあなたに同じことをします。ただしこちらは事実だけを流しますが。あなたが何をしたのかを」

「ちょ、ちょっと、待って。かんべんしてくださいよ。子どもがいるんだ。子どもに知られたら――」

岬は両手でカウンターを叩いて立ち上がる。

「ふざけるな。子どもがいるのはこっちも同じでしょ。人にはやるけど、自分はやられたくない。そんなの子どもにも通らない理屈よ」

プリントを読んでいた奥さんが顔をあげる。相変わらず岬の顔は見ず、夫のほうばかり見ているが、そのまなざしは、冷ややかになっていた。

「知られたくないことをなぜやるの？　知られなければ、何をやってもかまわない？　ご不満でしたら、法廷で会いましょう。こちらが裁判の費用に困っていると思ったら大間違いですからね」

本当はお金なんかないけれど、借金をしてでも、この勝負には勝たなくては。

「え？」

はったりの効果は想像以上だった。田村の顔から表情が消えた。やっぱり、そうか。どうせ裁判沙汰にはならないと高をくくって私を標的にしたのだろう。ネットでの誹謗中傷に関しての法律が改正されても、お金がない人間には訴えることもできない。シングルマザーだから舐められていたのだ。

田村の態度が露骨に変わった。

「謝罪文を出します。あとはどうすれば……いいですか」

して欲しいことは他にもある。だが、感情を抑えきれずに、こう言ってしまった。

「返して」

田村の目がいままで以上に泳ぎはじめた。黒目が白目の中で溺れそうだ。

何？　なに？　岬はただ「自分たちの平穏な日々を返してくれ」と言ったつもりだったのだけれど。

「……返すって、もしかして、あのリュックは……ヤマザキさんの……」

リュック？　何を言ってるんだろう、この人。


しゃがみこんで木立の隙間から店の中を窺った。

「どう？　見える？」

冬也の隣にしゃがんだ拓馬が尋ねてくる。拓馬のほうがリリーベルに近いが、顔の前に葉の茂った枝が伸びていて、視界を遮っているのだ。

「どおみえる」

真人は冬也と拓馬の間にサンドイッチされて、クリスマスローズの繁みの上に顔を出している。

車から出てリリーベルに近づいてしまったのは、「遅くない？」と拓馬が言い出したからだ。

「まだ十五分じゃないですか」

「犯罪を行なうにはじゅうぶんな時間だよ」

「なんの犯罪ですか」

「岬ねえさんとて人の子。背後から鈍器で殴られたらひとたまりもない」

「まさか」

「様子を見てくる」

止める間《ま》もなく拓馬が車を飛び出した。真人がすかさずそれについていく。しかたなく車をロックして、冬也も後を追った。

「見えます。カウンターに四十代前半ぐらいの中肉中背の男」

「田村だな」

「たむにゃだにゃ」

「何か喋ってます。あ、岬さんが片手をあげた」

「顎にアッパーカット炸裂?」拓馬が体を寄せてくる。間に挟まった真人が「きゅう」と声をあげた。

「違います。言葉を遮ろうとしている感じですね」

「なんか問題あり?」

「なんかもんじゃいあり」

「いえ、田村が頭を下げてます。謝ってますね」

「どれどれ」

「きゅう」

二人して店の中を覗き込んでいると、隙間から押し出されたみたいに、真人が走り出してしまった。あ、ちょっと待て。

謝ってはいても、どことなくこちらを見下しているようだった田村の態度が、「返して」と岬が言ったとたん急変した。

「返します。返しますので。盗もうとしたわけじゃなく、一時的に預かろうって、団長がそう言って」

なんのこと?

「俺は持ってないです。考えたのは、ほんとうに俺じゃないんで。団長なんで」

「ちょっと待って」

岬がてのひらを突き出して、言葉を遮ろうとしたが、なんのための言い訳なのか田村も必死で、首が壊れたように何度も頭を下げてくる。奥さんにもわけがわからないらしく、呆れて目を丸くしていた。

「大人用だったし、捜索資料の真人くんの所持品リストにはなかったから……で、あの頃、ヤクザ同士が森の中で揉めてたって噂があって、じゃあ、貰っておこうかって流れで……」

「流れって——何のこと？　意味がわからない」

意味がわからない、という言葉を自分への非難だと思ったのか、田村の弁解はさらに力がこもる。

「いや、だから、まさか……山崎さんのものだとは思ってなくて。そんなつもりじゃ……ほんとにあのあのネコババじゃなくて、俺はよそうって言ったんだけど、団長や副団長が聞かなくて。予算が足りないいんです。いま消防団は」

何を言っているの、この人。口を挟む隙のない田村の言葉が途切れるのを待っていたら、ドアが開き、金属製のドアチャイムがけたたましく鳴って、真人が走り込んできた。おでこが剝き出しになる勢いで。

「まぁーま」

続いて冬也くんも、拓馬さんも。

「お金は消防団であずか……うわ、なんですかあなた方は」

「どうしたの、みんな」

さようなら、この世界。

爪先立ちでかろうじて乗っている厚底パンプスさえ蹴れば、すべてが終わる。それがわかっているのに、理実《さとみ》の足は動かない。

死後の世界はどんなだろう。きれいな世界だといい。一面に花畑が広がっていると、人は言う。でもなあ、そういうとこの花って、菊っぽいよな。私、キク科の花粉症だからなあ。そもそも経験しているといったって、実際に死後を知る人なんてこの世にはいないのに、なぜわかる。

真っ暗闇だったらどうしよう。豆電球をつけてないと寝られないタイプなのに。

もし死んでも誰にも発見されなかったら、私はどうなるの。身元が特定できるものは車に置いてきてしまった。

『謎の白骨美女死体、発見』

あまり嬉しくはない。白骨美女ってなんなの。

ぐずぐずとあてもなく考え続ける理実を嘲笑うように、背後で野鳥の声がした。

「きいぃぃーっ」

それに続いて、繁みが騒いだかと思うと、足音が近づいてきた。

ててて。

なに、なになに。

てててて。

犬？　鹿？　まさか熊？

振り向くことはできなかった。少しでも首を動かすと、ロープの輪の中にすっぽり嵌まってしまう。

いきなり背後から足を抱えられた。誰かが私の自殺を止めようとしているのだ。

「やめてください。困ります。このまま死なせて」

理実は力なく抵抗する。かなり力なくそうしたにもかかわらず、あっさり振りほどけてしまった。

私を救いに来た王子様は、あまり力が強くないようだった。

わかりました。とりあえず、やめますから。背後の誰かさんにそう言おうとしたとたん、ぐいっ。足にしがみつかれた。ロープからはずしかけた首に、再びロープがかかった。

「え、なに、やめて。死ぬ」

ロープが顎で止まったから命拾いした。首にもろにかかっていたら死んでしまうところだった。

だが、誰かは、足にしがみついたまま離れない。理実は喉へずり落ちようとしているロープの輪を、両手で握りしめて必死で押さえた。なぜなぜだれだれなになにに。助けてくれるんじゃなかったの。

「助けてえっ、人殺しぃっ」

だめだ、このままじゃ死ぬ。理実は死ぬ気になればなんでもできる、という言葉が大嫌いだったのだが、まんざら嘘ではなかった。命がけで片足ずつ交互にばたつかせたら、しがみついてきた腕が、今度もするりとほどけた。体力のまるでない暴漢だ。両腕に力をこめると、生まれてから一度もできたことがなかった懸垂に成功して、ロープから顎がはずれた。

そのかわり、爪先がパンプスから完全に離れ、両腕から力が抜けたとたん、尻から地面に落ちた。

尾てい骨に衝撃。痛みでしばらく頭の中がホワイトアウトした。

尾てい骨、折れたかも。二秒間ほど痛みに我を忘れて、それから、暴漢の存在を思い出した。

「ひっひひっ」

逃げないと、殺される。折れているかもしれない尾てい骨の痛みなどなかったような素早さで起き上がる。転がっていたパンプスを拾い上げ、爪先をナイフのように突き出しながら、振り返った。

誰もいなかった。

てててて。

後ろだ。

また背後から足音。

振りむく前に腰を抱きすくめられた。

今度は顔面から倒れ込む。

低めの鼻ではなく、おでこが先に着地した。恐怖に駆られてほとばしり出た悲鳴は、途中で苦痛の呻きに変わった。

すぐそこで声がした。

「きぃいいーっ」

鳥？　いや、人間の声だ。

理実は腕立ての姿勢で起き上がる。半身を起こした視線の先に、小さなスニーカーとズボンを穿いた細い足があった。

子どもだ。

両手を腿にあてがって立て膝になると、
ててて。

子どもが走り寄ってきた。口を縦長になるほど開けて叫んで。

「ままー」

理実は顔に落ちかかった肩までの髪を首を振って払った。そのとたん、
てと。

足音が止まった。

手を伸ばせば届く距離だ。立ち上がると、
とて。

足音が後退した。

子どもが理実を見上げてきた。といって目を合わせるわけではなく、顎の辺りを見つめている。ゴミでもついているのかと、指でぬぐってしまった。見つめ返したら、大きな目を丸くして、さらに後ずさりをする。

とてて。

てと。

と。

「何をしているの、ぼく――」いや、女の子かもしれない。可愛いらしい顔立ちだ。どちらにしても性自認がどうなっているのかわからない。教育者らしく、呼び方を変えた。

「ここで何をしているの、あなた」

子どもは頭にヘッドランプをつけていた。髪はボサボサで枯れ草や葉屑がからみついていた。ダ

ウンジャケットもズボンも泥だらけだ。何が入っているのか、重そうな黒いリュックを背負っている。

首にはマフラー。理実のしてきたマフラーと同じ赤系統だが、テカテカして品《ひん》がない。

返事はない。質問を重ねた。

「あなたのおうちはこのへんなの?」

このへんと言ったって、森の奥をめざしてかなりの距離を歩いてきたのだ。途中の道のりに民家なんかどこにもなかった。

子どもはやはり答えない。

尾てい骨の痛みがぶり返してきた。びりっと背骨に電流が走り、おかげで頭の中に電球が灯った。

この子、もしかして。

子どもの目線に合わせてしゃがみこむ。

うん、きっとそう。子どもにというより、自分自身が確信するために言葉にした。

「あなた、行方不明の子でしょう」

行方不明の子どもは確か五歳児だ。中学校教師だから、幼児のことはくわしくないが、背丈はこのくらいだろう。第一、小柄な理実の胸までしかない小さな子どもが、一人でこんな山の中にいるはずがない。

こんなところにいたのか。捜索隊は見当違いの場所を捜しているみたいだ。

行方がわからなくなってもう何日も経っているんじゃなかったっけ。そのわりには元気そうだった。

テレビのコメンテーターは、「子どもの体力は限界に近づいている。早く見つけてあげないと、危険な域を超えてしまう」とかなんとか知ったかぶっていたけれど、子どものほっぺたはぷっくりしているし、血色もいい。さっき理実を殺しかけたほど体力もあり余っているようだ。とても危険な域には見えなかった。

ほんとに可愛い顔をしている。羨ましいほど大きな目。ノネズミみたいに飛び出した愛らしい耳。まるで童話から抜け出てきた森の妖精のよう。

「怖がらなくていいよ。もうだいじょうぶ。私がおうちに連れて帰ってあげる」

子どもはぼんやり突っ立ったままだ。

「あなた、お名前は？」

答えはない。ただでさえ乏しい表情が、顔から消えてしまった。陶製の妖精人形みたいに。たぶん理実が期待していた相手ではないことに失望しているのだ。

まあ、いいけど。理実はこういう顔をされるのには慣れている。

奇蹟の一枚を使ったマッチングアプリで、初めて会った時の相手の表情。遅れてきた合コンの席で注がれる男たちの舌打ちが聞こえそうなまなざし。実家のドアを開けた時の、男が来たと思ったのか、理実だと知った時の母親の顔。

いまトレンドの子どもだ。調べればわかる。スマホでニュースを検索した。

『山崎真人』

マコトか……いや『マヒト』と読むらしい。最近の親は子どもの名前をこねくり回しすぎる。理実は毎年新しいクラスの担任になった時は、あらかじめ名簿にふりがなを振る。国語教師の理実にも、説明されないと読み方がわからないキラキラネームが多いからだ。

昨日読んだネットの情報によると、母親はシングルマザーだ。情緒不安定で、自分の子どもを捜してもらっているのに、警察官や消防署の人を怒鳴りつけているそうだ。代理ミュンヒハウゼン症候群の疑いが濃厚らしい。事件のインタビューを受けていた時、目が笑っていたのだという。

仕事柄、いろんな母親と父親を見てきた。この子の母親もろくな人間じゃないだろう。

子どもを見ればわかる。子どもは家庭を映す鏡。子どもの言葉と行動は親を映す鏡だ。

この子の表情が乏しいのは、情操教育が足りないせいだ。じゅうぶんに愛情を注がないからだ。親に笑顔がなければ、子どもが笑顔をつくれるわけがない。

目を合わせようとしないのは、大人が怖いからに違いない。虐待されていたとしても驚きはしなかった。

真人君はしゃがみこんで地面に石を並べはじめた。やけに熱心に。五歳児とは思えないほど几帳面に。たぶん一人遊びが得意なのだ。親がかまってやらないから。

「かわいそうに」

思わず呟いてしまった。

母親の名前は、山崎岬。おそらく刈山心亜《かりやまここあ》の母親みたいな女だろう。ガサツで、身勝手で、押しつけがましい下品な女。理実の母親と同じだ。信じたいことしか信じなくて、簡単に騙されて、想像力も学習能力もまるでなくて、そのくせ等身大以上の自分を自分だと思い込む、痛くて、哀しい女だ。

「真人くん」

名前を呼んでみた。

石を並べていた背中がびくりと動く。怯えて震えているように見えた。理実が優しく声をかけたのに。食べ物があれば、気が引けるのだけど。何か食べるものはあったっけ。

そうそう、オレオのバニラクリームがあった。ここに来る途中で買って、朝ご飯がわりに食べた。帰りに食べようと思って残しておいたのだ。飲み物は全部飲んじゃったな。どこか自動販売機で買おう。

「ねえ、ジュース飲む？」

「じゅうすのむ」

可愛いもんだ。こっちの言葉をそっくり真似して喋っている。このくらいの齢の子は、まだまだ天使だ。大人を馬鹿にしたりしない。あと十年もすると、グレムリンみたいな生き物に変身してしまうのだが。

とりあえず、車のところに戻って、お菓子を食べさせて、何か飲ませて。それから、送っていこう。

体も拭いてあげないとね。私が見つけて、おうちに帰してあげる天使ちゃんだから、ちゃんときれいにしてからお返しししないと。

「おいで」

慈母みたいな笑顔を浮かべてそう言い、来た道を戻りはじめると、真人はおとなしくついてきた。違う人生があれば、自分にもこんな子どもがいたかもしれない。この子を真ん中にして、親子三人で手をつないで歩く姿を理実は想像した。

子どもを挟んだ反対側には、昔、ほんの一時期つきあっていた、名前を思い出したくもないモラハラ野郎とは大違いの、背が高くて、浮気に悩まされない程度にハンサムな、優しい夫。

雲に隠れていた太陽が再び神森の真上に顔を出すと、紅葉の森はいままで以上に燃え上がった。

赤く、あるいは黄金《こがね》に。とはいえ理実の目に森がいっそう美しく光り輝いて見えるのは、おそらくそのためだけじゃない。

死ななくていい理由がようやく見つかったのだ。ずっとずっと捜し続けて、どうしても見つからなかったのに、土壇場で理由のほうがむこうから転がりこんできた。泥まみれで。生きているってことは、世界が輝いて見えるってことなのね。

私は死なない。いえ、死ねない。なにしろこの子を無事に送り届けるという使命があるのだから。しばらくは私のところへマスコミが殺到するだろう。死んでいる暇はない。

戻り道を辿る理実の足どりは、首吊りの枝ばかり探していた行きの時とは違って、軽やかだ。落ち葉を踏みしめる音も小気味よく耳をくすぐる。

さく、さく、

さくさくさくさく。

ケロッグのチョコクリスピーを噛みしめているみたいな音。あ、なんだかお腹がすいてきた。生きてるってことは、お腹がすくってことだ。

振り返って真人に声をかける。

「お腹すいたでしょ。もう少しだから我慢してね」

真人はちゃんと後ろをついてきている。でも、五歳児にしても足どりはのろい。顔をうつむかせて、落ち葉を蹴散らすように歩いている。

「このへんは岩ばかりで危ないよ。さあ、おいで。一緒に歩こう」

いつもは出したことのない優しい声が出た。どう、真人くん、山崎岬みたいな母親より、私のほうが良くない？

真人に腕を差しのべて、もみじまんじゅうみたいな小さな手を握る。

何日も洗っていない真人の髪からは日なたの藁に似た匂いがした。どこかでおもらししたのか、ちょっとおしっこ臭かった。理実の胸を何かが——懐かしい写真をコルクボードに留める時の画鋲のようなものが——刺した。理実は真人の手をきつく握りしめて、手のひらの中に包み込む。

真人が握った手を振りまわしはじめた。

ぶーらぶらぶら。

なになに？　ああ、あれか。ドラマやCMでよく見る、親子の仲のよさをアピールするための「手つなぎぶらぶら」だ。

理実も大きく手をぶらぶらしてあげた、けども、
真人は喜ばなかった。理実の手の中で指がもぞもぞしている。振りほどこうとしているのだ。ちょっと力が強すぎたか。理実の握力は中二の男子並みだ。

力をゆるめたら、たちまち手を振り払われてしまった。

「ごめん、ちょっときつく握りすぎちゃった」

ぺろりと舌を出す。子どもっぽいしぐさで子どもに仲間だと認識させる作戦。このくらいの子どもの相手なら、私、じょうずかも。いま思えば、小学校教師になるか、中学校教師になるか悩んだ末に、中学教師を選んでしまったのが、人生における最大のミスだった。金八、観すぎたか。

微笑みを投げかけた理実の目に映ったのは、理実が握っていた手を、真人が薄汚れたズボンでけんめいにぬぐっている姿だった。

おい、こら。

いや、怒っちゃだめだ。悪いのはこの子じゃない。親だ。山崎だ。

理実は大きく手を振って歩き、一人で手つなぎぶらぶらをした。違反キップを切られないように、車は森に少し入ったところに停めてある。そこから見当違いの場所でこの子を探し続けているおまぬけな捜索隊の前に、颯爽と乗りつけるのだ。

「みなさ〜ん、真人くんはここよ〜」

大騒ぎになるのが目に浮かぶ。目を開けていられないほどのフラッシュが焚かれるだろう。私の声を求めてどのくらいのマイクが差し出されるだろう。情報バラエティとかにも、やっぱり出演することになるんだろうか。

歩きながら考えた。殺到する取材になんて答えようかと。

——ここで何をしていたのですか。

「秋を探しに来ただけです。真人くんに出会えたのは、森の神様の思し召しかもしれません。神森《かみもり》だけに」

一人旅に慣れた大人の女という風情を漂わせて、ここで神秘的なスマイル。『森の神様』はやめとこうか。カルト宗教のヒトと勘違いされちゃうかも。

——ご職業は。

「ご想像におまかせします。青少年に知識と人の道を伝える職業、とだけ言っておきましょう」

やりすぎだな。きちんと中学教師であることを明かして、この事件の根本にある、子どもへのネグレクトについて語ろうか。そこから最近の中学生の荒《すさ》み具合や、学校の事なかれ主義にも言及し、ワイドショーへ出演した折りには、現場でのインタビューでは語り尽くせなかったモンスターペアレントへの問題提起も——

カメラに映る時、マスクははずしたほうがいいかな。いや、つけたままがいい。下ぶくれで顎にちょっとお肉が余っている私の場合、つけていたほうが美しく見える。マッチングアプリに載せる写真をマスクありにしたら、とたんに食いつきがよくなった。容姿に恵まれているとは言い切れない女にとって、コロナは特需だ。

こんなことなら、コートはもっと濃いめの色にしとけばよかった。テレビって実物より10パーぐらい膨張して見えるっていうし。

これから始まるだろう自分ストーリーに思いを巡らせているうちに、

あれ？

　　れ？

ここはどこ？

来た道を引き返しているつもりだったのに、気づけば目の前には、見覚えのない風景が広がっていた。行きと帰りでは見える方向が真逆だから、知らない景色に見えるのか、いや、そうではあるまい。あんなまっすぐの杉の木なんて一度も見ていない。

理実はハニワの顔で立ちすくむ。

道に、

　　　迷った。

周囲をぐるりと見まわした。吹く風は冷たいのに、生え際から汗がにじみ出てきた。そしてふいに気づいた。

真人はどこ？

後ろにはいない。前にも。右にも。左に――

いた。しゃがみこんでいたから気づかなかった。地面に露出した木の根に小石を並べていた。

真人と手をつなぎたかった。自分が安心するために。年の差ヘンゼルとグレーテルだ。パン屑を落とし忘れたグレーテル。あれ、どっちがグレーテルだっけ。いや、いまはそんなことはどうでもいい。

一度、迷い込むと二度と出られない――ここが青木ヶ原より広い樹海であることをいまさらながら思い出した。せっかく生きる希望が芽生えたのに、ここから生きて出られないなんて、しゃれにならない。

助けを呼ぶ？　でも、それだと颯爽と登場できなくなる――迷いつつスマホを開いて、見慣れない表示に両目が黒い穴になった。

圏外。なんで？　さっきは使えたじゃない。さっきのとこに戻る？　いや、それもムリ。

理実は森の中で樹木の一本のように立ちすくみ続ける。額に落ちてきた汗をぬぐった。生きてるってことは、汗をかくことだ。

後ろにいた真人が理実をてこてこと追い越して行く。

「待って、道がわからないの。一人で行かないで」怖いよ。私が。

真人の足は止まらない。やけに確信がこもった足どりだった。

「え、もしかして、道がわかるの？」

藁をもつかむってこういう現象のことか。一瞬、五歳児の背中を追いかけてしまった。が、すぐに思い直した。この子にわかるわけがない。だってもう何日も森の中を迷っている子だ。迷ってるに関しては、私より上手《うわて》。このままだと一緒に遭難だ。二人揃って救助されたら、何を言われるかわかったもんじゃない。

「待って」

リュックに手をかけて真人を止めた。真人は動くおもちゃみたいに両足をぱたぱたさせる。リュックからはバナナの匂いがした。

風が強く吹いて、木々の梢から枯れ葉がいっせいに舞い落ちてきた。舞い散る色葉に見とれて電動少年真人がようやく停止した。

理実もつられて空を仰いだ。その瞬間、気づいた。

そうか。太陽はさっきまで空の真上にあったのに、片側に傾きはじめている。ということは、あっちが西。

どっちから森に入ったっけ？　途中の道は頭上も枝葉に覆われていたし、枝探しをしていたから、太陽なんてろくに見ていなかった。

森に着いたのは午前中で、着く直前まで前方がまぶしくてサンバイザーを下ろしていた。つまり東に向かって走っていた。で、車を降りた時には――

確か自分の影が歩く先にあった。ということは、東から歩きはじめたのだ。

「こっち、真人くん、こっちだよ」たぶん、だけど。

リュックごと真人を持ち上げて、方向転換させた。行く手は大小の樹木が林立して薄暗く、大木にはもれなく蔦《つた》がからまった、いかにも森な、道なき道だったが、真人はひるむことなく歩いていく。怖いもの知らず。文字どおり、知らないのだ。五歳児に負けてはいられない。理実は小さなその背中の後を追った。

さっき手に持ってみて気づいたが、真人の背中いっぱいの黒いリュックは大人用で、想像していたよりずっと重い。

「ねえ、真人くん、荷物、持とうか？」

真人はぶるんと首を横に振って、リュックのベルトを両手で握りしめてしまった。よほど大切なものが入っているのだろうか。モンペ山崎は子どもに何を持たせたんだ？

「だいじょうぶなの？」

真人がもしょもしょ呟いた。

「たにっ……くま……」

「え、なに」

聞き返すと、立ち止まって理実の顔をぼんやり見上げてきた。この子が見つめ返してきたのは初めてかもしれない。やっぱり目線は微妙にずれているのだけれど。

「た……に……くま？」

理実の言葉を聞いたとたん、いきなり歌いはじめた。壊れた電動人形みたいに。

「あるうひ〜　もりのなか〜」

澄んだ歌声だった。音程もしっかりしている。なにより誰かの入れ知恵みたいに、いまの状況にぴったりの選曲。

「くまさんに　であた〜」

そうだ、歌いましょう。歌は人を元気にしてくれる。困難の中にあるいまだからこそ。歌にはちょっと自信があった。小学校教師になることも考えて、学生時代にはピアノと声楽のレッスンを受けていたのだ。

真人が同じ歌詞をくり返す。

「あるうひ〜　もりのなか〜」

ここしか知らないのかもしれない。だから理実はあとを引き取った。

「花咲く森の道〜」

五歳のこの子に続きの歌詞を教えたくて。教師の性《さが》。でも——

「熊さんに出会ぁ「あるうひ〜」

「熊さんの言うこ「もりのなか〜」

完全無視。

もうなんでもいいや。理実は声を張り上げる。もしこの道も間違っていたら、本格的にやばい、という恐怖心を封じ込めるために。

真人がうつむいてとぼとぼ歩く。時おりしゃがみこんだりしながら。理実は空を見上げて歩く。太陽の位置を確かめながら。すたすたと。

スタコラ　サッサッサのサ
スタコラ　サッサッサのサ
そして二人でてんでんばらばらに歌う。

「あるうひ〜　もりのなか〜」

「お礼に歌いましょう」

「くまさんに　でああた〜」

「ららら、らららんらんらん」

あららららんらんらん、この風景、見覚えがある。

倒木が横たわっている。見覚えがあるのは、その大木が倒れたために視界が開けた先だ。赤く紅葉した樹木が何本も、周囲よりひときわ高くこんもりと梢を広げているのが、遠くに見える。森の奥へ歩きながら薔薇のブーケみたいだ、と見とれたから覚えている。

とはいえ、ここは通ってきたルートとは離れた場所だ。倒木にも、その先に広がる笹藪にも覚えがない。笹がみっしり繁っていてまともに通れそうにない藪だ。でも、いまさら後には引けなかった。ここで遠回りをしたら、またどこかへ迷い込んでしまいそうだった。

喉に詰まった空気の塊を呑み込んでから、真人に言う。

「真人くん、私たちはこの難所を突破せねばなりません。いいですね」

真人はぼんやり倒木を見つめている。片方の鼻の穴からつぃーっと洟が垂れてきた。利口そうな子に見えたが、そうでもないのかもしれない。母親のせいだ。山崎が悪い。「本人にやる気がない」というのは保護者の言いわけ。学習意欲と環境は親が整えてやるものなのだ。

ティッシュで洟を拭いてやる。真人はされるがままだった。いまならいけるかもしれない。どさくさにまぎれて手を握った。ふりほどかれる前に歩きだす。

「いざ、参ります」

真人の手を引いたまま、笹藪の中に分け入る。真人を背中に隠すようにして、ずんずん進んだ。

「うきゃあ」

真人が手をふりほどこうとすると思っていたのだが、小さな指で理実の指を握り返してきた。もう一方の手がおずおずと遠慮がちに理実のコートを握っていた。

胸がじゅわっと熱くなった。恋に似ているけれど、恋とは違う箇所が疼いた。女イコール結婚、出産、母親という世間の図式にはうんざりするほど腹を立ててきたけれど、母性というものが体内に組み込まれていることは、別に否定しない。男どもにも母性があれば、世の中はもう少し平和になるだろう。

理実は思った。もう少し生きてみようか、と。とりあえず今年いっぱい。あと一か月半。その先はわからないが。

独りぼっちの正月には慣れたけれど、新学期が始まると思うと、憂鬱になる。新しい年を祝う正月は、理実のようなスーサイド・スクワッドには、新年の訪れを呪う日だ。

笹藪を抜けると、また紅葉樹と常緑樹が入り交じった、相変わらずの森の風景が広がった。だいじょうぶ？　まだ迷宮の中なの？

でも、薔薇のブーケの木立の脇を抜けると、音が聞こえてきた。

遠い雨音のように聞こえる。車の走行音だ。

理実は大きく息を吐いた。道が近いのだ。ようやく出られる。

笹の葉まみれになった真人の頭から、おサルのグルーミングみたいに葉っぱを取ってやる。笹藪を抜けたとたん、手はふりほどかれてしまったが、とくに嫌がりはしなかった。おかしな子だ。理実に懐かないけれど、怖がりもしない。そして、ほとんど喋らない。

真人はおとなしくグルーミングされていたが、

「はい、おしまい」

終わったとたん、くるりと背中を向けて、見当違いの方向へ歩き出したから、あわててリュックをつかんだ。

そうか、五歳児だから車の走行音が人のいる方向だなんてわからないのだ。近くに道があるのに気づかずにあてどなく森を彷徨ってしまったんだろう。ひとりぼっちで。リュックごと猫みたいに持ち上げた真人の体は哀しくなるほど軽かった。

またもや理実の胸を何かが刺した。片思いの相手に編んでいるマフラーの編み棒の先みたいな何かが。

もうすぐ家に帰れるというのに、真人はあいかわらずうつむいて歩いていた。下ろそうとしないリュックを背負って、ぼさぼさの頭にヘッドランプをつけて。足どりもとぼとぼしている。きっと家に帰りたくないのだな。なにしろ帰れば、『代理ミュンヒハウゼン症候群』の『捜索隊をヒステリックに怒鳴りつける』、『情緒不安定なメンヘラ女』が待ち構えているのだ。

幼気《いたいけ》ない五歳の男の子が、そんな女と二人きりで暮らさなくちゃならないなんて——なんと恐ろしいことでしょう。あの母親が周囲の注目を集めるために、これまでもわざと包丁で真人に切り傷をつくったり、自分で遊具から突き落としておきながら救急車を呼んだりしていたとしても、別に驚きはしない。いや、おそらくそうに違いない。うわ、酷い。断じて許せない。

山崎岬とかいう、サキがかぶってるあの女と二人ぼっちの家にこの子を帰すことが、はたして良いことなんだろうか。理実は迷いはじめていた。のろのろした真人に歩調を合わせ、隣を歩きながら声をかける。

「ねえ、真人クン、おうちに帰るのはイヤ？」

山崎の魔の手から救うために、母親の元へは帰さず、しかるべき施設に連絡するという方法もありそうだ。

真人が立ち止まってしゃがみこんでしまった。ぽっちりまるまった小さな背中に、理実の胸は詰まる。こちらに向けている背中は震えているように見えた。

「泣いているの？　そんなにおうちに帰るのがイヤなら私がなんとかしてあげる……」

理実も腰を落とし、あひる歩きで真人の正面にまわる。

背中というより片手が震えていた。真人が子ども実験教室みたいな慎重な手つきで小石をつまみ、指をぷるぷるさせて、地面に露出した木の根に載せようとしているからだ。

石を指から落下させるように不器用に放し、根っこの上に載せると、ふう、とため息をついた。

石を並べていただけ？

見ていると、ズボンのポケットの中をまさぐって、同じような大きさの小石をつまみ出した。そして、さっき置いた石の隣に並べようとする。

ポケットはまだまだもっこりふくらんでいる。全部、石か。もしかして、うつむいてのろのろ歩いていたのは、石を探して拾うため？

二つ目の石を置き終えると、また丸い頬にためこんでいた息を吐き、一人でにんまりと笑った。

「なにしてるの。おうちに帰りますよ」

猫みたいに猫撫で声を出す。そうそう「猫撫で声」のことを、猫を撫でる時の人の声だと思っているヒトが多いけれど、第一義は、「猫が人に撫でられた時に発する声」なのだ。ここ、テストに出ますよ。

キーを高めにして猫が撫でられる時の甘ったるい声を出し、肩に優しげに手を置いたのに、たちまち体を揺すってふりほどかれてしまった。

なんなの、この子。ふつうじゃない。

ふつう、何日も森の中を彷徨っていたら、泣いてすがりついてくるものじゃないの？　怖がっている様子もないし、助かったのに喜んでもいない。ただただ石並べに夢中って、いくら五歳でもおかしくない？

この子に憤ってもしかたないのは、わかっていた。それもこれも、母親がちゃんと育てていないからだ。そう思うと、石を並べて無邪気に笑っている姿が痛々しかった。やっぱり帰るのが嫌で時間稼ぎをしているのではなかろうか。いや、そうに違いあるまい。

「さあ、もう行きましょ」

と言ったものの、どこへ連れて行けばいいのだろう。


行く手が下り勾配になり、周囲に丈の高い針葉樹が増えてきた。見覚えがある景色だった。道路を走る車の走行音がいまははっきり聞こえる。

理実の車が見えてきた。森の沿道にはガードレールがないところも多いから、木と木の間の草地に突っ込んである。赤色のボディが紅葉の森の一部みたいだった。

助手席のドアを開けて、真人に微笑みかけた。

「ようこそ。my car へ。さ、中へどうぞ」

真人が立ちすくんでしまった。リュックのベルトを握りしめて、細い足を二本の棒にしている。

「ほら、中はあったかいよ。早く入って」

ぶるぶると首を左右に振る。「人の車には乗っちゃいけない」とかなんとか、この子の親がそんな気の利いたことを教えているとは思えないのだけれど。

「おうちに帰りましょう」

ぶるぶるぶる。激しい首振り。ヘッドランプが逆立てている髪がゆらゆら揺れた。そうかそうか、やっぱり帰りたくないんだ。でも、ごめんね、善良な市民である私には、送り届ける義務があるのよ。

「オレオがあるよ」

と言ってみたが、無反応。オレオ、知らんか、いまの子は。

「お菓子、食べない？」

ぷる。首の振り方が弱くなった。

「飲み物も買ったげる」

もう首は横に振らず、真人がこくりと唾をのみこむ。喉が渇いているんだろう。

「ほら、おいで」

車の中に腕を伸ばして、シートに放り出していたパッケージからオレオ バニラクリームを一枚取り出す。かがみこんで、真人の顔の高さでオレオを振った。

「あなたはだんだんお菓子が食べたくなぁ〜る〜」

真人の目が動きに合わせて左右に動く。

「あなたはだんだん〜」

真人の目が半開きになり、両手をオレオに向かって伸ばし、ちびゾンビとなって一歩こちらに近づいた。いまだ。理実は真人の体を両手で抱きしめた。

柔らかい体だった。力を込めすぎると中からアンコが飛び出てしまいそう。一瞬、頬と頬が触れ合う。すべすべなんてレベルじゃない。くっついた肌がおもちみたいに伸びた。

「きーっ、きぃぃーっ」

真人が激しく暴れ出した。ちょっと、騒がないでよ。私が誘拐でもしているみたいじゃないの。

「おとなしくしなさい。何もしないから」

むりやり――しかたなくむりやり――助手席に押し込む。

「きぃーーっ、き？」

暴れていた真人が急におとなしくなった。

シートの上に正座をして、まっすぐ前を見つめている。

視線の先には、ダッシュボードにぶら下げた交通安全のお守り。両目に星をまたたかせているのは、お守りにつけたキーホルダーのミニチュアカーだ。

「これ……が欲しい……の?」

キーホルダーを取り外して、片手に握らせるとほうほうとふくろうみたいな歓声をあげた。

こんなもので喜ぶなんて、なんて無邪気なの。いや、ろくにおもちゃを与えられていないのだろう。

助手席に正座して、ダッシュボードの上にミニカーを走らせている真人の前へ、オレオを突き出した。

真人はミニカーに顔を向けたまま、驚きも喜びもせずにオレオをつまみ取り、口に運んだ。放課後、理実が声をかけても気づかず、パソコンのキーボードを一心不乱に叩きながら、食べそびれた昼食のおにぎりをほおばっていた嶋本《しまもと》先生の姿が目に浮かぶ。嶋本先生の場合、見とれつつ、こっそり後ろから覗きこんだら、ゲームをしていただけだったのだけれど。まあ、それはさておき、とりあえず、食べてくれてよかった。

牛乳があればいいのに、と理実は思う。牛乳にひたすとオレオはおいしいし、カルシウムもとれる。

理実のいまの中学校は給食だが、若手教師だった頃に勤めていた学校は、まだ弁当だった。弁当を見れば家庭がわかる。親たちの生活態度や性格や、家庭の余裕――経済的なことだけでなく時間的、精神的な余裕――が。

問題のある家庭の子は、しばしば成長不良だったり、肥満していたり、痩せすぎていたりする。

食べさせる余裕がないのならしかたないが、ほとんどの場合、親の怠惰や栄養に対する無知さが原因で、子どもがしっかりした食事を与えられていないのだ。

カルシウムが骨をつくり、たんぱく質が筋肉になる。言いがかりばかりつけてくるモンスターペアレントにかぎって、そういうことも知らなかったりするから呆れる。

なぜあんな人たちがぽろぽろ子どもを産んで、子育ての資質あふれる私に子どもがいないのか。誰か教えて。

カロリー計算が得意な私だったら、完璧な食生活のもとに、すくすくと健康な子どもを育てることができるのに。夫は長身のはずだから、子どももきっと背が高くなるだろう。

二枚目のオレオもあっという間に口の中に消えた。

「たくさん、お食べ」

真人はミニカーに熱中したまま、もう一方の手だけを伸ばして、指をひこひこ動かす。こちらには見向きもしないでおかわりの要求。生意気。なんだか怠け者の年下のヒモみたいだ。でも年下にもほどがあるほど下だから、許す。

パッケージの中を探った。が、オレオがない。

覗いてみた。ない。

逆さにして振ってみた。空だ。

あれ？　残ってたの、たった二枚だけ？

そうか、最後の晩餐だと思って、ヤケ食いしてしまったんだっけ。

真人の指がひこひこ動く。

「ごめんね」

ひこひこ。

年若いヒモの要求に応えなくては。急いで調達しないと、嫌われてしまう。理実は焦燥に身を焼く。喉がひりひりした。このへんにコンビニ、あったっけ。自動販売機すら見た記憶がない。なだめるように言った。

「出発しましょう。途中のどこかで食べ物を買おうね。飲み物も」

理実自身も何時間も森を彷徨っている間、飲み食いはしていない。喉がひりひりしているのは、自分も喉が渇いているからだった。

パンプスをスニーカーに履きかえた。シートベルトをするために、真人の背中からリュックを抜き取る。もともと粗末なのか、森のどこかでそうなったのか、ダウンジャケットの背中はひどくすりきれていた。

ミニカーに心を奪われている真人は、まったく無抵抗だ。ずしりと重いリュックを手にした瞬間、出発前に、まだすべきことがあったのを思い出した。

ドアを閉ざした車内にはいつのまにか臭いが充満していた。子どもも何日もお風呂に入っていないと体が臭くなるのね。体の臭いだけじゃない。葉っぱをすり潰したような森の匂いもしみついている。

バナナの匂いもした。これは、理実が手にしているリュックの中から漂っている。

リュックのチャックを開けてみた。

うわ。

ぐしゃぐしゃになったバナナが入っていた。袋からとび出たのか、コッペパンも。皮はどこにあるのかバナナは身だけで、長い時間真人の背中で揺られているうちにそうなったのか、ペーストと化してあちこちに飛び散っている。コッペパンは靴底みたいに潰れていた。かすかにピーナッツバターの香りがする。

あわてて閉じた。バナナとコッペパンだけとは思えない重さだが、あとの中身を確かめる気にもならなかった。

山崎岬が用意した食べ物か。バナナとピーナッツバターパンがお弁当なんて、ダメすぎる。にしても、真人は、他に食べ物がなかったはずなのに、なぜこれを食べなかったんだろう。

そうか、きっと、食べちゃいけないと言われたからだ。「勝手に食べちゃだめだからね。ぶつよ」その言いつけを素直に守って三日間も——四日だっけ、とにかくお腹を減らしているのに、手をつけないままでいた末が、このぐしゃぐしゃバナナペーストではなかろうか。

ああ、なんて酷い。かわいそうに。思わず真人を抱き寄せる。ミニカーに夢中の真人は、いやいやをしつつも、激しく拒絶はしなかったのをいいことに、そのまま抱きしめて、髪に顔をうずめた。

うん、臭いね。

真人がおとなしくしているいまがチャンスだ。ヘッドランプをはずし、ウエットティッシュで梳《と》かすように髪を拭く。うなじと生えぎわは念入りに。

ダウンジャケットとその下のトレーナーや下着をめくり上げて、背中を拭く。お腹も拭く。痩せているのにお腹がぺこんとふくらんでいる。ふふ。アマガエルみたい。

腋の下に手を伸ばしたら、

「ぎやははは」

くすぐったがって、笑いだした。この子の笑い声を聞いたのは初めてだ。なんだかぎこちない笑い方だった。言葉に抑揚がなく棒読みぜりふを聞かされているみたいな感じ。笑い慣れていないのかもしれない。

またもや理実の胸に見えない画鋲が刺さり、目頭が熱くなった。なんて愛おしい。

お尻をぺろんと剝いてみたかったが、五歳児とはいえ、男性は男性。ウエストがゴムのズボンに手を差し入れて、ささっと腰の下ぐらいまでを拭き、ぽーんとお尻を叩いた。

「これでよし。きれいきれいになったよ〜」

充満していた臭いがウエットティッシュの香りに取って替わる。

とてもすがすがしい。

長いあいだ泥水が詰まっているようだった理実の胸の中も、きれいにぬぐい去られたように思えた。


イグニッションキーを差し込んでから、いまさらながら、また考えた。

ところでどこへ行けばいいのか。おまぬけ捜索隊はいったいどこを捜しているのだろう。

ここへ来る途中の道は、どこも静かで、たくさんの車が停車していたり、大勢の人間が集まったりしている場所はなかったと思う。

となると、理実が来た道の先、進行方向側にいるのか。

ほんの数十秒前までちょこまかしていたのに、真人はぽかりと口を開けて眠っていた。眠っているのにこのクルマと同じ赤色のミニカーは握りしめたままだ。

ほんとうに可愛い子だ。目を閉じると、なおさら。色白だからまぶたがうっすら青くて、頰は薄桃色。どんな化粧品を塗りたくろうが、大人には絶対出せない色合いだ。メンヘラ女にはもったいない子。

自分にもこんな子がいたら、毎日が変わる気がした。死にたいなんてもちろんもう言わない。この子を一人にするわけにいかないから、何があっても生き抜いてみせる。この子のためなら、きっとなんでもできる。どんなことにも耐えられる。別に男はいらない。子どもだけいればいい。

ハンドブレーキを倒した瞬間、どこかから声が聞こえた。

「このまま連れて帰っちゃおうか」

誰？　いま、なんて言ったの。

誰も何も、心の声がダダ漏れしてしまっただけだ。

右手の助手席に首を振り向けて、真人の寝顔を眺め、ヘッドランプのベルトにしめつけられて逆立っていた髪を撫でつけた。うん、さっきまでのもイワトビペンギンみたいで可愛かったけれど、こっちの髪形のほうがもっと可愛い。

「このまま連れて帰っちゃう？」宙に向かって、誰かに話しかけるように呟いた。「それって、ありかも？」

もう一人の自分が答えてきた。

「ありかも」

だめだめ。

理実は頭の中で聞こえる、もう一人の自分の声を打ち消す。

「そんなことしちゃだめ。すぐに発覚するに決まってる。人生を棒に振るつもり？」

「もうとっくに棒に振ってるじゃない」

理実の頭の中で二人の自分が右と左に分かれて論争を始めた。右にいるのは純白のワンピースを着、白い翼をはばたかせた天使だ。もう一人は黒のレザースーツ姿、黒い羽で飛びまわる天使。

黒天使が言う。

「どうせ死ぬんでしょ。その前にやりたいことをやろうよ」

「いや、まあ、そのぉ……死ぬのはちょっとお休みにしようかな、っと」白天使は歯切れが悪い。

「第一、教職者として犯罪はできません」

先月も隣の学区の小学校の教員が児童に対する強制わいせつで捕まった。この男はじつは同じ罪状で過去にも逮捕されていたのだが、その後も教師を続けていられたのが、教育現場の七不思議だ。

「誘拐じゃないもの。身代金を要求するわけじゃないし、小児性愛だなんてとんでもないし。一時的に身柄を預かって、楽しい思い出をつくりたいだけ」

「それを世間では誘拐って言うの」

「いいえ、これは保護。親の資格がない親から、この子を守らなくては」

「むり」

理実はぶるんと首を振って、頭の中の天使を二人とも追い払う。それから車を発進させた。

木立の間で切り返しをして、ノーズを道の方向に向ける。さて、どっちへ行けばいいのだっけ。右手からここへ来たのだから、捜索隊のところへ連れて行くのなら、左。万一、このまま家に連れ帰っちゃうなんてことになったら、右。

「うん、お茶碗持つほう」

理実は左右失認の気《け》がある。右と左がとっさにわからなくなるのだ。視力検査の時なんてもうたいへん。だから、左右を瞬時に判断しなくてはならない時には、「お箸を持つほう」「お茶碗を持つほう」と頭の中で変換させることにしている。

お茶碗を持つほうにウインカーを出した。

右側。

理実は左ききなのだ。

ちょっとだけ。ほんの少しの間だけ、この子を所有してみたい。その欲望が抑えられなかった。既婚女がすなる子育てというものを体験してみたかった。

刈山心亜の母親が学校に怒鳴り込んできた時、やんわりと家庭での教育について諭したら、般若の顔でスゴまれた。「子どもを育てたこともないくせに、偉そうなこと言うんじゃねーよ」

はいはい、出ました。またいただきました。理実にはすっかり慣れっこのセリフだ。親子面談の時に、何度言われたことか。

あんたたちの場合、「子どもを育てている」んじゃなくて「ただ産んじゃった子どもが在る」だけでしょ。子どもがいるのがそんなに偉いのか、確かめてみたかった。心亜の親やこれまでに出会った何人ものモンペや、山……やま……なんだっけ、そうそう山崎に、なんだ、こんな簡単なこともきちんとできないの、と言ってやりたかった。

そして、なにより、ママになった自分を仮想現実でいいから体験してみたかった。

戻り道の右手には神森の深い木立が続き、黄色や赤の葉がイルミネーションのように輝いている。少しの間とはいえ森の中で迷ってしまった理実には、その美しさが怖かった。

虫を誘い込むための食虫植物の手管《てくだ》や、毒きのこの怪しい色合いを連想してしまう。忘れかけていたが、ここは自殺の名所なのだ。畑の作物と違って肥料を貰えない森の樹木は、落ち葉や倒れた木を共喰いして生き長らえ、虫や獣や鳥の死骸も栄養にしているはずだ。人を誘い込んで迷わせるのも、行き倒れにさせた死体を貪《むさぼ》るためだったとしても、おかしくない気がした。

左手にも雑木林や耕作放棄地らしき空き地ばかりが続いている。コンビニどころか、人家もまるでなく、自動販売機など望むべくもない。ド田舎。鹿飛び出し注意の標識が目の隅を流れていく。前方に対向車が見えてきた。車と出会うのは初めてだ、と思ったら、白と黒のツートーンカラーだった。屋根には赤色灯。ワゴン型の警察車両だ。理実が来た方向に急いでいるようだった。思わず助手席で眠っている真人の頭を押し下げる。

ゆるやかなカーブを曲がり切ると、道の先にもう一台。ミニパトだ。こちらは路肩に停車している。車外に出ていた警察官の一人が、理実の車に視線を走らせてくるのがわかった。

どうしよう。車を停めて、「行方不明の子どもを見つけました」と真人を返すなら、いまだ。いまならまだ間に合う。

だが、理実はアクセルを踏み続ける。一度死を覚悟したからか、自分のしていることに現実感が乏しかった。覚悟はできている。捕まりそうになったら、また死ねばいいだけだ。

真人はよく眠っていた。車の中が暖かいからだろう。なにしろ何日も寒い森の中で凍えていたのだ。かわいそうに。ヒーターの温度を上げてあげた。私が見つけてあげなければ、どうなっていたことか――

うん、自分はいいことをしているのだ。この子の命を救ったのだから、ほんの数日だけでいい。一緒に過ごさせて欲しい。うちに何泊かしてから、山崎に返却すればいい。

とりあえず、いま着ているダサい服（ケバい赤色のマフラーなんかとくに。元ギャルが選ぶようなヤツだ）は全部捨ててしまって、新しい服を与えて、私のセンスに染めあげよう。私のつくった料理をたくさん食べさせてあげて、太らせよう。

独り暮らしだから、いつもは手抜きをしているが、本当の理実は料理が好きだ。ためこむばかりのレシピを誰かのために使ってみたかった。

なにがいいだろう。オムライス？　ハンバーグ？　甘口カレー？　はい、あーん、して。しばし夢想の中を彷徨っていた理実の目の前に、プチトマトみたいな赤い丸が現れた。

おっと、こんなところに信号？　ここで車を停車させたって鹿しか道を渡らないだろうに。理実はブレーキを踏み、口の中で唱えた。

「赤は停まれ」

左右の判別が遅いのと同じく、信号を見ても瞬時に体が反応しないことが理実にはある。赤＝停止、青＝発進という図式はわかっているのに。脳から手足への伝達能力が人より鈍いのかもしれない。だから信号にひっかかるたびに、声出し確認をする。

要するに運転には向いていないタイプなのだ。車は好きだが、運転はあまりうまくない。いま乗っている車もデザインは気に入っているが、左ハンドルだから運転は難しい。ほんとうは誰かの運転する助手席に乗りたくて手に入れたのだ。

青になった。

「青は進め」

小さく呟いて、車を発進させる。進め、進め、ゴーゴーサトミ。もう後戻りはできない。

けっこう走ったのだが、道の片側はまだまだ紅葉が燃える神森。本当に広い森だ。捜索隊が真人を捜し出せないのも無理はない気がした。

再び鹿標識が現れた時だった。

「あかはとまれ～」

真人の声がした。

「あおは雀～」

いつのまにか目を覚ましていた。半開きのカエルみたいな寝ぼけ眼《まなこ》で前を見つめている。

「起きてたの」

長い睫毛をしばたたいて理実を見上げてきた。理実の顔の目ではないどこかをじっと見つめている。じぃぃぃっと。

「あ、あのね、喉、渇いているでしょ。だからどこか飲み物を買えるところはないかなあ〜って、車で走ってるの」

五歳児相手にしなくてもいい言い訳をしてしまった。真人の目があまりにも澄んでいたから、つい。白目には剝き立てのゆで卵みたいに濁りがない。ぼくをどこへ連れていくつもり？　焦げ茶色の瞳は、すべてを見通す占いの水晶玉のようだ。

道の左右に目を凝らす小芝居までつけ加える。

「えーと、自動販売機はどこかしらねえ。お店があればいいんだけれど。真人くんは、飲み物はなにが好き？　炭酸もだいじょうぶ？」

左手に三角屋根が見えてきた。建物を見るのは、三分ほど前の地蔵祠《じぞうほこら》以来だ。ロッジ風にしつらえたペンションだろう。

矢印型の板がいくつか打ちつけられた標識を通りすぎてから、それが店の看板であることに気づいた。矢印のひとつに『珈琲&お食事』という文字が見えたのだ。

車を停めて、バックする。

いちばん大きな矢印に店名。

『リリーベル』

よし、ここに入ろう。

ちょっと待って、それ、まずくない？

脳内の白黒天使がまたもディベートを始めた。

真人の顔や服装はテレビやネットに流れているから、子どもの連れ去りをしたことが後々バレてしまう。わざわざ自分で証拠づくりをしているようなもの。自分でも理解に苦しむ行動だが、子連れで店の客になるプレイをしてみたい衝動には勝てなかった。誰かに見て欲しかった。可愛い子どもを連れているママの自分を。

広い駐車場に車を停める。

「さ、真人、何か飲もう。お腹も空いたでしょ。ここで食べましょう」

真人はまた寝てしまった。残念。手をつないで店に入りたかったのに。おとなしく一緒に店に入ってくれるだろうか、泣かれてしまったらどうしよう、と思っていたから好都合ではあるのだが。

店に入る前にお着替え。いちおう変装はしなくては。

シートベルトを外して、ダウンジャケットを脱がせ、理実が車に常備しているショールを羽織らせる。山崎岬のチョイスだろう安っぽいテロテロのマフラーを、理実がしてきたえんじ色のマフラーに替え、口の下までぐるぐる巻いた。

そうだ、帽子があったっけ。ダッシュボードの中にしまってあった、昔、『家政婦のミタ』の影響で買ったグレーのワークキャップ。

それを真人にかぶせる。目深《まぶか》どころか鼻のすぐ上まで隠れてしまった。よし、準備完了。

起こしてぐずられるより、だっこしていこう。そのほうが、より母親っぽいし。

よし、いきまちゅよぉ。

……。重い。

何年か前、体育用具室から跳び箱を運び出そうとして、ぎっくり腰になった時と同じ不吉な予感が腰椎を走る。

あの時は生徒たちの手前、誰かに代わってもらうわけにもいかず、無理をして惨事になってしまったが、今日はやめておこう。なにしろ犯罪を遂行中だ。万一やってしまったら、想像するだに恐ろしい。

森の中で抱きあげた時には軽く感じたのに、寝てしまうと子どもって重くなるのね。プラス三キログらい。おんぶに切り換える。

木製ドアを開けると、吊るしてあったドアチャイムのモビールがしゃらりと鳴った。もう秋の終わりなのに、夏向きの貝殻とイルカの形のモビールだ。

ログハウス風の店内は、壁や天井も板張り。テーブルも木製だ。客は誰もいなかった。店の人間もカウンターの向こうに一人だけ。四十過ぎぐらいの不機嫌そうな四角い顔をした女だ。理実が真人をおんぶして入ってきても、あらあら大変なんていうリアクションもなければ、いらっしゃいませ、と声をかけてくるわけでもなかった。

カウンターからいちばん遠いテーブル席の、窓の外が見える側を選び、真人を隣の椅子に下ろす。ぶかぶかの帽子がぽろりと落ちた。かぶり直させようとしたが、やめた。可愛い顔が隠れちゃう。人に見られては困るのに、二人の姿を誰かに見られたくてしかたなかった。

女が水を運んできた。

「ごめんなさいね。うちの子、すっかり寝ちゃって」

なにがごめんなさいなのかわからないまま、そう言う。「うちの子」という言葉が口から零れ出たとたん、胸が甘酸っぱいスパークリングワインのような泡で満たされた。

まあ可愛いお子さんだこと。ブランケットお持ちしましょうか。女からそんな言葉をかけられるのを期待していたのだが、水のグラスを無言で置いただけだった。

どん。

コップを置く音が必要以上に大きい気がした。その音のせいか、真人が目を覚ました。不思議そうに周囲を見まわしている。

「何か食べるものはありますか」

「いまメニューをお持ちします」

初めて女が声を発した。急に愛想がよくなってカウンターに小走りする。

真人がコップの水をたちまち空《から》にする。理実もだ。

女が持ってきたのは木製の凝ったメニューブックだが、載っているメニューは少なかった。ランチは始めて日が浅いのかもしれない。真新しい紙のページが一枚差し込まれ、そこに手書きされている。

五目焼きそば

肉野菜炒め定食

二種類だけ。なんだか一般家庭の献立みたいだ。しかも食材が余ってそれを消費しようとするみたいなメニュー。店の雰囲気からすると、シチューのパイ包みとかジビエ料理なんかがありそうな感じなのに。わが子との初めての食事が五目焼きそばっていうのもな。

「あのー、これだけ?」

理実の言葉に、女の花柄のマスクの上の目が尖り、眉毛がつり上がった。無言でメニューブックのケーキのところを指し示す。

ケーキは三種類。『手づくりベイクドチーズケーキ』が売り物らしく、ひときわ大きな文字で写真を添えて紹介されている。でもなあ。こういう店の手づくりって、たいていおいしくないのよね。パティシエいないし。

「ねえ、真人、ケーキ食べようか」

テーブルを去る女に聞こえるように言ってから、真人にだけ聞こえる声でつけ加える。

「真人くん、ケーキは何が好き」

「あかはとまれ〜」

「え?」

な、なに。なんなの。

「あおは雀〜」

音量操作を間違えた音響機器みたいな大声。カウンターに戻った女の視線が真人に向けられた。ちょっと、静かにして。

「あかはとまれ〜」

壊れた人形みたいだった。もしかして、この子——思わず両手で口を塞いでしまった。ようやく静かになったと思ったら、今度は指のすき間から、こう言った。

「しー」

「え?　なに」

真人は両手をグーにして股間を押さえている。

「おしっこ?　トイレ?」

眉をハの字にしてうなずいた。

「あのぉ、トイレは？」

女を振り返る。いない。どこへ行ってしまったのだ。

真人の手を取って席を立つ。トイレの場所を示す表示がどこにもない。案内板ぐらい出してよ。

入り口の向こう側、カウンターの先にドアがあった。ここか。

開けたら、モップがなだれ落ちてきた。

「しー」

「待って、待って、もうちょっとだけ」

振り返ると、真人が目を細め、うっすら口をあけて笑っていた。恍惚の表情だった。グレーのストレッチパンツがみるみる黒く染まっていく。

「……やっちゃったのね」

「にゃはあ」

真人のズボンの裾から液体が流れ出て、床に広がっていった。

あらら。どうしましょ。

理実は遅ればせながら、現実を思い知らされる。子どもは可愛いだけのお人形じゃない。厄介をもたらす二足歩行の小動物だ。

こういう時、母親はどうするのだろう。まず床を拭かなくちゃ、だな。不幸中の幸い、目の前にはトイレと間違えて開けてしまった用具置き場がある。中に雑巾とバケツがあるし、そこから倒れ落ちてきたモップも転がっていた。

ゴム手袋は――見当たらない。いくら幼児のおしっこでも、素手で掃除するのはやだな。モップ使っちゃおうか。

違う。理実は心の中で叫び、現実の中でもきっぱり首を横に振る。

まずお店に謝罪だ。大人としての基本。モンペたちのような自己虫《じこちゅう》どもは、そういう他者への気遣いが足りない、というか、ない。モップを使うなんてもってのほか。素直に謝れば、「だいじょうぶですよ、こちらで始末しておきますから」という返答が期待できるやもしれないし。

「すみません」ここからは見えないカウンターに向かって声をあげた。

「うちの子、粗相《そそう》をしてしまいまして」

返事はない。

「すみませーん」もう一度、声を張ってカウンターの前へ行ったが、女の姿はなかった。さっきからどこへ行っているのだろう。

勝手に掃除して、何事もなかったように席に戻ってようか、どうせ見てやしないんだから。いや、それは教職者としていかがなものか。子どもの見てる前でそんな不正はダメ。いまは教師じゃなくて真人の母親なんだから、おもらしした子をいつまでも放ったらかしにするわけにいかないでしょ。理実の脳内でディベートが始まった。

真人は晴々《はればれ》とした表情で、床の上でミニカーを走らせている。

「ちょっとぉ、そこバッチイバッチイでしょ」

母親っぽい自分のせりふに満足しながら、モップで床を拭いていると、ふいに理実の頭の隅から、真っ黒なカラスが不吉な鳴き声をあげて飛び立った。もしかして——

あの女が消えたのは、真人が行方不明の子どもだと気づいて、通報しに行ったからではなかろうか。

いやいや、考えすぎだな。あのヒト、この店の仕事が気に入らないらしくて、客にも何の興味もないようだったし。

いやいやいや、ありうる。ちゃんと帽子をかぶり直させなかったから、真人の顔はしっかり見られてしまっている。しかも——

しかも、私、つい浮かれて名前を呼んでいなかったっけ。

〝ねえ、真人、ケーキ食べようか〟

カラスの黒い影が脳蓋《のうがい》を右から左へ横切って行った。

やっぱり、まずい。

いますぐここを出なくては。

「真人、ごめんなさい、ケーキはあきらめて」

ぎっくり腰を怖がっている場合じゃなかった。真人を抱っこして床から引き剝がし、席に戻ってマフラーを巻いてやり、帽子をかぶせる。理実もコートを着、バッグを手にした。

なぜだ。悔しいけれど、母と子には見えなかったのか。母親としての私が至らなかったのか——差し出した手を真人は振りほどこうとしたが、理実は固く握り直して離さず、ドアへ急いだ。ドアチャイムの音がしないように、そっと抜け出し、駐車場の端に停めた車まで真人を引っ張っていく。

トートバッグからリモコンキーを取り出すのに手間どっているうちに、真人が駐車場のアスファルトの上でミニカー遊びを始めてしまったから、再び抱き上げた。

真人は両足をぱたぱたさせたが、両手で握ったミニカーを眺め続けていて、抱っこされていることに気づいていない。

真人を乗せたとたん、車内はおしっこの臭いに包まれた。着替えはないから、真人のズボンとパンツの下に、常備しているタオルを突っ込む。お気に入りの高級今治タオルだったが、ほかに使えるものはなく、泣く泣くごしごしとお股とお尻を拭いた。

子どもと暮らすのって、大変だ。楽しいだけじゃない。とくにこの子の場合、何か問題を抱えているように見える。ものの数十分で子育てをギブアップした理実は、ほんの一瞬、——本当に一瞬だけだけれど——山崎岬を認めてあげてもいい気がした。

音を立てないように、キーを回してすぐに車を発進させ、そろそろと道へ出る。

右手の植え込みの前にさっきの女がしゃがみこんでいた。こちらに背を向けて、青々とした下草の手入れをしている。客はほっぽらかしで。たぶん名前だけに憧れて植えたクリスマスローズだな。

理実の車が発進したことには気づいていない。

あれ、通報してたんじゃないの？　心配するまでもなかったか。いいや、油断してはだめ。真人を家に連れて行くのはやめよう。世話するの大変そうだし。

理実はお茶碗を持つほう——理実の場合右手に——ウインカーを出す。来た道を戻る方向だ。たぶんこっちに走り続ければ、捜索隊のいる場所へ着くはずだ。

最初からそうすればよかったのだ。振り出しに戻ろう。リセット。もしあの女に通報されていたとしても、こう言えばいい。

「捜索している皆さんがどこにいるかわからなくて……探したんですけれど見つからず……まず真人くんの飢えと渇きを癒やすことが先決だと思って、お店に入ったんです」

報道陣、大きく頷く。「なるほど」の声あり。フラッシュが眩しい。

「でも、五歳の子に飲ませられるような飲み物も、衰弱した体に良さそうなメニューもなくて……しかも注文しようにもお店の人の対応が……多くは語りませんが……すぐにどこかへ消えてしまったし……」

と、ここでさりげなく感じの悪かったあの店とあの女をディスる。うん、この線でいこう。第一発見者としての私に向けられる注目と称賛は揺るがない。

再びマスコミの前で語るべきせりふを考えはじめた脳内世界に、カラスの鳴き声が響き渡った。カァ。最初は一羽、続いて二羽、三羽、もっと——カラスの一群がいっせいに舞い降りてきて、とある事実を突っつき、ほじくり始めた。

とある事実。さっきの店、リリーベルでのワンシーンが蘇る。おんぶしてきた真人を椅子に下ろし、女が水を運んできた、その時、私はなんと言ったか——

〝ごめんなさいね。うちの子、すっかり寝ちゃって〟

私、確かに、あの無愛想女の前で口走ってしまった。「うちの子」という言葉が唇を震わすのが心地よかったことを覚えている。

オーマイガー。ハンドルを握っていなければ、両手で頭を抱え、髪をかきむしっていただろう。迂闊。慙愧。痛恨の極み。ええい、口惜しや。

目の前に信号が迫り、それが赤であることに気づいて、急ブレーキをかける。

「赤は停まれ」

こんな時なのに、呪文のように口ぐせを唱えてしまう。時間も止まれ。この子を送り届けるだけのつもりだった一時間前の私に戻して欲しい。

来る途中で、警察車両が停まっていた場所が近づいてきた。あそこで真人を返そう。あらぬ誤解を避けるには、早い方がいい。あらぬわけでもないのだけれど。

あれ、でも、もし彼らにこの車を見られているとしたら、まずくない？

「もし」じゃない、ミニパトの警官にはしっかり見られていた。理実の車はかなり特徴的な、それなりの値段の外車だ。色も目立つ赤。彼の目には焼きついているはずだ。もしかしたら運転席のちょっと翳のある大人の女の姿も。

「なぜさっき我々を見かけた時に真人君を引き渡さなかったのですか」と問われたらなんて答えればいい？

「慌てて気づかなくて」

苦しいか。へたしたら、今日会ったばかりなのに、行方不明になった日から誘拐しているだろう、なんて濡れ衣を着せられるかもしれない。

理実は仕事を休み続けていて、その間、ほとんど家にこもりきりだった。五日前に百均に行ってからは一歩も外へ出ておらず、アリバイを証言してくれる人間は誰もいない。

両手首付近にモザイクがかけられて、連行されてゆく自分がまぶたに浮かぶ。

どうしよう。

どうしたらいいかわからないまま走り続ける。幸いミニパトはもういなかった。ワゴンの警察車両の姿もない。

捕まりそうになったら、また死ねばいいだけ――とっくにわかっていた。そんなの自分についている嘘っぱちだってことが。

死にたくないし、捕まりたくもない。ほんのちょっとの気まぐれが、取り返しのつかない事態を招いてしまった。

もう、第一発見者の栄誉を手放すしかない。捜索隊の近くまで連れて行って、そこで真人を降ろそう。それしかない。

だいじょうぶ。もし私の犯罪とも言えない大人の悪戯が露顕したとしても、証言できるのは、あの無愛想女だけ。ふっふっふ。私とあの女、世間はどっちを信じるだろう――

ふっふっふっ……ふっ……あれ？　どっちだろう。

「あかはとまれ～」

いや、もう一人いた。もっと重要な証人が。対向車がやってくるたびに、理実の口まねをしている真人が。

「あおは雀～」

唇をスズメのくちばしみたいに尖らせている真人のほっぺたに話しかけた。

「ねえ真人くん、わかってるよね。ママのところへ早く帰れるように、私、がんばってるから。最初からそうだったよね。二人でママを探したよね」

こちらには目もくれない真人に微笑みかける。無理して笑ったから、頬が痙攣しはじめた。うつむいて自分の太ももにミニカーを走らせていた真人が、いきなりこう言った。

「このままつえてかえっちやおうか」

え？

「蟻かも」

「それって――」森を出る時に私が呟いた独り言だった。なぜ、覚えている。眠ってたんじゃなかったの。

「つえてかえっちやう。あり鴨」

なにこれ。この子は妙な言葉ばかり覚えて、それをレコーダーみたいに繰り返す性癖があるようだ。

路肩に急停車した。理実は真人に顔を近づけて、合わない目線を捉えようとした。

「ねえ、真人くん、これからママのところへ帰してあげるね」

なけなしの笑顔を張りつけたまま、真人の鼻先にひとさし指を突きつける。真人の目が寄り目になった。

「そのかわり、私と会ったことは絶っ対に喋っちゃだめだよ。わかる？　私と、会ったこと、ない、ない、よ」だいじょうぶかな。つたない英語で外国人と会話をしているような気分。ちゃんと通じているだろうか。

「私のことは忘れなさい。私の言葉も。もし私のことを喋ったら、あなたとあなたのママがどうなっても知らないよ。恐ろしい不幸が訪れるからね」

「お尻しー拭こう？」

真人が見上げてくる。例によって目は合わせてこないが、紅茶色の瞳が左右に揺れていた。

「コワイコワイが起きるってこと。優しそうに見えるかもしれないけれど、本当の私は恐ろしいの。怒った時の私は、悪魔よ」

「あっ……くま？」

「そうそう」

真人がごくりと喉を鳴らした。怖がりすぎてまたおしっこをちびらないといいけれど。

視線を握りっぱなしのミニカーに戻すと、また、ごくり。まだ喉が渇いているだけかもしれない。

「あ……くま」

「熊はいいから」

大きくゆるやかなカーブを抜けた先に何台も車が停まっているのが見えた。そのうちの数台は屋根に赤色灯を載せている。

あそこか。理実はブレーキをかけ、死角に隠れるべく車をバックさせた。バックしながら森へ車を乗り入れられる場所を探したが、このあたりに来るとガードレールがしっかり敷設されていて、入れそうにない。

もともと小さい車体を、さらに縮こませるようにガードレールぎりぎりに停車して、真人と一緒に車を降りる。

「ほら、リュック。ヘッドランプも入れといた。重いけど、ここからは一人で背負っていってね」

腰を落として目線を合わせて、真人の肩を抱いた。そして木立の隙間の向こうに見える車の列を指さす。

「見て、あそこに車がたくさん見えるでしょ」

車好きらしい真人は、何台もの警察車両に目が釘付けになった。

「一人であそこに行って。行けるよね。あそこに行けば、あなたのママもいるから」

真人が頷いて、指を伸ばした。理実の真似をしたというより、遠くの車をミニカーみたいにつかめると思いこんでいるようだった。つくしみたいな指が、ちむちむと動いている。またしても理実の胸を見えない切っ先が刺す。「就職おめでとう」とおでこを突ついてきた指先みたいな、柔らかい切っ先が。

真人の体を抱きしめた。前方の車に夢中であるらしい真人は嫌がりはしなかった。だから、誰かに見られたら困るのに、しばらくそうしていた。

「さ、もう行って」

真人の体を離すと、渓流にリリースした魚の勢いで、車の方角に走り出した。

理実は振り返らなかった。出会って半日も経っていないのに、別れがつらかったのだ。後ろ姿を見ただけで、涙が零れてしまいそうだ。

短い間だったけど、楽しかった、私の坊や。

路上にミニカーが置きっぱなしになっている。大切そうにずっと握りしめていたのに。やっぱり本物のほうがいいのね。理実は人をこの車に乗せたことはないから、持っていったって、証拠にもならない。持っていけばよかったのに。

あ、マフラーは、真人の首に巻いたままだった。あれは、死んだ父親から、就職祝いにもらったものだ。

振り返らないつもりだったのに、振り返ってしまった。

真人の姿はもうカーブの向こう側に消えていた。

20

その部屋の奥には分厚そうなアクリル板の壁がある。手前に人数ぶんの簡易椅子が置かれていた。

拘置所の面会室だ。入るのは生まれて初めてだ。

先に立って部屋に入った冬也《とうや》は、岬《みさき》さんを振り返る。もちろん岬さんも初めての経験だろう、緊張で顔が強張っていた。たぶん冬也も同じ表情をしていると思う。

椅子に座り、面会相手を待つ。

相手は、松元美那《まつもとみな》。

同僚を殺し、神森に死体を遺棄した容疑で逮捕された女性だ。

彼女が逮捕されてすぐ、冬也は松元に手紙を書いた。弁護士や身内でない人間でも、勾留や拘置されている被疑者に面会できる、と拓馬《たくま》が教えてくれたからだ。

アクリル板のちょうど顔の高さには、声が通るようにたくさんの小さな穴が開いているのだが、コロナ対策なんだろう、透明テープで塞がれていた。三つ並べられた簡易椅子の二つに座った冬也と岬さんが身を固くしていると、アクリル板の向こう側、細長いドアから、女性刑務官に連れられて、松元美那が入ってきた。

明るい色の長い髪をうなじで束ね、小さな白い布マスクをつけていた。報道された写真や映像の派手な容姿とはだいぶ印象が違う――週刊誌では「犯人は美人デパート店員」などと書かれたりしていたが、目の前に座っている女性は、化粧をしていないせいか、むしろ地味な印象だ。雛人形のような卵型の輪郭と、一重の鋭い目をしている。

囚人服を想像していたから、真っ赤なスウェットの上下という格好に驚かされた。上着にはひよこのキャラクター。そうか、彼女はまだ刑が確定しているわけではないのだ。

冬也が松元に送った手紙は、要約すれば、こんな内容だ。

神森《かみもり》で行方不明になった、山崎真人《やまさきまひと》の身内の者です。真人は無事、生還することができましたが、まだ五歳で発達障害もあるため、一週間をどこでどう過ごしていたのか、本人の口からはっきり聞くことができません。ですからいまその足取りを調べています。

もしかして、森で真人を見かけませんでしたか。あの晩、真人を助けていただいたのではないでしょうか。もしそうなら、あの日の真人がどんな様子で、どこへ行こうとしていたのか、教えていただけませんか。

あの一週間に何があったのかを知っておくことは、真人本人の今後のためにも、真人の保護者にとっても大切なことに思えるのです。ぜひ一度、会っていただけないでしょうか。よろしくお願いいたします。


不躾な手紙だ。松元美那が真人と会っている確証はない。真人に彼女の写真を見せて、「この人、知っている？」と聞いても、何の答えも返ってこなかった。

根拠があるとしたら、拓馬が真人と出会った三日目にはもう、誰かから貰った可能性があるマフラーをしていたこと。松元美那が死体を遺棄したのは、報道によれば、真人の行方がわからなくなった翌日の深夜であるらしいこと。その夜に、冬也が死体を発見した辺りで、岬さんが明かりを見たこと。

たとえ真人と実際に遭遇していたとしても、松元には答える義務も、冬也たちに会う義理もない。正直、ダメもとだったが、返事が来た。しかも意外に早く。「会ってもいい」

松元が冬也と岬さんに交互に、品定めするような視線を走らせてくる。なにしろ、こちらはニュースで顔を知っているが、むこうは初対面だ。

どう切り出せばいいのか、迷っているうちに、岬さんが口火を切った。

「会ってくださって、ありがとうございます」

「あなたがママさん？」

松元が口を開く。思いのほかか細い、囁くような声だった。

「ええ」

冬也のほうに視線を移す。

「パパさん？」

「いえ、叔父です」

どっちでもいい、とくに興味はない、と言いたげなそっけなさで、松元が話題を変えた。

「手紙をくれたのはあなたね」

「はい。ありがとうございます。正直、返事をもらえるとは思っていませんでした」

「独居房っていうとこにいるんです。知らなかったけど、まだ刑務所じゃないから、仕事しなくていいのね。なんにもすることがなくて、退屈で」

「差し入れ、窓口に預けておきました」

「ああ、ありがとう」

松元が会ってくれたのは、「差し入れをして欲しい」という条件付きだったからかもしれない。彼女から要求されたのは、フリースのパジャマだ。拘置所というのは、寒い所のようだ。返信には「いちばん暖かそうなもの」と書かれていた。それといつも読んでいるという女性週刊誌。彼女には頻繁に差し入れをしてもらえる身近な人間が少ないか、あるいは遠方にしかいないのかもしれない。

松元美那がいきなり言った。

「真人くんには、会ってます」

手紙には何も書かれていなかったのだ。ああ、やっぱり。岬さんが溜め込んでいた息を吐く。冬也は頷いて先を促した。

「びっくりしました。あんな森の中で、しかも真夜中に。なんでこんなとこに迷子がいるんだろうって。遠くで声がして、光が見えたから、そっちへ送って行こうと思ったんです。でも、突然、姿が消えてしまって。本当に。置きざりにしたわけじゃない。それだけは信じてください」

岬さんに向けて話すときには、冬也へのときより口調がていねいになる。岬さんがなだめるように言った。

「わかってます。真人は親でも制御不能な子で。そもそも目を離したすきにいなくなってしまったのは、私が先ですから」

「真人くんは元気？」

問いかけに、冬也は下を向いた。岬さんも顔をうつむかせる。松元は眉根を寄せた。

「……元気じゃない？」

岬さんが両腕を下に伸ばして、床に座り込んでいた真人を、ダイコンみたいに引っこ抜く。真人がアクリル板の前に顔を出した。

面会室に入っても椅子に座らず、床でミニカーを走らせていたのだ。松元の一重の目が丸くふくらんだ。

「ごあいさつは？」

岬さんに促されて真人が頭を下げる。

「おはようごじゃます」

「おはよう、元気そうでなにより」松元の両目が糸になる。「真人くん、私、覚えてる？」

松元がマスクをはずしてみせる。手品みたいに突然現れた顔に興味を引かれたのか、珍しく真人が真正面から他人の顔を覗きこんだ。

「ほ?」

「あるぅ日　森の中〜」

松元が突然歌いだす。松元のすぐ後ろの簡易デスクに控えていた刑務官がしかめ面を向けたが、何も言わなかった。真人も一緒に歌いはじめたから、大目に見てくれたのだと思う。

「あるうひ　もりのなか〜」

「くまさんに〜出ああた」

「あるうひ　もりのなか〜」

岬さんが嬉しそうに言う。

「やっと謎が解けた。あなたがこの歌を教えてくれたんですね。真人は一時期、こればっかり歌って」

じゃあ、クマさんは松元美那?　拓馬《タクマ》だと思っていた。

真人が同じフレーズを繰り返し歌う。松元美那が真人に視線を向けたまま、歌声にかき消されないように、いままでより声を張った。

「真人くんのこと、ずっと知らなかったんです。あの日から、スマホのニュースもテレビもまったく見なくなったので。怖かったんです。いつかきっと死体が発見されたっていうニュースが流れてくる、そう思うと。五歳児が奇跡の生還——という見出しぐらいは目にしたはずだけど、あそことは違う場所の出来事だと思ってました」

真人がようやく歌うのをやめた。おとなしく椅子に座り、前を見つめているのは、視線の先に松元美那の着ているスウェットの、ひよこのキャラクターがあるからだ。ひとコマ漫画みたいな絵柄だ。彼女は真人が来ることを予想して、この服を選んでくれたのかもしれない。

あの日の真人について、いくつかの質問に答えたあと、松元はこう言って、岬さんを驚かせた。

「真人くんはとても落ちついてました。迷子とは思えないほど」

「信じられない。街中ではしょっちゅうパニックを起こす子なのに」

「だから私、真人くんのことを、ケンムンかもしれないって思ったの」

「ケンムン？」

岬さんが問い返し、真人は復唱した。

「けんむん」

「ケンムン、知りません？　木の上に棲んでるの。私の島では大きなガジュマルを棲家《すみか》にしているって言われてた。魚の目玉が好きで、漁師の目を盗んで、獲れた魚の目玉をくりぬいて食べちゃったり、森の中で迷った人の道案内をするふりをして、もっと奥に連れ込んじゃったりする――」

魚の目玉をくりぬくという言葉に岬さんが顔をしかめ、真人は面白がって、おうむ返しをした。

「めだまくりぬく」

「内地の人は、知らないのか。最近は森が減って姿を見せなくなっちゃったけど、島の年寄りはたいてい見てる。小さくて子どもみたいな姿をしているって言う。頭にお皿を載せてたって言う人もいる――」

同意を求めて冬也に視線を向けてきたが、首を横に振るしかなかった。頭に皿ということは、河童みたいな存在か。ガジュマルの木に棲んでいるのは、沖縄の妖怪、キジムナーと同じ。週刊誌の記事によれば、松元美那は鹿児島の南にある島の出身だ。

「遠くに光が見えた時も、真人くんを探しているんだと思いながら、ケンムンに惑わされてるのかも、なんて考えてしまった。ケンムンは妖火《ようか》を操るから」

妖火っていうのは、怪しい火のことだと説明して、言いわけするようにつけ加える。

「自分でもわかってはいたんですよ。人には絶対見られたくないことをしていたから、目の前に現れた子どもは人間じゃないって思い込みたかっただけだって。空想のほうを信じたかったんだって。でもね――」

松元美那は饒舌だった。一人きりで何もすることがないという独居房に何日も閉じ込められて、誰かとの会話に飢えているようだった。

「死体を隠したあと、何日かはちゃんと仕事に行って、普段どおりにしているふりをしてたんだけれど、普段どおりにし続けるのが精神的に限界になってしまって――むりやり休暇を取って島に帰ったんです。実家に帰ったの、何年ぶりだったんだろう。妹夫婦が同居してて、ちびガキの姪と甥もいて、なかなか居づらい家なんだけど、都会のお土産をたっぷり持って。そうしたら――」

怪談話みたいな間を置いてから、話を続けた。

「夜、実家の二階の窓から外を見てたら、すぐそこのガジュマルの木の葉っぱの蔭から、ひょっこり顔が出てきたの。暗くて人相ははっきり見えないんだけど、目だけぎょろぎょろした、小さな顔。その顔が私に向かって、こう言った。『見てたぞ、見てたぞ』って」

目の前にその時の光景が現れているようだった。松元はまばたきを忘れた目で宙を見つめて喋り続ける。

「その時思い出した。子どもの頃、よく祖母《あんまー》に言われてた言葉を。森では、誰も見ていないからって悪さをしちゃならん。木の上でケンムンが見てる」

冬也も岬さんも黙って松元美那の言葉を聞き続けた。真人だけが相槌を打つ。

「けんむんがみてる」

「そう、そしてこの言葉には続きがあって。こういうの。ケンムンに嘘をついちゃならん、嘘をついてもケンムンにはお見通しだから、祟りが倍になる——」

松元は目の隅に涙をためていた。

「ケンムンなんて迷信だと思ってた。でも、それからもケンムンは現れた。何度も。一人で海岸に行ったら、魚がたくさん打ち上げられてて、よく見ると、どの魚も目玉がなくて。その目が穴だけの魚たちが口をぱくぱくさせていっせいに私に言うの。『知ってるぞ』『知ってるぞ』って」

冬也たちがどんな顔をしていたのだろう。松元はむきになって、子どもみたいに言いつのる。

「本当だってば。あれはケンムンに目玉をくりぬかれて、呪いを吹き込まれた魚だよ」

「めだまくりぬく」

刑務官が時計に目を走らせている。そろそろ制限時間が終わりに近づいているのだ。冬也は松元の話が途切れるのを待って、彼女に言おうと思っていたことを口にする。言わずに帰るわけにはいかない気がしていた。

「死体を発見したの、じつは俺なんです」

拘置所の未決拘禁者には家族でなくても手紙を送れるが、検閲があり、事件に触れることを書くと、本人に届かない場合がある、拓馬からはそうアドバイスされていた。そもそものことを伝えてしまったら、まず会ってはもらえないだろうから、手紙には書けなかったのだが、それに触れないまま別れるのは、冬也の心が許さなかった。こちらの願いに応えてくれた松元美那を騙し討ちしたように思えて。

松元が冬也から遠ざかるように体をのけぞらせ、改めて値踏みをする目を頭から胸まで走らせた。

「あなただったの——」

刑務官に話を止められはしないかと、視線を向けたが、刑務官の女性は、大人の話に退屈してカウンターの上でミニカーを走らせている真人に、べろべろバーをしていた。

「真人くんの件の関係者が調査中に見つけた——とは聞いていた。聞いた時は、子どもはとっくに見つかってるのに、何をいまさら調査だよ、って腹が立った。なんで、あんなとこへ行ったのよ」

「すみません」謝るべきことではないけれど、本人の前ではそう言うしかなかった。「理由は手紙に書いたとおりです」

「そうか……」目をつり上げるか、笑った形にするか迷っているふうに、ひとしきり目玉を動かしてから、松元美那は意外な言葉を口にした。

「ありがとう」

「……皮肉ですか」

「うん、半分は。まったく、よけいなことを」

今度はきちんと笑ってくれた。

「でも、あとの半分は、本当。感謝してる。自首するかどうかずっと迷ってたけど、見つかったって聞いて、ふんぎりがついた。どっちにしろ、自分では逃げきってるつもりだったけど、私は疑われてたらしいしね。休暇を取って島に帰っちゃったのが、まずかったみたい」

松元美那の量刑は、殺意があった『殺人』か、殺意はなかった『傷害致死』なのかが、争点になっているらしい。死体遺棄をしているのはマイナス要素だが、自首したことは情状酌量の対象になるそうだ。

「あのまま捕まらなかったら、刑務所にいるより毎日がつらかったと思う。私、島から戻ってきてからも、ずっとケンムンにつきまとわれていたから。夜、寝てると、部屋の中を何かが動き回ってるの。暗くてはっきり見えないけど、子どもの大きさの四本脚の蜘蛛みたいなのが。そいつが言うんだ。『お前が殺した』『お前が殺した』って。明かりをつけると姿が消える。でも、消すとまた、ごそごそ動き出す。目を閉じていても、這い回っているのが見える……」

松元は、薄く目を閉じ、頭の中の幻影を振り払うように首を左右に振った。

冬也は訊ねた。

「いまはケンムンは？」

目を閉じたまま、また首を振った。今度は、何かを振り落とし終えたように、ゆっくりと。

「もう見えなくなった」

目を開け、またマスクをはずして、笑った顔を見せた。

「まだ、そこに一人いるけど」

松元美那は、もちろん話は聞いてなくて、スウェットシャツのひよこにも飽きて、カウンターにミニカーを走らせている真人へ手を伸ばし、アクリルごしに頭を撫でるしぐさをした。

「ありがとう、ケンムン」

「そういえば、なんで私が真人くんに会ったってわかったの？」

松元美那が真人に視線を向けたまま尋ねてくる。冬也が答えた。

「いちばんの理由は、見つかった時に真人がしていたマフラーです。たぶん、松元さんが自分のマフラーを譲ってくれたのではないかな、と」

岬さんがアクリル板越しに頭を下げた。

「ありがとう。あれのおかげで寒さに一週間耐えられたんじゃないかって言う人もいるんですよ。大人用のマフラーは、子どもには、ショールみたいな上着が一枚増えたようなものだから」

松元は困惑顔になっただけだった。

「マフラーのこと、刑事さんからも聞いた。これはお前のか、って見せられた。確かに、寒そうだったから真人くんの首にマフラーを巻いたんだけど、不思議。違うんだよ」

「違う？」

松元がきっぱりと首を横に振る。

「あれ、私のじゃない。色は似てるけど、ぜんぜん違う。かなり使い古したやつだった。センスが昔っぽい。オバちゃんが巻くようなやつ。私のはおとしのクリスマスに――」

そこで口をつぐんだ。誰かの名前を口にしようとして、やめたのだと思う。

岬さんと顔を見合わせた。

「どういうことでしょう」

松元美那が肩をすくめる。

「さあ。こっちが聞きたい」

真人が拾ったとは考えにくい。発見された時に真人がしていたマフラーは土埃《つちぼこり》や木の葉にまみれていたが、長く地面に落ちていたような汚れ方じゃなかった。しかも、岬さんは言う。真人には潔癖なところがあるから、いくら寒くても落ちているものを身につけようとはしないはずだ、と。

「ねえ、真人」

岬さんがまん中に座った真人に声をかけた。真人はアクリル板をじっと見つめ、口の中で何か唱えている。空いた穴の数を数えているらしい。

「お姉さんにマフラーを貸してもらったでしょ」

こくりと頷く。やっぱり覚えているのだ。

「お礼を言いましょう」

真人が頭を下げて、アクリル板におでこをぶつけた。

「ありがとございましゅ」

おでこをさすりながら、横を向く。岬さんの座る先、何もない壁に向かってもう一度、おじぎをした。

「ありがとございましゅ」

なぜ二回？

「二回目のは誰に？」

岬さんが訊ねると、刑務官が咳払いをした。制限時間はもう超過している。大目に見るのはここまでだ、ということなのか、あるいはマフラーの話が事件に関係あると見なされたのか。

「時間だ」

刑務官が立ち上がった。松元美那が岬さんと冬也に頭を下げ、真人に手を振って、ドアの向こうに消えた。

どういうことだ。松元美那の他にも真人にマフラーを渡した人間がいるってこと？

帰りぎわ、冬也は真人が見つめていた壁に立って聞いてみた。

「真人、ここにいたのは誰？」

真人の視線はアクリル板に戻ってしまっていた。もこもこと唇を動かして口の中で何か呟いていたが、急に声をあげた。

「よんじゅうに」

答えたのは穴の数だ。おそらく正解。真人はいつのまにか百まで数えられるようになった。簡単な計算もできる。答えは遅いが、常に正確。

またしても事実を知っているのは、真人だけか。誰に貰ったか聞いても「くまさん」と答えるばかりなのだが。いや、もう一人いる。二本目のマフラーを真人に渡した人物だ。

21

「さてと」

拓馬が〝ONE　OK　ROCK〟のステッカーが貼られたパソコンの蓋を開く。電源を入れて指の関節を鳴らした。

「いっちょ、いきますか」

「おう」

冬也も片手を拳にして、もう一方のてのひらを叩く。

「特定」作戦、開始だ。『ムーミンパパは禁煙中』こと田《た》村《むら》武志《たけし》に続いて、岬さんへの誹謗中傷のもうひとりのラスボス、『オーロラソース姫』の正体を暴くのだ。

場所は今日も岬さんの家のダイニングテーブル。冬也は助手として隣に座る。今回は自分のノートパソコンを持ってきた。

真人はリビングで本を広げている。日曜だが、岬さんは土日シフトに穴が空いたという連絡を受けて、急遽、店に出かけてしまった。勤めているビストロはもうコロナ前の客足を取り戻しているそうだ。

岬さんの好物の鯛焼きを抱えてやってきた拓馬は、ひどく落胆した。

「出直してこようかな」

というせりふも半分本気に聞こえた。

「お任せしますって、岬さんからことづかってます」

「そういうことじゃなくて」

「戸村《とむら》さんならなんとかしてくれる、きっといい知らせをもたらしてくれる、と」

「え、ほんとに」

「もちろん」嘘だ。


『オーロラソース姫』の誹謗中傷は、真人が発見される二日ほど前から始まった。

『真人クンが親の虐待から逃げ出したに一票』

『あんな可愛い子（写真の印象）を、あんなおかしな母親（テレビ報道からの直感）のもとに返しちゃいけない』

『真人クンは児童養護施設に行くべき』

『同じ子を持つ母として、山崎岬のネグレクトは許せない』

陰湿ではあるが、さほど過激な発言はなく、真人が見つかってからはいったんフェードアウトした。

が、十二月になってまた復活し、中傷コメントを連発するようになった。これまでとは一転、単純だが、悪質な罵詈雑言。

『鬼母ヤマサキゆるさない』

『子どもを臓器売買組織に売るつもりだった（複数の証言ありｗｗ）』

『クソ親のくせに調子にのるんじゃねえ』

数は多いが、ほとんどが『バカ』とか『ヤリまん』とか汚い単語ばかり。とはいえ『山崎岬』をハッシュタグにして、連日投稿し続けているから、見過ごすわけにはいかない。

「最近のツイートは単純なのばっかりだけど、少し前までは、けっこう写真を載せてる。これが突破口になるかも」

拓馬がキーボードを叩きながら、冬也にというよりモニターに向かって話しかけるように呟く。

「ツイッターの写真にＧＰＳの位置情報が載ってたりするんだ。よいしょっと……あ、やっぱムリか。いまどきわざわざ位置情報モードをオンにするやつもいないよな」

何をしているのか冬也にはよくわからないのだが、ＳＮＳに載っている写真や動画の中には、本人に辿り着くいろいろなヒントが潜んでいると拓馬は言う。

「どこでわかるんですか」

「本人はどこにでもある平凡な風景だと思って撮って、載せてるんだろうけど、じつはどこにでもある風景、なんてないのさ」

「お坊さんの説教みたいですね」

「まあ、地道にコツコツと手がかりを見つけるか」

「お茶、淹れましょう」

「おお、サンキュー。本当は岬さんの淹れたコーヒーが飲みたかったけど」

あんた、何しに来たんだ。

真人にも声をかける。

「真人、鯛焼き、食べよう」

「うー」

真人が読んでいるのは、珍しく絵本だった。本は嫌いではないようだが、読み聞かせではなく自分で読むとしたら、いつも動物や昆虫の図鑑だ。ＡＳＤ児は、フィクションが苦手なのだ。腹這いになって頬づえをついて本を眺めているが、ちゃんと楽しんでいるのだろうか。冬也や拓馬にいいところを見せたいだけかもしれなかった。

岬さんが仕事を再開したから、真人もまた保育園に通いはじめた。が、園からは「新年度からはもう加配はできない」と言われたそうだ。

加配というのは、障害児に対する施設側のサポート態勢だ。四歳以上の幼児三十人に対して保育士一人以上という、通常の配置基準に加えて、支援が必要な子どもに専任の保育士が追加で配置されることをいう。

冬也の勤めている保育園でも、常時一人か二人、加配の必要な子どもを預かっている。冬也が加配保育士になることもある。

本来なら、対象となる園児が卒園するまで面倒を見るべきものなのだが、岬さんは園長にこう言われたそうだ。

「真人君が長期のお休みをしている間に、新しい加配の申し込みがありましたのでね。こちらも保育士の数に限りがありますし。いつまでも再登園をお待ちしているわけにもいかなかったものでー―」

真人と岬さんを追い出しにかかっているとしか思えなかった。たぶん、ネットの嘘っぱちの中傷コメントを鵜呑みにした保護者たちからクレームが来たのだろう。ほかに理由があるとしたら、すっかり有名になってしまった真人の、ＡＳＤに対する謂れのない誤解か。

真人が他害をしたことは——つまり他の子どもに暴力を振るったり、傷つけたりしたことは、ない、と岬さんは断言する。冬也が知るかぎりでも、癇癪は起こしても、真人が人やモノにあたる姿は見たことがない。迷惑をかけているとしたら、マイペースで団体行動が苦手なことだけだ。

「どうするの」と聞いたら、岬さんはきっぱりと言った。生でタスマニアデビル黒川《くろかわ》の試合を見たことはないのだけれど、強打の相手に打ち合いを挑むように。

「当然、四月からも通わせる。だいじょうぶ。先生の助けなんか借りなくても、真人は一人でちゃんとできる」

もちろん真人はそんな状況など知るはずもないのだが、面白いと思っているのかどうかわからない絵本を眺め続けている姿を見ると、必死で自立しようとしているふうに思えて、胸がちくちく痛くなる。

「ほい。鯛焼きだよ」

真人の前に鯛焼きを持っていく。飲み物は、麦茶だ。少し前までは、色と匂いが気に入らなくて飲めなかったらしいが、いまでは普通に飲む。鯛焼きも頭からもぐもぐ。前に冬也が買って来た時には、「目がこわい」と言って、皮を剥がして、中のあんこしか食べなかったのに。

真人に偏食が多いのは、アレルギーや何かの症状が原因ではなく、味覚や嗅覚や触覚が、他人より敏感すぎるため、そして、感じ方の特異性があるからだ。ごく普通の食べ物でも、真人の独特の感性では、ゲテモノ料理に思えてしまうのだ。

ＡＳＤ児にかぎらず、食経験の少ない幼児には、食べ物の好き嫌いが多い。偏食はゆっくり時間をかけて克服させるもので、冬也の保育園でも『無理強いは厳禁』が合い言葉になっている。食べるまで居残りなんてもってのほか。

でも、真人の場合、食べ物と飲み物がどこにもない極限状態の経験が、はからずもショック療法になったようだ。劇的に偏食が治ってしまった。

「じゃがいもが食べられるようになったのは、俺のじゃがりこの効果かなあ。あぶらげも？　そういえば、真人に、カップのきつねうどんをつくって置いてったんだっけ」

と拓馬は自慢げに言い、真人を置き去りにしたことを岬さんに思い出させて、新たな怒りを買っていた。「ボディへのフックも試してみる？」

真人が読んでいるのは、『もりのくまさん』。童謡の歌詞と、それに合わせた挿絵がついている。歌が気に入ったみたいだから、と岬さんが買ってきた本だ。

「その本、おもしろそう、だね」

真人が開いているのは、ちょうど熊が「お嬢さん」の前に登場しているページだ。真人が鯛焼きを皿に戻して、絵本を眺めながら声を発する。

「カッ、コッ、カッ」

舌打ちに聞こえた。熊の鳴きまねをしたいが、声を思いつかないって感じだ。舌打ちもどこで覚えたのだろう。森以前はしていなかったそうだ。

拓馬に日本茶と鯛焼きを載せた皿を差し出し、自分も鯛焼きをかじりながら、尋ねてみた。

「田村の時みたいに文章から辿るという手は？」

「うーん、この『姫』の投稿は、写真ばっかりで文章が少ないんだ。インスタでやりゃあいいのに。

違うアカウント名でインスタもやってるのかもね。どうせ、これ、裏アカだろうから、ここでは自分を晒すのを警戒してるんだな。ムーミンパパよりガードが固い。岬さん以外の人間の悪口も吐き散らしているんだけど、こっちはせいぜいイニシャルだけで、具体的な名前は出てこないんだよ」

「女性ですかね」

「どうだろう。断定は禁物だ。性別を偽るのは、中傷コメントの常套手段だから。『同じ子を持つ母として』なんて言葉、逆に嘘くさくない？」

鯛焼きのしっぽをくわえたまま言葉を続ける。

「田村っていえば、あいつが本アカで出した謝罪文読んだけど。あんなんでいいの？　『いろいろな誤解による至し方のない側面もありますが、非を認めるにやぶさかではありません』とかなんとか、わけわかんないっていうか、本気で謝ってないっていうか。実名晒しちゃおうよ」

「岬さんは、あれでいいそうです」

「岬ねえさん、優しいな。優しすぎるよ。簡単に許しちゃだめだよ。やったらやり返さないと。右の頬を打たれたら、左の頬へカウンターパンチだ」

「でも、拓馬さんだって、優しすぎるおかげで、簡単に許されたわけじゃないですか」

拓馬が鯛焼きを喉に詰まらせた。

「おっしゃるとおり。論破。一本取られたな」

「三本ぐらいじゃないですか」

田村武志はもってまわった言いわけがましい文言《もんごん》だったが、とりあえずは非を認め、中傷コメントを投稿していたすべての裏アカとそれぞれのハンドルネームだけでなく、本アカの正規のハンドルネームでも謝罪文を載せた。彼にはそれ以上に隠したい大きな「非」があったからだ。

リリーベルに行ったあの日、冬也たちが店になだれ込んだ時、田村は土下座しかねないほど頭を下げまくり、岬さんと、後で知ったが彼の妻に呆れられていた。

「あんたたち誰？」

みっともない姿を見られた反動か、いきなり現れた冬也たち三人には、虚勢を張った。

「いま取り込み中だ。出ていきなさい」

「山崎冬也です。岬の義理の弟です」

「……え？……あ……」

「顔も覚えてないくせに、俺のこともやけにくわしくつぶやいてくれましたよね」

「……あ、いや」

「真人はさすがに覚えてますよね」

「ままー」

「ああ、うん、もちろん……です。本当にお返ししますので」

なんの話だろう。岬さんも困惑している様子だった。

「リュックのことです。黒い色のリュックに入った……」

岬さんが田村の言葉を遮《さえぎ》る。

「ですから、そのリュックって――」

冬也は岬さんの顔の前に片手を突き出して、目配せをした。せっかくだから続きを話してもらおうじゃないか。面白い話が聞けそうだから。

話がよく見えないまま、冬也は思わせぶりに言ってみた。

「田村さんがリュックを持っていっちゃったって、いうことですよね」

田村は気の毒になるほど何度も激しく首を横に振る。

「俺が持っていったんじゃなく、団として預かっただけです。あんな大金が入ってたので、慎重に取り扱わなくてはと――」

大金？　思わぬ話の流れに驚きつつ、さらにカマをかける。

「お金もですか」

また首を横に振った。否定のためというより、身に降りかかる非難を振り払おうとしているように。子どものイヤイヤと変わらない。

「あのときは真人君には所持品がない、という情報が回ってきてましたし、リュックも子どもも用とは思えず……」

「もう少しわかりやすく説明してもらえませんか」

目を細めて顔を見つめたら、田村はぺらぺらと言いわけを再開した。極秘プロジェクトの仲間には加えたくないタイプ。こういうことだった。

真人を発見したあの日、医師に引き渡した後に、真人がうずくまっていた樹洞《じゅどう》の中にリュックが落ちていることに気づいた。

開けてみると、中にはぐじゃぐじゃになったバナナとパンの残骸、ヘッドランプとレジ袋が入っていた。

レジ袋の中身は、千四百万円を超える札束――

「たまたま発見場所の近くに落ちていただけの、遺失物だと判断しまして。メモも入っていたのですが、くしゃくしゃでバナナのシミだらけでよく読めなくて……だから、あのあの俺ではなく団長が一時的に預かろうと、そう判断して……返します、お返しします。拠点施設の金庫に入ってますんで」

　千四百万円？　なぜ真人とそんなリュックが同じ場所で見つかったんだろう。理解できたのは、消防団が組織ぐるみで金を隠匿していたということだけだ。もう少し聞き出したかったが、我慢の限界、というふうに岬さんが声をあげた。

「違うんです。それ、うちのものじゃないです」

　田村の縮めていた首が急に伸びた。

「へ？」

「リュックなんて知りません」

　田村が冬也を睨んでくる。そっぽを向いてとぼけた。別に金を返せと言ったわけじゃない。

「だよなぁ」冬也と拓馬を改めて一瞥して、自分の独り言に頷いている。

　人を舐めた口ぶりに拓馬が食ってかかった。「なんすか、だよなって」

「いや、その筋の人間には見えないよなって」

　口の堅さとは無縁の男であるらしい、安心して気がゆるんだか、一転、ぞんざいな口調になって、今度はこんなことを話しはじめた。

　捜索を始めて数日目。捜索地点と離れた神森《かみもり》の別の場所で、暴力団員が集まって揉めている。町ではそんな噂が流れた。実際、森林事務所の職員は、やってきたヤクザ風の男たちに応対した。人探しをしている様子だった。その夜には、県道に何台も車が停まり、神森の中で騒ぎ声がしているのを複数の人間が聞いている。

「表沙汰にできない金だろうから様子見をしてただけだよ。そういう連中だ。下手に金を届け出て、後から返せって因縁をつけられたら面倒だしね」

なるほど。押しかけてきた岬さんを暴力団員の姐さんか何かだと思って、勝手に怯えていたらしい。「だよなぁ」の風貌の冬也も拓馬も、怯えた目には、その筋の人間に見えたってことだろう。

「様子見って、ようするに猫ババじゃないか」

呆れ声を出した拓馬を、田村がねめつける。

「あんたは、誰？　関係ない人は黙っててよ」

「関係なくない。俺は岬さんのアドバイザーだ。県警の人間ともかかわりがある」

まんざら嘘でもない。広い意味で。田村の首がまたしても縮まった。振り返って、店の女性にいう。

「みなさんに飲み物をお出しして」

「自分でやりなさいよ」

田村の背筋が伸び、そそくさと支度を始める。女性は奥さんだった。田村にはかなりご立腹だったが、冬也たちにすまなさそうにするでもない。まあ確かにこの人が謝る筋合いはないけれど。奥さんにすすめられて、冬也たちもカウンターに腰を下ろした。

岬さんが真人に問いかける。

「真人、リュックのことは覚えている？　黒い色のリュック」

見つかった場所に偶然置かれていたというのは、考えにくい。田村たちがそう信じたいだけだ。とはいえ潔癖症の真人は落ちているモノを拾ったりはしない。誰かに渡されたのだ。岬さんの問いかけに真人は上体を左右に振る。「わからない」のボディランゲージだ。

冬也は両手を胸に添えて、リュックのベルトを握るしぐさをした。

「リュック、わかるよね。中に、バナナが、入っていた、リュック」

誰かが、真人に食べさせるために入れたんじゃないだろうか。真人は「バナナ」という言葉に反応した。立ち上がり、冬也のまねをしてリュックを背負うしぐさをし、眉をハの字にして言う。

「りゆつく……おもいおもい」

岬さんと顔を見合わせる。やっぱり。

「リュックは、誰にもらったの」

うーおもい、と呟いてかがみ込んでいた真人が、腰を伸ばして天井を見上げた。

「た……くま？」

「俺じゃないよ」

「男の人？　女の人？」

「たに……あ、くま？」

問いには答えず、うわ言のように言葉を放ち続ける。

「くまさん、たくま、たにくま、あっくま、くまさん」

聞き方が悪かった。立て続けに複数の質問をすると、真人の小さな頭は混乱してしまうのだ。

「わかった。ゆっくり思い出そう」

岬さんが真人を抱きしめた。

田村がカウンターにコーヒーを並べる。ケーキ付きだ。真人には麦茶。

岬さんがカウンターに置いていたスマホをしまいこみながら、言っておかねば、というふうに田村に話す。

「いままでの会話は、録音させていただきましたので」

「え」

田村が目と口を丸くした。

あたり前じゃないか。証拠を残しておかないと、しらばっくれるに決まっている。録音と聞いたとたん、田村の声色が変わった。

「そうですか。山崎さんのものではないとわかって安心しました。お任せください。警察にきちんと届け出るよう、私が責任を持って団長を説得しますので」ドラマの正義感あふれる主人公を演じているつもりの口ぶりだ。「だからもうこの件は忘れてください」

おそらく、拾ってすぐに届け出たふりをするに違いない。岬さんが釘を刺す。

「謝罪文のこともお忘れなく」

「はい、はい」

奥さんが田村に怒る。

「はい、は一回だけ。まったく恥ずかしい。毎晩パソコンで何をやってるのかと思ったら。まるで犯罪みたいなことを、ねえ」

最後の「ねえ」は岬さんに同意を求める言葉だ。

「みたいじゃなくて、犯罪です」

岬さんがぴしゃりと言うと、奥さんがすみやかに目を逸らして言った。「はい、はい」

気になっていたことを冬也は訊く。

「リュックに入っていたメモって、何が書いてあったんですか」

真人の空白を解き明かすヒントになるかもしれない。

「いや、ほんとに読めないんですよ。スマホで撮っておいたけど、何度読み返してもさっぱり」

「見せていただけませんか」

「いやあ、それはちょっと」

拓馬が独り言めかして呟く。

「猫ババの話、ネットで拡散しようかな。音声があるから、ネットラジオがいいな」

「こちらです」

田村がすみやかに差し出したスマホの画面には紙片が写っている。確かに濃いシミで汚れて虫食い状態のうえに、急いで書いた様子の走り書きだから、文字はすこぶる読みにくい。
●●に届●て●さい
仙●市泉区●ケ丘●●●●●―7
●島カ●ラ
携帯番号も書かれていた。こちらは下二桁目が消えかけているだけ。最後の一桁は、たぶん「3」か「8」のどちらかだ。田村たちが解読に熱心ではなかっただけで、十数回のかけ直しを覚悟すれば、メモが示す相手に繋がりそうだった。


消防団が隠していた金がどういう扱いになるのか、その結果を見届けたあとで、連絡を取ってみようと思う。「ヤクザの事務所に決まってるじゃない」と拓馬は言うのだが。

真人の一週間の空白は、少しずつ埋まりつつある。

いなくなった最初の夜には、松元美那と遭遇した。彼女は真人を保護しかけたが、姿を見失ってしまった。しかし防寒に役立つマフラーを与えてくれた。

その翌日の夜には、戸村拓馬と出会う。ここでたっぷり食べ物を腹に入れ、水分も補給する。このとき真人がしていたマフラーを「いまどきのしゃれたやつ」と拓馬は言っているから、この時点では、おそらくまだ松元美那のマフラーだったのだ。

だが、その先がわからない。

見つかった時のマフラーはいったい誰のものなんだろう。大金の入ったリュックは？

真人は一週間の間、森の中で泣いて震えていたわけではなさそうだ。もしかしたら、とんでもない冒険をしていたのかもしれない。


「冬也君、聞いてる」

「え、あ、はい」

二週間前のリリーベルでの出来事を思い返していた冬也の意識は、岬さんの家のダイニングに戻った。

「なんでしょう」

「うまいね、この鯛焼き。俺が買ってきたんだけどさ」

そうだった。いまは『オーロラソース姫』の正体を突き止める作業の真っ最中だ。拓馬は『姫』がツイッターに上げている写真を過去に遡ってチェックしている。専用のアプリを使って一枚一枚拡大していた。

いまモニターに映し出されているのは、面白い形の雲を写した写真だ。画像は美しいが、添えられたコメントは、

『今日も馬鹿みたいな青空』

姫は、いつもご機嫌ななめだ。性格が素直じゃないというか、歪んでいるというか。

写真の下方に街並みも映ってはいるが、ほんの少しだし、ありきたりな風景だ。なにがしかのヒントがあるとは思えない。

「どこを見ればいいんですか」

「電柱や掲示板の住所表示とか。特徴的な店の看板とか。チェーン店が写っているといいんだけどな。一店舗じゃあまり参考にならないけど、二つ同時に写っていれば、かなり住所を絞れる」

とりあえず住所を特定しよう、と拓馬は言う。

「他人の悪口を言うためのアカウントでしょ。オーロラソース姫もそのへんは熟知して、シッポを出さないようにしてるんじゃないですか」

拓馬が鯛焼きをひとかじりして、お茶をすする。湯呑みはパソコンのすぐ脇、倒したらキーボードがずぶ濡れになりそうなところに置かれているから、気が気じゃない。パソコンのヘビーユーザーほど、なぜか機器の扱いがぞんざいだ。

「だろうけど、中傷コメントを書き込むヤツって、承認欲求が強いから。注目を集めたくて、ついハメを外して、どっかでボロを出すはずだ」

なるほど。

「たとえば、ほら、ここ——」画面をさらに拡大する。隅に写っていた看板の文字が読めるようになった。

「スーパーの店名だと思うけど、聞かない名前だよね。この土地だけの地域スーパーじゃないかな。これを検索してみよう」

拓馬はせわしなくキーボードを叩いてから、絶句した。

「うわ、すげえ数。全国チェーンだった。俺が田舎者だから、知らないだけか」

拓馬は今日も、神森のある県からここへやって来ている。

文章担当の冬也はツイートを読み込んで、ヒントがないか探している。こちらも成果はない。固有名詞がまったく出てこないのだ。

「学校関係の話が多いんですよ。学生ですかね」

「いや、保護者かもしれない。文章が大人っぽかったり、急に子どもっぽくなったり。情緒不安定なのかな。学校関係者って線もあるかも、だ」

真人は絵本に飽きて、ミニカー遊びをはじめた。一列に並べるのは卒業しつつあるようで、一台を床やテーブルに走らせるのが、このところのマイブームだ。

「そうだ、これ、試すの忘れてた」

拓馬がカーソルで指し示したのは、ツイッターのプロフィールのアイコンだ。『オーロラソース姫』のそれは、何かのマークを写した写真だった。

「こいつから、なにがしかを特定できることもある。自分を隠したいくせに、こういうところに承認欲求が出ちゃったりするんだ。マイナーな推しバンドのロゴマークだったり、名門の出身校の校章だったり」

拓馬がオーロラソース姫のアイコンをコピーして、呼び出した画像検索という窓に貼りつける。たちまち答えが出た。

「ビンゴ」

画面に記事情報が並んでいる。その下には複数の画像。

車の写真だった。

「スマートっていうドイツの車だか中国の会社だかのロゴマークだった。いいのか登録商標使っちやって」

画面に並んでいるのは、どれも似た形のコンパクトカーだ。

「なになに、メルセデスの子会社だった自動車メーカーか。わりと高そうな車だな」

拓馬が車の画像をひとつひとつ拡大していく。

「姫はこれに乗ってるってこと？」

「おそらく。アイコンに使ってるのは素人臭い写真だから、自分で自分の車のを撮ったんだろう」

大人か。少なくとも十八歳以上。子どもの可能性もあると思っていたのだけれど。

「あかはとまれ〜」

いきなり声がした。真人だった。いつのまにか背後に立って、パソコン画面を見つめている。いま浮かんでいるのは、スマートフォーフォーという赤色の４ドア車だ。そうか、クルマが好きだものな。

「あおは雀〜」

いや、それだけじゃないかもしれない。もしかして――

真人は、この車に乗ったことがあるの？　と訊ねかけて、やめた。答えるのがむずかしい質問を重ねると、真人の頭がショートしてしまう。何を訊ねるべきか慎重に考えないと。

画面に目を向けたまま言ってみた。

「この車の椅子、硬いのかな、柔らかいのかな」

「ど、どしたの、冬也君、いきなり」

「いや、座り心地はどうなのかなって。内装の画像を拡大してみてください」

「え？　なんで？　これでいい？」

「真人は、知ってるかな。この車の椅子、カチカチに硬い？　それとも、ふんわり柔らかい？」

真人が重ねた両手を頬にあてがって、おそらくCMのまねだろう言葉を口にする。

「やわらか〜」

乗ったんだ。

冬也はパソコン画面に映っている車を指さして、独りごとめかして呟いてみた。

「この車は、どんな人が、運転しているのかなぁ」

事情が呑み込めていない拓馬が答えてしまった。

「そこそこ金を持ってる車好きの女性ってとこかな」

無視して言葉を続ける。

「真人なら、きっと、わかるよね」

言葉につられて真人が背伸びをして、画面を覗きこむ。口の中で小さく呟いた。

「ぁ……くま」

「くまさん？」

また？　いったいくまさんは何人いるのだろう。

「あーくま」

「そうか、くまさんが運転していたんだよね。女のくまさんだっけ」

真人が首を縦に振りかけてから、突然、体を硬直させた。

「言わない」

首を動かすまいとして肩の中に埋もれさせている。眉がつり上がっていた。

「言わない？　どうして」

「言っちゃだめなんだ」

やけに大人びた口調だった。最近の真人は発語が増えた、と岬さんは喜んでいる。「たいていはドラマかコマーシャルで覚えたせりふで、使いたいだけだと思うんだけど、それでも話をしてくれることが嬉しい。少しは成長しているのかな、って思えて」

「もししゃべったら――」真人が眉根を寄せる。子どもだからほとんどしわができない。かわりに鼻の上に筋をつくっていた。

「喋ったら？」

「お尻しー拭こうがおとずれる」

「へ？」どんなドラマだろう。

正体は不明だが、岬さんを誹謗中傷している、この車の持ち主と思われる人物は、真人と会っている、おそらく車に乗せている。

どういうことだ。少し解明したと思ったら、また新たな疑問が増えてしまった。真人の空白の一週間は謎だらけだ。

「真人、おじちゃんと、車で遊ぼう」

一緒にミニカー遊びをすることにした。さっきからひとりぼっちにしてしまっていたし、遊んでいるうちに、車を運転するくまさんについて何か話してくれるかもしれない。

リビングにレジャーシートを敷く。ミニカーのメーカーが出しているグッズだ。シート全体に道路と街並みのイラストが入っていて、広げるとミニカー遊びのための街が出現するスグレモノ。クリスマスに冬也がプレゼントした。

冬也は赤いミニカーを選んで、真人が走らせはじめたパトカーを追いかける。真人が信号で止まった。

「あかはとまれ～　あおは雀～」

「くまさんに、教わったの？」

問いかけには答えず、信号のイラストをじっと眺めている。

「きいろはなに？」

おお、真人からの質問は珍しい。

「黄色？　注意だっけ。注意して進め？　いや進んじゃだめか」

せっかくの質問なのに答えられないのが悔しい。本人以外警察一家の拓馬が教えてくれた。

「停止位置に安全に停止することができない場合を除いて、止まれ」

「さすがだ。でも難しすぎる」

「ていしいちにあんぜんにていしすることらできないばあいをのろいてとまれ」

拓馬が感嘆の声をあげる。

「すごいな真人」

「でへ」

そうなのだ。真人の他人の言葉に対する暗記力は抜群だ。一度聞いた言葉は──真人の耳にそう聞こえた音という意味だけど──正確に覚える。

待てよ、さっきのあのせりふだって、もしかして──

「車のくまさんが、お尻拭こうって、言ったんだよね」

「言わない。お尻しー拭こうがおとずれるから」

どういう意味だ。（くまさんはそんなことは）言わない？　それとも口止めされてるってこと？

もう一度聞き返そうとした時、拓馬が興奮した声をあげた。

「きたーっ」

冬也たちに顔を振り向けて、にんまり笑い、ゴールパフォーマンスのように、キスをした片手を天井に向かって突きあげた。

「お宝だ。謎を解く蓋がいま開《ひら》く」

冬也が立ち上がると、まだ行っちゃだめ、というふうに、真人が背中に飛び乗ってきた。

真人をおんぶしたまま画面を覗きこむ。

ツイートされた日付は、中傷コメントを吐き出す前。9月1日だ。

『今日からまた、この道を行く。犬の●●が落ちてる。マジかよクソったれストリート』

こんなコメントと一緒に投稿されているのは、道の写真だ。

街並みが写ってしまうのを警戒しているのか、撮られているのは文字どおり、道。アスファルトの地面だけだ。

「どこがお宝なんですか」

「どぅるどぅるどぅるどぅる」

拓馬がドラムロールの口まねをして、画面の一部を拡大していく。

面白がって背中の真人もまねのまねをした。

「どろどろどろどろ」

モニターに大写しになっていくのは、道の片隅のマンホールだ。

「これが？　お宝？……ですか」

「そ。こいつを探してたんだ。オーロラソース姫にとっちゃ、見慣れたマンホールなんて、全国どこにでもある日常風景の一部だとしか思ってなかったんだろうけど、それが落とし穴さ。文字どおり。マンホールって、自治体ごとにデザインが変わるんだよ」

確かに切り絵のような模様が入っているあまり見かけないデザインだ。だが、地名が入っているわけでもない。これが謎を解く蓋？

「論より証拠、では、蓋を開けてみよう」

拓馬が画像検索アプリを呼び出して、マンホールの写真をドラッグ&ドロップする。

「よし、マンホールから出てこい、オーロラソース姫」

画面上に、似たようなデザインのマンホールの画像がいくつも現れた。

「おっお」真人が歓声をあげる。マンホールが気に入ったらしい。

「こいつだな」拓馬が『類似の画像』というタイトルがついた一覧から、投稿写真と同じデザインを選び、さらに検索。

またも現れた大量のマンホールリストに真人が興奮する。

「ほおおっ」

冬也も声を上げそうになった。今度は文字情報に地名が記された。

意外な場所だった。ここからも、神森からも遠く離れている。

富山だ。

驚くことではないのかもしれない。SNSは日本のどこから発信されていてもおかしくないのだ。いや、外国から来ていたって不思議はなかった。

「すごい。でも――」

住んでる土地だけわかっても、まだまだ本人特定には遠い気がする。が、拓馬は楽観的だ。真人のために『全国おもしろマンホール』というサイトを呼び出してやり、パソコンの前の席を譲った。真人があっさり冬也の背中を下りる。

目頭を揉み、お茶の残りをすすりながら拓馬が言う。

「この街で、この車を持ってる人間はそうはいないと思うよ」

「なるほど。それはどうやって調べれば――」

真人に画面をスクロールしてやりながら、冬也が訊ねると、

「いちばん手っ取り早いのは、国土交通省の運輸支局に、所有者の開示請求をする、ことだ」

拓馬がすらすらと答えた。さすがだ。

「じゃあ、さっそく請求しましょう」

「問題は、二〇〇六年以降は、正当な理由がないと確認できなくなってしまったことだ」

「正当な理由とは？」

真人はたちまちスクロールを覚えて、自分でマウスを動かしはじめた。

「たとえば、えーと、家の前に不法駐車されている等……」

やけに棒読み口調だと思ったら、スマホで検索して、読み上げているだけだった。

「だめじゃん」

けっこう大きな街だ。歩き回って一台の車を探すのは、現実的じゃない。

「でも、地域がわかれば、大前進だよ。いままで点だった情報が線になって繋がってくる。たとえば、さっきの実は大手チェーンだったスーパー――真人、パソコン、いいか」

拓馬が真人を抱き上げようとすると、嫌がって逃げ出した。「俺じゃダメか」と傷ついた顔になったが、冬也だって、人に触られるのを嫌がる真人とスキンシップできるようになったのは、ごく

最近だ。

真人には、同じ画面を呼び出した冬也のスマホを渡した。

「ちいさい」

「我慢」

「がまんか」

拓馬がパソコンの前に戻り、激しい旋律を弾くピアニストのようにガシガシとキーボードを叩き出す。

「あのスーパーというかホームセンターは、この街には何軒かあるけど」

街の地図を呼び出して言う。

「さっき看板が見えてたホテルがあったよね。あのホテルの近くなのは、この店だ。だからオーロラソース姫の居場所はおそらく——このへん」

カーソルで地図の一点に円を描く。トンボを絡めとるように。

「姫の住まいはマンションだと思います」

「なぜわかる?」

冬也は自分のノートパソコンに保存しておいたコメントのひとつを見せた。わりと最近、先月のものだ。

『エレベーターに犬載せんじゃねーよ、チワワばばあ』

「おお、ほんとだ。駐車してる車からの特定は一軒家のほうがやりやすいけれど、マンションなら場所は絞りやすいな。姫の家の中を写した写真がいくつかあったよね」

「ええ」

個人情報的なモノは抜け目なく排除されているが。

「窓が写っていたのがあったはずだ。窓から何か見えていないか、もう一度チェックしてみよう」

「ラジャー。真人も手伝ってくれ」

真人はなんとちっちゃな指を使って画面をピンチアウトしていた。大人が使うのを見て、やり方を知っていたのだと思う。

「真人、窓探しをするよ。一緒に見てくれないか。出てくる写真に、窓が写っていたら、教えてね」

真人が背中に攀《よ》じ登ってくる。オーロラソース姫のツイートをひとまとめにしたものを、矢継ぎ早にモニターに映し出す。

「まど」

「ありがと。でも、それは換気扇だね」

「まど」

「ありがと、鏡だね」

「まど」

「ありがと、でも、それは——窓だ！」

壁に飾ったドライフラワーを写したものだが、右端に窓が写っている。

「すごいぞ、真人」

「でへ」

真人に頼んだのは、子守のためだけじゃない。写真や絵の中から、ひとつのモノを見つけ出すのが得意なのだ。『ウォーリーをさがせ！』の絵本から宝物を見つけ出す速さは、岬さんや冬也もかなわない。

拓馬が拳を突き出す。

「グッドジョブだ、真人」

グータッチをしたかったらしいが、真人にはパーを出されていた。

写っているのは窓のごく一部だが、窓の向こうに建物がいくつか見えた。

拓馬が画像を取り込み、拡張機能を使って拡大する。いちばん目立っているのは、四角い本体の上に赤い三角屋根が載っているビルだ。

「ここをランドマークにしよう。次はこれだ」

拓馬のパソコンに身を乗り出す。ずり落ちそうになった真人がしがみついてきた。大福餅みたいなほっぺたが冬也の頬に張りつく。

画面がストリートビューに切り替わる。まるでこの街に瞬間移動したかのように、街並のリアルな姿が浮かびあがった。

「銀行があったあたりから見ていこう」

ストリートビューのカメラが街路を走っていく。

「ほおぉーっ」

真人が驚嘆の声をあげる。吐く息から鯛焼きの匂いがした。

拓馬が画像を静止した。

「これじゃないかな。上に三角屋根が載ってるビル」

「そうかも」

「そう鴨」

「じゃあ、次」

ストリートビューを俯瞰モードに変えた。航空写真の画像は鮮明とは言えないが、真上から見下ろしているから、建物の特徴がわかりやすい。

「赤い屋根の建物は、これですね」

「うん、じゃあ、これを起点にして――」

赤い三角屋根のビルを中心に据え、縮尺を大きくしていく。建物それぞれのビル名、マンション名が表示されるようになった。

「三角屋根に近いマンションは、ここかここ。斜めから見る形になるのは――どぅるどぅるどぅるどぅる」

「どろどろどろどろ」

「じゃーん、ここだ」

ついにマンション名が判明。

「窓からは見上げる感じで見えてたから、オーロラソース姫のお城は、一階か二階、かな」

「おお」すごい。「あとは本人の名前だけですね」

拓馬のことだから、指一本でマンションの住民のデータまで取り出せるのではと期待してしまったが、さすがにそれは無理のようだった。

「ここからはもう近道はない。現地に行って足で稼ぐしかないな」

「聞き込みとか張り込みですね。このマンションの駐車場か、でなければ近くの月極に、あの車が置かれてますよね。さりげなく、誰のものか名前を聞き出すか、だめでも待ち伏せすれば――」

「嬉しそうだね、冬也くん。張り込みはきついし――って話だよ」

「行くしかないか、北陸」

大変だ。また有給を取らなくては。

「いくしかないか、ほこりく」

「うん、紅ズワイガニも旬だしな」


冬也たちが富山に着いたのは土曜の昼すぎだった。

特定したマンションに間違いがなかったことは、隣接した駐車場を見ただけでわかった。赤色のスマートフォーフォーが停まっていたのだ。

エントランスの郵便受けによれば、五階建てで各階に六室。そう大きなマンションではないが、その先の特定は簡単にいきそうもなかった。

出入りはオートロック式で、郵便受けにもほとんど表札が出ていない。スマートフォーフォーの中を覗いてみても、持ち主を特定するようなモノはなかった。助手席に置かれたタオルの柄やミニティッシュ箱に花模様のカバーがかけられているのが、女性の存在を想像させるぐらいだ。ダッシュボードには、赤いミニカーのキーホルダーがつけられたお守りが下がっていた。

近くに車を停めて張り込みを開始する。コインパーキングは見当たらなかったし、そもそも余分な金もない。

「アンパンと牛乳買ってきましょうか」

「楽しそうだね、冬也くん」

「とんでもない」

早朝までビル清掃のバイトをしていたという拓馬はテンションが低い。いまにも眠ってしまいそうだ。車は拓馬のキャラメルみたいな軽の4WDだが、運転は冬也がしてきた。

「牛乳は張り込みに向いてないらしいよ。腹がゆるくなって、大のほうが近くなるから」

通報されないように車はこまめに移動させた。交替で外に出てる時には、お互いの上着を交換したり、用意してきたキャップやニット帽をかぶったり、サングラスをかけたり。同じ人間に見えないように細心の注意を払う。

富山は昨日まで雪だったようで、路肩には寄せ集められた白い山がつくられていた。空は青く晴れ渡って、陽光が雪に光の粒を撒いているけれど、吹く風は冷たい。季節はいつのまにか二月になっている。

車を停めている時には、目立たないようにエンジンも切っているから、暖房のない車内は寒い。車の中でも手袋をはめ、首をマフラーでぐるぐる巻きにした。

路上ではうろうろと歩き回った。人々の目をごまかすためというより寒さのためだ。

白い息を吐きながら、冬也は、真人の森の中での一週間を思った。季節も場所も違うが、厚着をしていなかった真人は、寒くて心細かったはずだ。真っ暗な夜はとくに。強い子だ——いや、大人でも耐えられるもんじゃない。強い人間だ。

二時間待ったが、スマートフォーフォーに近づく人影はなかった。

「眠気覚ましに、いっちょ行ってくっか」アンパンをぬるくなったコーヒーで流しこんで、拓馬が聞き込みに出かけた。「俺のコミュ力の高さを思い知るが良《よ》いよ」

以下はあとから聞いた話。

拓馬はマンションの住民のふりをして駐車場をぶらぶら歩き、除雪作業をしていた人の良さそうな管理人に近づいたそうだ。

「あれ、いい車ですね」

「あん?」

「かっこいいな。誰のですかね」

「誰って……あんた誰?」

あえなく撃沈。怪しい男を敷地から追い立てるふうに、足もとにホースで水を撒かれているのが、車からも見えた。どこかでカラスが鳴いた。


夕暮れ近く、管理人の姿が消えたのを見はからって、再チャレンジ。今度は冬也が聞き込みに行く。「拓馬さんは怪しげだから。俺のほうが警戒心を持たれないと思う」

煙草は吸わないが、駐車場の隅にあった喫煙所で、煙草っぽくポッキーをかじり、マンションの住民がやってくるのを待った。待つこと二十分、軽自動車を駐車場に停めたのは、おばあさんと言っていい年齢の女性だった。後部座席から重そうなエコバッグをいくつも取り出し、両手にさげて歩きだしたから、さりげなく声をかけた。

「こんにちは。少し持ちましょうか」

「あらあら、ご親切にどうも。でも、だいじょうぶ」

だいじょうぶ、だいじょうぶと言いながら、荷物を全部冬也によこしてきた。

左右の持ち手を変えるのを口実にスマートフォーフォーの前で立ち止まって、おばあさんに言ってみた。

「いつ見ても派手な車だな。ここのマンションの誰かのですよね」

「ああ、そうそう、これ、２０４の人のよ」

「ああ、２０４の」部屋番号をゲット。再び歩きはじめたが、時間稼ぎのためののろのろした足取りだったから、だいじょうぶ？　少し持とうか、と言われてしまった。

「あの女性かな」

カマをかけたら、あっさり答えが引き出せた。

「そうそう、あの人。学校の先生だとかって話だねえ」

性別と職業もゲット。

「お若い方ですよね」

「そんな若くないと思うよ。畠山さんは」

ハタケヤマ。

ついに名前に辿り着いた。

おばあさんがオートロックの前で立ち止まる。ドアが開いたら一緒に中に入って、２０４に突撃しよう、と思っていたのだが、

「あなたは何号室の方？」

「あ、いえ、そのぉ」

とっさにうまく嘘がつけなかった。おばあさんの温かいまなざしが急速に冷え、冬也の手からエコバッグをひったくった。犯罪者から逃れるようにすばやくドアをくぐり抜けると、冬也を警戒して何度も振り返りつつエレベーターがあるらしい方へ消えていった。

侵入には失敗したが、ついにオーロラソース姫のピンク色のスカートの裾を摑むことに成功した。苗字はハタケヤマ。性別は女。職業は学校教師。２０４号室。

とはいえ、その日は夜遅くなっても、ハタケヤマらしき人物は姿を現さなかった。帰ってこないのではなく、出てこないのかもしれない。


車の中だと凍死しかねない。夜は駐車場無料でカプセルホテル付きのスパに泊まり、翌朝六時に張り込みに戻った。

「紅ズワイガニ、食いたかったな」

コンビニで買ったコロッケパンを齧りながら拓馬がぼやく。同じせりふはもう三回目。チェックアウトが早すぎて、まだ営業していなかったスパの食堂の朝食のことだ。

「朝は、カニ、出ないでしょ」

「いや、出るよ。北陸だし」

日曜の朝だ。道には車も人もそう多くない。昨日、深夜営業の激安店で買ったドカジャンをダウンジャケットと交互に着て、どちらかが見張りに立ち、車はこまめに駐車と発進をくり返した。しかし、オーロラソース姫ハタケヤマは今日もなかなか姿を現さない。

しだいに陽が高くなってきた。昼近く、何度も見張りを交替し、何度目かの車番だった冬也が、近所を周回して戻ってきた直後だった。

駐車場を斜めから見通せる場所に立っていた拓馬が、運転席のウインドウを叩いてきた。

「冬也くん、あれ」

指さす先に、マンションを出て駐車場に向かう女の後ろ姿があった。

スマートフォーフォーに向かって歩いていったと思うと、車の中に消えた。

「大当たりだ」

「どうしよう、帰って来るのを待つ？」

「尾行しましょう」

バックしてキャラメル4WDの尻を脇道に突っ込む。スマートフォーフォーがどちらの方向に走っても追いかけられるように。

「そうくると思ったよ」拓馬がにんまり笑って助手席に滑りこんできた。


広い通りに出た赤いコンパクトカーのあとを距離を保って追う。

どこへ行くんだろう。学校教師だそうだが、勤めているのは、小？　中？　高？　それとも――

「学校の先生があんなことするんですかね」

「冬也くん、ネットの炎上参加者って、どういう連中が多いか知ってる？　引きこもり青年たちじゃないよ。一番多いのは、高学歴高収入のホワイトカラーだ」

ほんの数分走っただけで、脇道に入り、ウインカーを出した。入っていったのは、薬局や花屋、スーパーマーケットがあるショッピング施設だ。広々した駐車場に冬也たちも車を停め、女が入っていったスーパーマーケットに向かう。

ハタケヤマはカートを転がして食品売り場の棚を物色していた。見ているうちに棚の向こう側に姿を消す。冬也と拓馬は二手に分かれて後を追った。

冬也が右手から近づいた時には、惣菜売り場で餃子のパックを手に取っていた。顔も体も丸っこい小柄な女性だ。雪だるまみたいなオフホワイトのダウンジャケットを着ているから、よけいにそう見えた。

店内に人は少ない。迷ったが、ここで声をかけることにした。

「ハタケヤマさんですか」

女が振り返る。四十すぎぐらいだろうか。マスクの上の垂れ気味の小さな目と丸い頰は温厚そうで、とても汚物のような言葉を吐き散らしている人間には見えない。

「はい。そうですけど。どなた？」

驚いた様子だったが、声は落ちついていた。アニメの声優みたいなよく通る声だった。冬也の顔を見上げると、肩下までの髪を手ぐしで梳かしはじめた。

「山崎といいます」

「ヤマザキさん？　あ、もしかして、北中の卒業生？」

「いえ、ヤマサキです。埼玉から来ました」

「……ヤマサキ？」

何か考えるふうに天井を見上げた。

「山崎岬の義理の弟です。山崎真人の叔父でもあります。あなたはオーロラソース姫ですよね」

「オーロラ……ソース？」

また天井を見上げて、首をかしげる。急に不安になってきた。本当に心当たりがなさそうな様子だったから。もしかして自分と拓馬はとんでもない勘違いをしでかしているんじゃないか。車のロゴマークやマンホールなんかを証拠と信じて、何時間もかけてここまでやってきたのが、すべてただの思い込みである気がしてきた。

女がいきなりカゴに入れていた餃子のパックを、冬也に手渡した。

「あの、これを」

これを俺に？　いや、売り場に戻せってこと？　パックを冷蔵ケースに戻していると、
ハタケヤマがカートを転がして走り出した。

え？

一瞬、何が起こったのかわからなかった。

逃げ出したのだと頭が理解した時には、ハタケヤマのカートは青果コーナーの脇を爆走していた。

カートに轢かれそうになった女性客が悲鳴をあげている。

入り口近くに到達した時、横手から大型のカートが飛び出した。拓馬だ。行く手を阻まれたハタケヤマはそれでもカートを離さず、バックして逃げようとしているところに、冬也が追いつき、挟み打ちにした。

「な……なんです……か、わ……たし……はあはあ……なにも……はあ……知りません……けど」

短い距離しか走っていないが、ハタケヤマの息は荒い。

「でも、いま逃げましたよね」

「逃げ……てない……ない……タイムセール……が、始まっちゃう……から」

タイムセールをやっているところなんかどこにもない。

ドカジャン姿の拓馬がことさら重々しい声を出す。

「ハタケヤマさん、あなたがつぶやいた山崎岬へのコメントに関して聞きたいことがあります」

「……あなたは、誰？」

「山崎岬さんの代理のものです。彼女にはあなたを訴える準備があります」

「え、いや、ちょちょっと待って。違うの違うの」

声をあげてから、客や従業員の視線が向けられていることを知って、ハタケヤマが声をひそめる。

「ここじゃなんですから、場所を変えましょう」

ひそめてもよく響く、こちらのほうが叱られていると錯覚してしまいそうな声だ。


「何か勘違いをされているみたいですけれど」

冷静さを取り戻した口調だったが、紅茶のカップを持つ手は震えていた。オーロラソース姫の本名は、畠山理実《さとみ》。中学校の教師だが、いまは体調を崩して休職中だそうだ。理由は教えてくれなかったが、体のほうの病気ではない気がした。マスクを取った顔はふっくらしていて、血色がいい。

場所はスーパーマーケットから出て少し先にある喫茶店だ。車だとまた逃げられてしまいそうで、案内をするハタケヤマを前後に挟んで、歩いてきた。

「山崎さんに対して辛辣なコメントを発信したことは事実ですけれど、さほど間違ったことは言っていないと思いますが。規制、規制と、言葉狩りしては、言論の自由がそこなわれてしまいます」

「間違いはない？　じゃあ、山崎岬が代理ミュンヒハウゼン症候群だという事実はどこから手に入れたんですか」

「えっ、ほんとにそうだったの」

これだもんな。

「山崎岬に代理ミュンヒハウゼン症候群だという事実はありません。なぜそんなに簡単に嘘をつくのですか」

「嘘じゃない。だってネットで誰かが書いていたもの」

「誰かって誰？」

冬也が問い詰めると、畠山は頬をふくらませて黙りこんでしまった。中学校教師というより反抗期の子どもだ。

「誰かの書いたデタラメを、何の疑いもなく拡散して、自分には何の落ち度もない、と？」

「SNSって、そういうものなのよ」

「ふざけるな。自分が同じことをされても、そういうもの、なんて言えますか？」

思わずテーブルを叩いてしまった。畠山がティーカップを両手で抱えて身をすくませる。

「このヒト、怖い」

助けを求める視線を拓馬に走らせた。

「他人に面と向かって言えないことは、SNSでも言わないことです。世の中に本当に言いたいことがあれば、ちゃんと名を名乗るか、顔を晒す覚悟が必要ですよ」

顔と名前を晒して勝負しているユーチューバー拓馬が、いつになくまじめくさって言うと、畠山はうつむいて頷いた。

「はい、以後、気をつけます」

「以後？」

冬也が睨みつけたら、隣に座った拓馬が片手を上下させて、どうどう、とでもいうふうになだめてきた。俺は馬か。

熱くなってしまった冬也にかわって、拓馬が聞きたかったことを冷静に質問した。

「もうひとつ、聞きたいことがあります。もしかして、真人くんと会っていませんか」

「真人……くんって、誰？」

知らないはずはない。あまりにも露骨なしらばっくれ方が、逆に真実を物語っていた。拓馬が言葉を続ける。

「もちろんご存じですよね。山崎岬さんの行方不明になった息子さんです」

「ああ、そうだった。名前は覚えていますけど」

空とぼけて口笛でも吹きそうな表情だ。冬也は黙っていられなかった。

「真人のこともしょっちゅうつぶやいていましたよ。外見のことまでやけにくわしく」

「ニュースで見ただけ。私、人の容姿に関しての記憶力がいいの」

真人がオーロラソース姫の車に乗ったのではないか、と疑いながら彼女のツイートを読んでいくと、疑念がますます深まる。

『柔らかな髪と茶色い瞳。天使みたいな子。ヤマサキにはもったいない』

確かに真人の顔写真は世に出たが、写真では髪の柔らかさまではわからないだろう。

『薄手のダウンとトレーナーなんて子どもに山を舐めた格好をさせて、しかも放置。ただただ唖然』

ダウンジャケットのことは公開されたが、その下に着ていたのがトレーナーであることは、捜索関係者しか知らないはずだ。

冬也は単刀直入に聞く。

「車に乗せたりしていませんか」

「ななな何を言い出すかと思ったら。ばばばばかばかばかしい」

わかりやすい人だ。

「乗せたんですね」

「知らない」

「リリーベルという店をご存じありませんか」

「リリー……ベル？」

今度は本当に心当たりがないようだった。

「神森の県道沿いにある山小屋風の店です」

「あ」畠山の唇から言葉がこぼれた。すぐに口を塞ぐように紅茶をすする。

「知らない」

「いま、『あ』って言いましたよ」

「あ……っぷるてぃにすればよかったと思って」

「リリーベルの店主の奥さんが、行方不明中に、真人に似た子どもを連れた女性を見た、と言っているんです」

聞いた時には、信じられなくて、夫への追及から話を逸らしているだけに思えたのだが、真人が畠山の車に乗っていたのなら、辻褄が合う。畠山が紅茶を宙に浮かせたが、口をつけずにソーサーへ戻す。カップがかたかた震えていた。

「もしかしてマフラーをプレゼントしてくれたのもあなたですか」

「そ、そ、そうなの。寒そうだったから、どうにかしなくちゃって思って」

言ってから、しまったという顔になった。

「どこへ連れて行ったんです？」

「え、な、な、なに、どこへってどこへ？」

「真人を見つけてくれたこと、マフラーを譲ってくれたことは感謝します。でもなぜ、捜索隊のところへ連れてきてくれなかったんですか」

「途中でいなくなってしまったの。子どもって目を離すとすぐどこかへ行っちゃうでしょ」

「そのとおりです。真人の場合、とくにその傾向が強い子ですから。岬さんの不注意を批判する人には、そのことも理解してほしい」

「でしょでしょ」

岬さんへの中傷に対する皮肉だったのだが、畠山は自分への擁護だと思ったようだ。脳内に人の言葉を都合よく翻訳できる回路が備わっているらしい。

「真人くんを一時的に保護したことに関しては、山崎さんに訴えるつもりはないと思います。ただ真相が知りたいだけだそうで」

拓馬がやんわりと言う。自分の役どころを、強引に自白を迫る鬼刑事冬也をなだめて、容疑者を安心させて供述を引き出す、カツ丼食うかの人だと決めているらしかった。

「訴えない？　本当ですか、先生」

先生と呼ばれた拓馬が目を丸くしていた。「岬さんの代理」と名乗ったから、拓馬を弁護士かなにかと勘違いしているようだ。拓馬は肯定も否定もせずに、仏のような半眼を畠山に向けた。

「おそらくは。あとはあなたの誠意次第だと思います」

「ごめんなさい。乗せました」

真人と出会ったのは、行方不明になって四日目。おなかがすいているだろうと思ってリリーベルに立ち寄った。でも、捜索隊のところまで送っていく途中でいなくなってしまった。捜索隊の車両がすぐ近くに見えていた場所だから、真人はてっきりそこへ行ったのだと思っていた。

「そのことを通報しなかったのはなぜです」

「なぜ？　なぜなら……」

長い沈黙のあと、冬也たちから視線を逸らし、窓の外の冬景色を遠い目で眺めながら、ため息を漏らすように言った。

「私は死のうと思ってあの森へ行ったから」

答えになっていない気がしたが、冬也も拓馬も、それ以上何も言えなくなってしまった。とにかく真人の一週間の空白がまたひとつ埋まった。驚きだ。松元美那と拓馬だけじゃなく、三人目の関係者がいたなんて。真人の一週間は想像以上ににぎやかだった。

「というわけなの。もういいかしら」

ずずっと紅茶を飲み干し、ふうとため息をついて、伝票を手に取ろうとした。いや、まだだ。冬也は片手で伝票にふたをする。だが、畠山が手を伸ばしたのは伝票ではなく自分のバッグだった。

「まだです。話を戻しましょう。誹謗中傷はやめてもらいたい。そして、岬さんと真人の名誉のために、ネット上に謝罪文を出してほしい」

畠山はバッグを両手でかき抱《いだ》き、首を振っていやいやをする。

「山崎さんへのツイートは、もうやめました。真人くんがあんまり可愛くて、幸薄《さちうす》そうで、助けてあげよう、親である山崎さんを叱ってあげなくちゃって思っただけなんです」

冬也が口を開きかけると、気配を察した拓馬が腕を叩いてきた。どうどう。

「でも、どんどんＲＴされていって。ちょっと恐くなって。ほら最近、この程度のことでも告訴だなんだって大げさになることがあるから――」

どうどう。

「つぶやいたのは、ほんの一、二週間……いえ、三週か四週かな。それからはオーロラソース姫のハンドルネームは使ってないし、山崎さん関係のニュースも見てません」

「いい加減にしろよ」

「怖い、このヒト」

畠山が拓馬にすがりつく。言葉だけでなく、実際に片手を伸ばして腕を取ろうとした。

「じゃあ、これはなんですか」

拓馬がトートバッグから過去のツイートをまとめたプリントを抜き出した。畠山は見ようともしない。冬也はスマホを取り出して、ご隠居の印籠みたいに突きつけた。

「昨日も発信してるじゃないか」

画面に呼び出したのは、もともとは『真人ちゃんを探せ』という善意のサイトだったのが、いまは誹謗中傷ばかりになっているまとめサイトだ。この一か月ぐらいは『オーロラソース姫』の独演会になっている。昨日も何件も投稿されていた。

「なにこれ？　これ、私じゃない」

「じゃあ、誰なんですか」いつまでしらばっくれるつもりだ。

「だってほら。いちばん新しいツイート、三十五分前じゃない」

「え」

画面を覗きこんだ。本当だ。この店に入ったのが三十分ほど前。その少し前だから、店まで来る途中か。一緒に歩いていた畠山はスマホを手にしてもいない。

どういうことだ。

と、見る間に新しいツイート。

『毒親山崎岬　昼からファミレスで酒飲んでんじゃねーよ』

「おかしいな」

冬也が首をかしげると、畠山が腕組みをし、顎を二重にして睨んできた。

「ごめんなさいは?」

「ごめんなさい」

下げた頭を、拓馬に振り向ける。

「どういうことでしょう」

「なりすましかあ」

「なりすまし?」

「同じハンドルネームを使って、本人のふりをして発信すること。アカウントも似せたやつをつくって使う。確かにこっちの姫は、微妙に英文字が変わってる。気づかなかったよ。アカウントなんていちいち見ないから、たいていの人間はだまされるんだ」

「ということは?」

「オーロラソース姫は、二人いるってことだ」

拓馬が取り出したプリントをすさまじい速さで読んでいた畠山が、何度も頷いた。

「なるほどなるほど。犯人がわかった。ヒントはここ」

畠山がプリントの一カ所を指で叩く。意外なほど細くて長い指だった。

『メンハラHSが消えたと思ってよろこんでたら、脳筋のSDがきたよ。ダラにつぐダラ。マジ万次』

岬さんへの中傷コメントではないから見過ごしていた意味不明のつぶやきのひとつだ。

「まず、『ダラ』っていうのは富山の言葉で、バカとかアホのこと。老若男女問わず使う」

　こっちの姫も富山発か。

「そして、『マジ万次』。マジ卍《まんじ》っていう流行《はや》り言葉の新バージョンをつくったつもりなんでしょう。万次はうちの中学の教頭の名前。前田万次《まえだまんじ》先生。だからこれを書いたのは、私の学校の生徒の誰か」

「偶然では？　なぜ断定できるんです」

「だって、マジ万次、学級チャットで堂々と使ったりしているもの」

　いまの中学生には学校から端末が配られていて、クラス全員がオンラインで繋がっているそうだ。「コロナの時代だもの」

「これ、うちのクラスのことね。HSは私、クラスから『消えた』畠山理実。SDは私の後任の担任になった、嶋本大輔《しまもとだいすけ》先生。あとこれ、『メンハラ』」

「メンハラ……？」

「メンヘラって言いたいんでしょう。間違えて覚えてるんだと思う。まだ子どもだから。そして訂正してくれる本当の友だちもいない」

　誰か一人を、すでに特定している言い方だった。

「あと、ここを見て。ここも」

『山崎岬　捨てたはずの息子が戻ってきて、喜こぶふり。必至だね～』

『大節にしてたレア物、ＯＪにこわされた。ＭＭは笑うだけ。前々ダメ。みんなクソだ。死じまえ』

「誤字や送りがなのミスばっかり。『大節』は何度注意しても直さない。たぶん変換の第一候補で出てきちゃうんでしょうね。私、国語教師だから、生徒の文章のくせはよく知ってるの、ＯＪは親父。父親のこと。ＭＭはＭＡＭＡね。この子はチャットでもこの言葉を使ってる」

「じゃあ、二代目オーロラソース姫は——」

「ええ、うちの学校の生徒。刈山心亜《かりやまここあ》で間違いない」

「中学生かあ」

そう言えば、文章が急に幼くなったのは、中傷が再開されてからだ。

「畠山さんはその子にハンドルネームを教えたんですか」

「とんでもない。あんなツイートしてるのに」

ある意味、正直な人だ。

「じゃあ、なぜオーロラソース姫になりすまそうと思ったんだろう。畠山先生に憧れて？」

そんなわけはないか。畠山の苦々しげな表情を見ると、その反対だろう。ダラにつぐダラの、最初のダラ《バカ》だし。拓馬がひとさし指を立てた。

「身元の特定って、近い人間同士だとやりやすいんだ。カリヤマさんも畠山さんをどこかの時点で特定して、おちょくろうと思ったんだろう。わざと問題を起こして、罪をかぶせようとしたのかもしれない」

「ひどい。先生、これって、訴えることはできるんですか」

畠山が拓馬に熱い視線を送る。

「もちろん」拓馬が胸を張って言い、私、先生じゃありません、と小さな声でつけ加えていた。

畠山がバッグを摑んで立ち上がる。

「行きましょう。刈山さんのところへ」

「いまから?」

「そう。夜になると、あの子、どこかへ遊びに行っちゃうから」

一人の部屋でキーボードを叩く。

『毒親ヤマサキミサキ、今日も魔人《まひと》を放置してパチンコ通い』

一日一回はヤマサキミサキを叩かないと、食欲が落ちる。夜もぐっすり眠れない。日々の習慣は大切だ。

十一時に起きたらバカ親はどっちもいなくて、コンビニに朝ごはん買いに行った帰り、エレベーターでチワワばばあに会ってしまった。馬鹿犬がきゃんきゃん吠えても、「かわいいでしょ、うちの子」なんて顔をして、すみませんねのひと言もない。めちゃムカつくから、本日も元気にヤマサキ叩き、営業中。

『親ガチャでいうと、ヤマサキミサキは、ハズレつーより、何も入ってないカラのガチャポンですな』

『子どもの面倒もまともに見れないのか、ヤマサキよ。魔人がカワイソ杉
ドアチャイムが鳴った。誰だろう。ああ、アマゾンで頼んだデニムが来たんだ。プチプラなのにカワイイやつ。この辺りじゃぜったい売ってないシナモン。

確かめずに開けてしまったのを後悔した。

宅配便じゃなかった。

玄関に立っていたのは、二人の男だ。

一人は眼鏡をかけた背の高い男。もう一人は伸びかけの坊主頭の日に焼けた男。

誰？

なんかのセールス？　メンドくせ。ガキのふりしよ。

「すいませーん、いま両親は外出してます」ママはテーブルに５００円玉を置いて昼飲み。オヤジはどうせパチンコだろう。

眼鏡が言った。

「オーロラソース姫ですね」

「はあ？　なにそれ？」

こいつらなに？　オーロラソース姫？

なんで？　なんでなんでバレたんだろう。

ドアを閉めようとしたが、ノブに手が届かない。眼鏡と話しているあいだに、坊主が全開にしてしまったのだ。

「なんのことだかわからないんですけど」

首をななめにかたむけてまばたきをした。こうすれば自分がよりカワイク見えることはわかっていた。オッサンたちは、とたんにやさしくなる。

でも、眼鏡の声はやさしくならなかった。

「山崎岬に対するネットでの誹謗中傷に関することで、お話を伺いに来ました」

マジ？　ヤマサキミサキって。なんでこっちにくる？

「出てってください。警察呼びますよ」

パーカーの腹ポケットにつっこんでいたスマホを取り出して、ビビらせようと思ったのだが、男たちはスマホを見ようともしなかった。

「出てけって、いってんだろ」

キレてやった。のに、坊主が余裕をぶっこいた口ぶりで言う。

「どうぞ、警察呼んで。こっちも警察に訴えるつもりだから、手間が省ける」

ケーサツに訴える？　どゆこと？　タイホされるってこと？

「親、呼ぶから」

むかつくが、うちの毒親を呼ぼう。こいつらに効果的なのはオヤジのほうだな。暴力を家族以外にふるってもらおう。

「呼びなさい」オッサンたちのうしろで誰かが叫んだ。女の声だ。「こっちもご両親にお話ししたいことがあります」

聞いたことのある声だと思ったら、二人の男の肩のあいだに隠れていたのは、よく知っている顔だった。でも、なんであいつがここに来る？

担任だった畠山だ。

「かまいませんよ。早くお呼びなさいな、刈山さん」

刈山心亜という名の中学生は、大きな目と白い肌の美少女だった。だが、言葉づかいと小憎らしい表情がそれをだいなしにしている。

「なんで、あんたがここに来んだよ。あ」

「家の中で話しましょ」

「じょーだんじゃねーよ」

畠山がマンションの廊下でアニメ声を張り上げた。

「かりやまさーん、このまま続けると、あなたがやっていることは犯罪になっちゃうのよ〜」

「ちょっと、ダラぶちっ！　やめてよ」

「かりやまここあさーん」

刈山心亜は、顎で家の中をさし示す。女子中学生とは思えないおっさん臭いしぐさだった。

四人がけのテーブルが置かれたダイニングキッチンには、食べ終えたばかりらしいカップ麺の匂いが漂っていた。汚れた食器が積み上がったシンクからは生ゴミの匂いも。

「担任教師が来たんだから、お茶ぐらい出しなさいよ」

「元担任だろが。この家にお茶なんかねーよ」

「あ、そ」

畠山がキッチンに立ち、倍速の速さで皿を洗いはじめる。汚れた食器の山から発掘したグラスをカウンターに並べて、冷蔵庫から勝手にウーロン茶のボトルを取り出して注ぐ。氷入りだ。

「はい、どうぞ」

畠山からグラスを差し出された心亜は、面倒くさそうに、でも、くすぐったそうな顔で受け取った。

「あなた、私のハンドルネーム、盗んだでしょ」

ダイニングテーブルの椅子に腰かけた畠山理実がさっそく戦闘を開始した。

対角に離れた椅子の上であぐらをかいている刈山心亜がそっぽを向く。

「なんのこと？」

「オーロラソース姫のことよ」

「偶然じゃね」

「偶然のわけないでしょう」

「だったらなに」

「訴えます。名誉毀損罪、および侮辱罪で」

「は」心亜が目と口を丸くする。「ちょ、ちょっと、教師のくせに生徒を？　意味わかんねー」

「三年の懲役だからね。もう十五歳なんだから、悪いことをする時は、刑事罰の対象になることぐらい覚悟しましょうね」

さっき、拓馬の車でここへ来る途中、畠山が熱心にスマホを眺めていたのは、これを調べるためか。たぶん自分が訴えられた時のために。

「馬鹿《ダラ》？　頭おかしくね」生意気のようだが、まだまだ子どもだ。悪態をつき続けるが、畠山の脅しを信じこんだようで、語尾が震えていた。「ねえ、マジ？　嘘でしょ。ほんとは？」

テーブルの脇に突っ立った冬也たちへ助けを求める視線を送ってくる。拓馬が答えた。

「正確には懲役は三年以下」

「ひぃ」

「さすがにそれはないと思うけど、訴えられたら、相手への謝罪と慰謝料か和解金が必要になるよ」

畠山が心亜の前にひとさし指を突き出した。

「百万円を要求します」

さっき冬也たちが畠山にふっかけた額だ。金が欲しいわけじゃない。仮想世界の中で軽い気持ちでやっていたのだろう相手に現実を突きつけるための金額。

「そんなお金あるわけないじゃん」

「ご両親に出してもらいなさい」

「殺される」心亜が何かを思い出したように体を震わせる。「あんたらヤマサキミサキの代理だって言ってたよね。こいつもやってたじゃん。なんでうちだけ？」

「教師にこいつって、何あなた」

今度は冬也が答えた。

「当然、畠山さんも訴えます。ネット上での謝罪と和解金、二百万」

「ちょっと、値段上がってるじゃない」

「刈山さんの分はあなたから徴収します」

「じゃあこっちも値上げする。あなたも二百万よ。ざまあ」

畠山が心亜にVサインのように指二本を突き出す。教師なのにずいぶん大人げない気がするが、車の中で畠山が教員イジメに遭っていることを聞いた。自殺をするために神森へ行ったのも、休職を続けているのもそのためらしい。刈山心亜がその首謀者であることも。

「それでも先生かよ」

「都合の悪い時だけ、先生なんて呼んでもムダよ」

畠山が高笑いをしている最中に、玄関のドアが開く音がした。

続いて廊下を歩く重量感のある足音。

入ってきたのは、短髪を金色に染めた中年男だ。刈り上げた側頭部に稲妻型の剃り込みが入っている。ライオンのたてがみたいなフード付きのジャンパーがはち切れそうな体格。父親のようだが、心亜にはあまり似ていない。似ているのは、ダイニングに集まっている人間に丸くした大きな目玉ぐらいだ。

「てめえら、人ん家《ち》で何しとんが」

お前のダチ――じゃねえよな。またなにかやらかしたんか、と父親に睨まれた心亜が一瞬怯える表情になった。が、すぐに唇を尖らせて、畠山に対するより丁寧な言葉で答えた。

「なんにもしてないよ。いきなり入ってきたんだ」

「刈山心亜さんの保護者の方ですか？」

冬也がかけた言葉は完全に無視された。

「あいつはどこ行った？」

「ママ友と昼飲みだよ」

父親が舌打ちをする。突っ立っている冬也と拓馬が存在していないように振る舞いたいらしい、わざと肩をぶつけて冬也の横を通り、キッチンとの境に置かれた冷蔵庫に向かったが、畠山に気づくと、また吠え声をあげた。

「あ？　中学のセンセーじゃねえか。なんであんたがここにいる。やっぱ、このダラが学校でなんかやったんか」

冷蔵庫の近くに座っている心亜が身を固くして、父親に背を向けた。畠山が立ち上がって声を張り上げる。

「学校は関係ありません。今日は一個人として来ました。あなたの娘さんのインターネット上での問題行動について、言いたいことがあるんです」

刈山は耳をほじりながら冷蔵庫のドアを開けている。

「弁護士さん、言ってあげて」

缶ビールを手にして振り返る。弁護士、という言葉には聞こえないふりができなかったようだ。

「心亜さんが、山崎岬さんへネットで誹謗中傷した件でお話をしに来ました」拓馬が説明し、私は弁護士ではありません、とつけ加えたが、どちらにしても刈山はろくに聞いちゃいないようだった。立ち飲みでビールをあおり始めた。

「ツイッターで私のなりすましをしていたことも説明してくれないと」

「何言ってるかわかんない。いきなり勝手に家に入ってきたんだ」

刈山は、畠山の言葉にも娘の言い訳にも応えなかった。缶ビールをあおってげっぷをしただけだ。

「娘さんはまだ中学生です。親御さんも交えて話し合いたいんです」

冬也が声をかけると、初めて視線を向けてきた。

「こっちには話すことはねえよ」

必要以上に大きな音を立てて、缶ビールをダイニングテーブルに置く。

心亜に歩み寄ると、いきなり頰を殴りつけた。平手でなく、グーで。椅子から心亜が吹き飛んだ。場の空気が凍りついた。

「これでいいだろ。ちゃんと言い聞かせた」

「子どもに何てことするの」

畠山が叫ぶ。

「やかましい。しつけだよ。口で言ってもわかんねえからさ」

刈山が再び拳を握る。心亜が頰を押さえて逃げ出した。狭い家の中のどこへ逃げればいいのか迷っている中学三年の少女を、畠山が抱きとめる。

後を追おうとする刈山の前に冬也が立ちはだかった。

「なんだてめえ。何者だ。人んちに勝手に入って、何でかい面してんだよ」

刈山が剣呑な視線を向けてくる。目線は冬也のほうが少し上だが、横幅はむこうが一・五倍はありそうだ。勇敢に立ち向かうなんて立派なもんじゃなく、ちょうど二人の中間地点に立っていたから、とっさに体が動いただけだが、いまさら後には引けない。

心亜を殴るために固めた拳を冬也の鼻先に突きつけてきた。

「おめえも殴られてえか」

刈山の背後に拓馬が忍び寄る。ドカジャンからそっと右手を抜き出していた。助太刀をしてくれるわけじゃなかった。右手に握っていたのはスマホ。冬也が殴られるのを前提で、証拠動画を撮るつもりだ。

「表へ出るか？」

冬也の鼻先にシャドーボクシングをしかけてくる。拳の風圧が顔に襲いかかるが、ここで腰が引けたら調子に乗せるだけだ。目を合わせたまま言った。

「遠慮しておきます。それより言葉と言葉で解決しましょう」

しばらく値踏みをする視線を冬也に走らせていたが、「ふん」と鼻を鳴らしてから、心亜が座っていた椅子に腰を据える。空にしたビール缶をマラカスのように振って言った。

「ダラガキのやったことだ。母親に話せ。俺は忙しいんだ」

畠山の陰に隠れていた心亜が、畠山に言いつけるように言う。

「忙しい？　どうせパチンコの金が切れて、ママの財布を探しに来ただけだろ」

「やかましい」

刈山が心亜にビール缶を投げつける。畠山が丸い体を伸び上がらせ、両手をバッにして跳ね返す。

その時、ドアチャイムが鳴った。

「ママだ」

心亜が廊下へ駆けていく。

が、すぐに彼女のうろたえた声が聞こえてきた。

「誰……え……マジ？　……」

心亜が後ろ歩きでダイニングへ戻ってきた。

続いて入ってきたのは、心亜の母親じゃなかった。

岬さんだ。

刈山心亜の家へ向かう途中、もうすぐ富山駅に着くという連絡が入った。だから、ここの住所を教えておいたのだ。

「今度は誰だ。なんだよ、この人口密度はよ。うちは待合所じゃねえぞ」

岬さんも部屋の中の知らない顔に驚いていた。場所を間違えて入ってきてしまったという表情で、目をしばたたかせている。か細い声で険悪な場にはそぐわない挨拶をした。

「お邪魔します」

岬さんのガウンコートの腰のあたりから小さな顔が飛び出した。

真人だ。岬さんの背後に隠れて部屋の中を見まわしている。

心亜が真人の顔にかがみこむと、あわてて顔が引っこんだ。こちらに振り向いた心亜は「いまの見た？」という顔をしていた。初めて見せる中学生らしい表情だ。未知の小動物に出会ったように瞳に星をまたたかせている。

畠山も少女のように声を弾ませた。

「真人くん。ひさしぶり。少し背が伸びた?」

「人んちでなごんでんじゃねえよ。帰れよ」

「帰らないで」

心亜が悲痛な声をあげて、畠山の腕にすがりつく。岬さんは立ちすくんだままで、コートを脱ぐべきかどうか迷っている。冬也が紹介した。

「山崎岬です」

岬さんがお辞儀をする。コートにしがみついた真人も岬さんを見上げてからお辞儀をした。もこもこのダウンジャケットを着ている。森から生還してからは、岬さんは薄着で丈夫に育てるという方針を転換して、真人にこれでもかというほどの厚着をさせている。

「やばい、めっちゃかわいぃー。真人くん、なにか飲む?」心亜はSNSで『魔人』と揶揄していた真人のことがすっかり気に入ったようだった。父親を迂回してテーブルの反対側から冷蔵庫に近づき、真人を手招きする。「おいで。ジュースがいい?」

心亜が優しげな声を出すと、刈山はますます不機嫌になった。自分が先に冷蔵庫の前に行き、扉を開けて新しい缶ビールを取り出す。椅子に戻る途中、冷蔵庫へとことこ歩いていた真人を蹴り倒した。

「邪魔だ、ガキ」

床に尻餅をついた真人が目をガラス玉にした。

「子どもになんてことを」畠山が叫ぶ。

「サイテー」心亜も声をあげる。

真人は唇の下に桃の種をつくり、両目に涙の膜を張っている。

「おい」

声があがった。獣が唸るような声だった。

「いま何をした」

誰の声かと思ったら、岬さんのものだった。みんなが振り返る。岬さんに睨まれていることに気づいて、刈山が睨み返した。

「あ？」

「うちの子に何をした」

岬さんが真人に歩みよって抱き上げた。耳もとに何か囁くと、真人が両手で涙を拭いた。もっと小さい頃、街中でパニックになりやすかった真人は、岬さんに簡単には泣かない、と約束させられているのだ。

「人んちに勝手にあがりこんでちょろちょろするのが悪ぃんや。なんか文句ある？　お母さん」

岬さんが真人を背中に隠して、刈山に向き直った。心亜が走り寄って真人を抱きかかえる。

「私はあなたのお母さんじゃないよ」

「あん」刈山が薄い眉の間に皺を刻む。「女じゃなかったら、殴るとこだ」

「なんであたしとママは殴るんだよ」

「おめえらは女じゃねえからよ」

刈山がへらへら笑って、冬也にそうしたようにシャドーボクシングをはじめた。岬さんの顔の両側をかすめるようにストレートを繰り出す。岬さんの目の奥に冷たい光が宿った。危ない。もちろん危ないのは、岬さんではなく刈山のほうだ。

「それ、ボクシングのつもり？　それとも健康体操？」

自分から間合いを詰め、対戦前のフェイスオフさながらに至近距離から刈山の二重顎を睨《ね》め上げる。

「あ、いまなんつった？」

岬さんがリングに上がった時のようにガウンコートを脱ぐ。皮手袋は嵌めたままだ。何をしようとしているのか気づいた冬也は、スマホでこっそり録画を続けている拓馬に目配せした。しっかり撮っておいて。

「女でも承知しねえぞ。事務所来るか？」

「組の事務所？　そんなものないくせに」

図星だったらしい。刈山の顔色が変わる。

「おっと手が滑った」

刈山のパンチが岬さんの頰をかすめた。手もとが狂ったふりをする刈山自身も気づいていないが、いまのは岬さんが自ら当たりにいったのだ。

「警察呼びましょう」畠山が叫ぶ。心亜も同調した。「呼ぼう」

人見知りなのに真人は心亜にはおとなしく抱かれている。「よぼー」

「大げさなこと言ってんじゃねぇよ。つついただけじゃねえか」

岬さんは刈山の頰を平手で叩いた。いい音がした。

「そっちが先に手を出したんですからね」

刈山が拳を握る。

「さっきのは取り消し、こいつは女じゃねえ」

畠山が冬也たちに叫んだ。

「ちょっとあんたたち、何してるの、止めて、止めて、止めなさいよ」

止めても無駄だ。スイッチが入ってしまった岬さんは止められない。

刈山が片手を大きく振りかぶった。ほんとうはボクシングをやったことがないんだろう。腹ががら空きだ。

岬さんが腰を低くしてみぞおちにアッパーカットを放つ。

刈山が驚いて目を丸くする。その一秒後には苦痛に顔を歪ませた。体がくの字に折れる。

「これは真人のぶん」

二発目は脇腹。刈山がタイヤから空気が抜けるような声を漏らして、床に這いつくばった。

ボディへのパンチは苦しいらしい。岬さんの試合を録画で見ていた時、兄ちゃんに聞いた。みぞおちに食らうと呼吸ができなくなる、右の脇腹、肝臓を狙い撃ちされると、激痛で体が動かなくなる、そうだ。「聞いた話だよ。俺が岬にやられたわけじゃないからな」

刈山は二発食らっているから、二重の苦痛だろう。

「すごーい」畠山が岬さんに驚嘆と尊敬のまなざしを向けた。「だいじょうぶなの、このヒト。死なない？」心配そうには聞こえない弾んだ声だ。

「軽くつついただけです」

「死んじゃっていいよ。こんなの」

心亜も自分の父親が殴り倒されたのが嬉しいらしい。

「きゅ……きゅう……きゅうしゃ……け、けい……さつ」

倒れたまま呻く父親に、心亜が唾を吐くように言う。

「なんだよ。ぜんぜん弱《よえ》えじゃん。人に殴られるのがどういう気分か、思い知ればいいのさ」

またやってしまった。

自分の拳の痛みで我に返った岬は、ノーガードに戻した拳にため息を落とす。

真人が足蹴《あしげ》にされたのを見た瞬間、頭の中のヒューズが飛んでしまった。相手が弱いことは、へなちょこなシャドーボクシングでわかりきっていたのに。

「きゅ、きゅ、救急車……呼べ……」

倒れたまま呻き続ける男に頭を下げた。

「ごめんなさい」

ボクシングを始めたのは、強くなりたかったからだ。

見習い料理人として寮に入って働きはじめた頃、岬は先輩コックから性的暴行を受けたことがある。同僚が部屋に入ってきたおかげで途中で逃れることができたが、本人にとっては未遂であろうがなかろうが、犯されたことにかわりはない。岬は、料理に毛が入ると嫌みを言われていた髪を、ベリーショートにした。

だが、店からは「未遂なんだから」と告訴をあきらめさせられた。それどころか、でたらめの噂や向けられる視線に耐えられなくなって辞めたのは、岬のほうだ。

店を辞めてすぐ、ボクシングジムに通いはじめた。力が欲しかったのだ。力で屈伏させられないための力が。でも、それを自分が使っちゃ、だめなのだ。私を力ずくで蹂躙しようとした相手と同じになってしまう。

「あ痛《いっ》つつつ……ごめんなさいで済みゃあ、警察は要らねえ」男がようやく身を起こし、尻餅をついたまま冷蔵庫に背中を預けた。「おい、心亜、警察に電話しろ」

返事がないとわかると、ズボンのポケットから自分の携帯を取り出した。

あの時と同じだ。

プロテストに合格して、リングへ上がるようになったある日、あの先輩コックと街でばったり遭遇した。あいつは昔のことを恥じるどころか、馴れ馴れしく近づいて、卑猥な軽口を投げかけてきた。だから、挑発して先に手を出させて、三発を叩き込んだ。みぞおちと顎、最後はこめかみ。正直に言おう。快感だった。

もうやめよう。無駄に拳を使うのは。もし使うとしたら、真人と自分と春太郎《はるたろう》──もしいるとしたらだけれど、春太郎ぐらいに大切な人──をどうしても守らなければならない時だけにしよう。


人を殴ったのに岬さんは哀しそうな顔をしている。こういう時は、謝っちゃだめだ。あんのじょう刈山は急に威勢がよくなって、「誰も通報しねえなら、俺がする」と聞こえよがしに喚いている。冬也は岬さんがこれ以上謝罪の言葉を口にしないように、先に声をあげた。

「これは正当防衛です。ねえ、拓馬さん」

「ああ、動画も撮ってある」

拓馬がスマホを頭上にかざすと、どうせはったりだったのだろうが、通話ボタンを押そうとしていた刈山の指が止まった。

岬さんがわざとパンチに当たりにいったことはわかっていた。一撃目を軽い平手打ちにしたのも、相手が殴りかかってくるように仕向けるためだ。

兄ちゃんに聞いたことがあった。かつて岬さんは街頭で乱闘騒ぎを起こしたことがある。昔の職場の先輩と口論になって、相手を殴り倒して、兄ちゃんが警察に身元引き受けに行ったそうだ。その時も先に殴らせたから、罪には問われていない。「岬が悪いわけないだろ。いや、どっちでも同じだよ。たとえ岬のほうが悪くても、俺は岬の味方になるから」

真人が心亜の腕の中から飛び出して岬さんに抱きついた。まるで慰めに行ったように。

心亜が空いた両手の拳を握って言った。

「謝ることないよ。かえってありがとうだ」

「んだと」

刈山が片膝立ちになって睨みつけると、心亜は畠山の座る椅子の背後に逃げた。畠山が太い腕を組んで睨み返す。

「そのとおりですよ。うちの大切な生徒を殴ったんですから。もし警察が来たら、まずそのことを話します」

「その子を殴った？」

岬さんが真人を片手で抱いたまま仁王立ちをした。その瞳には沈みこんでいた光が戻っていた。

刈山に再び殴りかかりそうなほど鋭い光が。

「あ痛《っ》つつつ」立ち上がりかけた刈山は、女三人に睨まれて、またへなへなとへたりこんだ。

心亜は畠山の座る椅子の背板を握りしめていた。

「大切な生徒？　あたしが？」

「そうよ。生徒はみんな、私が世の中に送り出す作品なのよ」

あれ？　ここへ来る車中では、さんざん刈山心亜の悪口を言っていたのだが。あんな性悪ガキは学校に来んでいい、とかなんとか。

「今度、家庭内暴力があったら、先生に相談しなさい。すぐに児童相談所に連絡してあげる。こども健康課にも知り合いがいるし。校長先生には言っちゃだめ。もみ消そうとするから」

「せんせえ〜」

心亜が涙声になる。

「都合のいいときだけ、先生って呼ばなくていいから」

あ痛たたた。起き上がりづらくなったのか、刈山は再び床に倒れ臥した。


玄関の鍵を開ける音がした。

しばし手間どったのちに、やけに不規則な足音をさせて入ってきたのは、赤茶色の髪をうなじで丸く束ねた、肉付きのいい女だ。

「なになになんの騒ぎ」ダイニングに集まった人数に細い目を丸くする。「誰、あんたたち」

心亜の母親だった。酒臭かった。

父親がいつのまにか起き上がって、床に正座をした。

「あんたもいたの？　そこでなにしとるが」

「殴り倒されたんだよ、岬さんに」

心亜がグッドニュースです、と言わんばかりに声を弾ませた。

「ミサキさんって、あんた？」

坊主頭の拓馬に酔いにとろけた目を向ける。拓馬が両手をワイパーみたいに振った。

「この人だよ。あの子のお母さん。かっこよかった」

「え。あんた？　どうやって」

畠山が自分のことのように胸を張る。

「あれ、ボクシングよね。あなたボクシングやってたでしょ」

岬さんのかわりに拓馬が答えた。

「やってたどころじゃない。岬さんはプロボクサーですからね。すっげえパンチ力」

刈山が嗚咽のような声を漏らす。

「聞いてねえよ。いくら俺でもふい打ちされたらプロには勝てねえ。プロボクサーのくせに一般人に暴力？　犯罪だ。ああ、痛え」

奥さんの同情を引こうとして、「痛い痛い」を連発する。

刈山母がおぼつかない足取りで岬さんに近寄ると、倒れこむように抱きついた。

「よおぉやってくれた。私が叩いても、あのダラは倍にひて返ひてくるから」

「ああ……痛え。全治三週間だな。治療代もらわねえと、やっぱりきゅ、きゅ、救急車だ」

「やかましい」

「きゅきゅきゅ～」

「ところれあんたら、うちに何の用？」

そうだよ。本題に入らねば。冬也は咳払いをする。

「ご両親が揃ったところで、最初から説明します。よその家にお邪魔して言うのもなんですが、どうぞお座りください。今日伺ったのは、刈山心亜さんの山崎岬に対するＳＮＳ上の誹謗中傷に関して抗議するためです」

両親は驚かない。というかろくに聞いちゃいなかった。刈山母は椅子に座ったとたん酔いがぶりかえしたようで、まぶたが半分閉じている。刈山父は床から立ち上がったが、そのまま部屋を出ていこうとするのを、心亜が上着の裾を摑んで止めた。

「娘が訴えられるっていうのに、なんで出てくんだよ。なんで寝てんだよ。起きろよ」

椅子は四つしかない。冬也は立ったままこれまでの経緯を手短に説明した。拓馬は撮影を続けている。真人はいつのまにか寝てしまった。岬さんが「お借りします」と声をかけて、リビングスペースの小さなソファに寝かせる。心亜がブランケットをかけてやっていた。

「山崎岬は、心亜さんを訴える準備があります」

畠山が両手を組み合わせて祈りのポーズを取る。

「どうか大目にみてあげて」

「いや、あなたもですよ、畠山さん」

というかむしろ、主犯格。

真人に寄り添っていた岬さんが静かな声で言った。

「訴えることは考えていません。慰謝料の金額もどうでもいいんです」

畠山が目を輝かせた。

「ただでいいってこと?」

岬さんがシビアに首を横に振る。

「いえ、どうでもいい程度のものをいただくかもしれません」

「金か。目的は金か」

父親が声を荒らげると、岬さんがソファから立ち上がった。ダイニングテーブルの前に立つと、父親がびくりと身を固くして黙りこんだ。だが、岬さんが見つめているのは、入り口側に座っている畠山と心亜だ。

「なぜ、私の非難をしたの? 確かに真人から目を離したのは私の責任。でも、ほかには? 私に対して何か言いたいことがあれば、言ってください。本人が目の前に居るんですから、直接文句を言ういい機会でしょ」

心亜が顔の前で片手を振る。

「いやあ、そんなことできないよ」

「なぜ」

「顔を見ないから言えることってあるでしょ」

「それって卑怯じゃない？」

心亜は返事ができない。今度は畠山が声をあげた。

「ごめんなさい。こんなかっこいい人とは思わず」

「かっこ悪かったら、叩いてもいいの」

「その時は、自分が正しい、正義がこっちにあるって思っちゃったの。山崎さんがひどい親だったら、自分のしたことが許されるって思えて……」畠山は喋りすぎたことに気づいて口をつぐんだが、心亜は心亜で自分の言いわけに夢中で、聞いちゃいないようだった。

「あたしだけじゃない、みんなも同じ気持ちだって思ってた。だって、みんなが言ってたし」

「みんなって誰？　お友だち？」

「ツイッターでつぶやいているヒトたち」

「それが、みんな？」

岬さんが心底呆れたという声を出し、心亜が首を縮める。

母親はつっぷしてしまった。父親は腕組みをして聞いているふりをしているが、隙を見て逃げ出そうとしているのが——あるいは冷蔵庫から新しいビールを取り出したいのかもしれない——見え見えだ。

「これだけはわかって欲しいんです。確かに真人に一週間もつらい思いをさせたのは、私が至らなかったせいだけど、私は、いい加減に子育てをしたことはありません。子どもをおもちゃ扱いすることも、自分のための道具にすることもない。そんな余裕がないの。真人はほかの子より背負っているものが多いから」

刈山母が顔を上げてしゃっくりをした。父親はそっぽを向いてうなじを掻いている。

心亜がそんな両親を冷やかに見つめた。

「わかんないかも。あたしは親にそんなふうにしてもらったことがないから」

「だったらいつかわかって。もしあなたが子どもを持つことになったら、してもらえなかったことを、してあげて」

「そうよねえ。生んだだけじゃ親にはなれないのよねえ」

畠山の言葉に、父親が鼻を鳴らす。

「あんた、子どもいねえだろ」

「いいえ、私には三十一人の子どもがいます」

「せんせえ〜」

母親がまたつっぷしてしまった。たぶんたぬき寝入りだ。畠山が岬さんに問いかける。

「もしかして真人くんがふいにいなくなっちゃったのは、真人くんが、そのぉ、普通の子どもとは違うから、それが原因じゃありません？」

岬さんが真人に顔を振り向けて、寝ているのを確かめてから、首を戻した。

「私には普通の子です――いや、正直に言わないとだめですよね。確かに医学的には少々問題を抱えています」

心亜が不思議そうな顔をする。

「問題って？　真人くん可愛いし、元気そうだけど」

「真人のことを知りたい？」

心亜と畠山が頷く。刈山母がおもむろにテーブルから顔をあげ、逃げ出そうとした刈山父の袖をつかんでテーブルに引き戻した。

「じゃあ、真人の話をしましょう。この機会に知ってください。知ってくれるだけでいい。少し長くなりますよ」

23

神森は輝いていた。光が宿った葉という葉が、風に揺れているからだ。八岐山《やまたやま》から吹き下ろす風はまだ冷たいが、日射しは温かい。もうすぐ春が来るのだ。

冬也はまた神森へやってきた。真人の一週間の空白がまだ完全に埋まってはいない。今度こそそれを埋めるつもりだ。

「ごめんね、私が勝手なことを言ったせいだね。もういいから」岬さんはそう言うが、これはもう岬さんの問題じゃない。冬也自身が知りたいのだ。真人に何があったのか。それを知ることができれば、真人にもう少し近づけるかもしれない。

叔父として？　兄貴の代わりを務めたいから？　近づきたいのは真人だけ？

自分以外に誰もいないから、森の中ではつい自分自身と会話をしてしまう。

理由なんかなんでもいい。とにかくいまは余計なことは考えずに、ひたすら歩こう。今回は、真人の一週間の最後の二晩を解き明かせるかもしれない、新しい情報も手に入れていた。

長い行程になりそうだし、気候も穏やかになってきたから、神森で一夜を明かすつもりで、徒歩用のキャンプ道具も背負っている。

道具は、拓馬に借りた。拓馬はあいかわらず、『タクマのあくまで原始キャンプ』を続けているが、最近、『ネット探偵社』という、SNS上のビジネスも始めて、そっちのほうが忙しいらしい。

費用や期間がかかる「発信者情報開示請求」よりすみやかに低予算で、SNSで誹謗中傷を繰り返す悪質な投稿者をあくまでも合法的・良心的（ほんとか？）に「特定」する探偵だそうだ。

「冬也くんも調査員として一緒にやらないか」と誘われたが遠慮した。本業をおろそかにはできない。それでなくても去年から何度も突然休暇を取っているから、職場で顰蹙を買いつつある。保育園ではマイノリティーである男性保育士は、女性保育士以上にそつなく仕事をこなし、一・二倍ぐらいまめに働いて、やっと一人前と認められるのだ。

忙しいと言っても、拓馬が忙しいのはいまのところ探偵社のPR活動だけのようだ。プロバイダ責任制限法が改正されて、多少訴訟しやすくなったせいか、依頼自体はまだないらしい。

真人に関する新しい情報を手に入れたのは、二週間前に出かけた仙台でだ。

仙台では、谷島《たにしま》カイラさんという女性に会ってきた。

カイラさんは、素晴らしく大きな目をした三十三歳の女性だ。フィリピン出身。真人が持っていたと思われる、例のリュックサックのメモに書かれていた宛て名の人。

リュックの届け先がわかったら連絡をしてほしい。リリーベル田村《たむら》にはそう頼んでおいたのだが、音沙汰がないままだった。大金が入ったリュックが遺失物として扱われ、持ち主の家族に届けられたという情報は、県警に勤めている拓馬の兄から漏れてきた。持ち主の苗字が「谷島」であることも。

それを聞いた冬也は、リュックに入っていたメモの下二桁がはっきり判読できなかった携帯電話の番号に、片端からかけ、十四回目で谷島カイラさんに繋がった。

事情を説明するのが大変だった。

「あなた、だれ？」

ただでさえ見知らぬ人間からの突然の電話で、しかもそうとうややこしい事情だ。日本語があまりうまくないカイラさんに、つたない英語を交えて説明をくり返した。なんとかカイラさんが住む仙台で会う約束を取りつけられたのは、冬也が「神森」という地名を口にしたからだ。

「カミモリ、どこ？　哲《テツ》から最後にレンラクがあったのは、カミモリから。あなた、なにか知ってる？」

警察官は身内にも職務上の情報は漏らさないそうで、拓馬が折り合いが良くない実家に帰って、お兄さんにさんざん酒を飲ませて聞き出したところによると、谷島は暴力団の構成員だったらしい。「だった」というのは、所属していた組が、かたくなに「元組員」を主張しているからだ。入っていた金のことも「我々とは無関係」だと主張しているとか。拓馬は情報通の口ぶりで言う。

「きっとリュックの中に入っていたのは、表に出せないいわくつきの金なんだな。警察はほんのちょっとでも隙を見せると、暴力団を一斉検挙しようとするから、彼らも箝口令を敷く。不利な情報は誰も漏らさない」

カイラさんと会ったのは、娘さんが入院しているという仙台市内の病院だ。待合ホールで話をした。二人の一人娘の莉里花ちゃんは重い心臓の病気で、「心臓移植しないと助からない。哲はそのためのお金を持ってくる約束だった」そうだ。

想像でしかないが、谷島は娘の手術のために自分のものではない金を持ち出そうとして、神森で組織と揉めたのではないか。金が表沙汰になり、カイラさんに渡ってしまえば、組織が手を出せなくなることがわかっていて。

「神森から電話が来た時、どんな話をされたのですか」

カイラさんは濃い睫毛をしばたたかせて、大きな目をくるりと動かした。

「んー、風邪をひいたらどうすればいいか。チャンポラードをつくれば、と言ったら、車の中だから、できないって。それから――」

栗色のショートヘアを搔きあげて、両方のこめかみに指を当てた。

「あー、哲じゃなくて、子どもが風邪をひいてるって」

真人だ。

「あなたの子どもちゃんだったんだね」

義理の姉の子だと説明したのだが、話がややこしくなりそうだから、否定しないで質問を続けた。

「電話があったのは、いつですか」

「夜。いきなり。何日か？　んん～」

カイラさんがスマホを取り出し、素早い手つきで通話履歴を呼び出して見せてくれた。

日付は、真人が行方不明になって三日目の夜だ。またしても真人の一週間に新しい関係者が加わった。これだけの人々に出会ったのが奇跡なのか、出会ったのに誰にも保護されなかったのがとんでもない不運だったのか。

四人目の関係者は、谷島哲さん。

職業はヤクザだ。

「リュックにはバナナが入っていたそうです」

「知ってる。バナナの臭いしたから。哲はバナナが好き。ポークニラガ、トロン、ホットドッグバンズにバナナをはさんだのは、莉里花も好きだね」

「あ、それかも。パンにはさんだバナナ」

リュックに食べ物が入っていたのに口にしなかったのは、大切なものを運んでいると理解した真人が必死だったからかもしれないが、なにより飢えてはいなかったからだと思う。

おそらく真人は谷島に食べ物をもらっている。風邪の看病もしてくれたらしい。谷島哲さんは、真人の森での賑やかな交流の中でも、いちばんの恩人かもしれない。

「ありがとうございます。谷島さんのおかげで、真人が助かったと思います」

「それは哲に会った時に言ってあげて」

なんて答えたらいいんだろう。結局なにも言えず、曖昧に微笑んだ。

「あれから一度もレンラクない。お金来たけど、哲は来ない。なにしてるんだろ。困ったヒトね」

拓馬はこう言ってる。

「谷島は組織に始末されたんじゃないか、県警はそう睨んでいる。だからよけいに、『元組員だから無関係』、『金のことは何も知らない』って言い張ってるんだと」

「哲は糸の切れたバルーンね。空気がぬけたら戻ってくるよ。戻ってきたら、離婚は許してあげよう」

電話で莉里花ちゃんのことを聞いていたから、お見舞いを持ってきていた。渡す時には、保育園で使っているピエロの帽子をかぶり、赤いつけ鼻をつけて、ちょっとした手品を披露した。

照れたパフォーマンスしかできないピエロは受けなかったが、プレゼントの飛び出す絵本は喜んでもらえた。森の精霊たちが、迷い込んだ子どもを助けるというストーリーの絵本だ。

莉里花ちゃんはカイラさん似で、小動物みたいな大きな目をしていた。痩せていたからよけいに大きく見える。莉里花ちゃんが絵本に夢中になってピエロを見てくれない時に、カイラさんに尋ねてみた。

「谷島さんはどんな方でした——」過去形になりかけたのを慌てて言い直した。「方ですか」

「しゃべらないヒトだね。大切なことはちゃんと話してほしいよ」

「あだ名がクマさんとか、クマに似てるとか？」

カイラさんは、あはは、と笑ってスマホを取り出し、手慣れた指さばきで、写真を呼び出した。シンデレラ城をバックに親子三人が写っている。

「こんな顔。クマに似てる？　わからないね。フィリピンにクマいないから」

想像していた、いかにもな姿とは違っていた。少し前の写真だろう。刺青を隠すためらしい長T姿の谷島は、いまより小さいが頬がふっくらしている莉里花ちゃんを抱いている。小柄なカイラさんより頭ひとつ大きい。髪は長めのクセ毛。目つきは鋭いが、ヤクザというより、元スポーツ選手が、少年チームの監督になったみたいな感じだ。

カイラさんとエレベーターで一階のロビーへ戻る時、疑問に思っていたことを聞いた。海外での心臓移植には億単位の金がかかるはずだ。千数百万円で足りるのだろうか。

「貯金もあるよ。私がお店で働いたお金。三百万」

シンガポールへ行くのだ、とカイラさんは言う。だいじょうぶか？　ちゃんとした医療機関なのか？　カイラさんは「ワランプロブレマ」、たぶんノープロブレムと言っているが、こっちが心配になってくる。

「募金を集めるという方法もありますよ。もしよければ」拓馬と相談して、クラウドファンディングを立ち上げよう。

「ありがとう。でも、莉里花には時間がない。神様を信じるしかないね」

カイラさんが子どもみたいに鼻に皺をつくって笑う。そして、フィリピンのことわざだという言葉を口にした。

「どんなに行列は長くても、最後には必ず教会へ入れる」

「グッドラック。幸運をお祈りしています」

「サラマット」

別れ際に、カイラさんがバッグから何かを取り出した。ジップロックだ。

「リュックのポケットに、これ入ってたよ。子どもちゃんの忘れものではないか」

中には木の実が入っていた。大きさも形も違う何種類かのどんぐりだ。

「谷島さんが拾ったものでは？　娘さんにあげるために」

念のためにそう言うと、カイラさんは、冬也の肩をぱしぱし叩いて大笑いする。

「哲はそんなかわいらしいヒトでないよ。最初はピストルの弾かと思った」物騒な冗談だが、確かにどんぐりのひとつは、黒くて細長くて、銃弾のような形をしている。

真人はいったいどこでこれを拾ったのだろう。

カイラさんと別れてすぐ、病院から仙台駅へ戻る途中の図書館で、どんぐりについて調べてみた。ひと口にどんぐりと言っても、ブナ科の樹木の実の総称だから、驚くほどいろいろな種類がある。真人がリュックに詰めたどんぐりは全部で十個、三種類。

いちばん数が多かった流線型のどんぐりは、薄茶の色合いからして、マテバシイという樹木の実だ。

三個あったいかにもどんぐりらしい色とずんぐりした形のものは、図鑑と照合したかぎりでは、ミズナラだ。

図鑑や専門書を何冊も見たが、たったひと粒だけの、半分殻が残った小さな弾丸形のどんぐりのみ判別できなかった。コナラ？　ウラジロガシというヤツか？

先週、平日に休みが取れた日に、神森へ出かけた。森林事務所を訪ねるためだ。聞きたいことが二つあった。

ちょうど昼休みで、事務所に帰っていた職員に声をかけたら、弁当を中断して応対してくれた。

まず、スマホでカイラさんに送ってもらった谷島哲の写真を見せる。

「去年の十一月、ヤクザ同士の揉め事があったと言われる日のことなのですが」

「ああ、その日は私もいたね」

「この人がここを訪ねて来ませんでしたか」

道案内か、キャンプの許可を取りに来たぐらいに思っていたらしい。妙な質問にベテランの年齢の職員が怪訝そうな顔になる。

「いや、こんな男前じゃなかったね。もっとガラの悪い、見るからにその筋の二人組。確かに森で騒ぎがあったのは、その人らが来た日の夜だよ」

揉め事があったのは事実のようだ。真人はその時、何をしていたのだろう。危機を察した谷島が、組織の目から逃れられるだろう真人にリュックを託したのかもしれない。

「マスコミの人?」

「いえ、じつは」

山崎真人の叔父で、真人の足取りを調べていると言うと、硬い表情がとたんにゆるんだ。

「いやあ、助かって良かったよね、本当に。奇跡だ」

捜索には直接参加できなかったが、警察には五歳児が立ち寄りそうな場所のアドバイスをしたそうだ。「見事にはずれちゃったけどね」

ヤクザたちが来た日に、複数の車が停まっていたという場所、住民が騒ぐ声を聞いた場所を尋ねる。

「あの日ね、ロープの防護柵が壊れて車が進入した跡があったんだよ。二人組の応対をしたのは違う職員なんだけど、そのことを連中に話すべきじゃなかった、って言ってたな」

谷島が「車の中だから」と言ったというカイラさんの言葉を思い出した。

「その場所を教えてください」

次にどんぐりを見せる。行方不明になっていた時に、真人が拾ったものだと言うと、わざわざ老眼鏡を持ってきて、ひとつひとつを真剣な表情で見てくれた。

「うん、これはミズナラ。こっちはマテバシイ。マテバシイは生で食べられる珍しいどんぐりなんだ。まあ、まずいけどね」

二つは正解だった。最後のひとつ、弾丸の形の小さなどんぐりを見せる。森林官という専門職の人だそうで、即答だった。

「ああ、これは、スダジイだな」

「スダジイ？」

「コナラに似てるけど、ほら、殻が少し残ってる。この殻はスダジイだ」

スダジイ。図書館で調べた時に名前を見たような気がするが、少なくとも頻繁に出てくる名ではなかったと思う。

「神森では珍しくないんですか」

「いや、神森にはめったに生えてない」逆に冬也に尋ねてきた。「あの子はこれを一カ所で拾ったのかな」

「そこまではわかりません」

「神森全体ではあちこちにあるだろうけれど、私の知ってるかぎりではスダジイが生えているのは、一カ所だけだ。で、そこにはミズナラとマテバシイも生息している」

「この三種類の木が混在している一帯がある？」

「いや、そうじゃないんだ」

森林官がさっき持ってきた神森の地図を再び広げる。指をさしたのは、地図のど真ん中だ。

「一カ所にミズナラとマテバシイとスダジイが生えている」

「一カ所？」森林官の指さす先に顔を近づけた。

「そう、鵺《ぬえ》の木だ」

鵺の木。森の最深部に立つという、神森最大の合体樹だ。

観光地としてはふるわない神森だが、この鵺の木だけは、ガイドブックや紹介サイトに名所として出てくる。県内でもっとも行くのが難しい名所であるという注釈付きで。

写真では何度も見た。樹齢数百年の大樹の幹が、落雷か何かが原因で幹の途中で倒壊し、その裂け目に零れた種から、別の木が生え、それぞれに成長してしまった、四つの樹木の合体樹だ。

鵺の木の名の由来は、顔が猿、胴体が狸、手足が虎で、蛇の尾を持つという、妖怪「鵺」から来ているとも、夜鳴く鳥の「鵺」が常に木の何処かに棲みついているからとも言われている。


というわけで、冬也がめざしているのは、鵺の木だ。

真人が消えた遊歩道からも、発見された場所からも遠い。富士の樹海より広い神森の、しかも樹木がどこよりも密生した最深部まで、五歳の子どもが歩いて到達したというのは、真人の一週間の不思議な体験を知ったいまでも信じがたいのだが。

真人の足取りを辿りながら、鵺の木に近づいていくつもりだ。だから、真人がいなくなった場所から歩きはじめた。正直、足を向けたい所ではないのだが、最初の目的地は、死体を発見した場所だ。

ニュースで、松元美那《まつもとみな》に対する求刑が、懲役七年であることを知った。殺人ではなく傷害致死と死体遺棄での起訴となったようだが、それにしても軽くはない。判決はまだだが、大きく変わることはなさそうだ。その年月のあいだに、松元美那は、彼女自身のケンムンから逃れることができるのだろうか。

到着したのは、歩きはじめて二時間後《うしろ》だ。十二月に来た時より、木々の葉が増え、空が狭くなっていた。遺体が隠されていた倒木の洞は新しい枯れ葉で埋まり、まだ花がない野草が、そこから茎を伸ばしていた。

失踪した最初の日の、日付が変わった深夜、真人はここで松元美那と会っている。

「私を母親と間違えてくっついてきたみたいだった」と松元は言っていた。森の夜の暗さは街中の比じゃない。怖かったのだろう。必死で松元の後を追いかけたのだと思う。

真人の一週間に関して、「五歳児でＡＳＤだったから一週間も耐えられたのでは」と言う人がいる。「外界への興味がなかったのが幸いしたのではないか」と。

確かに理由のひとつではあったかもしれないが、簡単に言わないで欲しい。なにかにつけてこだわりの強い真人は、定型発達の子ども以上に、環境の変化を嫌う。いつもの場所に行く時に、通行止めやなにかで違う道を通ろうとしただけで癇癪を起こす、と岬さんは言っている。

たぶんこの時だって、一度はパニックになって、街中でそうするように、地べたに寝て、手足をぱたぱたさせて一人で駄々をこねたに違いない。発見された時、真人のダウンジャケットは背中ばかり酷く汚れてすり切れていたのだ。

でも、いくらそうしても誰も助けてくれない、母親もいないとわかって、立ち上がって、一人で歩き出したのだ。冬也には、その姿が目に浮かぶ気がした。

倒木の周囲にはつくしや茸《きのこ》が顔を出し、どこより草の勢いが旺盛だ。まるで死体の精気を吸い取って生命力を得たように。

二つの枝が両腕に見える、木の精霊のような合体樹の根っこに並べられていた石は、風に飛ばされたか、死体遺棄現場にやってきた捜査員たちに蹴散らされたのか、二つしか残っていなかった。松元からここで会ったと聞いたいまは、あれは真人が並べたものだと断言できる。

真人はいつもの衝動に駆られて石を並べたのだろうか。森の中で？　ひとりぼっちであることも気にならずに？

真人のミニカー並べは、かかりつけの医師から「否定しないで、肯定してあげて」と言われているそうで、岬さんは出来栄えを誉めたり、一緒に遊んだりしている。

並べていれば、岬さんが現れて、手伝ってくれる――真人はそう思ったかもしれない。ミニカーがないから、石の少ないこの森で、見つけしだい石を拾って。少しずつ集めて。

一人で死体を運ぶのが難しかったらしく、松元美那が死体を埋めたここは、普通に歩けば車道から五、六分の場所だ。真人の失踪現場からも一・五キロほどしか離れていない。初日の捜査はほんの数時間で、午前零時までだった。あと数時間あれば、真人は発見されたかもしれない。すべては結果論だが。

次に拓馬のキャンプ跡を目指す。道はないが、丈の低いシダを除けば、今年の下草が顔を出したばかりで、歩きやすい。以前来たときに比べて、新しい絨毯をしつらえたように苔の緑が濃くなっていた。まだ葉が戻っていない落葉樹から差し込む木洩れ日が、行く手を明るく照らしている。

磁石を取り出した。松元と真人の遭遇場所から森の奥、南西に進んだ場所だ。直線距離にして二キロほど。わかってしまえば、ここも近い。

松元と別れたあと、真人はこの辺りを彷徨《さまよ》っていたのだろうか。だとしたら、二日目には捜索範囲が広げられたから、真人が発見されてもおかしくなかったのだが。

「大声で名前を呼ぶのは逆効果になるかもしれない」岬さんはそう訴えたのだが、真人を知らない人間には意味不明だったろう（田村もネットで「毒親」と叩く材料にしていた）。捜索隊の中には、声をあげる人間が少なくなかった。

真人は大きな物音や、大きな声——とくに大人の男の声——が苦手だ。まして知らない複数の声。精神年齢が五歳児より幼い真人の耳には「助けに来た」のではなく「叱っている」ように聞こえて、逆に身を隠してしまったのかもしれなかった。大木の蔭や繁り葉の下で、耳を押さえて。

二日目からは警察犬も投入されたが、拓馬さんによれば、「警察犬って森の中じゃあまり効果が期待できないんだよ。野生動物なんかの臭いが多いから。投入されるのは道沿い周辺だと思うよ」だそうだ。確かに冬也が見たかぎりでも、警察犬は遊歩道や外周の車道ばかり探していた気がする。そしてそのわずかな匂いも、三日目の雨で流されてしまった。


真人が拓馬と出会った場所には、焚き火炉が残っていた。去年、冬也が来てからは誰もここには立ち寄っていないようだった。神森はもともと人が来ない土地なのだろう。冬はとくに。先週来た時、リリーベルが閉店していることを知った。

炉の中には吹きだまった雪が溶けずに残っている。冬也は炉のそばに体を横たえて目を閉じてみた。日差しはまぶたの裏を赤くするほど明るいが、こうして動かずにいると、背筋が震えるほど寒い。真人はもっと寒かったただろう。

真人はここに一人で放り出された。あらためて思う。やっぱり、ひどいよ、拓馬さん。岬さんは手加減した顔面へのパンチだけで許したけれど、ボディの連打も追加するべきだと思う。

目を開けて、身を起こす。風のない森は恐ろしいほど静かだった。朝、真人はここで目を覚ました。でも真人が珍しくなついた、面白いおじさんは消えていた。夢だと思ったかもしれない。そもそも自分がここにいること自体が。隣に寝ているはずの岬さんの姿を探したかもしれない。

そして三日目が始まった。去年のあの時は、夕方から雨が降り出して、雨足を見つめる岬さんは、死人のような顔色になっていた。自分を罰するように雨具も傘も持たずに捜しに出ようとしたから、冬也は支給されたレインコートをむりやり着せた。

実際、この日、真人は風邪を引いていたようだ。谷島に食べ物をもらい、看病もされたらしい。谷島に感謝だ。「水をたくさん飲ませて、背中にタオル。哲にはそう言ったね。フィリピンではそうする」カイラさんのフィリピンの知恵にも。

あの日、杭とロープをなぎ倒して、車が侵入した場所は、森林官に教えてもらっていた。東側の遊歩道の駐車場から、県道を四キロほど南に下った所だ。真人は森の中を歩いたはずだが、一週間をリアルに再現するには、時間が足りなかった。拓馬のキャンプ跡からいったん森の外へ戻り、神森の周囲を巡る県道を歩く。森林官に教えられた「ガードレールがなくて、かわりにロープを柵にしているとこ。反対側は法面工事がしてある急斜面で、警察の看板が立っているとこから五十メートル先」をめざして。

警察の看板というのは、『命を大切に。もう一度考えてみよう』という一文で始まっている、自殺を思いとどまらせるためのものだった。

その先へ少し歩くと、ガードレールがわりのロープが、一カ所真新しくなっている所があった。ここか。

ロープの先に道はなく、下り勾配の地面に木立が続いているだけだ。車が通れそうな空間はほとんどない。木と木の間隔が車幅ほどはありそうな場所を選んで森の中へ分け入った。

そのうちに轍《わだち》の跡を見つけた。しかも複数。途切れ途切れのそれを辿っていったら、笹藪に突き当たった。藪はあちこちがなぎ倒されている。谷島の車はここに突入したのか？　笹藪をかき分けて進んでいると、
うわ。

足もとが消えた。

急斜面を滑り落ちる。

痛たた。尻をさすりながら立ち上がる。そこは巨大な落とし穴のような窪地だった。ここにも轍の跡。

森林官はこう言っていた。

「騒ぎがあった翌日に、うちの人間が巡検の途中で、ナンバープレートをはずした車が不法投棄されてるのを発見してね、持ち主が特定できなければ、警察に仕事を引き継ごうってことで、その次の日に鍵職人を呼んで行ったんだ。そしたら、車が消えてたんだよ。だからやっぱり、あそこで世間には隠したい何かがあったんだね」

窪地には、一面に花が咲いていた。剣先のような細い葉を突き立てた赤紫色の花だ。

今日、森に入ってから、ちらほらと野花は見かけたが、群生は初めてだ。地形のおかげで大きな樹木が育たず、日あたりがいいためだろうか、まるで花畑だった。名前を知らない花だが、美しい。

谷島がカイラさんに電話をしたのは、ここかもしれない。真人とヤクザの谷島がどうやって出会ったかはわからないが、夜の森の底のようなここに車を突っ込ませて、二人で息を殺して身を潜め

ていた――冬也はそんな光景を想像してみた。

耳を澄ますと、道を走る車の音が聞こえる。追い詰められたのだろうか、谷島は、真人に食べ物と金が入ったリュックを渡して、道に出るように指示をした。だけど、真人は方向感覚が鈍く、曖昧な指示は理解できないから、逆方向へ行ってしまった――

谷島の車は、次の夜のうちに密かに運び去られたのだろう。そして、拓馬の言葉に従えば、「谷島は組織に始末された」。

リュックから紙袋を取り出した。埼玉には数少ないフィリピン料理店の中からテイクアウトができる店を探して、買ってきた。バナナトロン。谷島が好きだったというバナナの春巻きだ。

ラップを剝がし、花群れがよく見える窪地の上に落ち葉を敷いて、バナナトロンを置く。そして、莉里花ちゃんが来週シンガポールに旅立つことを報告した。


ここからはまた森の中心部に分け入っていく。

行方不明から四日目、真人は昼頃に、畠山理実と出会う。リュックを背負っていたと彼女は断言したが、会った場所は、あまり覚えていない、と口が重くなる。

「赤く紅葉した木立を抜けた先」

「道へ戻る途中に、薔薇のブーケみたいな紅葉を見た」

中学教師というより小学生だ。

「だって当てずっぽうに歩いただけだもの。あの時は、もう戻るつもりがなかったから。真人くんが私を連れ戻してくれたのよ」

畠山は『初代オーロラソース姫』名義でツイッター上に謝罪文を出した。

刈山心亜も『二代目オーロラソース姫』であったことを告白して、岬さんと畠山に謝罪をした。そして改めてわかったことがある。

畠山でも刈山でもない『オーロラソース姫』の存在だ。街や世間や山崎岬に毒を吐く、一見、これまでと同じようなつぶやきだが、そのじつ『オーロラソース姫』自身の炎上を狙ったのではないかと思える投稿をくり返している。おそらく刈山心亜を知っている人物。「たぶん同中《おなちゅう》だよ。てか、同じクラスの誰か」

SNSの沼は底なしだ。

畠山はすっかり岬さんに心酔して、岬さんが辞退した解決金を支払うと言い、その時に連絡が必要だからと、強引にライン交換をした。「あたしも入れて」心亜もだ。今度父親に暴力を振るわれたら、岬さんに殴り返して欲しいそうだ。「交通費は先生が出すから」「母親に出させなさい」

自分は国語教師だから、岬さん本人への直接謝罪は、言葉と気持ちをじっくり練って、後日、正式に表明したい。岬さんは迷惑がっているが、畠山はそう言っている。

真人と出会った場所について、畠山がしっかり覚えているのは、一本の樹木だ。

「二つの木がくっついたような大きな、穴の開いた木のそば」

おそらく合体樹だ。その木だけ覚えている理由や、木の外観の詳細を、「思い出したくない」と、なぜかそれ以上は語りたがらないのだが。

真人が発見された場所も、『夫婦《めおと》の木』と呼ばれる合体樹の洞の中だ。同じ場所だったとしても驚きはしない。そこへ行けば、また誰かに車に乗せてもらえるかもしれないと考えて、真人が戻ったという可能性もゼロじゃなかった。

畠山が真人を捜索隊が見えるところまで連れて行ったという場所は、わかりやすい。関係者の車両の集合地点だった、東側の駐車場の手前だ。なぜ集合場所まで連れて行ってくれなかったのか、という質問には、「時が来たらすべてお話しします」としか言わない。「時」っていつだ？

真人の捜索を難しいものにしてしまったのは、畠山のこの行動だ。真人を車から降ろしたのは、すでに何度も捜索が行われ、ここにはいないと見なされていたエリアだった。真人はそこからまた森の中へ入ってしまったわけだが、そこにはもう捜索隊は誰もいなかったのだ。


森林事務所でもらった神森の地図は、等高線が波状の模様を描いているだけにしか見えない。等高線の他には小さな川や、鵜の木をはじめとする主な合体樹の位置が記されているぐらいだ。進行方向は、磁石と太陽の位置で確かめた。

行く手には常緑樹の木立。その地面に落ちかかる木洩れ日が斜めに傾きはじめている。埼玉を夜のうちに出て、明るくなってすぐに歩きはじめたのだが、時刻はもう午後二時だ。直線距離では近くても、森の中を歩くのは、平地よりはるかに時間がかかる。

先を急がないと。時間が惜しくて、コンビニの握り飯を立ったまま食べ、真人がどんな気持ちで食べていたのか知りたくて、じゃがりこ〝たらこバター〟を歩きながら齧った。


真人が何度並べても同じ配列で同じ積み木を使うという図形を、冬也は合体樹の位置を記録したものではないかと考えていた。

実際、松元美那や畠山理実と出会った場所の近くには、合体樹があった。

だが、森林事務所の地図を見るかぎり、拓馬のキャンプ跡や、谷島のクルマがあったと思われる窪地の近くには、大きな合体樹はない。それぞれの場所もばらばらで、配列とは合っていない。考えすぎだったか。

畠山ははっきり言わないが、リリーベルの奥さんは「二人は何も食べていかなかった」と証言している。畠山が真人に与えたのは、おそらく「少ししかなかったけど、栄養があるから」と言っていたクッキーだけ。

だが、七日目に発見された時、真人に飢えている様子はなかった。しかも岬さんによれば「保護されて病院に行ってすぐ、うんちをした。ふつうのうんち。だから前の日にも何か食べているはず」。

真人は、五日目と六日目をどこで過ごしていたのだろう。


森は色を失いはじめていた。春らしい水色だった空は、少しずつインクを流したような灰色に変わり、陽光を照り返していた木々の葉もモノトーンとなって幹や枝のシルエットと同化しようとしている。

正直、引き返してしまいたくなった。が、いまからではどちらにしろ、森を抜ける前に夜になる。どこかでキャンプを張らなければならないが、できればそれは、鵺の木のある場所でありたかった。西に傾いた太陽は、もう雲と木立の中に隠れてしまった。鵺の木の方角を示す標識はとっくに通りすぎ、その案内通りに、磁石で確かめながら北西に向かって歩いているのだが、鵺の木はまだ見えない。行く手の勾配はしだいにきつくなり、山道の様相を呈してきた。

そうか、等高線か。

ここに来て、素人には不要に思われた森林事務所の地図が役に立った。鵺の木は神森の中でも有数の小高い場所にある。勾配のきついところを選んで進めばいいのだ。もう少し北だ。冬也は迫る闇に追い立てられるように、斜面を登る。

ほどなく薄闇の中に、植物というより、巨大な動物を思わせるシルエットが見えてきた。胴体のような太い幹が途中で枝分かれし、龍の首のように空へ伸びている。

二つの首を持つ龍。

神森の主、鵺の木だ。

太い胴体はミズナラの巨樹だ。樹齢六百年の老木は、地上七、八メートルほどから先が消失し、体の半分を海面下に沈ませた鯨が、尾を高々とかかげている姿に見える。いや、四方に太い根を巡らせている様子は、鯨というより大王イカか。

ガイドブックによると、幹周八・八メートル。差しわたしは最長部で三メートル。地面に近い木肌は大小の醜いこぶに覆われていた。

落雷のために折れたといわれる幹の先からは、二本の樹木が捩じれ合いながら左右に鎌首を伸ばしている。二匹の龍に譬えられるのは、上方にだけ繁った枝葉が背びれと鱗に見えるからか。

合体した二本は、本体であるミズナラの太い枝のように見えるが、よく見ると木肌や葉の形が違う。どちらも折れ残った幹に堆積した土壌から芽生え、直径七、八十センチに育った大木だ。暮れかけた空に枝々がひび割れをつくり、葉がレース模様をかたどっていた。

一帯には薄く靄《もや》がかかり、森の奥の木々のシルエットを曖昧にしている。空気はひんやりしていた。八岐山の裾野であるこの辺りは遊歩道のある神森のとば口より標高が高い。ここへの道のりも途中からは登りが多かった。気温が下がったのは時刻のせいばかりではないだろう。

こんなところに本当に真人が来たのだろうか。周囲には確かに冬を越したどんぐりが点々と残っているが、ほとんどが殻だけだ。根を張り芽を出しているものもある。

鵜の木の周囲を歩いてみた。地表から飛び出してくねっている大王イカの足は十本じゃきかない。根と根の隙間に足場を探して巡っているうちに、冬也の足は止まった。

ひとつ先の根は、地面とほぼ平行で、うつぼがのたうっているように平たい。

そこに石が並んでいた。石の大きさはまちまちだが、規則正しい間隔で置かれている。川の少ない神森に石はそう落ちていない。自然にできたもののはずがなかった。

真人だ。

やっぱり来ていたのか。

その根の先には洞《ほら》があった。樹洞というより、せり上がった根と地面の間にできた小さな穴だ。周囲には大量のどんぐりの殻が落ちている。

ミズナラが多いようだ。胴体部分のミズナラの老木にも若枝が育っているし、周囲には鵜の木の眷族《けんぞく》のようにミズナラの木が並んでいた。

「マテバシイは生で食べられる」森林官にそれを聞いて調べてみたら、マテバシイだけでなく、真人がリュックに入れていた別のどんぐり、スダジイもやはり生で食べられることがわかった。

真人がどんぐりを食べていたのだとしたら、発見された時に飢えていなかったことの説明がつく。リュックに詰まっていたどんぐりは、真人が集めた食料の残りだったのかもしれない。

真人の一週間に四人もの人物が関係していたことを知った冬也は、もう一人、誰かが関わっているのではないかと疑っていた。真人の存在を知っていながら通報せず、だが食料を、もしかしたら雨や寒さをしのげる場所を提供した人物が存在するのではないか、と。そうでなければ、真人の七日間の計算が合わない。

考えすぎかと思ったが、そうでもなさそうだ。ただし、その人物とは、真人自身だ。真人の生存本能が、自分を救ったのだと思う。

となると、畠山と別れたあとに、真人が見つけた「住居」は、ここであっても不思議はなかった。木の根が盛り上がってできた空洞は縦長の菱形で、冬也では肩幅が邪魔で中には入れそうもなかったが、真人なららくらく侵入できるだろう。覗いたかぎりでは、穴の中は真っ暗で鼻をつく異臭がこもっていたが、けっこう広い。ここで五日目も降った雨や寒さをしのいでいたかもしれない。ありえなくはない。スマホを手にした腕を差し込んで、中の写真を撮っておく。


鵺の木は四つの樹木の合体樹だというが、四つ目のマツブサという木がどこにあるのかなかなかわからなかった。

根回りを一周してようやく見つけた。

斜めにかしいだ本体の地上三メートルほどのところ、土が詰まった樹洞から、蛇が這い出るように子どもの手首ほどの太さの蔓が生えていた。ミズナラの枝にからみつきながら、幹を半周している。さしずめ鵺の尾か。

この木は落葉性で葉がないからミズナラの幹に擬態しているようにめだたない。合体というより寄生のようだ。

マツブサは別名、ウシブドウ。晩秋にブドウに似た実をつけ、実際に食べられるらしい。検索した画像を見ると、確かに見た目は黒色系のブドウだ。あまり甘くはないようだが。

としたら、この樹木の実も真人の食料になったのだろう。偏食の真人だが、確かブドウは食べられる果物のひとつだったはずだ。ここで見つけたマツブサの実をほんとうのブドウだと思って口に入れたのかもしれない。

葉が落ちてもう実もないが、蔓の枝先は冬也の肩ぐらいまで垂れていた。真人の背丈では届かない高さだが、苦手な木登りに何度も挑んで、ブドウだと思いこんだ実を手に入れたんじゃないだろうか。発見された真人が、唯一治療を施されたのが、皮がすりむけていた手のひらだった。

地面からどんぐりを拾いあげた。どんな味だろう。マテバシイと思われるひと粒を口に含み、歯で殻を割る。

一秒で吐き出した。虫がいた。

スダジイらしき小さなどんぐりを見つけた。今度は手のひらに載せ、殻を割って中味を取り出す。ナッツのような食感だという話だが、ほとんど粉になっていた。口に含んでも何の味もしない。冬を越して賞味期限を過ぎてしまったのかもしれない。どちらにしても、もともとうまい食べ物ではないのだろう。でも、真人は食べた。おそらく食用にはならないミズナラの実も。あんなに偏食なのに。生きるために。

鵺の木のシルエットが朧《おぼろ》になっている。

夜が来るのだ。今夜はここでキャンプをするしかなさそうだ。

国有林とはいえ、県の名所の近くで焚き火をするのは気が引けるが、他に行くべき場所もない。なにより、真人がここで一夜か二夜を過ごしたのなら、同じ体験をしたかった。

鵺の木が正面に見える、幹から二、三十メートルほど離れた場所を野営地に決め、ＬＥＤランタンを近くの灌木の枝に吊るして、準備を開始した。

まず地面に穴を掘り、拓馬風のカマドをつくる。石はないから、すべて土で固めるつもりだったのだが、穴を掘るのはひと苦労だった。

神森の土が柔らかそうに見えるのは腐葉土になった表面だけだ。シャベルを突き立てた先は、冬の凍土《いてつち》のままで、それでも掘り進めると、溶岩だったりする。溶岩の岩場を避けるには、草の生えた場所を選ぶといいことがわかって、そうしたものの、今度は草や木の根の張り具合がはんぱじゃない。松元美那が死体を土の中に埋めずに、木の洞に隠したのを、冬也は刹那的で杜撰《ずさん》な犯行だと思っていたのだが、自分が経験してみてわかった。あれは、やむにやまれずそうしたのだ。

ようやく浅いカマドをつくり、道すがら拾っておいた枯れ木を折って、井桁型に組む。キャンプ道具を借りた時、拓馬は「じゃあ、縄文式火おこしも伝授しなくちゃな」と懇切丁寧にやり方を教えてくれた。ごめん、拓馬さん、面倒臭いから、ライターで着火剤をくるんだ新聞紙に火をつけた。

火をおこすのは、バーベキューで慣れているはずだったが、BBQコンロも木炭もないせいか、なかなか火がつかない。乾いているようで森の枯れ木は水気が多いようだ。ようやく火がついても燃えあがらない。焚き火づくりに苦闘しているうちに、日が暮れて、辺りは真っ暗になった。

なんとか火を大きくしようと、背中を丸めて息を吹きかけていた時、ふいに背後に誰かの気配を感じた。

思わず振り返る。もちろん誰もいるはずがない。

だが、一度気になりはじめると、枯れ葉が地面に落ちる微かな音さえ、何者かの足音に聞こえてしまう。ここには自分以外誰もいない、それを意識したとたん、どこかに誰かがいるように思えて、背筋が凍る。

夜の森は恐ろしい。闇に体と心が押し潰されそうになる。真人はこの経験を六回もくり返したのだ。大人の冬也がこんなに怖じけづいているのだ。どれだけ心細かっただろう。

四人もの大人が真人と遭遇していながら、誰も助け出してくれなかったなんて、いくら考えても酷い話だ。でも、松元や拓馬や谷島や畠山、彼ら四人が真人の命を繋いでくれたことは間違いなかった。食べ物や水や防寒具のことだけでなく、心を補給してくれたと思う。彼らと会わなければ、一週間誰とも時間を過ごしていなかったら、真人の心は壊れてしまったかもしれない。

だから真人は「森のくまさん」の歌を覚えたんだろう。

ようやく焚き火が焚き火らしくなった。次はテント張りだ。冬也も歌うことにした。流行り歌をハミングしながら、設営にだけ意識を集中させて、闇の恐怖を頭から振り払う。真人も森の中で歌い続けたに違いない。たった一人で。

時間をかけて頭を空っぽにするつもりだったのだが、「素人には難しいよ」と拓馬が言っていた、ワンポールタイプのテントは、近くの河川敷で一度練習しておいたからか、あっさり完成してしまった。

まるで冬也の歌の伴奏をするように、どこからか口笛が聞こえた。

ヒーーーッ
誰だ。

ヒィーーッ
いや、動物の鳴き声だ。近くの樹上から聞こえる。

鳥だ。

そうか、これが鵺か。

神森に多く棲むという夜鳴き鳥。通称、ヌエ。ほんとうの名前はトラツグミだ。鳴き声は初めて聞いた。

ヒユーー　ヒィーーッ

ずっと聞いていると、甲高い笑い声に聞こえてくる。なんだか森に笑われているみたいに。人間のちっぽけさに対する嘲笑だ。

折り畳み式の焚き火台を、炎の中に据え、拓馬から借りた飯盒《メスティン》で米を炊き、アルミ鍋でレトルトカレーを温めた。

飯が炊きあがるまでに、非常食じゃがりこ〝たらこバター〟を食べる。偏食を克服しつつある真人は、とくにじゃがりこ分野で、大いなる進化を遂げている。すでに、じゃがバター味、サラダ味も制覇し、チーズ嫌いだったのに、チーズ味も食べるようになって、岬さんを喜ばせていた。

ようやく飯が炊けた。飯盒の米にカレーをかけていると、またもや背後で物音がした。足音に聞こえた。

自分のビビリに呆れながら、振り返る。

その瞬間、聞こえたはずの足音のことは頭から飛んでしまった。

木立の上に星空が広がっていた。

ここは高台にあるから、低木が多い背後は、空が開けている。漆黒の帳《とばり》に金の粒を振りまいたような光景だった。思わずため息が漏れた。正面の夜空いっぱいを覆っている鵺の木ばかりを見ているうちに、いつのまにか靄が晴れ、雲が消えていたのだ。

毎晩、朝まで真人を捜していた時にも星空はあったはずだが、眺めていたのは目の前の懐中電灯が照らす闇ばかりだった。

気づかなかったよ。神森の夜空はこんなにも美しかったんだな。

街中ではお目にかかれない星座表のような光景を眺めているうちに、もうひとつ気づいた。

わからずじまいだった真人が同じ配列をくり返し並べていた積み木の謎が解けた。

合体樹の場所を示している――そんなややこしいものじゃなかった。

答えは夜空にあった。

北斗七星だ。

真人は毎晩のようにこの星空を眺め、同じ場所にある星座に気づいて、それを記憶したのだ。どんな気持ちで眺めていたのか、いつか聞いてみたい。それが何年先でも、記憶力のいい真人なら、きっと数日前の出来事のように語ってくれるだろう。


冬也はテントの中でシュラフにくるんだ体を横たえていた。体は疲れているが、頭と目は冴え切ってしまって、なかなか寝つけなかった。

またどこかで鵺が鳴き出した。ときおりの風が木々の間を抜ける音は、甲高い女の悲鳴を思わせる。かすかな足音に聞こえるのは、枯れ葉が地面に落ちる音だ。たぶん。

風が止み、鵺が寝静まってしまうと、今度は音が恋しくなるほどの静寂が訪れる。星の瞬く音が聞こえるのではないかと思うほど。

その音に気づいたのは、そうした静寂がしばらく続いていた時だった。

今度こそ眠ろうとシュラフに包まれた体ごと寝返りを打ったら、鵺の木の方角からかすかな物音が聞こえてきたのだ。

短い舌打ちに聞こえた。

音というより、声だ。

ドア部分を少し開けて、外を眺めた。焚き火がすっかり消えた森は、重い闇に包まれているが、暗さに目が慣れたおかげで、正面にそびえ立つ鵺の木や、その森の王の眷族たち——周囲の木立のシルエットは判別できた。夜闇の中で何かが動いているのも。

鵺の木の根もとあたり。ミズナラの根が空洞をつくっていた場所だ。ここからは影法師しか見えないが、穴から、何かが、這い出ようとしていた。

小動物に見えたのは最初だけだ。まるで圧縮して折り畳んでいた荷物を引き抜いてふくらますように、影はみるみる大きくなっていく。

舌打ちに似た音は、その黒い影が発していた。息づかいも聞こえてくる。

全身が外へ出た。

そして、正体がわかった。

熊だ。

ツキノワグマ。

子熊じゃない。成獣に違いない。あんな小さな穴からどうしてと思う、人間の大人が四つん這いになったような大きさだ。猫は頭が入る場所なら全身を潜り込ますことができる。熊も同じであるらしい。

熊が鵺の木の周囲を徘徊しはじめた。ときどき地面に顔を近づけている。餌を捜しているのだ。そうだよ、どんぐりに山ぶどう、これだけ食料が豊富な場所なら、動物がやってきても不思議はない。

真人の捜索をしていた時、地元の人たちはこう言っていた。「神森にはめったに熊は出ない」めったに出ないということは、稀《まれ》には出没するということだ。

真人が『もりのくまさん』の絵本を見ながら、舌打ちのような声を出していたのを思い出した。

カッ、コッ、カッ

あれはでたらめな鳴きまねなんかじゃなかったんだ。いままさに冬也が聞いている声と同じだ。熊の鳴き声を正確に再現していたのだ。

ツキノワグマは、辺りの匂いを嗅ぐように鼻面を振り立てて、うろうろと歩き続ける。冬也はランタンを消して、息を殺した。

真人が話していた「くまさん」はほんとうに熊だった。

真人は最初から事実を語っていたのだ。みんなが考えすぎただけだ。俺も岬さんも医者も世間も。

ようやく舌打ちに似た声が遠ざかっていく。が、まだ油断は禁物。恐ろしいのに、冬也はこみ上げてくる笑いを必死で堪えていた。

真人の七日間の五番目の関係者が判明した。

くまさん。

真人は間違っちゃいない。

少しもおかしくない。

だいじょうぶ、真人を信じろ。

24

後ろから足音がついてくることには気づいていたが、足は止めなかった。危険なものではない。地を踏む音からすると、小さな生き物だ。

歩を進めるたびに足の下がかさかさと音を立てる。吐く息が白い。もうすぐ寒い季節がやってくる。早く食物を見つけなければ。

冷たい風が木の実の匂いを運んできた。上からだ。地が斜めになった場所を登る。小さな生き物も息を荒らげながら追ってくる。なじみのない匂いを発していた。

大きな幹の下に、堅い実がたくさん落ちていた。舌ですくいあげて齧る。小さな生き物も近づいてきた。平らな地では大きく見えるのは二本足で歩いているからだった。実を拾うために這い歩きをはじめた体は、夏に別れた子と同じほどの大きさだ。声をあげて追い払うと、遠くへ逃げた。実を食べ続けていると、また二本足の足音が近づいてくる。

腹を減らしているのだろう。今度は追い払わなかった。夏に別れた子に、食べられるものを教えた時のことを思い出しているうち、子がまだそこにいるものと勘違いしてしまい、実を小さな生き物のいる方向に掌ではじいた。二本足の小さな生き物は、堅い実を歯で割って中味だけを食べていた。

大きな幹に、黒くて柔らかい実がぶら下がっている。腕を伸ばして叩き落とす。小さな生き物も柔らかい実を取ろうとするが、爪のない前足では幹に登れない。夏に別れた子も初めはそうだった。残りの柔らかい実はくれてやろう。小さな生き物は幹登りをくり返しているうちに、ようやく柔らかい実を取った。並んで実を食べた。小さな生き物は皮を吐き出してしまうから、それも舌ですくいとって食べる。

幹の下に穴が空いていた。頭が入る大きさだ。中は広く、これからの長い冬を過ごすのにちょうどいい場所に思えた。

穴の中へもぐりこみ、目を閉じる。暖かい季節のことを思い出しているうちに眠くなってきた。

目を覚ましたのは、何ものかが入ってきたからだ。小さな生き物だった。伸ばしてきた前足を牙で噛みちぎってやろうと思った時には、体に抱きつかれていた。小さい生き物が声をあげた。聞き慣れない鳴き声だった。「ママ」

小さな体が温かい。夏に別れた子と同じ温かさだった。子は前の冬ごもりの時に生まれた。前の冬ごもりの時も、こうしていっしょに寝たことを思い出す。そうしているうちに、子が戻ってきたように思えてきた。眠けにぼんやりした頭で考える。子は巣立つことなく、ある時冷たくなっていたのだが、あれは間違いだったのか。

子かもしれないものを抱き、もう少し夏の夢を見ることにした。

その荷物が届いたのは、夕食のカレーをつくりはじめた時だった。時刻は午後五時半。店のランチ営業が終わった後、新しく通いはじめた児童発達支援センターへ真人を迎えに行き、一緒に買い物して帰ってきたばかりだ。

「真人〜、お鍋見てて」

「むー」

最近の真人は、料理に興味を示して、手伝いたがる。包丁はまだ危なっかしいが、できることは任せるようにしていた。キッチンには真人のための踏み台と子ども用包丁を置いている。

料理に興味を持ったのは、岬の姿を見てというより、支援センターで読んだ絵本に刺激を受けたからのようだ。児童発達支援センターは、発達障害の子どもを預かってくれる施設。真人と同じASDの子も多く、一人一人の特性に合わせて保育をしてくれる。これまで一般の保育園にこだわったのは「普通に育てたい」と思っていたからだが、でもそれは、真人のためというより「普通の子だと思いたい」という自分のエゴじゃないか、と気づいたのだ。

真人も毎日楽しそうだ。迎えに行くと、保育園の時には飛びついてきたのに、センターでは、遊び足りないらしく、「ちょっと待ってて」なんて言われたりする。

宅配便は畠山理実さんからだった。おしゃれなイラスト入りの段ボールの中に、しろえびせんべいと、雷鳥の形のおまんじゅう、厳重に包装されたクラフト封筒が入っていた。

封筒から出てきたのはDVDだった。ラベルに『謝罪』と書いてある。動画？「改めて正式に謝罪をしたい」って言っていたのはこれのこと？見るのはちょっと怖いけれど、やっぱり気になる。カレーの鍋の火を止めて、見てみることにした。

「ありがとう真人、あとでいっしょにつくろ」

カレーは真人のリクエスト。以前は苦手だったのに、甘口なら食べられるようになった。今夜、やってくる冬也くんの好物でもあるから、ルーは真人用の甘口と、大人用の辛口、二種類をつくる。昨日から神森に行っている冬也くんは、朝早くに電話をかけてきて、「すごい新事実が判明した。そっちに行って報告したい」興奮した声でそう言っていた。なんだろうね。「いま聞くよ」と言っても「あとで」って笑うばかり。

真人は家に帰ってくるなり立ち上げたパソコンに戻った。モニターに浮かんでいるのはマンホールの画像だ。冬也くんと拓馬さんが家で「特定」作業をしていた時以来、あの二人が何を教えたのか、真人はパソコンを使えるようになり、絵柄入りマンホールの検索にはまってしまった。真人の場合、何かに熱中したらもう止められない。一日一時間だけという約束で、パソコンを使っていいことにしている。

プレーヤーにＤＶＤをのみ込ませて、画像を呼び出した。32インチのテレビ画面に映ったのは、畠山さんの顔のアップだ。顔色がやけに白いのは、下からライトを当てているからか。

「山崎岬さん、そして真人くん、おひさしぶりです。いまから面と向かってはきちんとできなかった謝罪をしたいと思います」

「真人、ちょっとこっちを見て。このあいだのお姉さんからだよ」

真人が画面を見た。が、一秒でマンホールに戻ってしまった。

「ちなみにこの映像は刈山さんに撮ってもらっています」

刈山心亜ちゃんが背後に顔を出して、ぺこりと頭を下げた。

「これは私の謝罪よ。映らなくていいから」

畠山さんが片手で追い払うしぐさをする。背後で心亜ちゃんがギャルピースをしながらカニ歩きをしていることには気づいていない。横目でこっちを見ていた真人が、にゃはあと笑う。

「岬さん、ご迷惑をおかけして本当に申し訳ありませんでした。同封の慰謝料は真人くんのために使ってください」

へ？

段ボールの中には白封筒も入っていた。どうしよう、送り返そうか、と思ったら――

「お金だと岬さんは受け取ってくれないと思って図書カードにしました」

そんなことはない。一瞬、期待してしまったもの。昼シフトだけの給料では厳しいから、少し前までは、九時五時の事務職への転職も頭にちらついていた。そうしなかったのは、いつか自分の店を持ちたいという夢があるからだ。

「真人くんが成人するまで、毎年図書カードを贈ろうと思います。罪滅ぼしに、子育てにちょっとだけ参加させて」

じゃあ、もらっておこうかな。ポケふた（全国に実在する！　ポケモンのマンホールのことだ）の本でも買おうか。

「あんなことをした人間に言われたくないだろうけれど、応援します。強くて優しい岬さんと、私の可愛い真人くんを、これからも。なにか困ったことがあったら――」

畠山さんの謝罪が続く。確かに謝って欲しかった。だけど、自分には謝られる資格があるのだろうか。

人に偉そうなことは言えない。強くなんかない。子どもが生まれて、「稼がなきゃ」と残業や休日出勤で無理を重ねていた春太郎が、ふだんだったらしないミスで整備中の車の下敷きになって死んだ時には、真人を連れて一緒に死のうと思った。優しくなんかない。真人がＡＳＤだとわかった時には、なぜこの子だけ、と神様を恨んだ。この子がこんなふうじゃなければ、どんなに良かっただろう、と思ってしまったことは一度じゃない。でも、真人が森で行方不明になった時、はっきりわかった。真人が白分にとってどれだけ大切な存在か。この世に存在してくれるだけでいい、ということが。

下に置いた原稿を読んでいた畠山さんがまっすぐにこちらを向いた。

「そして、真人くん、ごめんなさい。真人くんが森での出来事を話さないと岬さんから聞きました。本当にごめんなさい。私のせいよね。私が、もし喋ったら恐ろしい不幸が訪れる、なんて言ってしまったから。あれは嘘。もう喋っていいのよ」

真人はこっちを見ていた。画面の中の畠山さんをじっと見つめ、それからぽつりと言葉を漏らした。

「お尻しー拭こう、ない?」

「え? なに?」

「お尻しー拭こう、もうないの?」

「ああ」恐ろしい不幸ってこと? 「そんなものないよ」

真人が深く、やけに大人っぽい吐息をついた。そしてまた口を開いた。

「あのね、ぼくね、森でね、くまさんにあったの」

真人が喋りはじめた。すごい勢いで。

「くまさんのうたを、おしえてくれたのはおねえさん。こないだガラスの部屋の中にいたおねえさん。人形のおはかをつくってたんだ。暗かったけど、電気をつけてくれて、明るくなったの。そしてマフラーをもらった。あったかかった」

驚いたけれど、嬉しかった。母親でさえ感情が見えにくい真人が、こんなにたくさん話をしてくれるのが。

「それから、たっくまにごはん、もらった。ごはん、おいしかった。カウピスおいしかった。じゃがりこ、おいしかった。カレー、からかった」

「よかったねえ」だからカレーが好きになったんだね。おいももも食べられるようになったし。

「たっくまはおもしろいんだ。なくようぐいす、へいあんきょー。それからね、すいへいりーべぼくのふね〜。それからね、それからね」

かかりつけのお医者さんは、真人が無口であることについて、こう言っていた。「ASD児がかならずしも無口というわけではないんですよ。お喋りな子も多い。喋りだしたら止まらなくなっちゃう子もいる。真人くんの場合、知的障害はごく軽度ですし、言語能力にも問題はない。いまはまだ『他人との会話』という頭の中の興味の窓が開いていないだけ。いつか喋り出しますよ。窓が一度開けば、コップからたまっていた水があふれるみたいに」

コップから水があふれた。

「それからね、大きなクルマに入ってバナナを食べた。クルマで寝てたら、たにっくまが来て、いっしょにラッキーモンキーをうたった」

「たにっくま？」ああ、冬也くんに聞いた四人目の関係者か。「谷島さん？」

「そう。たにっくま。たにっくまはつおいんだ。ひみつの武器でたにっくまといっしょに敵をたおした」

真人が立ち上がり、両手を広げてとおせんぼのようなポーズを取った。

「がう、かんけいない」

この言葉、夜驚する時に何度も聞いた。ＰＴＳＤの原因になる出来事に関係があるんじゃないか、とお医者さんは心配していたけれど、違うかもしれない。真人の瞳は大好きなアクションアニメ『ラッキー・モンキーズ』を見ている時みたいに輝いていた。

冬也くんはたいしたことがなかったように言うが、どうも谷島さんはヤクザで、真人が揉め事に巻きこまれていたかもしれないらしい。

「危なくなかった？」

「うん、たにっくまはつおいから。だれにも負けない。きっといまも無敵でたたかってる」

いつのまにか畠山さんのＤＶＤが終わっていた。ごめんなさい、今度きちんと見て、ラインする。

「そのあとで、畠山さんと会ったんだよね」

岬の言葉に真人が首をかしげる。

「ハタケクマサン？」

「いまテレビに映ってた人」

「ちがう。ハタケクマじゃない。あれは、あっくまのおばちゃん」

「ああ、そ、そうかぁ」せっかく真人があの一週間のことを話してくれているのだ。黙って聞こう。

「あっくまのおばちゃんとたくさん歩いた。クルマに乗せてもらった。ミニカーもらった。赤いミニカー。どっかいっちゃったけど。ビスケットくれた。おいしかった。もっとたべたかった。クルマで走った。あかはとまれ～、あおは雀～」

謎だった真人のセリフや行動の意味が次々と判明していく。詳しいいきさつは依然としてわからないままだけれど。

「お店に入って水をいっぱいのんだ。ケーキはたべれなかった。でも、それは、しゃべっちゃだめだって、あっくまが。真人とママにお尻しー拭こうがおとずれるって」

黙って頷いているうちに、目が潤んできた。嬉し涙だけれど、真人にはまだ難しかったみたいだ。

「ママ、どっか痛い？　お尻、だいじょうぶ？」

真人から「だいじょうぶ？」なんて心配してもらえるなんて。もしかしたら真人は、ＡＳＤの子どもが覚えるのに時間がかかる他人の気持ちを、あの一週間でたくさん吸収したのかもしれない。

「うん、だいじょうぶ」

そう言うと、真人が笑った。顔をくしゃくしゃにして。

この顔さえ見られれば、生きていける、ほかのものは何も要らない、そう思える笑顔だ。笑うのが遅かった真人が、初めて笑った時、春太郎は言っていた。「笑顔の国の王子様だ」馬鹿親。

「それからね、ひとりであそこに行ってって、あっくまに言われたけど、人がいっぱいでこわかったから、木の中に入ったの。ずっとずっと入って、くまさんのうたをうたってたら、くまさんがでてきたの」

四日目のことだ。ここからの数日間の行動は、さすがの冬也くんも解明できていない。真人の言葉もさらに意味不明になってきた。この時は意識が朦朧としていたのかもしれない。

「おおきなくまさんをおいかけたの。くまさんがたすけてくれるとおもって。おおきな木の下で、くまさんはピーナツをくれた。ぶどうもくれた。くまさんのおうちでねた。あったかかった」

五人目の人がいたってこと？　たぶん冬也くんの言う「新事実」ってその人のことだろう。驚き。こんなにもたくさんの人に出会っていたなんて。それなのに、いい偶然も悪い偶然も重なって、一週間も森の中にいることになってしまったのだ。

でも、もういい。真人はいまここにいる。

喋り疲れて、息を弾ませている真人を抱きしめた。もう二度と悲しい目には遭わせない。どこにも行かせやしない。私の、私たちの、笑顔の国の王子様だ。

ドアチャイムが鳴った。

冬也くんだ。モニターを覗いたら、拓馬さんもいた。片手でかかげたのは鯛焼きの袋。

「冬也くんにビッグニュースがあるって聞いたから、来ちゃいました」

カレー足りるかな。いまからつくり足そう。

玄関に駆けだそうとする真人を、岬はもう一度抱きしめた。

「ごめんね、つらい思いをさせて」

岬の胸の中で真人が首をくりくりと横に振った。

「ううん」

真人が顔をあげる。笑っていた。この先、何があっても生きていける笑顔で言った。

「たのしかったよ」

「週刊新潮」二〇二二年三月二四日号〜二〇二三年二月二三日号

装画　都築まゆ美

JASRAC 出2401916-405

笑《わら》う森《もり》

発行 二〇二四年 五 月三〇日
五刷 二〇二四年 九 月 五 日

著者 荻原《おぎわら》 浩《ひろし》

発行者 佐藤隆信
発行所 株式会社新潮社
〒一六二-八七一一 東京都新宿区矢来町七一
電話 編集部(〇三)三二六六-五四一一
読者係(〇三)三二六六-五一一一
https://www.shinchosha.co.jp

装幀 新潮社装幀室
印刷所 錦明印刷株式会社
製本所 加藤製本株式会社

価格はカバーに表示してあります。
乱丁・落丁本は、ご面倒ですが小社読者係宛お送り下さい。
送料小社負担にてお取替えいたします。

ISBN978-4-10-468907-1 C0093

ソロモンの偽証 第Ⅰ部 事件　宮部みゆき

クリスマスの朝、雪の校庭に急降下した14歳。中学校は、たちまち悪意ある風聞に呑み込まれた。目撃者を名乗る匿名の告発状、そして新たな犠牲者が一人、また一人。

ソロモンの偽証 第Ⅱ部 決意　宮部みゆき

もう学校裁判しかない――教師の隙を突いて、一人の生徒が起ち上がった。許された15日間に有志を集め証人を探し出せ――。14歳の夏をかけた決戦、カウントダウン！

ソロモンの偽証 第Ⅲ部 法廷　宮部みゆき

最後の証人の登壇に法廷は沸騰した。事件の封印が次々と解かれてゆくにつれ、満杯の体育館を疑問符が支配した。この裁判は仕組まれていたのか⁉　驚天動地の完結篇。

この世の春 上　宮部みゆき

憑きものが、亡者が、そこかしこで声をあげる。青年は恐怖の果てにひとりの少年をつくった――史上最も不幸で孤独なヒーローの誕生。作家生活30周年記念作品。

この世の春 下　宮部みゆき

底知れぬ悪意のにじむ甘い囁き。かけがえのない人々の尊厳までも、魔の手は蝕んでいく……。前代未聞の大仕掛け、魂も凍る復讐劇！　サイコ&ミステリー長編作品。

木挽町のあだ討ち　永井紗耶子

ある雪の降る夜、芝居小屋のすぐそばで、美少年・菊之助によるみごとな仇討ちが成し遂げられた。後に語り草となった大事件には、隠された真相があり……。